Condenados a vivir

José María Gironella

Condenados a vivir
II

Novela

Premio Editorial Planeta
1971

Planeta

Editorial Planeta, S. A., Córcega, 273-277, 08008 Barcelona (España)

1.ª edición: diciembre de 1971
2.ª edición: diciembre de 1971
3.ª edición: diciembre de 1971
4.ª edición: febrero de 1972
5.ª edición: febrero de 1972
6.ª edición: abril de 1972
7.ª edición: junio de 1972
8.ª edición: noviembre de 1972 (edición especial para Club Planeta)
9.ª edición: junio de 1973
10.ª edición: marzo de 1974 (edición especial para Club Planeta)
11.ª edición: marzo de 1974
12.ª edición: marzo de 1975
13.ª edición: mayo de 1975
14.ª edición: marzo de 1976 (edición especial para Club Planeta)
15.ª edición: mayo de 1976 (edición especial para Club Planeta)
16.ª edición: setiembre de 1976 (edición especial para Club Planeta)
17.ª edición: enero de 1977 (edición especial para Club Planeta)
18.ª edición: enero de 1978 (edición especial para Interbooks)
19.ª edición: diciembre de 1979 (edición especial para Club Planeta)
20.ª edición: marzo de 1980
21.ª edición: mayo de 1981 (edición especial para Club Planeta)
22.ª edición: setiembre de 1981 (edición especial para Club Planeta)
23.ª edición: marzo de 1982 (edición especial para Club Planeta)
24.ª edición: junio de 1982
25.ª edición: setiembre de 1982 (edición especial para Club Planeta)
26.ª edición: diciembre de 1982 (edición especial para Club Planeta)
27.ª edición: enero de 1983 (edición especial para Club Planeta)
28.ª edición: abril de 1983 (edición especial para Club Planeta)
29.ª edición: junio de 1983 (edición especial para Club Planeta)
30.ª edición: enero de 1984 (edición especial para Club Planeta)
31.ª edición: marzo de 1985 (edición especial para Club Planeta)
32.ª edición: noviembre de 1986 (edición especial para Club Planeta)

Depósito legal: B. 32.500-1986

ISBN 84-320-8762-9

Printed in Spain - Impreso en España

T. G. Soler, Enric Morera, 15, Esplugues (Barcelona)

Tercera parte

Enfrentamiento

CAPÍTULO XXII

En opinión del cada día más petimetre y alámbrico Alejo Espriu, que de vez en cuando se acordaba de que en otras épocas había pertenecido al partido socialista, la «horizontalidad» de la vida cotidiana de los españoles se acrecentó más aún en los años venideros, quién sabe si por contraste con la cierta apertura que se había producido con relación al mundo exterior, y que había obligado a Cosmos Viajes a ampliar sus oficinas. Cada día se veían en los quioscos más ejemplares de *Le Figaro*, de *l'Europeo*, del *Times*, del *Newsweek*; pero la losa marmórea que cubría la existencia interior de la nación era progresivamente pesada.

Fue un período interminable, con dificultades de toda suerte, durante el cual los ciudadanos no obtuvieron la menor explicación de por qué el *Boletín* del Estado publicaba tal decreto en vez de tal otro; de los motivos por los cuales la economía se centralizaba todavía más, lo que determinaba un espectacular y costosísimo aumento del aparato burocrático; de las razones que inducían al gobierno a denegar a los industriales que necesitaban renovar su maquinaria las divisas necesarias para hacerlo, etcétera. Un desaliento soterrado, silencioso, se apoderó de la población, y gran número de trabajadores emigraron al extranjero, decididos a mejorar su suerte. Las cartas de dichos emigrantes rezumaban nostalgia, añoramiento, pero cada una de ellas anunciaba el envío de un giro postal que ayudaría a la familia a seguir adelante. «¿En qué quedamos? ¿No dicen los periódicos que España es el mejor país del mundo?» En Cataluña, la desconfianza hacia las declaraciones oficiales se convirtió en tónica general, penosa. El propio Anselmo volvió a conectar «Radio Pirenaica» y a veces Radio Andorra, que se limitaba a dar las noticias con absoluta objetividad.

Alejo Espriu les decía a Rogelio y a Jaime Amades —el abogado había pasado a serlo también de la Agencia Hércules—, que el asunto era complicado.

—¿Cómo puede gobernarse un país como si fuera un cuartel, sin dar explicaciones? Todo se lo cocinan unos cuantos señores, allá por los Madriles, y el resto a jugar al dominó... o al bacará, según la afición o las posibilidades. ¡Bases norteamericanas en territorio español!: dícese que para entrar en ellas se necesita pasaporte yanqui... ¡Tratado reconociendo la independencia de Marruecos!: con intercambio de regalos entre las dos partes contratantes... ¡Inauguración de una factoría SEAT —automóviles nacionales de turismo— en Barcelona!: veremos si los coches funcionarán... Etcétera, etcétera. Todo ello sin preguntarnos nada a los tres que estamos aquí, ni a los treinta millones de compatriotas que campan por ahí fuera. ¿Resultado? El absoluto desprecio por nuestra masa gris, para decirlo de algún modo; y por descontado, el aburrimiento. Con varios agravantes: la fulminante caída del régimen de Perón en la Argentina; el creciente malestar en Cuba, con la dictadura de Batista, lo mismo que en Venezuela con la dictadura de Pérez Jiménez... Indicio, todo ello, de lo archisabido: tarde o temprano la masa gris y anónima dice ¡basta! y los regímenes totalitarios se van al carajo, con perdón, y cuando eso llega, sálvese quien pueda...

Rogelio, que en el fondo lo único que lamentaba de todo aquello —los argumentos se los conocía de memoria— era que «Construcciones Ventura, S. A.» no hubiera podido hincar el diente en los planos de construcción de las bases norteamericanas, miró de forma insolente a Jaime Amades y le preguntó, por el placer de proseguir la conversación:

—¿Y tú qué opinas de todo esto, ahora que lo miras desde

el local de la calle de Londres, mucho más alegre y luminoso?

Jaime Amades, que continuaba incordiado por los arrebatos de Charito, por las increíbles tarascadas dialécticas de Sergio, su hijo, y por las rencorosas cartas que les escribía desde París su sobrino Julio, que al parecer con sólo trabajar cinco días a la semana, en jornadas de ocho horas, vivía como Dios manda, evadía la cuestión.

—Supongo —decía— que Alejo Espriu tiene buena parte de razón. Ahora bien, no creo que ninguno de los tres, en el plano individual, nos veamos muy afectados. Y tampoco estoy muy seguro de que, como súbditos de una nación, como gobernados, los españoles nos merezcamos otra cosa. ¿Que nadie nos consulta? ¿Para qué? ¡Si para decidir cómo debe ser un anuncio los socios se pelean hasta matarse! Ahora se han puesto de moda los llamados «filmlets»... ¡Si os contara! Se me humedecen las manos con sólo pensarlo. Cada uno quiere imponer su criterio, incluso a los técnicos de las cámaras, hasta que el más fuerte pega un puñetazo en la mesa, rompiendo algo para quedarse solo. Eso es lo que creo que ocurrió en el país, y entiendo que las autoridades actuales no ven ninguna razón válida que les aconseje cambiar de táctica.

Rogelio respiró satisfecho, pero Alejo se acarició la cadenilla de oro que le cruzaba el pecho. Alejo continuaba soltero, y tampoco veía razón válida que le aconsejara cambiar de táctica. Disponía de cierto tiempo libre y de antenas personales que le permitían husmear por ahí. Y había llegado a determinadas conclusiones. Y puesto que las circunstancias lo liberaron hacía tiempo de su papel de adulón, sentenció:

—Todo esto son argumentos para menores de edad. Si las democracias progresan tanto... ¿verdad, Rogelio?, por algo será. Vivimos sin la menor libertad de expresión, como no sea en despachos como éste o en alcobas con o sin acuarios, y los medios informativos nos suministran sin cesar gato por liebre. ¿Que muchos no distinguen el sabor? Convendría adiestrarlos... Para no insistir sobre el número de súbditos —y miró a Jaime Amades— que salen a diario al extranjero a trabajar, aludiré, muy rápidamente, a los emigrantes que, sólo en Cataluña, viven en chozas troglodíticas y trabajan a pico y pala habiendo rebasado la edad de los cincuenta años... ¡Lo cual demuestra, eso es cierto, que la raza es fuerte! ¿Y sabéis la cifra de niños que están sin escuela en el territorio patrio? Supera los dos millones, lo cual cualquier notario no falangista se atrevería a certificar... Como igualmente podría certificarse que unos cuantos terratenientes continúan siendo los amos, con mucha mayor impunidad que antes, de las provincias de Cádiz, de Badajoz, de Jaén, de Guadalajara y demás. ¿Y el sistema de monopolios que se ha implantado? Los trucos que se emplean al respecto son incontables, como, por ejemplo, el de los camiones de gran tonelaje... Alguien con el sello oficial necesario le asigna a un familiar o a un amigo íntimo un par de camiones de importación, le facilita los papeles para que vaya a recogerlos a la frontera y la ganancia ronda el milloncete... ¿Promedio de horas de trabajo para poder andar tres pasos sin caerse desvanecido? Bueno..., no quiero daros la lata ni provocaros eructos de placer. Mejor será resumirlo todo diciendo que vamos recobrando poco a poco, como dicen en algunos púlpitos, las «virtudes tradicionales de la raza». ¡Sí, nos acercamos a otra Edad de Oro!, de oro para unos cuantos, se entiende... —y el elegante Alejo Espriu, tío de Rosy, acariciose de nuevo su cadenilla.

Quienes formaban parte del concierto normal tenían que abrirse paso merced a la suerte, a la recomendación, a la corazonada. Así ocurrió con Ramón Vallescar, el hijo de doña Aurora, de la Pensión Paraíso. El muchacho quería prosperar. Y Julián lo ayudó, gracias a que, inesperadamente, en «Construcciones Ventura, S. A.» se produjo la baja del viejo contable, que padeció un ataque de hemiplejía. El muchacho demostró los méritos suficientes y pasó a ocupar el cargo vacante. Ni que decir tiene que Rogelio, en cuanto lo hubo admitido, le preguntó:

—¿Y la dentadura, Ramón? ¿Ninguna muela cariada, ningún diente malo?

—No, no, señor... —contestó, visiblemente aturdido, el muchacho.

—Pues andando. Puedes empezar el lunes.

En un plano muy superior del escalafón, Beatriz utilizó la corazonada para resolver la papeleta que suponía su progresiva merma de facultades y las exigencias de la tienda de antigüedades. Dio con la persona idónea para asociarla a su negocio: Gloria, la viuda de don José María Boix. Gloria era todavía demasiado joven para llenar su vida con esporádicas obras de beneficencia y haciendo triduos y novenas, y era vistosa, ordenada y emprendedora. Beatriz la llamó, y a las dos semanas la mujer entraba en la tienda a partes iguales, con cierta timidez, porque desconocía los entresijos del oficio, pero con el amor por las cosas antiguas heredado de don José María Boix.

El acierto fue total. Beatriz pudo dedicarse mucho más a cuidar de sí misma, de los suyos y de la Cruz Roja, y Gloria —contrariamente a lo que sintieron las personas mayores ante la virginal aparición de Pablito—, al verse rodeada de armaduras, cornucopias y cachivaches varias veces centenarios, sintióse rejuvenecer. Le pareció que su vida recobraba sentido, abandonó las blusas de color morado o tristón y empezó a vestirse y a maquillarse, a darse de alta a sí misma. Julián, al verla al cabo de poco tiempo, quedó desconcertado y no pudo evitar —y Gloria tampoco— sentir un dulce e imprecisable estremecimiento.

Tocante al sector de los privilegiados, de los que podían mirar al «rebaño» como un cigarro habano puede mirar a una colilla, la situación, como siempre, se ofrecía óptima. Rogelio formaba parte de esa minoría afortunada y reventaba de proyectos, entre los que figuraba, paradójicamente, el de curarse la bronquitis sin dejar de fumar.

Uno de dichos proyectos era antiguo y sus compañeros iban poniéndolo en práctica punto por punto, como si obrasen al dictado. Era el que le había valido salir en los periódicos: el del renacimiento del fútbol. Desde que lo nombraron directivo del Club de Fútbol Barcelona se lanzó a hacer declaraciones sensacionales, que le dieron pronta popularidad, hasta el punto que su antiguo barbero, Deogracias, quejumbroso de carácter, repetía una y otra vez: «¡En seguida me di cuenta de lo que nos perderíamos al trasladarse don Rogelio a otro local!»

La tesis del constructor fue clara desde el primer momento y todo el mundo acabó adoptándola como artículo de fe: «¡Los tiempos han cambiado, amigos míos! ¡Hay que pasar de la idea de fútbol-deporte a la idea de fútbol-espectáculo! ¡Hay que procurarse un estadio gigantesco, como esos que hay por Inglaterra y por Brasil, con aforo para cien mil aficionados! Y por supuesto, importar jugadores de fuera, superclase..., pues la cantera local, duele decirlo, se ha agotado, no da ni para un buen puntapié, y mucho menos para un buen cabezazo... ¿Que hay que pagar cuatro millones por un tío? ¡Se pagan! ¿Que hay que pagar cinco? ¡Se pagan! ¡Ya se recuperarán con el taquillaje! Lo importante es que el público vea filigranas, toque de balón y que el club recupere su prestigio. A un servidor de ustedes el papel de segundón no le va. Para eso me hubiera quedado en Llavaneras, plantando árboles, y sería ahora directivo del Mataró. ¡Viva el Barça!»

Poco a poco sus teorías fueron imponiéndose —los contraopinantes que le salieron, en nombre de la «pureza del deporte», no hicieron más que animar las tertulias—, y sobrevino la gran época del fútbol, con lo que gran parte de la masa se sentía compensada, y los plácemes le fueron llegando de todas partes, y Rogelio tuvo incluso la delicadeza de declinar la invitación a presentarse a presidente —lo que le valió la ácida censura de su actual barbero de lujo, el vasco y ambicioso Aresti—, y, por supuesto, «Construcciones Ventura, S. A.» no aspiró a la construcción del nuevo y fabuloso estadio que empezó a construirse, en sustitución del viejo de Las Corts, lo que le censuraron, de completo acuerdo, sus amigos Julián Vega y Aurelio Subirachs... «¡Ni hablar! —rugió Rogelio—. No quiero que nadie pueda achacarme que me aprovecho del cargo. ¡Que uno tiene su decálogo de decencia!»

Entre los demás proyectos figuraba la red de hoteles que

Agencia Cosmos había decidido construir. En el tiempo transcurrido se habían rematado y estaban en marcha los dos de Palma de Mallorca y, en la costa malagueña, los dos de Torremolinos; en cambio, se habían pospuesto los de Lloret de Mar, debido a que en la Costa Brava el clima era menos seguro, la temporada más breve y había que andarse con cuidado. Ya podía opinarse con conocimiento de causa sobre las preferencias del público foráneo, que «aprovechándose de la escasa cotización de la peseta venía a España a tostarse, a beber vino y a saber por qué en 1936 se mataron tantos curas». Los turistas buscaban, por ese orden, garantía solar, folklore y diversiones. Sin embargo, quedaba demostrado que el asunto era rentable, de modo que en opinión de los tres socios podía estudiarse la extensión de la cadena a una escala mucho mayor, incrementando al máximo la propaganda y contando, por supuesto, con las Islas Canarias. «¡Ah, si permitiesen abrir casinos de juego!», se lamentaba una y otra vez el conde de Vilalta. Pero todas sus gestiones se estrellaban en Madrid, que los consideraba peligrosos para la moral pública.

La decisión de extender la cadena hotelera planteó un problema a Aurelio Subirachs y a Julián. Profesionalmente hablando, tenían la oportunidad de dar el do de pecho. Lo realizado hasta el momento era decoroso y presentable, de acuerdo además con el presupuesto que les fue asignado en cada caso; pero debían aspirar a mucho más, y Ricardo Marín apoyó decididamente su tesis. Ricardo Marín, que en los últimos tiempos se había convertido, como otros muchos economistas, en empedernido trotamundos —en conjunto, éstos daban la impresión de dedicarse al tráfico de divisas—, sostenía que, efectivamente, los hoteles de la Agencia Cosmos, o parte de ellos por lo menos, tenían que ser «el último grito». Nada de medias tintas, de copias transferibles a otro lugar, y «nada de que los clientes vieran por algún sitio un solo cubo de basura». «¡El *non plus ultra*!», que diría Rogelio. Y teniendo en cuenta que el mundo era vasto y aleccionador, no cabía sino un remedio: que Aurelio Subirachs y Julián salieran al extranjero a estudiar el funcionamiento de los establecimientos del ramo en los lugares considerados más avanzados o que estuvieran más a mano.

Huelga decir que ambos aceptaron. Después de un detenido análisis, acordaron que lo más urgente era un recorrido por Italia, la Costa Azul y los Estados Unidos. Con eso bastaría para empezar.

¡La suerte favoreció a Julián! Aurelio Subirachs se conocía Italia y la Costa Azul como la palma de la mano, de modo que podía prescindir del primer itinerario, que englobaría ambos países; en cambio, los Estados Unidos, especialmente Nueva York y Miami, le resultaban indispensables.

¡Qué ocasión para Julián de demostrarle a Margot que sus sermones le habían hecho mella! Preparó con refinamiento la jugada. Primero le explicó de pe a pa la necesidad de esos viajes, y cuando su mujer se puso hecha un basilisco, le dijo que se sentía incapaz de enfrentarse él solo con las emociones que sin duda le depararían Milán, Roma, la Riviera, Niza, Cannes, etcétera, por lo que no le quedaba otra solución que rogarle que lo acompañase; en cambio, a los Estados Unidos, por obvias razones de contabilidad, no podía desplazarse más que en compañía de Aurelio Subirachs.

¡Bendita Agencia Cosmos!, estuvo a punto de gritar Margot, pese a que el nombre de la agencia le pareció siempre exagerado. Y el viaje se realizó. Fue aquélla una segunda luna de miel, que buena falta le hacía. Por cierto que Rosy le había dicho a Rogelio: «¡Oye! ¿Y por qué no vamos nosotros también a esos lugares?» Nada que hacer. Existía un freno, un obstáculo insuperable: el miedo de Rogelio al avión. ¿Era posible? Lo era. Curiosidades de la naturaleza humana... Julián y Margot, pues, volaron en alas de su amor y de su eficacia para informarse. Italia le produjo a Julián una impresión fortísima, mucho más afín que la francesa —«se nota que Mussolini les dio a esa gente un impulso tremendo»—, y Margot, en Roma, tuvo que llevarse el pañuelo a los ojos casi tantas veces como en París, una de ellas al saber que no conseguiría ver al Papa. ¡Con un descubrimiento!: que la afición al fútbol era en Italia comparable a la de España. «¿En qué quedamos?

—le hubiera preguntado Rogelio al ex socialista Alejo Espriu—. ¿Es el fútbol una anestesia exclusiva de los estados totalitarios?» En cuanto a los hoteles, admitió que el viaje, sobre todo el de la Riviera, le había sido muy útil, lo mismo que el romántico por la Costa Azul.

¡Luego, los Estados Unidos! Allí, con Aurelio Subirachs... A Margot no le cupo más remedio que ser comprensiva, que transigir. «¡Anda, Pablito! ¡Dile otra vez adiós a papá!» Los dos arquitectos realizaron el viaje siempre por los aires, y regresaron a los quince días justos. Aurelio Subirachs, rebosante de satisfacción; Julián, hecho un lío... Aprendieron mucho, aprendieron horrores. Los socios de la Agencia Cosmos podían estar tranquilos: nadie vería un cubo de basura en los hoteles; las cortinas se descorrerían pulsando un botón desde la cama, los grifos de los cuartos de baño no se atascarían jamás... Norteamérica era el colmo de la técnica e impondría al mundo lo que Julián siempre defendió: el racionalismo, vulgarmente llamado funcionalismo, y la higiene.

Aurelio Subirachs se arrogó a sí mismo el papel de informador en ese aspecto.

—Hay que reconocer —dijo el padre de Marcos— que los americanos nos están enseñando a todos a vivir rodeados del menor número posible de microbios. Tienen detalles de tipo práctico verdaderamente inefables, desde la televisión en las habitaciones —por cierto, ¿tendremos alguna vez televisión por aquí?—, hasta la excelsa suavidad y los colores exquisitos de los papeles higiénicos en los lavabos... Sin embargo, en conjunto los hoteles adolecen allí de falta de intimidad. ¡Hay tanta gente y todo el mundo tiene gustos tan parecidos! Todo el mundo lleva alguna etiqueta colgada en la solapa, porque pertenece a un congreso o una convención. Por lo demás, diríase que el último sillón que sale al mercado sirve para todos los traseros; esto en Europa es peligroso, pues aquí, en principio, y hablo sin señalar, todos los traseros son distintos. De cualquier modo, repito, hemos llenado varios blocs de hallazgos de primera categoría, que demuestran que en los Estados Unidos hay gente que hace funcionar el cerebro y que tiene un conocimiento casi aterrador de las necesidades que irá sintiendo el organismo humano. Por supuesto, hay cosas que no se pueden importar, y otras en que los europeos les llevamos muchos años de adelanto, aunque a ellos les cuesta reconocerlo así y están satisfechos prácticamente de todas sus concepciones.

Aurelio Subirachs se extendió todavía más en detalles relacionados con los hoteles, por lo que, cuando le tocó el turno a Julián, éste, puesto que la reunión era colectiva —asistían a ella Rosy, Merche e incluso Margot—, se dedicó de preferencia a hablar del viaje como experiencia humana y, sobre todo, a repetir una palabra: complejidad. ¡Cuánto habían visto! Tanto como Susana por los contornos de Can Abadal... La vida en los Estados Unidos era un pandemónium. Todo lo de Italia, París y la Costa Azul, pero elevado al cubo.

—No podéis haceros una idea... Puedes comprar grifa o marihuana en cualquier sitio. En los escaparates todo es *sexy*; y en las películas, tiros y puñetazos. ¿Te acuerdas, Aurelio, de la calle 42? Los chicos y las chicas, con eso de la estatua de la Libertad, se largan de casa cuando les da la gana. Y así anda la delincuencia juvenil. Ya no se trata de reunirse en sótanos con ataúdes y calaveras. ¿Os imagináis que dentro de un par de años nuestros hijos e hijas alquilaran sus pisitos y se instalaran en ellos por su cuenta? Y por menos de una pataleta, ¡el divorcio! Y en cuanto los padres empiezan a chochear, ¡a California, a tomar el sol! Hay que ver, hay que ver... Y eso del ocio, vaya asunto... La gente sale del trabajo a las cinco de la tarde y se dedica a beber *whisky* hasta la hora de acostarse, a veces tocando un poco la guitarra, como nuestro Laureano. Y los sábados y domingos, ¡a estrellarse en coche! La cuestión allí es morir con las manos en el volante y a la máxima velocidad. ¡Ah, y pienso decirle a nuestro amigo el doctor Beltrán, defensor de tantas igualdades, que los negros huelen! Lo lamento mucho, pero huelen. ¿Es o no es cierto, amigo Subirachs? Uno solo pase, y si es un niño pequeño, enternece. Pero se mete uno en Harlem y tiene que salir pitando. Al lado de eso, unas asociaciones tan puritanas que reíros de lo que mosén Castelló pueda decirnos en los sermones. ¡Hay que ver cómo se meten con un cantante de moda, Elvis Presley o algo así, que trae locas a millares de chicas! Y un ejemplar de la Biblia en cada hotel. Y una riqueza tan enorme, tan incalculable —la *renta per cápita*—, que desde aquí no se puede concebir. Con deciros que los obreros en paro cobran más que los que aquí trabajan... Resumiendo, que aquello es un mundo nuevo, que tan pronto parece un manicomio como la futura verdad. Y que me alegra mucho haber estado allí. Por lo menos creo haber conseguido lo más importante, y en eso estoy también de acuerdo con Aurelio: ahora sé lo que es un hotel, pero sé también lo que un hotel no debe ser.

Todo el mundo, incluso Merche, felicitó a los dos arquitectos por el éxito de su empresa. Merche le dijo a Ricardo: «Cariño, ¿cuándo salimos para Nueva York?»

Rogelio tuvo una intervención afortunada:

—¿Vosotros creéis —preguntó, mirando a Aurelio y a Julián— que se puede hablar de un país sin haber conocido un poco el campo? Tengo entendido que allí las granjas, el trigo...

Terminó la sesión colectiva. Y todos regresaron a sus casas. Al llegar a General Mitre, Margot abrazó a Julián.

—Has contado cosas muy interesantes, querido... Los dos habéis estado muy bien. De todos modos, y después de agradecerte una vez más nuestro periplo italiano, que todavía me quita el sueño, mi obligación sigue siendo la misma, es decir, preguntarte: «¿Cuándo vuelves a marcharte y adónde?»

Lo curioso era que a Laureano y a Susana les parecía normal todo ese tejemaneje, que sus padres, o quien fuese, anduvieran de un lado para otro. ¡En el cine no se veía más que eso!: aviones, trenes, automóviles... El cine era Cosmos Viajes en pantalla colosal. Beatriz comentaba, después de los consabidos elogios a Gloria, su nueva asociada: «¡Es natural! El cine tiene la culpa de muchas cosas...»

El último proyecto que, por el momento, puso en práctica Rogelio estaba también conectado con Ricardo Marín y con

Julián, y había de traer inesperadas consecuencias. Se trataba, nada más y nada menos, que de derribar el antiguo local del Banco Industrial Mediterráneo y levantar en su lugar, es decir, en pleno paseo de Gracia, otro nuevo, ciento por ciento revolucionario. «Construcciones Ventura, S. A.», se ocuparía del asunto y el arquitecto elegido fue Julián, quien, esta vez, elaboraría los planos sin la ayuda de nadie. Ricardo Marín lo apreciaba mucho, le oyó hablar de los Bancos vistos en Norteamérica y quiso darle esa oportunidad. La obra, por sus dimensiones y categoría, desbordaría a la competencia y obligaría a mucha gente a morderse las uñas.

El derribo se hizo en un abrir y cerrar de ojos. Y poco después, cuando la silueta del edificio empezó a perfilarse, los transeúntes comenzaron a detenerse asombrados.

—¡Ahí va...! ¿Qué están haciendo aquí? ¡Menudo mamotreto!

—¿No ves lo que pone la valla? Banco Industrial Mediterráneo.

Los pingües negocios realizados últimamente por Ricardo Marín le habían permitido aquel golpe de efecto y ser, en cierto modo, el pionero de lo que luego otros muchos bancos se decidirían a hacer. Como fuere, la obra, al igual que el sistema utilizado para su construcción, marcaría un hito en el ramo. Dos gigantescas grúas, accionadas por sendos hombres sentados en lo alto de unas garitas, acarreaban fácilmente toneladas de material; la armazón de hierro se levantaba con increíble rapidez; las columnas eran de mármol; la fachada, con salientes muy audaces; no se emplearían ladrillos sino enormes bloques prefabricados; todo el edificio respondería a las más avanzadas concepciones a que se aludió en el Congreso de París... Entretanto, varios escultores vanguardistas preparaban los frisos —muy parecidos al que le quitaba el sueño a Anselmo en General Mitre—, y otros tantos pintores abstractos salpicaban con manchas inmensos cartones, manchas que los inspirarían luego para decorar las distintas dependencias de aquella edificación que, para legítimo orgullo de Julián, empezaba a ser calificada de «auténtico milagro de la técnica moderna».

Los comerciantes vecinos se lamentaban de que las obras perjudicaban entretanto a su negocio.

—¡No preocuparse! —zanjaba Rogelio—. Eso nos lo comemos en menos de un año. Y luego los primeros beneficiados serán ustedes.

Tal vez no le faltara razón... Pero Margot no se la daba.. A Margot la concepción del edificio no le gustaba ni pizca, y así se lo dijo a Julián.

—Es frío, es horrible. No sé adónde vais a parar con esas nuevas formas. Barcelona antes tenía empaque, señorío; ahora estáis convirtiéndola en una checa. No os importan los inmuebles que hay al lado ni el lugar de emplazamiento. ¡Lo mismo da levantar eso ahí que en Estocolmo o en Chicago!

Julián no se dejaba amilanar. Estaba muy seguro de sí.

—No te entiendo, querida. Si alguien convirtió parte de Barcelona en una checa fueron precisamente una serie de arquitectos mediocres de principios de siglo, que no se dieron cuenta de que una ciudad húmeda y gris requería fachadas y material de un cromatismo mucho más intenso. ¿Qué entenderían por señorío, vamos a ver? ¿Esas torrecitas oscuras, sepultadas tras un sombrío jardín? ¿Esas fachadas sin apenas cristales, con balconcitos semicirculares para soltar un discurso electoral? ¿Los siniestros conventos tapiados, hostiles, donde lo difícil es encontrar la puerta de entrada? ¡Uf...! La burguesía y el clero de antes de la guerra... Claudio Roig, que ama tu tierra como tú, me dijo que a veces le parecía lógico, como una espontánea venganza de la naturaleza, que los «rojos» se hubieran dedicado a los incendios.

Julián tenía la suerte de contar con un aliado en la familia: Laureano. A Laureano lo entusiasmaba la traza del nuevo Banco Industrial Mediterráneo. «¡Es estupendo, papá! Siempre voy con mis amigos a verlo. Se mueren de envidia y yo sigo pensando que ser arquitecto es algo muy bonito.» «Gracias, hijo», le contestaba Julián, mirando al muchacho con inmenso cariño.

Las consecuencias del impacto producido por aquella obra fueron, en efecto, inesperadas. Y en cierto modo, la persona más radicalmente afectada, ¡quién hubiera podido predecirlo!, iba a ser Rosy. Cierto. Ricardo Marín no se limitó a estrechar sus relaciones con «Construcciones Ventura, S. A.», sino que incrementó mucho más aún las que ya sostenía con la mujer de su dueño, es decir, con Rosy. El marco en que se coció lo que iba a ocurrir fue el Club de bridge y la fórmula utilizada la más discreta: cada vez que el banquero entraba iba acercándose con disimulo a la mesa de la esposa de Rogelio, hasta que terminaba por sentarse a su lado y por susurrarle al oído, como en las fiestas: «Estás preciosa y he venido a traerte buena suerte...»

Rosy se lo pensó mucho antes de decidirse a dar también «su» golpe. Pero por fin lo dio. ¡Al diablo las resistencias interiores, las dudas, el ejemplo de Margot! ¿No decía siempre Rogelio que «la vida era para vivirla»? ¿No tenía éste sus descarados contactos con Marilín? ¿No coqueteaba públicamente, sin amagos, con la mujer de un fabricante de tejidos, mujer vulgar a la que llamaban Maruja? ¿No tenía por los cabarets todos los líos que le apetecían? ¡Pues adelante...! Ya se lo dijo en París a Chantal: «La discriminación que existe en España ofrece la ventaja de que si un día una se decide también a tirar por la calle de en medio, puede hacerlo sin escrúpulos de conciencia...»

A Ricardo Marín, bastante más joven que Rogelio, casi le asombró que Rosy le opusiera tan escasa resistencia. El hombre no ignoraba que Rogelio le imitaba en muchas cosas, y tampoco el éxito que él personalmente solía tener con el sexo femenino; de ahí que acudiese también a la barbería de Aresti a que le recortaran el bigote con mucho cuidado y a que le tiñeran las canas que empezaban a blanquearle las sienes. Pero de eso a conseguir precisamente a Rosy... ¡La suerte fue su aliado! El primer beso que le dio —en un saloncito reservado del propio club— le cortó a la mujer la respiración y la puso sobre la pista «de lo que aquello podía ser».

—¡Ricardo, por favor!

—Anda, no seas tonta. Que lo estás deseando como yo...

Era verdad. Por lo demás, hubiérase dicho que Rogelio se

empeñaba en darles facilidades. Aparte de sus consabidos viajes a Madrid —siempre en coche cama—, en su calidad de directivo del *Barça*, muy querido por los jugadores, con frecuencia lo nombraban delegado del Club cuando el equipo jugaba fuera. Entonces, y por espacio de dos o tres días, la ciudad entera quedaba a merced de Rosy y del banquero Ricardo Marín. ¡La explosión se produjo inevitablemente! Una explosión amorosa, sensual, que tuvo la virtud de constituir para Rosy un estímulo impar.

Por el momento acordaron verse en el mejor *meublé* de la ciudad —y el más apartado y recóndito—, conocido por el curioso nombre de «La Gaviota». Rosy conoció en él, por fin, la vida amorosa... refinada. Ricardo era un experto en ese menester: cariñoso, apasionado, pero sin la brutalidad de Rogelio, quien en el lecho continuaba siendo tan egoísta como fuera de él y a menudo se comportaba como un salvaje.

—¿Eres feliz, Rosy...?

—Completamente. Nunca imaginé que pudiera serlo tanto.

—Yo también lo soy. ¡Eres tan hermosa!

—¿De veras te gusto?

—Gustar, gustar... ¡Deberíamos inventar otra palabra! ¿No tienes espejos en tu casa?

Rosy sonreía.

—Claro que los tengo. Pero me da apuro mirarme en ellos así como estoy, desnuda... —y haciendo como que se cubría con los brazos, echaba a correr hacia la ducha.

Una sombra en el rutilante firmamento de aquel amor: Merche, la mujer de Ricardo.

Merche era también más joven que Rosy, y el conde de Vilalta continuaba diciendo de ella que era un caso aparte, por lo que al besarle la mano se inclinaba de un modo especial. En consecuencia, Rosy, que había sentido muchos celos por culpa de la joven mujer, al hablar entonces con ella experimentaba un curioso sentimiento de cumplida venganza. Pero al propio tiempo tenía miedo. ¡Era tan lista! ¿Y si un día descubría el secreto?

Nadie, por el momento, se enteró de lo que estaba ocurriendo. Julián y Margot, nada en absoluto. Y Rogelio menos aún. A Rogelio no le pasó siquiera por la cabeza que algún día Rosy pudiera hacer lo que él mismo estaba haciendo todos los días. ¡Y cómo apreciaban a Ricardo, sinceramente, Pedro y Carol! Lo llamaban «tío Ricardo» y Carol, desde que éste la llevó un día en su coche por la pista de Castelldefels le prometió que cuando supiera tocar bien la armónica —estaba aprendiendo—, le ofrecería un concierto exclusivamente para él.

—La Gaviota... Tiene gracia, ¿verdad?

—Sí, es un nombre poético.

—Huele a mar.

—Huele a lo que tú quieras, querida... A lo que tú quieras, a condición de que se llame Rosy.

«¿La Gaviota» el mejor *meublé* de la ciudad? Sin discusión. El más elegante —con acuarios— y el más acogedor y sutil. Por ello pertenecía a Rogelio, porque éste, en la cadena que estableció, quiso que hubiera uno que se llevara la palma entre todos los existentes en Barcelona; y le puso ese nombre porque le pareció neutro y que no comprometía a nada.

Rebote perfecto, pues —Ricardo Marín, sin saberlo, contribuía incluso en ese terreno a la prosperidad de los negocios de su amigo—, pero estrambótico y arriesgado, por la sencilla razón de que Rogelio había eludido desde el primer momento cualquier contacto con los inmuebles que habilitó para semejante operación. En eso su hombre de confianza, su representante legal a todos los efectos y, por lo tanto, prácticamente el amo, era su asesor jurídico y pariente, Alejo Espriu, quien recorría periódicamente uno por uno los cinco establecimientos, en calidad de «administrador general».

Ése fue el resbalón de Ricardo y de Rosy... A las pocas semanas ya no podía decirse que «nadie se había enterado de lo que estaba ocurriendo», porque se enteró Alejo Espriu, tío de Rosy. Y es que el hombre, «especie de impotente», como en cierta ocasión se denominó a sí mismo, chismoso por naturaleza y ansioso de conocer a fondo la sociedad en que le había tocado vivir, podía perfectamente controlar la llegada de los taxis que conducían a las parejas, verles a éstas el rostro cuando se apeaban, ¡fotografiarlas si le daba la gana!, sin que los interesados se enterasen de nada. El sistema era muy simple: un altillo oculto tras una cortina, con un pequeño mirador, situado estratégicamente al lado de los ascensores.

Ello le había permitido, desde que empezó a ejercer sus funciones, llevar en la memoria un fichero bastante pintoresco y casi podría decirse que alarmante de gran cantidad de infidelidades conyugales que tenían lugar en Barcelona. Viviendo, como vivía, en el Hotel Ritz, a veces gozaba lo suyo reconociendo a respetables señoras que acudían con sus maridos a pasar un par de días a la capital y que se alojaban en dicho hotel. Mientras los maridos salían a la hora que fuese, «a resolver asuntos importantes», ellas se iban a los *meublés* en busca del placer clandestino, o al revés. Carambolas por banda que hubieran situado a mosén Castelló al borde del infarto.

Pero la gran sorpresa en su ya larga experiencia en ese campo se la proporcionaron Ricardo y Rosy. Cuando, encontrándose en el altillo de «La Gaviota», los vio apearse del taxi, tuvo que hacer un esfuerzo para no ponerse en pie. Y cuando los vio penetrar en el ascensor y que éste iniciaba su subida hacia el séptimo cielo, estuvo a punto de provocar una avería eléctrica, cualquier cosa, para impedir que aquello se consumase.

¡Quería tanto a Rosy! ¡Y respetaba y admiraba tanto a Rogelio! Éste lo había sacado de la nada, de la mentira, del Metro y de los tranvías para elevarlo al rango a que siempre aspiró. Y ahora Rogelio se veía burlado de la manera más descocada por «el ilustre financiero don Ricardo Marín», como solían decir los periódicos.

Alejo Espriu, a quien la profesión le había enseñado a dominarse, no se movió. Evacuó su cólera inicial apretando con fuerza el puño de plata del bastón que siempre llevaba consigo. Pensó muchas cosas a la vez. Que al fin y al cabo Rogelio le daba también a Rosy sopas con onda. Que, guardando para sí el secreto, tendría para siempre —la vida era larga y llena de sobresaltos—, una carta importante que jugar... Una baza que podía utilizar en cualquier momento. ¡Él mismo se avergonzaba de semejante tentación!, consolándose al pensar que más que nada veía en el horizonte, en el horizonte de su posible intervención, la figura de Ricardo Marín, al que consideraba un pedante, con la única excusa de que se merecía serlo, lo que para Alejo era todavía peor.

CAPÍTULO XXIII

LAUREANO, PEDRO Y MARCOS habían terminado felizmente el bachillerato en junio —los dos primeros, en el Colegio de Jesús, el último en el Liceo Francés—, y durante el verano se prepararían para aprobar en septiembre el examen de Estado y así ingresar en la Universidad. Andrés Puig se había estancado en esa prueba, que solía ser muy dura; Sergio la había superado a tiempo, sin mayores dificultades, y cursaba ya segundo en la Facultad de Derecho.

En el Colegio de Jesús se habían producido algunos cambios. El padre Barceló, el musicólogo, se había ido a misiones, exactamente a la India, arrancando con ello algunos comentarios sobre las vacas sagradas y el número de mujeres que tenían los maharajaes. El padre superior, *el Cuentagotas*, había sido destinado a Valencia y su sustituto, el padre Tovar, pronto llamado *el Pancho* porque era sencillo y acostumbraba a sonarse con pañuelos exageradamente sucios, empleaba con mucha frecuencia una frase que provocaba la hilaridad de los alumnos: «Esto me desagrada positivamente». Muchas cosas desagradaban positivamente al padre Tovar, entre ellas, que lo llamaran *el Pancho*.

Pero el cambio más enjundioso, que había de galvanizar en cierto modo la vida del colegio, fue la incorporación de un nuevo profesor: el padre Saumells, el ex compañero de Julián en Zapadores, conocido durante la guerra por *el Mujeriego*; el teniente de Tarragona que a poco de terminar la contienda civil se sintió decepcionado y que, desoyendo los consejos de su gran amigo Claudio Roig, se largó a un noviciado.

En cuanto Julián se enteró de su llegada se precipitó a visitarlo para darle un abrazo, y acto seguido lo invitó. «Tienes que venir a casa a tomar café. Quiero presentarte a la familia.» «¡Encantado! Mañana mismo.» «Supongo que beberá coñac a todo pasto», dijo Margot. «En el frente, desde luego...», contestó Julián. Invitaron también a Claudio Roig y la reunión tuvo lugar al día siguiente, sábado, en medio de una expectación y una euforia fuera de lo común, especialmente por parte de Julián. Y es que el arquitecto no conseguía hacerse a la idea de que *el Mujeriego*, con el que corrió aventuras de todos los calibres, vistiera ahora sotana y hubiera hecho voto de castidad. Por ello, aunque Margot cuidó de que se formara un semicírculo perfecto en torno del recién llegado, y pese a que éste no había perdido un ápice de su habitual campechanía, pronto se dieron cuenta de que iba a ser difícil hilvanar el diálogo, debido a que de pronto los dos hombres, que en verdad se habían abrazado con una emoción extraordinaria, se miraban, miraban luego a Claudio Roig y los tres soltaban una risotada. Julián le decía: «Pero ¿será posible? ¡Supongo que te habrás confesado!» El padre Saumells respondía: «¡Bueno! Me di a mí mismo la absolución...»

Margot observaba con la mayor atención al padre Saumells. Su primera impresión no pudo ser más favorable, hasta el punto que la mujer se preguntó si aquel hombre no habría caído llovido del cielo... ¡Le hacía tanta falta a Julián un amigo que no le hablara exclusivamente de su profesión... y que no le contara sólo chistes verdes! Para empezar, el aspecto del religioso, pese a su desgarbo, era noble. De mediana estatura, ancha la frente, emanaba de él una indudable serenidad, fruto sin duda de una honda paz interior. A Margot le recordó, salvando ciertas distancias, a los hermanos de Rogelio, de quienes había dicho, al regreso de la visita que les hicieron a Llavaneras para adquirir los seis cipreses que plantaron en Can Abadal: «Han encontrado su lugar en la vida».

Algo había llamado la atención de todos: el hombre llevaba el pelo largo, bien peinado. Ello empezaba a ser corriente entre religiosos, pero todavía causaba sorpresa. Dicho detalle agradó en grado sumo a Laureano y a Susana. Otra cosa les resultó simpática: el padre Saumells tenía la manía de obsequiar a todo el mundo con caramelos de malvavisco, que llevaba dentro de una cajita redonda, metálica. De pronto sacaba la cajita e invitaba a todos: «¿Le apetece a alguien?» «No, no, muchas gracias.» Entonces él se llevaba un caramelo a la boca, paladeándolo con evidente satisfacción.

Claro que era pronto para opinar, pero el buen tacto del religioso saltaba a la vista. Por ejemplo, no tardó mucho en conseguir que la conversación se generalizase, y ello mediante un truco bien fácil: afirmar que tiempo tendrían con Julián y Claudio para hablar del pasado, de los recuerdos de la guerra y que en aquel primer encuentro los protagonistas debían ser precisamente los representantes del futuro, es decir, los chicos: Laureano, Susana y Pablito, éste gateando por entre los sillones, como buscando su propia identidad. También insistió en que Margot lo tutease, aunque a la mujer le resultaba difícil: «¡Por favor, Julián! –cortaba cada vez el religioso—. ¿Quieres recordarle a tu distinguida esposa que soy de la familia...?» Julián protestaba: «La culpa es tuya... En todo este tiempo, media docena de postales. Y la última... ¡yo qué sé!»

Durante un buen rato hablaron de los chicos, de sus estudios y aficiones. Al enterarse de que a Susana le interesaban los animales y que a lo mejor le tiraría la medicina, comentó: «¡Caramba! Eso en una chica no es corriente...» Al enterarse de que Laureano estudiaba con ahínco la guitarra y tenía buena voz exclamó: «¡Magnífico! La música hace mucha compañía... Y yo daría cualquier cosa para no tener esta voz de pato que, al parecer, heredé de mi abuelo».

Julián se sentía a gusto. Pero la verdad era que ardía en deseos de conocer la vida y milagros de su ex camarada y supuso, con buen sentido, que los chicos serían los primeros interesados.

—¡Naturalmente, papá!

—Pues anda, Saumells... ¡Oh, perdón!: padre Saumells...

Cuéntanos lo que ha sido de ti en todo ese tiempo... Y cómo has venido a parar precisamente a Barcelona.

El padre Saumells tuvo uno de sus ademanes austeros.

—Pues muy sencillo. Me he pasado esos quince años estudiando...

—¿Dónde?

—Primero, en España; los cuatro últimos años, en Alemania...

—¿En Alemania? ¡Hombre! —Julián encendió voluptuosamente su pipa.

El religioso añadió, en tono sumamente expresivo:

—En cuanto a venirme a Barcelona, ¿qué iba a hacer? Después de cantar misa me enteré de que tu hijo estaba en el «cole» y solicité el traslado...

Todos se rieron, y Julián, después de echar una bocanada de humo que simbolizaba gratitud, prosiguió:

—Oye una cosa. Interesante experiencia lo de Alemania, ¿no?

El padre Saumells respondió:

—¡Bueno! Decir interesante... sería decir poco.

Y empezó a contar. Habló de la Selva Negra y del Rhin. «¡Oh, sí, Alemania es todo un mundo!» Además de aprender el idioma, había enriquecido allí, en todos los aspectos, su repertorio de ideas. En el Seminario Teológico convivió con religiosos de muchos países, e incluso de razas muy distintas, y de cada uno de ellos aprendió algo, empezando por un mongolés, que le regaló los gruesos zapatos que llevaba. Y por supuesto, no le quedó más remedio que habituarse a ser metódico en el trabajo, a no desperdiciar un minuto, lo que con toda seguridad era muy importante, sobre todo proviniendo de un país como España, en donde, quien más, quien menos, todo el mundo solía improvisar. El padre Saumells agregó:

—En eso del método los alemanes son implacables.

Margot, interesada por el giro que tomaba el diálogo, le preguntó:

—¿Entonces Alemania te ha gustado, padre Saumells?

Éste se acarició el cabello, como meditando.

—Pues... sí, mucho. Los alemanes tienen, como tiene todo el mundo, sus defectos. ¡Qué duda cabe! Y una guerra como la que sufrieron deja un lastre tremendo... Pero, en fin, tienen también muchas cualidades. Por ejemplo, el esfuerzo que han hecho para recuperarse es algo portentoso. Sólo un país disciplinado como aquél puede llevarlo a cabo.

Julián se regocijó al oír esto. Sin darse cuenta, lo asoció al espíritu de milicia que Hitler, en sus buenos tiempos, inculcó a la población. Pero he aquí que se llevó la sorpresa de la velada. El padre Saumells, estimulado por el interés que demostraba su auditorio, continuó hablando. Y después de relatarles sus andanzas por Heidelberg, por Francfort, por Colonia y otras ciudades, de pronto volvió a referirse al lastre de la guerra —al desasosiego de los huérfanos, al materialismo creciente, etcétera—, para desembocar finalmente en la impresión increíble, aterradora, que le produjeron sus reiteradas visitas a los campos de exterminación de Dachau, Auschwitz, Buchenwald... «Sólo quien ha visto aquello puede comprender a qué grado de crueldad pueden llegar los hombres», afirmó. No se entretuvo en dar muchos detalles, pues era evidente que el solo recuerdo de lo que vio le pesaba excesivamente en el cerebro; pero la descripción que hizo de los hornos crematorios fue tan plástica y veraz que Laureano y Susana, que nunca habían oído hablar de aquello, se encogieron en sus sillones, mordiéndose las uñas.

Julián, que siempre creyó que se había exagerado mucho sobre el particular, y que hasta entonces se había sentido feliz escuchando al padre Saumells, de repente se colocó a la defensiva y miró a su amigo con frialdad. Pero el religioso no lo advirtió: tan ensimismado estaba en lo que venía contando. Así que, después de permanecer como ausente por espacio de unos segundos concluyó, como hablando para sí: «¡Y pensar que en un momento determinado haya podido yo gritar ¡Viva Hitler! y saludar con el brazo extendido...!»

Fue el primer toque de alarma. Y la frialdad de la mirada de Julián se intensificó hasta tal punto al oír esas palabras que el padre Saumells, advertido además, con disimulo, por Claudio Roig, terminó por darse cuenta. El hombre, entonces, pareció dudar entre sostener la mirada de Julián... o disimular también. Finalmente optó por eso último, pues, aparte de que conocía sobradamente a su ex camarada, le ocurría que desde su llegada a España tropezaba de continuo con reacciones parecidas.

Por supuesto, no pudo impedir que Julián, testigo del asombro que se había apoderado de Laureano y Susana, tratara de formular determinadas objeciones. Pero el padre Saumells no admitió el juego. Se las ingenió para encarrilar el diálogo por otros derroteros, aprovechando la inesperada circunstancia de que Pablito derribó estrepitosamente dos copas de las que había en la mesa, lo que reclamó por un momento la atención general.

Cabe decir que Margot, tan interesada como el propio religioso en zanjar la cuestión, acudió en su ayuda, rogándole que volviera a hablarles de «otros aspectos agradables» de Alemania. El padre Saumells sonrió. Y aun cuando notó la curiosidad un tanto morbosa de Laureano y Susana, quienes con toda evidencia deseaban que continuara con el tema anterior, el hombre canceló hasta otra ocasión los recuerdos terroríficos y se puso a hablar de las autopistas que había en el país, lo que a Julián le interesaría sobremanera; de los conciertos —Margot, al oír esta palabra, iluminó su semblante—, y, por encima de todo, ¡de la inimaginable capacidad de los habitantes de la católica Baviera para ingerir toneladas de cerveza! El padre Saumells afirmó: «¡Las jarras de cerveza que he tenido que zamparme para no hacer el ridículo!»

El peligro había pasado. Julián, capaz también de dominarse, decidióse a colaborar con el clima de cordialidad que reinaba de nuevo. Había advertido que el padre Saumells continuaba con un tic que le era muy propio: acariciarse las falanges de los dedos, ora de una mano, ora de la otra. Julián se rió recordando ese detalle: «¡Veo que sigues dándoles a los dedos! ¿No os lo prohíbe el reglamento?» «¡Bah! Tenemos más libertad de lo que la gente supone...»

El último cuarto de hora de la reunión discurrió, definitivamente, por cauces de una intimidad de la mejor ley. Margot, perfecta ama de casa, estaba empeñada en enseñarle una por una las piezas de aquel hogar «que a partir de aquel día era ya el suyo», pero el padre Saumells consultó el reloj y dijo que tenía que marcharse. «¡Ya volveré! No os preocupéis. Me gustará ver las habitaciones de los chicos... y comprobar si Pablito ha crecido poco o mucho.» Al oír esto, Susana le notificó que en su habitación tenía una colección de cajitas alineadas en una hornacina que se iluminaba por dentro, apretando un botón.

—¿Cajitas? ¿De qué clase?

—De cualquier clase... Cajitas...

—¡Entonces, toma ésta! —exclamó el religioso, riendo. Y sacándose del bolsillo su cajita de caramelos de malvavisco..., se la regaló a Susana.

Poco después la familia en pleno acompañaba al padre Saumells y a Claudio Roig a la puerta. Y mientras Laureano la abría y llamaba el ascensor, el religioso se detuvo ante un mapa de España, antiguo, que colgaba de la pared del vestíbulo.

—España... —musitó, como si la presencia del mapa lo hubiera impresionado súbitamente—. La piel de toro...

Julián se le acercó.

—¡Sí! He aquí un tema que no hemos tocado, y del que tendremos que ocuparnos la próxima vez...

El padre Saumells movió la cabeza en gesto ambiguo, en el momento en que el ascensor llegaba y se detenía en el rellano. Y en tanto se dirigía a él, el religioso añadió:

—Pues... no sé. Eso es más difícil que hablar de Alemania.

—¿Por qué? —preguntó Julián.

El religioso sostuvo por unos instantes la puerta del ascensor.

—Situación confusa, ¿no?

—¿Confusa? —El arquitecto lo miró con fijeza, nuevamente colocado a la defensiva.

—¡Bueno! —sonrió el religioso, como quitándole importancia a lo que acababa de decir—. En realidad acabo de llegar, y no he tenido tiempo de formarme una opinión... —y penetró en el ascensor, junto con Claudio Roig.

Margot le dijo:

—¡Vuelva pronto! ¡Vuelve pronto, padre Saumells...!

El religioso sonrió.

—Te agradezco que ni una sola vez se te haya escapado lo de *Mujeriego*...

No dio tiempo para más. La puerta se cerró y el ascensor se hundió en el agujero, desapareciendo.

Entonces se produjo en el rellano un extraño silencio. Poco a poco la familia fue entrando en casa. Susana cerró la puerta. La chica y Laureano, que se habían entusiasmado con el padre Saumells, a gusto hubieran expresado su sentimiento a voz en grito; pero Julián, a quien Pablito perseguía, se había encerrado en un mutismo tan absoluto que ello los cohibió.

Por añadidura, Margot les indicó con una seña que se callaran. Los chicos, un tanto desconcertados, se miraron entre sí y obedecieron. Y vieron cómo su padre, acariciándose la mejilla derecha, se dirigía de nuevo a su butacón y cómo una vez allí se dejaba caer en él con mucha calma y se disponía a encender la pipa...

¿Por qué la política se interfería entre los hombres? ¿Por qué emponzoñaba la vida, los proyectos, la amistad? Por su culpa, a lo largo de aquel verano, mientras los chicos estudiaban obsesivamente para lograr el pase a la Universidad, Julián tuvo que luchar duramente —y encender, turbado el ánimo, muchas pipas—, para no echar por la borda las gozosas posibilidades que le ofrecía su inesperado reencuentro con el padre Saumells, a quien, pese a todo, continuaba queriendo igual que antes, lo que constituía la única esperanza de Margot.

Por supuesto, las discrepancias que en el transcurso de aquella velada se pusieron de manifiesto de modo incipiente, un mes después se hicieron violentamente ostensibles. ¡En cuanto el padre Saumells tuvo formada la opinión que aquel día afirmó no poseer aún! La situación dejó de ser para él «confusa»; el hombre tomó una actitud, y nadie podría apearlo de ella. España, a su juicio, era tal y como, empleando distinto léxico, la había definido Alejo Espriu en su conversación con Rogelio y Jaime Amades. Por si fuera poco, el hombre había tenido ocasión de comprobar en Alemania, retroactivamente, los efectos del totalitarismo y, pensando en ello, el espectáculo que le ofrecía «la piel de toro» le ponía los pelos de punta.

Lo malo era que no encontraba eco ni siquiera entre los religiosos del Colegio de Jesús, algunos de los cuales eludían la cuestión, mientras otros, incluido el nuevo director, padre Tovar, entendían que el sistema funcionaba perfectamente y que lo que ocurría en España, el avance del país en todos los órdenes, casi podía calificarse de milagroso. Lo malo era también que el ex teniente tarraconense, *el Mujeriego*, ante semejante estado de cosas no optó por callarse... Por el contrario, no se perdía ocasión de manifestar sus opiniones, de modo que el padre Tovar pensó que antes de que se reanudase el curso y de enfrentarlo en calidad de profesor con los alumnos tendría que llamarlo a su despacho y cantarle las cuarenta, amenazándolo con tomar una decisión drástica si no dejaba a un lado sus opiniones personales. Julián estaba furioso con su amigo y le prohibió que intentara influir sobre Laureano y Susana. Lo mismo le dijo Rogelio con respecto a Pedro —Carol no se enteraba de esas cosas—, en cuanto el religioso hizo un par de visitas a la avenida Pearson, donde *Kris* había muerto de muerte natural, siendo sustituido por otro centinela llamado *Dog*, y donde apenas si le preguntaron por su estancia en Alemania —sólo Rosy se interesó un poco— y mucho, en cambio, sobre las posibilidades turísticas, sobre el edificio del Banco Industrial Mediterráneo en el paseo de Gracia y sobre el monigote publicitario, gordinflón y sonriente, de «Construcciones Ventura, S. A.».

En realidad, las únicas personas que realmente lo comprendieron y alentaron fueron Aurelio Subirachs y el doctor Beltrán, ya que Margot se encontraba entre la espada y la pared. Aurelio Subirachs le dijo: «El país avanza, ¡qué duda cabe!, por la sencilla razón de que el mundo dispone ahora de muchos más medios que hace veinticinco años. Ahora bien, comparado con lo que avanzan los restantes países de Occidente, nuestro papel, padre Saumells, es el de la tortuga». Tocante al doctor Beltrán, le suministró datos escalofriantes referentes a las cárceles, a los manicomios, al abandono de los minusválidos y subnormales, al funcionamiento del Seguro de Enfermedad, en algunos de cuyos consultorios en una hora eran despachados ochenta o cien enfermos. «¡Eh, los que tengan tos seca, a la izquierda! ¡Los otros, a la derecha!»

Si ése era el clima reinante en su esfera, ¿qué le esperaba? ¿Qué podía hacer y cuáles serían sus deberes? Porque, el pecado que no cometería jamás el padre Saumells sería traicionar a su conciencia.

Mientras los mayores tenían ese género de preocupaciones, los hijos vivían un presente que para ellos era principal. ¡Con buena fortuna, por cierto! En septiembre, incluso Andrés Puig franqueó, esta vez, el examen de Estado, lo que dejó perplejo al hijo del joyero. «¿Qué voy a hacer ahora? —comentó—. ¡Si la única carrera que me interesa es la de coches que se celebra anualmente en Montjuich!» Marcos, el hijo de Aurelio Subirachs, aprobó. «¿Qué? —le preguntó su padre—. ¿Vas a llenar ahora de colores el mundo?» Marcos, vanidosillo, con *La Codorniz* debajo del brazo, le contestó: «Me gustaría estudiar Filosofía y Letras». «Pero ¿no te interesa la plástica? ¿Por qué no estudias arquitectura?» «Por tu culpa, papá. Si estudio para arquitecto, por más que haga nunca dejaré de ser el hijo de Aurelio Subirachs.» Éste bamboleó su gran cabeza. Se llevó un serio disgusto. Menos mal que su hijo mayor cantaba misa al cabo de un par de meses. Estaba claro que para encontrar entre la prole un continuador debería esperar a que se decidiera el tercero de la dinastía, que se llamaba Fernando y que por el momento quería ser esquiador. «Quiero ser esquiador y romperme una pierna.»

Laureano y Pedro eran casos aparte. Enseñaron a sus padres las papeletas que les abrían las puertas de la Universidad, pero no mencionaron nada sobre sus proyectos. Lo primero que querían hacer era celebrar el aprobado —¡menudo tute todo el verano!— y el hecho de sentirse hombrecitos. ¡Universitarios! Pedro era bastante más alto que Rogelio, del que físicamente sólo había heredado el ser patizambo y las orejas grandes y colgantes. Con mucho cabello y unos ojos profundos, que tan pronto se lanzaban en pos de «lo otro» como se replegaban sobre sí mismos. Tal vez estuviera destinado a sufrir, aunque la alegría le salía por los poros de la piel y del espíritu. Laureano era algo más bajo, pero más ancho de tórax, más desarrollado gimnásticamente. Su aspecto desconcertaba. Tan pronto continuaba pareciendo atemorizado como daba la impresión de una enorme seguridad. Tenía que afeitarse ya una barba bastante cerrada y al hacerlo el espejo le devolvía una edad imprecisa. Uno y otro ignoraban que muchos de los hombres que, como el padre Saumells, tenían otro género de preocupaciones, a «su» misma imprecisa edad se encontraban con un fusil en las manos, haciendo la guerra.

¿Y cómo decidieron celebrar su éxito Laureano y Pedro? Sencillamente, demostrándose a sí mismos que eran hombrecitos. Pidiéndoles unos duretes a sus padres y dándose un garbeo por el Barrio Chino y por el Paralelo. Por un momento estuvieron tentados de rogarle a Sergio que los acompañara, pero en última instancia lo consideraron humillante. «Ya no necesitamos ama de cría, ¿no te parece?»

Eligieron un domingo por la noche. Margot le dijo a Laureano: «Anda, dame un beso y que os divirtáis mucho». La excusa que habían inventado para salir era que se iban al cine. ¡Menudo cine! Recorrieron los cafés de la calle del Conde del Asalto y contornos sin tomar nada, porque no estaban ambientados todavía y porque la presencia de marineros y el aspecto de los vasos en los mostradores los echaban para atrás. Sin embargo, los escaparates, la calle, los vendedores ambulantes, los olores —¡sobre todo, los olores!—, empezaron a excitarlos en forma desconocida. Parejas fundidas en unidad se metían en portales oscuros. «¿Eh, qué tal?» «Estarán también celebrando algo.» «La vida es la vida, ¿no?» Y se guiñaban. ¡Se sentían tan amigos formando una causa común!

De pronto, ¡la iluminación! Como si Jaime Amades los hubiera estado esperando con uno de sus números de publicidad. El Paralelo rutilaba. Espectáculos de revista, carteleras por todas partes, alguna sala de baile, autos de choque y enormes tiendas de muebles con muchos tresillos y muchas alcobas conyugales. Luces de neón los vapuleaban como diciéndoles: «¿Por dónde queréis empezar?»

Se detuvieron ante las colas formadas frente a las taquillas de las revistas. Las mujeres dibujadas a gran tamaño y a todo color en las fachadas —efectivamente, la firma publicitaria decía: Agencia Hércules— tenían ondulaciones de una calidad que no habían visto anteriormente en los cafés de marineros. Los dos muchachos mascaban chicle y no se decidían a entrar. Observaban que algunas manos temblaban al pedir la localidad en las taquillas. ¡Entrar allí era hipotecar de golpe más de dos horas! Se iban alejando con aire de veteranos.

Hasta que les entró el temor de rastrear sin cobrar pieza. Entonces improvisaron y se metieron en «El Molino», que tenía mucha fama. «El Molino» era también un espectáculo arrevistado, pero de números cortos, como de quitapón, y la gente salía cuando le daba la gana. Pronto se encontraron sentados en incómodas butacas de madera, muy estrechas, rodeados de sudor y de un público escasamente selecto que bebía cerveza y gaseosa. Presenciaron el desfile de unas cuantas *vedettes* ya un poco ajadas, que les presentaron números de picardía elemental. Actuaron también varios homosexuales, que obtuvieron un éxito inenarrable, sobre todo entre los soldados, muchos de ellos situados muy cerca del escenario. «¡Eh, tú, Margarita! ¡Que me dan ganas de morderte!» «¡Te espero en el cuartel, chata!»

Laureano, en un momento determinado, se sintió molesto. Todo aquello era deplorable y su corbata se le antojó una intrusión. En los palcos había hombres maduros bebiendo champaña en compañía de mujeres de tez espectral y larga cabellera.

Algo más de media hora les bastó. Salieron, dominados por una excitación especial. Los olores del Paralelo eran otros. Olía ahora a patatas fritas, a multitud, a instinto. «Será una tontería —dijo Pedro—, pero esto a mí me parece una hoguera, como si estuviéramos en la noche de San Juan.» Deambularon al azar, deteniéndose de vez en cuando para ofrecerse el uno al otro el fuego del cigarrillo. El Colegio de Jesús, el autodominio, la familia, todo quedaba lejos... Sentíanse solos como dos minúsculos peces en alta mar.

Bebieron horchata y los divirtió sorberla con una cañita. Compraron un globo por el placer de reventarlo y luego dos diminutos molinillos de papel que giraban al viento y que de pronto regalaron a una gitana que quería nada menos que adivinarles el porvenir. Hasta que, repentinamente, sin previo aviso, comprendieron que había llegado el momento de saber lo que era una casa de mujeres, lo cual no significaba que en ella tuvieran que dar el paso definitivo; simplemente, subir y ver, subir y conocer. Habían oído decir que la decoración era a base de espejos y que uno podía, como en «El Molino», largarse cuando le diera la gana. Sin embargo, tenía que ser una casa con mujeres de verdad, no como las de cartón pintado que había en las fachadas de las revistas; y, por supuesto, más jóvenes que las que vieron en «El Molino».

Pedro se convirtió en director de la operación, lo que no dejaba de tener su aquél. Y es que Andrés Puig un día le había hablado de uno de esos lugares, situado precisamente en la calle del Carmen, donde estaba la Pensión Paraíso. Y se le había quedado grabado un detalle que le dio: estaba situada entre un hotel y una tienda de comestibles y encima de la puerta de entrada había una imagen de la Virgen con un farolillo encendido.

Se dirigieron a la calle del Carmen y dieron con el lugar. No, no había pérdida, a juzgar por la pinta de quienes entraban y salían. Habían vuelto a mascar chicle. Subieron y al llegar al primer piso una puerta abierta los condujo a un gran salón amueblado con divanes desconchados, ¡y con muchos espejos! La actitud de Pedro era incomprensible, incluso para él mismo: sonreía. Miraba a Laureano y sonreía. ¿Por qué? ¡Claro, claro, su rápida, su velocísima experiencia, semiexperiencia, con Trini, en «Torre Ventura»! Ahí radicaba su superioridad. De todos modos, muy grande tenía que ser la fiesta para él. Casi tan grande como lo que le ocurría a Laureano, que por un lado tenía ganas de llorar y por otro un incontenible deseo de aceptar la invitación de una chica morena, de labios abultados, que mientras lo acariciaba le iba asegurando, con acento sevillano, que lo haría feliz.

El muchacho hacía muecas, sin saber qué comentar.

—¡No me dirás que eres virgo! —le espetó ella, de repente.

Laureano soltó una carcajada. Laureano consiguió soltar una carcajada. Y mirar a Pedro, acorralado en un rincón por otra chica, de cabellos de color violeta. El muchacho no supo lo que le ocurrió. Se sorprendió a sí mismo diciendo simplemente:

—Vamos.

Mientras la chica se dirigía a la patrona, Pedro se plantó de un salto al lado de su amigo.

—Toma —le dijo. Y le dio un preservativo. Laureano se quedó atónito. ¡De modo que el muy tuno iba preparado! ¡Así que...! Él ni siquiera lo pensó. Verdaderamente, el corazón humano era complicado, y Pedro tenía corazón; o todo se debería a la semiexperiencia que había tenido con Trini, en «Torre Ventura».

—Pero...

—Yo también usaré uno —le dijo Pedro, con voz propia de quien se juega el todo por el todo.

La experiencia de Laureano fue exhaustiva. Al terminar, sólo se le ocurrió decirle a la chica morena: «Me gusta que hables con acento andaluz...» Ella lo pellizcó y, en un alarde de buena educación, le ayudó a anudarse la corbata.

Pedro tuvo una enorme decepción. La mujer que le tocó en suerte simuló tan mal su entusiasmo, que el chico se desencantó, pese a lo cual alcanzó su objetivo. No obstante, mientras se vestía le preguntó: «¿Cuántos van hoy?»; y ella contestó, al tiempo que mordía el clip que se le había caído del cabello violáceo: «No lo sé. La patrona lleva la cuenta».

Laureano tuvo que esperar a Pedro en el salón de los espejos. Al verle aparecer le ofreció un pitillo y sonrió, aparentando naturalidad. «Qué poco dura esto, ¿verdad?» Pedro se pasó la mano por la abundante cabellera. «¡Sí, desde luego! —Luego añadió—: Un día u otro hay que empezar...»

Era cierto. Eso pensaba Laureano, quien tuvo la impresión de haber cruzado la frontera que conducía para siempre a la hombría. Se sintió eufórico. Pedro bajó la escalera cansinamente: Laureano, a saltos. Le penetró una curiosa lucidez mental. Hubiera hablado con su amigo de muchas cosas: de los sueños de la pubertad; del incierto destino que le aguardaba a Andrés Puig; de las manos que temblaban al pedir las localidades; de la gitana a la que habían regalado los molinillos de papel...

Entraron de nuevo en un bar y se tomaron otra horchata.

—¡Me siento como si ya fuera arquitecto! —exclamó Laureano.

Pedro hizo un ademán ambiguo.

—Pues sí que te ha picado fuerte. ¡A pequeñas causas, grandes efectos!

—¿A eso llamas tú una pequeña causa?

—¡Bueno! Al fin y al cabo...

Los papeles se habían trocado. El director de la operación era entonces Laureano, cuya actitud movió a Pedro a reflexión. Pedro inclinó hacia abajo el labio inferior, lo que por un momento le dio expresión vulgar.

Laureano se hizo cargo y le preguntó a su amigo:

—¿Ocurre algo?

Pedro enarcó las cejas y semicerró un ojo, en expresión característica. Todavía, de vez en cuando, bizqueaba una fracción de segundo.

—Ocurrir, no ocurre nada. Pero envidio tu euforia.

—No te entiendo. ¿Qué quieres decir?

—Que me produce envidia que tengas ya decidido lo que quieres hacer.

Laureano lo miró con asombro.

—Pero... ¿es que tú no lo tienes también decidido?

—No —contestó Pedro—. Nunca lo tuve, ya lo sabes.

Laureano se impacientó.

—¡Siempre con tus dudas! Ya va siendo hora de que tomes una determinación. Lo que tú quieres es escribir, ¿no es así? Pues la cosa está clara...

—Estudiar «Filo», ¿no es eso?

—Claro...

—¿Y quién se lo dice a mi padre? ¿Te encargas tú?

—¡Ahora con ésas! Tu padre sabe de sobra que la arquitectura no te va.

—Nunca comprenderá mi actitud. Para él escribir es perder el tiempo. ¡Vamos, supongo, porque de tonto no tiene un pelo! Pero por lo menos podría ser como él, servir para los negocios. A ver si le doblo o le triplico el capital.

—No puede imponerte nada. No puede imponerte tu vocación.

—No se trata de imponer. Pero cuando vea que la cosa va en serio, le da un ataque. Cuando le he dicho que nos íbamos al cine me ha preguntado: «¿Qué vais a ver? ¿Caperucita Roja?»

—Tu madre se pondrá de tu parte.

—¿Mi madre? Voy conociéndola... A mi madre sólo le preocupa ser guapa y jugar al bridge.

—No hables así.

—Tienes razón. La estoy calumniando. ¿Por qué de pronto me habré puesto de un humor de perros?

—Debe de ser la resaca... Andrés Puig dice que «eso» a veces deja resaca.

—Así será.

Guardaron silencio. Y la tristeza se contagió a Laureano, pero en su caso con un motivo concreto: si, como era de esperar, Pedro se decidía por Letras, estudiarían en lugares distintos y tendrían que separarse. ¡Vaya perspectiva! Laureano sin Pedro se sentía tan perdido como Susana cuando no se apoyaba en una realidad.

Pedro pagó las dos horchatas y consultó el reloj.

—¿Vámonos? Teóricamente, Caperucita Roja habrá terminado hace rato...

—Vámonos.

Tomaron un taxi y regresaron a sus casas. Encendieron el último pitillo de la noche. Jamás en su vida habían fumado tanto. Laureano comentó de repente:

—Realmente, qué poco dura el asunto, ¿verdad?

—¿Qué asunto?

—¡Toma! El de ir con una mujer...

—¡Ah, sí! Pero yo no me arrepiento. ¿Y tú?

Laureano echó una bocanada de humo.

—Mañana lo sabré.

CAPÍTULO XXIV

El paso del tiempo... El paso del tiempo inquietaba a Margot. «Me roban los días, Julián. Se me pasan volando. ¿Cuántos años llevamos casados? Y me parece que fue ayer. ¿Te acuerdas de cuando, en Granada, en el viaje de novios, subimos a la Sierra y pillé un catarro tremendo? Por poco si aquello acaba con la luna de miel. ¿Y te acuerdas de cuando vivíamos en el estudio de Balmes? Nos faltaba espacio incluso para discutir...»

Julián era el reverso de la medalla. El tiempo transcurría lentamente para él. No porque supiera exprimir mejor la densidad de cada minuto, que para eso Margot se pintaba sola; simplemente, el trabajo llenaba tanto su vida que acababa fatigado. Su cerebro se fatigaba y lo convertía en uno de esos relojes de arena en los que media hora parece una eternidad. «Es curioso. A mí me parece que desde que nos casamos ha pasado un siglo. ¡Por favor, Margot, entiende lo que quiero decir! No te cambiaría por ninguna otra mujer. ¡Si hasta te perdono que no te guste el Banco Industrial Mediterráneo! Y estás tan joven como cuando nació Susana... Pero tengo tantas cosas que hacer, que cada día me parece que he de subir una cuesta, que una semana es una semana y que un mes es un mes. No, no tengo la sensación de que la vida se pasa volando.»

Tal vez, de vivir en el campo, la óptica fuera distinta. La ciudad era vampiresca. En el fondo, a no ser por los estudios de los chicos y, naturalmente, por Julián, acaso a Margot no le hubiera importado quedarse siempre en Can Abadal. «Deberíamos decidir de una vez si somos de tierra o de cemento.» Barcelona se estaba motorizando, llenando de coches —por lo visto, la factoría SEAT, y otras factorías, funcionaban ¡y de qué modo!— y todo el mundo andaba agitado comprando a plazos, especialmente, aparatos electrodomésticos. Influencia americana —el pronóstico se cumplía— y aumento del nivel de vida en algunos sectores muy concretos, que sin duda los economistas sabrían localizar.

Margot hablaba de ello a veces con Anselmo, el conserje, mientras inspeccionaban el correo. Se referían al hecho de haber sido él pastor y de que no acabase de adaptarse a la ciudad.

—Pero, vamos a ver, Anselmo. ¿Qué conoce usted de Barcelona para que le tenga esa manía?

—Conocer, conocer... este vestíbulo. Pero en fin, las Ramblas me gustan. Por lo menos allí hay pájaros.

—¿Y el puerto no le gusta?

—Nunca me ha tirado el mar.

—Habrá subido a Montjuich, supongo...

—¿Para qué?

—¡Bueno! Para estirar las piernas.

—Subí una vez con Felisa a tomarnos una cerveza. Sí, se ve mucho barullo —el conserje añadía—: Lo que me gusta es la Catedral.

—¡No me diga!

—Claro. Todo aquel barrio es tranquilo.

—¿De modo que le interesan los monumentos?

—Pues... no entiendo de eso. Pero me gusta la piedra vieja. Los castillos en el monte, por ejemplo.

—¿Y el Paralelo? Todos los forasteros van a parar allí un día u otro...

Anselmo se espolvoreaba el uniforme.

—Felisa dice que sale muy caro...

«Deberíamos decidir de una vez si somos de tierra o de cemento.» Julián pretendía que la sabiduría —y también se trató ese tema en el Congreso de Urbanismo de París—, podía consistir en acertar a armonizar ambas cosas. Las grandes urbes eran indispensables, aun a costa de perder una buena porción de libertad y de que fuese un error vivir completamente de espaldas a la naturaleza; pero no convenía exagerar. El campo, a la larga, era triste.

—Todo el año en Can Abadal te aburrirías, Margot. Aunque nos llevásemos allí el piano...

—Quizá sí.

Susana intervenía:

—¡Seguro, mamá! ¡Fíjate si me gusta a mí Can Abadal!; pero el campo a la larga fastidia y te pone triste.

Bien, excelente tema para reflexionar. Pero, por el momento, desde el punto de vista de las posibilidades prácticas, era inútil especular sobre la cuestión. El trabajo de Julián, Laureano a la Universidad, Susana en el último curso del bachillerato, Pablito a punto de entrar en el colegio... Todos se encontraban en parecidas condiciones. Ricardo y Merche habían dado una gran fiesta en su finca de Caldetas, con ocasión de la puesta de largo de Cuchy; por cierto, que en ella Alejo se divirtió de lo lindo viendo bailar discretamente a Ricardo con Rosy. Pero vivir allí todo el año sería imposible, incluso pensando en el porvenir de Yolanda, que pronto haría la primera comunión. Y los Ventura, los padres, eran gente asfáltica ciento por ciento. «Torre Ventura», ¡muy bien!: un poco de oxígeno. Pero, como le había dicho a Rogelio el barbero-arqueólogo de Arenys de Mar: «Eso tiene la ventaja de que si quiere usted aburrirse puede hacerlo junto a una piscina».

La ciudad tenía muchos atractivos. Impulsaba las relaciones, el comercio, la cultura, tantas cosas... De no ser por la ciudad, ¿podría Julián, que viajaba tanto, acercarse tan a menudo a las oficinas de Cosmos Viajes y decirle a Montserrat, en el mostrador: «Montserrat..., ¿te ha dicho alguien que cada día estás más mona bajo ese uniforme azul?» Y Montserrat, hija de un modesto maestro de escuela izquierdista, muchacha con vocación de fiscal de la sociedad que la rodeaba, ¿hubiera escuchado con agrado, con halago —caso de vivir en el campo— tales palabras en boca de Julián? Claro que, tocante a amoríos y resentimientos, la ciudad y el campo debían de estar ya armonizados, debían de ser simétricos y hallarse a la par...

Doble error de Rogelio, en cuestión de pocos días. El primero, no haber querido mover un dedo en favor de dos sobrinos de Juan Ferrer, que trabajaban de conductores de autobuses. Los muchachos, a raíz de una protesta pasiva que tuvo lugar en Barcelona al anunciarse una subida de las tarifas de los tranvías, fueron sorprendidos por la policía repartiendo unas octavillas en catalán, en las que se invitaba a los ciudadanos a una manifestación subversiva. Fueron llevados a la cárcel, y se descubrió que pertenecían al partido comunista. Ni siquiera lo negaron. Dieron el nombre de Rogelio, pero éste rehusó hacer nada, pensando en que su tío, Juan Ferrer, les confesó que todo lo que ocurría en Rusia lo tenía absolutamente decepcionado. Tuvo que ir a verlos entre rejas, y ambos, después de escuchar sus razones, lo miraron con dureza y como diciendo: «Algún día nos encontraremos...» Rogelio se apresuró a escribir a Juan Ferrer contándole llanamente lo ocurrido, y advirtiéndole además de que en cualquier caso era muy dudoso que una intervención suya en favor de los muchachos hubiese sido de alguna utilidad.

Pese a todo, pese a que Juan Ferrer contestó mostrando comprensión, Rosy estimó que Rogelio había cometido un error.

—¿Te das cuenta de lo que has hecho? ¿No comprendes que es peligroso? Eso no te lo perdonan...

Rogelio se arrellanó en el sillón y tomó el periódico.

—¡Tonterías! ¡Como intenten darme la lata...! —De pronto, oyó un ruidito y gritó—: ¡Carol! ¡A ver si acabas de una vez con tu dichosa armónica!

El segundo error lo cometió con respecto a Pedro. Al enterarse de que no quería estudiar arquitectura, en vez de aceptar deportivamente el hecho, como Aurelio Subirachs lo aceptó al oír a Marcos, tuvo, efectivamente, un ataque... de furor. Es decir, se cumplió lo que Pedro le anunció a Laureano, pese a que Rogelio de entrada confesó también que estaba seguro de que, llegado el día, tendría que escuchar «aquella sarta de disparates referidos a Filosofía y Letras».

—Pero ¿qué te has creído, demonios? Años y años trabajando por vosotros y ahora me sales conque nada de nada de lo que a mí y al negocio pueda interesarnos. ¿Qué es eso de la Filosofía, si puedo enterarme? ¿Con qué se come? ¿Y eso de las Letras? Camino fácil para la bohemia, supongo, para estar sin una gorda; a menos, claro, que la familia vaya echando una manita... ¡Sí, ya sé, ya sé que eres inteligente y tal! Coeficiente altísimo, lo sé... Demasiado. Precisamente por eso me duele más aún. Ahí tendrás a Laureano, labrándose un porvenir, y justo al lado de su padre; tú, en cambio, adiós muy buenas... ¡Ah! ¿Y qué has dicho de la Escuela de Periodismo? Los periodistas, mientras no se demuestre lo contrario, son también unos muertos de hambre, ¿verdad? Y pensar que tengo además otros muchos asuntos, y que ninguno de ellos roza ni de lejos lo que tú quieres estudiar... ¡Agencia Cosmos! Menudo campo... Hoteles, turismo, seguramente, cadenas de salas de fiestas... ¡Bueno, tal vez ahí te veamos alguna noche pidiéndole a un camarero una naranjada... o vodka! Yo qué sé... Mi hijo un filósofo. El hijo de Rogelio Ventura, conocido empresario de la localidad y que maneja algo así como doscientos empleados, hablando solo por las calles, citando a Platón y similares. ¡Para reírse, vamos! ¡Para llorar! No sé si tengo algún medio para impedir que sigas adelante, pero lo pensaré...

Todavía continuó el discurso. Pedro, mutis. Carol, escuchando alelada, pues nunca vio a su padre tan enfurecido. Rosy..., echando de vez en cuando bocanadas de humo directamente a la cara de Rogelio, lo que obligaba a éste a pegar un salto en el sillón y a gritar: «¡Abrid las ventanas, pronto! ¡Aire, aire!» Por las ventanas abiertas daba Rogelio la impresión de que quería tirar a Pedro.

Rosy se puso de parte de su hijo. Fue una escena dura, más dura, si cabe, que la de la cárcel, puesto que tenía lugar entre miembros de la misma sangre. Y sin posibilidad de que nadie tendiera un puente de aproximación, por cuanto Rosy no soportó la brutal reacción de Rogelio, lo que la llevó a no acertar tampoco con el tono adecuado. Claro que era una lástima que a Pedro no le atrajera lo de la construcción, ni lo de la hostelería y el turismo, que no le interesara ni siquiera la economía, que se estaba convirtiendo en una auténtica especialidad. Pero eso quedó claro desde que ingresó en el parvulario y el chico encontraba sin esfuerzo palabras esdrújulas. El mismo Rogelio lo admitió al inicio de la discusión. ¿A santo de qué, pues, semejante rapto colérico?

—Rogelio, eres injusto con tu hijo. Nunca te engañó. Cuando de chico le trajiste de no sé dónde aquel juego de arquitectura con piezas adhesivas no supo qué hacer con él, y en cambio Laureano consiguió filigranas. Su mundo no va por ahí. Eso no se puede modificar. Es como si a ti te hubieran obligado a quedarte en el plantío de Llavaneras. ¿Qué hubieras contestado? ¡A la porra! Pedro es un chico pausado, meditabundo, enamorado de los libros y no de los ladrillos ni de los billetes. ¿Qué vas a hacerle? No me lo matarás, supongo... Yo me he quedado tan tranquila porque ya lo sabía.

—Tú lo sabes siempre todo.

—A veces pareces menos listo de lo que te crees, de lo que se creen tus doscientos y pico de empleados y de lo que Jaime Amades propaga por ahí. Yo, en tu lugar, hubiera ahorrado esta escena familiar, que ojalá sea la última, y le hubiera preguntado: «¿Qué, Pedro? ¿Matricularte de latín y griego?» Naturalmente, a ti el latín y el griego te parten de risa y de llanto, todo a la vez, y crees que los que conocen esos idiomas hablan solos por la calle. ¡Si te dieras cuenta de que existe otro tipo de palacio además de los que tienen los Rothschild! ¡Si te dieras cuenta de que determinados estudios harán falta cada día más, precisamente en una sociedad que se está llenando de neveras, de garajes y de obreros que llevan cascos de distintos colores! Si te dieras cuenta de lo equivocado que estás... Acaso eructaras menos, la vida cotidiana a tu lado fuera más fácil y Carol tuviera permiso para dedicarse a estudiar la armónica...

Los chicos se retiraron sin decir ni pío. La atmósfera era tan tensa y desagradable que sintieron como un hondo temor de que sus padres llegaran a insultarse, lo que para ellos significaría la desmoralización Entonces se quedaron solos Rogelio y Rosy, en el enorme *living* de la avenida Pearson, cuyas dos últimas adquisiciones habían sido dos lacas chinas que les colocó el decorador de turno.

¡No estaban acostumbrados a dialogar frente a frente sin la compañía de otras personas! La situación los pilló desprevenidos y de momento no supieron qué hacer. Por fin decidieron lo peor: mirarse. ¡Dios mío! Fue como tirarse a la cara, en vez de humo, ojos, los ojos. Rogelio captó en los de Rosy como un desprecio esencial, apenas amortiguado por un halo de ternura atribuible sin duda a los años de vida en común; por su parte, Rosy captó en los de Rogelio algo que la repelió. ¡Cómo habían cambiado desde que los vio por primera vez, un día cualquiera en Arenys de Mar! Antes eran alfileres, pero despidiendo destellos de jovialidad y benevolencia; después, sobre todo por la noche, cuando ya había bebido él sus buenos *whiskies*, tenían una licuosidad viscosa y brillaban un poco como las baratijas que exhibía Marilín.

No se les ocurrió nada. No se les ocurrió hablar de nada, ni replantearse todo lo dicho buscando un término medio dictado por el sentido común. «Bien, veremos en qué para todo esto...», farfulló Rogelio. Y después de suspirar con rabia, en ademán de autodefensa tomó el periódico y lo abrió cubriéndose la cara con él.

El parapeto. Un parapeto de papel, contra el que pasaron a estrellarse, ¡otra vez!, las bocanadas de humo de Rosy. Ésta, por unos momentos, se hundió. ¿No tendría ella la culpa del desapego de Rogelio y de la creciente animosidad que sentía hacia él? Recordó unas palabras de Margot: «fracasar en el matrimonio es fracasar en la vida». ¿Podía admitir que todo estaba perdido? Su amor por Rogelio no fue nunca pasional, pero sí lo bastante sólido como para sentirse protegida, para convivir amistosamente y para tener un par de hijos...

Nada que hacer. Rosy se dio cuenta de que, hasta nuevo

aviso, no haría el menor esfuerzo para vigorizar sus sentimientos. Y la razón había que buscarla en aquel otro hombre que, súbitamente, se había adueñado de su existencia: Ricardo Marín. En efecto, Rosy, en el período transcurrido desde que inició sus relaciones íntimas con el banquero, se había enamorado de él más y más. Ricardo tenía sensibilidad y su buena crianza se revelaba en mil detalles. El día de la puesta de largo de Cuchy dirigió unas palabras a los asistentes a la fiesta y se ganó a todos con pasmosa facilidad. «El mundo es ahora de Cuchy. Que haga de su vida lo que quiera. Incluso, si le apetece, puede ponernos en ridículo a Merche y a mí. Lo que ocurre es que estamos seguros de que no lo hará, porque las graciosas pecas que tiene en la cara y en los brazos, y el traje que ha estrenado esta noche, en cierto modo son como una especie de alianza o pacto voluntario que la une a nosotros, a sus padres.» Ricardo era tan señor que a menudo no necesitaba siquiera pronunciar ese tipo de frase más o menos brillante, prefiriendo la sonrisa amable, el ademán cariñoso, la discreción. Decían de él que en cuestión de negocios era también implacable. *Chi lo sa?* Tal vez la frialdad de Merche, que no quería perder nunca, hubiera influido en ese sentido.

Mientras Rogelio iba leyendo el periódico, un pensamiento empezó, paradójicamente, a atormentar a Rosy. ¿Ricardo, en sus frecuentes viajes, no se iría con otras mujeres?

La bocanada de humo del cigarrillo de Rosy saltó esta vez el periódico e inundó el rostro de Rogelio. Éste se puso en pie. «¡Abran las ventanas, pronto! ¡Aire, aire!»

Rosy le dijo:

—Cariño, perdona... Están abiertas de par en par.

La Universidad... A la postre, todo el mundo fue a ocupar el puesto que le correspondía. Andrés Puig, a la hora de matricularse anduvo cambiándose de una a otra fila —y no fue el único caso—, como si se tratara de elegir entre varias tiendas iguales. Finalmente eligió Derecho porque le dijeron que era lo más fácil y porque vio en la cola una chica que le gustó.

El último y reciente plan de estudio para los aspirantes a arquitectos exigía un curso previo, selectivo, en la Facultad de Ciencias. Luego, otro año preparando el ingreso. Vencidos estos dos obstáculos, se obtenía plaza en las aulas de la Escuela Superior de Arquitectura.

Laureano, en consecuencia, se matriculó en la Facultad de Ciencias, no sin cierto mal humor, pues entendió que varias de las asignaturas que debía cursar serían una pérdida de tiempo. Sin embargo, pronto el ambiente universitario lo ganó. Constituyó para él un choque de alta temperatura. Observando a sus compañeros se dio cuenta de que el año selectivo provocaba una heterogeneidad un tanto desconcertante. Aparte de eso, al lado de los muchachos serios, de los que estudiaban con sincera vocación, abundaban más de la cuenta los irresponsables, que se pasaban el día en los bares y a los que se veía capaces de empeñar los libros y de imaginar cualquier treta con tal de proseguir sus andanzas teniendo engañadas a sus familias, que a lo mejor con gran sacrificio los habían enviado desde cualquier pueblo.

Convirtióse en un buen estudiante. Ante su asombro, la Geología le interesó; tal vez se debiera a las conversaciones con su madre en Can Abadal. Una chica le dijo que el año de ingreso tenía dos asignaturas huesos: el dibujo lineal y el dibujo artístico. Laureano se encogió de hombros. El dibujo, cualquiera que fuese el género, le parecía «tirado»; la chica comentó: «Pues buena suerte».

El choque fue, más que nada, emocional. Ser universitario era colgarse una etiqueta importante, gozar de una espléndida oportunidad. Pero también fue un choque de léxico, y de léxico como vehículo de expresión de todo un repertorio ideológico. Muchas cosas que en el Colegio de Jesús se admitían sin más, sin discusión, allí eran puestas en tela de juicio cuando no arrinconadas como si fuesen basura. Ello afectaba especialmente a temas de autoridad —padres, profesorado, etcétera—, de política y, por supuesto, de religión. Se hablaba de todo con una crudeza y un desparpajo que ponían carne de gallina. Una vez más Laureano pensó en Sergio, que en la Facultad de

Derecho debía de gozar de una aureola realmente impresionante.

Por el momento trató a muchos chicos y chicas sin intimar con ninguno. Algo le aconsejaba no desertar de su «pandilla» de siempre, especialmente, como es lógico, de Pedro; de Pedro y de Cuchy, por la que bebía los vientos, aun cuando ella no le hacía mucho caso. No obstante, procuró rodearse sobre todo de aquellos que luego estudiarían, como él, arquitectura. Y dentro de ese núcleo la música le proporcionó una nueva amistad: un muchacho llamado Narciso Rubió, pariente lejano —y pobre— de don José María Boix, el cual lo apadrinó en los primeros años del bachillerato. El padre de Narciso Rubió era capataz de obras y soñaba con que su hijo fuese arquitecto; pero Narciso Rubió se pirraba por la música, y por la música moderna. Tocaba la batería, que lo volvía loco. Armaba un ruido infernal. En cuanto Laureano le habló de la rondalla que tenían en el Colegio de Jesús, Narciso Rubió lo convenció para organizar una tuna en la Facultad. «Yo tocaré la pandereta... ¡Tú la guitarra y serás el solista! Menuda voz... Con un poco de suerte, la mejor tuna de la ciudad.» No cejaron hasta encontrar cinco compañeros que quisieron secundar su proyecto. Y de golpe y porrazo Laureano se sorprendió capitaneando la agrupación. A base de una colecta consiguieron la indumentaria precisa, con muchas tiritas de colores, el banderín y nombraron incluso una madrina: la alumna que le previno a Laureano de que aprobar las dos clases de dibujo en el ingreso era difícil.

Estudios, pues, y la «Tuna de la Facultad de Ciencias». Lo primero, bien; lo segundo, regular. Al principio, el coro dañaba los oídos. Pero a fuerza de ensayos consiguieron cantar «Clavelitos», «Cielito lindo», «Triste y sola», etcétera, con cierta coherencia. ¡Sí, Laureano tenía una espléndida voz, voz ya varonil! Y sentido del ritmo. Esto último debió de heredarlo de su madre, a quien, por cierto, esas canciones sentimentales emocionaban sobremanera.

—¿Cuándo me dedicáis una serenata, Laureano?

—A final de curso, mamá. Si es que apruebo todo, claro...

Vencida, ¡qué remedio!, la resistencia paterna, Pedro ingresó en la Facultad de Filosofía y Letras, junto con Marcos. Dejó para el año siguiente lo de la Escuela de Periodismo. Refiriéndose a Marcos le dijo a Laureano: «Soy más afortunado que tú. De entrada, ya tengo un eximio colega». Eso lo dijo porque lo pasaba muy bien con el futuro «pintor abstracto», al que entonces le había dado por dibujar constantemente pájaros tropicales, como si descubriera que éstos eran «manchas» misteriosas pero auténticas, manchas abstractas pero de verdad.

También para ambos la Universidad fue un compromiso, una revolución. Y en cierto sentido, superior a la de Laureano, por cuanto los cerebros que pululaban por aquellas aulas eran más dados a la especulación. En principio, Filosofía y Letras se prestaba más a disquisiciones interminables y por banda que la geometría y que las fórmulas de química elemental.

El léxico era asimismo crudo y cortante, y abundaba la preocupación social. «¿Os habéis fijado? Todavía puede leerse: *Ni un hogar sin lumbre ni un español sin pan.* ¿Cuántos hijos de obreros hay en esta Facultad? Creo que anda uno por ahí, perdido...»

Pedro recibió un impacto de los que hacen época. Si su padre hubiese podido leerle el pensamiento, se hubiera alarmado todavía más y se hubiera tragado enteros los cigarros habanos. A los dos meses de haberse iniciado el curso —coincidiendo con las tremendas dificultades con que, en el Colegio de Jesús, se encontraba el padre Saumells, el cual había empezado a decirles a los alumnos todo cuanto sentía—, había sufrido una evolución acelerada. Es decir, estaba donde podía presumirse que estaría al cabo de mucho más tiempo; pero los profesores, el alumnado de los cursos superiores, el clima reinante, en fin, despertaron con peligrosa rapidez lo que él llevaba dentro desde hacía mucho: una suerte de fatalismo... y una evidente frialdad intelectual. Iba en busca de lo profundo; allí lo tenía, sin necesidad, por el momento, de citar a

Platón. La tesis de Marcos, y también de Laureano, era que Pedro, sin dimitir de su copiosa dosis de humanismo, iba camino de instalarse en una especie de palco desde el cual contemplaría el discurrir del tiempo y el jadear del prójimo como si presenciase una académica partida de ajedrez. Acaso la escena con su padre lo había marcado, poniéndole al descubierto determinadas limitaciones que los oropeles de la vida solían ocultar. Como fuere, a veces daba la impresión de que las personas eran para él insectos, con la atenuante de que era también frío y objetivo consigo mismo, por lo que estaba convencido de que el primer insecto era él.

Soñaba con escribir, eso por descontado. Escribir era ampliar horizontes. No echaba de menos el tipo de imaginación de Laureano —sacarse de la manga fantasmas—, sino más bien descubrir por intuición lo oculto debajo de lo minúsculo, como hacían ciertos buscadores de setas. Imaginar era para él encender repentinamente una bombilla en una habitación oscura pero repleta de objetos. No se trataba de partir de la nada, sino del todo. Mucha ambición, claro... ¿Cómo compaginarla con sus habituales dudas, fruto de su escepticismo? Y lo curioso era su tendencia a la acción, como lo demostró aquella noche dominguera en la calle del Carmen —él y Laureano se habían confesado con el padre Saumells—, y en las pullas que le metía a Sergio cada vez que éste, al que cerebralmente admiraba mucho, estaba a punto de exagerar la nota o de hacer demagogia.

Pero escribir significaba estar al día y colocar varias palabras por encima de las demás, según su importancia. Y he aquí que la palabra que más lo vapuleó en la Facultad fue la palabra «libertad». La oía por todas partes, en boca de todos, sobre todo de los que mostraban algún tipo de ambición inteligente. Había que tener libertad para leer cualquier libro, y en España muchos estaban prohibidos. Libertad para desear el triunfo de Fidel Castro en la heroica batalla que éste estaba librando en Cuba, en Sierra Maestra. Libertad para garrapatear protestas en las paredes, para el amor, para marcharse adonde uno creyera que podía desarrollar su personalidad. En ese sentido se enteró de que un buen porcentaje de alumnos mayores estaban esperando terminar la carrera para largarse inmediatamente de España.

Pedro entró en todo ese juego con cierta dificultad, como si llevara todavía un lastre, pero admitiendo que la palabra «libertad» era la más hermosa que había oído. Aquello fue para él un paso adelante, decisivo, que lo liberó, que desbloqueó en muchos aspectos su curiosidad. No obstante, tocante a marcharse a donde fuere, dio marcha atrás. Tal vez más tarde se adaptara a la idea. Por el momento, no quería precipitar los acontecimientos y mucho menos que lo pillara el microbio de que su padre le habló, la bohemia, prefiriendo avanzar según le aconsejase el raciocinio. Algún día se marcharía, sin ninguna duda, ¡a conquistar el mundo!, como pensaba hacerlo el soñador Marcos, hijo de un infatigable viajero. Pero, por lo pronto, estudiar, ¡e incluso cumplir el servicio militar cuando la hora llegase! Jurar bandera, aunque maldita la gracia que le hacía comprometerse a ciertas cosas. Luego, sí, el pasaporte y le diría adiós no sólo a «Construcciones Ventura, S. A.», sino a ciertas presiones que desde que entró en la Facultad se le hacían cada vez más patentes. Se le había quedado grabado en la memoria un proverbio oriental que decía: «Caminante, lleva contigo siempre dos muletas, que en el momento más impensado puedes necesitarlas».

Pedro tanteó al chismoso Alejo Espriu y éste le informó de que había una buhardilla alquilable en un viejo caserón de la calle del Duque de la Victoria, inmueble que había sido propiedad de la Constructora. Dicho y hecho. Fue a verla y era justo lo que necesitaba. Un garito detestable y sombrío, debajo mismo de la azotea, pero con un par de ventanucos al exterior y que podía acondicionar a placer. La propietaria era una vieja magra, que andaba como a tientas y que por una cantidad ínfima, que aceptó como si fuera un tesoro, se avino a entregarle las llaves por un año. La idea de Pedro era que la «pandilla» no se dispersase, tener un local propio donde reunirse cuando les apeteciera y les fuera posible. Su idea era aglutinar más que nunca el clan, ya que cada cual empezaba a campar por sus respetos.

Dicha idea fue acogida con tal entusiasmo que Pedro se vio desbordado. Laureano dijo: «¡La decoración, a cargo de los arquitectos!» Marcos añadió: «Hala, a convertir esto en un lugar sin ataduras de ninguna clase, donde podamos liarnos a tortazos y reírnos de la Madre Superiora». Andrés Puig añadió: «Y donde podamos hacernos el amor».

No hubo quien detuviera el alud. En poco menos de dos semanas la buhardilla quedó transformada en cuchitril esquizoide. Cada cual aportó su grano de arena, demostrativo de los saltos en el vacío que podía dar la imaginación. Las paredes quedaron enjalbegadas; se llenaron de recortes de periódico y de trozos de arpillera; fue colgada una reproducción del cuadro *Guernica*, de Picasso —Sergio no tardó en aparecer por allí—, y en una pecera fueron introducidas varias monedas, símbolos de que el capitalismo estaba destinado a naufragar; del techo pendía un columpio; alguien llevó una columna salomónica y sobre ella colocó la cabeza de un negro; una rueda de carro apareció en un rincón; fue prendido un cordel y con dos pinzas fueron colgadas en él unas bragas y un sostén, etcétera.

Cuando la obra estuvo realizada le echaron un vistazo y excepto Susana, que se puso seria y preguntó: «Pero ¿qué es lo que os proponéis?», los demás gritaron: «¡Eureka!» Cuchy aplaudía a rabiar, mostrándose mucho más feliz allí que cuando su puesta de largo.

—¿Qué nombre le pondremos al tugurio?

—Eso: El Tugurio —sugirió alguien.

—No, no, algo con más enjundia.

—¡La libertad!

—Ni hablar —protestó Pedro—. Esa palabra hay que tratarla con muchísimo respeto.

De pronto, Marcos, impresionado por el *sputnik* que acababan de lanzar los rusos, debido al cual todo lo de aquí abajo le producía más náuseas que nunca, propuso:

—¡El Kremlin!

Sin saber por qué, la propuesta fue aceptada por aplastante mayoría.

—¿Cuál será nuestro lema?

Difícilmente, debido a la exaltación colectiva, podían elaborarse tantos disparates en tan poco tiempo. Jorge, el hijo del doctor Trabal, sugirió tímidamente: *Pulvis eris et in pulvérem reverteris.* «¡Fuera, fuera!», se oyó. Andrés Puig dijo: «¡A vivir del cuento!» «Cuidado... —le replicó Pedro—. Creo que no has comprendido bien.» Intervino Cuchy: «¡Queremos la hermandad universal!» «¡No me digas!», le contestaron. Las frases brotaban como de un hontanar. Alguien llegó a proponer: «¡Abajo la genética!» Pedro se indignó, y Susana, que siempre estaba pendiente de él, se lo agradeció con la mirada. Estaban desorbitando el asunto. La buhardilla tenía que ser núcleo de la reunión de todos y para todos, incluido el nuevo amigo de Laureano, Narciso Rubió, que en seguida quería trasladar allí sus platillos y su bombo, su «batería», pues en su casa le decían que aquello no se podía resistir. Pero no debían confundir la buhardilla con el manicomio ni dedicarse a fabricar bombas. El lema podía ser: «Somos amigos», nada más. Sencilla y llanamente. Pedro habló con tal autoridad que todo el mundo se sometió; y el lema quedó sellado entre el cuadro de *Guernica*, la rueda de carro y el columpio.

Faltaba únicamente la mascota. El *Kremlin* debía tener su mascota. Al término de otro tira y afloja se eligió una máscara de Carnaval, de cartón, una cara de payaso con la nariz roma y la tez enharinada. En eso Pedro transigió. No, como dijo Andrés, «porque la vida fuese una payasada», sino porque debajo de las máscaras se ocultaba siempre la verdad, a veces triste, a veces alegre.

Quedaron en que se reunirían allí, fijo, todos los sábados por la noche, amén de otros días extra que se anunciarían de antemano. Bailarían, discutirían sobre lo divino y lo humano y representarían obras de teatro de vanguardia. «¡Bravo!», aplaudió Carol al oír esto último.

Acordaron celebrar la inauguración el día del cumpleaños de Pedro, que estaba al caer. Así se hizo. Acudieron todos, excepto Sergio. Éste había prometido ir, pero no hizo acto de presencia, con el consiguiente disgusto de Cuchy, que continuaba loca por él. Llevaron carteles, un montón de periódicos para quemarlos en señal de protesta, bebidas y varios tocadiscos. Pedro era partidario de dividir las sesiones en dos mitades. Primero, discutir un tema más o menos importante; luego, divertirse. Para aquella jornada el tema podía ser precisamente la Universidad. «No vale —cortó Marcos—. La Universidad es un sueño, y aquí hemos venido a palpar realidades.» Hubo aplausos y la sugerencia murió.

Susana puso sobre el tapete comentar los libros que cada uno hubiera leído en el último trimestre. Resultó que apenas nadie había leído ninguno, por lo menos hasta el final. «Basta con los estudios, ¿no?», pinchó Andrés. Fracaso de Susana. Tampoco dio gran resultado la idea de Cuchy, que insinuó hablar de cine. Casi todos habían visto las mismas películas y se pusieron de acuerdo en el acto. Aludióse a la vocación de cada cual, a los conceptos de «democracia» y «socialismo». Esto último brindó mucho más juego, aunque de modo incoherente. Faltaba preparación y marraban con facilidad o se iban por las ramas. Básicamente todo consistía en atacar los valores jerárquicos y se dieron cuenta de que caían en burdos lugares comunes. Entonces comprobaron que no era fácil dialogar con sentido cuando la concurrencia rebasaba la media docena. «¡Ése podría ser el tema!», gritó Trabal. «Sí, pero no para esta noche. Es la noche de la inauguración. Creo que ya está bien de tanta seriedad y que ha llegado el momento de pegar los carteles, quemar los periódicos y ponerse a bailar.» La intervención fue de Carol y acogida con aplausos casi unánimes.

Los periódicos ardieron —dieron volteretas alrededor—, y acto seguido los tocadiscos empezaron a girar, ¡hasta que se eligió el que sonaba mejor! Era el de Narciso Rubió. Y empezó el baile, ante la decepción de Pedro, que se sentó en un taburete, bajo la máscara de Carnaval.

Todos los chicos se disputaron a Carol, que se encontraba en su elemento. Tanto, que llegó un momento en que la dejaron sola en la «pista» para que diera rienda suelta a su inspiración. Y entonces Carol se convirtió en peonza, en trompo, mientras su negra cabellera despedía destellos. Tan pronto levantaba los brazos, contemplándose la cintura e imprimiendo a ésta violentas sacudidas sin perder el compás, como se doblaba hacia delante y moviendo los hombros hacía crujir los dedos de ambas manos, ora a la derecha, ora a la izquierda, abierta la boca como si le faltase el aire. La concurrencia la jaleó. Aquello era un incendio más rojo que el de los periódicos. Hasta que Carol, rendida por el esfuerzo, acabó tirándose al suelo, riendo como una loca.

—¡Carol, eres el no va más!

—¡Eres única, Carol!

—No seáis majaderos. «Somos amigos...»

Luego bailaron todos. Cuchy, mientras esperaba a Sergio, bailó con Laureano, aunque un tanto distraída. Carol se repuso en seguida e hizo las delicias de todos, dejándose besar de refilón. En cuanto a Susana, a pesar de que se sintiera algo molesta por el ambiente, no quería pasar por mojigata y bailó también. Lo que ocurría era que su encanto, que arrancaba de su pureza interior, allí era más bien una acusación, excepto para Pedro y para Laureano. Susana tenía, desde luego, mucha más malicia de la que Andrés Puig hubiera podido sospechar, pero a los chicos les imponía un respeto espontáneo. La manera de vestir, las sandalias que llevaba, siempre con algún adorno dorado; su modo de andar, ligera como una gacela y con la cabeza erguida: en los pasos de peatones era siempre la primera en cruzar y los automovilistas la piropeaban. Bailó con todos y todos la trataron con mucho miramiento, sin atreverse a gastarle bromas soeces. Laureano le dijo: «¡Te llaman la casta Susana!» Ella le guiñó el ojo que la rubia cabellera caída le dejaba al descubierto y le contestó: «Tanto mejor».

Carol tenía la ventaja de que se enamoraba todos los días. Aquella noche... le dio por enamorarse de su hermano, de Pedro. Y es que ¡su hermano era para ella un dios! Una mirada severa de Pedro... y Carol dejaba de beber o tiraba en el acto el cigarrillo. «¡Ay, si no nos separase la misma sangre! —le decía, levantándose de puntillas y besándole en la frente—. ¡A buena hora te dejaba yo escapar!» Carol sabía ser muy cariñosa con las personas de su agrado; tanto como podía ser mordiente con las demás.

Después de bailar, todos se relajaron y encendieron muchos pitillos. Sentáronse en el suelo, en posturas casi orientales. Estaban cansados. La broma había durado más de tres horas, las bebidas se habían terminado y súbitamente se adueñó de los ánimos cierto abatimiento.

Hasta que, en un momento determinado, Cuchy miró por el ventanuco, vio una gran luna sobre los tejados y exclamó:

—¡Si lo menos son las tres!

—¡Qué importa! —replicó Andrés.

Pero, sin saber por qué, todos se acercaron al ventanuco y miraron. La luna estaba tan hermosa que se impresionaron. Un misterio amarillento flotaba sobre el barrio, que era antiguo, como las inesperadas reacciones humanas. Apoderóse de todos una evidente fatiga y tuvieron la sensación de que toda la ciudad dormía, excepto ellos.

Decidieron dar por terminada la reunión. Hubo algunas protestas, pero no encontraron eco. «A mí me convendría llegar a casa antes que amaneciera.» «¡Amigos, que yo vivo muy lejos!» «¡Hala, sí, basta por hoy!»

Andrés, a modo de colofón, mientras le pegaba un manotazo a las bragas que pendían del hilo dijo:

—¡Convendría también escribir un himno!

Poco después todos se marcharon, cuidando de hacer poco ruido en la escalera. Todos... menos Pedro. Pedro, que sería quien pagaría el alquiler, decidió quedarse todavía un rato, solo.

—Pero ¿no me acompañas a casa? —preguntó Carol, alarmada.

—Laureano —dijo Pedro—. ¿Podéis encargaros tú y Susana de acompañarla? Yo tengo que hacer.

El asombro fue unánime, pero Laureano contestó:

—Desde luego... No te preocupes.

¿Qué tenía que hacer Pedro? Nada. Pensar. Permanecer solo y pensar. No sabía por qué, pero en el último instante la reunión le había dejado mal sabor de boca. Por la inercia de las cosas se había erigido en el capitán de aquella nave loca, y se preguntaba cuál era el propósito de la nave, si aquello tenía o no tenía sentido.

Sentóse en una silla, contemplando la pecera con las monedas dentro. ¿El capitalismo estaba destinado a naufragar? Cosas de Sergio... Protestar era cómodo si no se predicaba con el ejemplo y no se renunciaba a los privilegios. Era jugar con ventaja. Susana fue consecuente diciendo que aquello no le gustaba, ¡pero los demás!

De todos modos, Pedro había oído en la Facultad que las rebeldías obedecían siempre a una motivación profunda, aunque fueran injustas o aunque por lo general no las iniciasen quienes más necesidad tenían de ellas. ¡Narciso Rubió era el más «pobre» de la reunión y fue el único que no propuso ningún lema! Sólo habló de trasladar allí su «batería», porque en su casa no la podían aguantar. ¡Ah, sí! La teoría de los vasos comunicantes era un hecho entre los descontentos de arriba y de abajo, con la sola incógnita de quién daría el primer paso.

En el momento que el muchacho se disponía a concretar contra qué se rebelaba él personalmente, entró Sergio. Llamó a la puerta, que había quedado entreabierta, y entró. Con su sahariana de siempre, con su pelo cortado a cepillo, con su gran cabeza bien incrustada entre los hombros, con sus zapatos de goma, silenciosos. Probablemente no llevaba reloj. ¿O sabía siempre la hora sin necesidad de consultarlo?

—¡Caramba, Pedro! No esperaba encontrarte a ti solo... Aunque al subir me extrañó no oír ruido.

—Se han marchado hace diez minutos.

—Lo siento. Me retuvieron más de la cuenta. ¿Y qué haces aquí?

—Pensar...

—Eso es muy peligroso.

—Lo sé.

—Sobre todo, hacerlo por cuenta propia. —Miró en torno—. Y en un marco así.

—Si no fuera tan tarde, podrías ayudarme...

—Por mí no tengo prisa.

—Estoy cansado.

—Se te nota.

—Me iré.

Sergio, que no fumaba, se quejó de que aquello apestaba a tabaco, a mezcla de humos de todas clases.

—Ése es el gran desahogo de muchos: fumar.

Pedro lo miró de hito en hito.

—¿Y el tuyo cuál es, Sergio?

Éste sonrió, lo que hacía pocas veces.

—Yo no tengo de qué desahogarme. ¿No comprendes que los hijos de papá lo tenemos todo resuelto?

Pedro hizo una mueca.

—Cuando entraste andaba pensando en eso precisamente.

—Claro. Es el huevo de Colón.

CAPÍTULO XXV

La situación del padre Saumells en el Colegio de Jesús era realmente enojosa. El clima general entre los profesores del Colegio con respecto a la marcha del país crecía en optimismo, al compás de los acontecimientos. Algo así como lo que le ocurría a la Agencia Cosmos. El director, padre Tovar, que tenía voz de orador, admitía algunas deficiencias, atribuibles en gran parte al boicot internacional, pero las consideraba harto compensadas por las facilidades que encontraban en la divulgación religiosa. «Nunca España había vivido una época comparable en ese terreno.» El padre Saumells estimaba que la tónica de dicha expansión era contraproducente, impropia a todas luces, porque se centraba más que nada en las prácticas externas. Religión fetichista, como solía llamarse, basada en procesiones, jubileos, indulgencias, «misiones», súplicas implorando la lluvia, veneración de reliquias y obsesión por el sexto mandamiento, por los escotes y los besos en las películas.

El padre Saumells, a ratos, sufría mucho, porque lo embargaban los escrúpulos. Y es que, en el fondo de su corazón, declaraba responsables, por lo menos en un porcentaje muy elevado, a las grandes jerarquías eclesiásticas españolas, las cuales por lo visto tampoco se enteraban de nada de lo que ocurría alrededor. Desde el fin de la guerra —él lo vio en Tarragona— se adscribieron al triunfalismo. En vez de dedicarse a ayudar en todos los aspectos, y sin que hubiera lugar a dudas, a los que perdieron, a los humildes y a los pobres —el Evangelio hablaba claro al respecto—, se habían aliado con los vencedores. ¡Problema de conciencia formular una acusación de tal calibre! Pero los hechos no dejaban mentir. En la prensa, inevitablemente, las fotografías de un general al lado de un obispo. Los colegios religiosos de enseñanza gozando de toda clase de prebendas, y algunos de ellos, incluido el suyo, acumulando riquezas como cualquier Sociedad Anónima en régimen de prosperidad. Una coalición Estado-Iglesia o Iglesia-Estado que el hombre, para no andarse con rodeos, calificaba de contubernio.

El caso es que, pese a las advertencias previas del padre Tovar, desde el inicio del curso el padre Saumells empezó a soltar en clase frases que se clavaban como dardos en los atónitos oídos de los alumnos. Y lo mismo en las pláticas en la capilla y en los contactos con las personas que iba conociendo.

Poco podía durar aquello, máxime teniendo en cuenta que a las quejas del claustro se unieron las de muchos cabezas de familia. El Padre Provincial lo llamó para formularle la acusación concreta: en vez de limitarse a enseñar, como era su obligación, se dedicaba a hacer política, y un tipo de política que gustosamente habrían rubricado los prohombres de la República, el resultado de cuya gestión era de todos conocido. Julián estaba indignado con él y contento de que Laureano hubiera dejado ya el Colegio. Rogelio, que se lo tomaba medio en broma, apodándolo *el anarquista*, decía siempre que, comparado con el padre Saumells, su amigo Juan Ferrer, dueño del Hotel Catalogne, era como un canónigo de la catedral.

Lo que más desconcertaba al religioso era que ni siquiera saliesen en su defensa las familias de los alumnos que estudiaban en el Colegio becados o gratis, sin pagar un céntimo: familias de funcionarios modestos, o de obreros que trabajaban catorce horas diarias, o que habían estado en la cárcel. No daban fe de vida. O no se enteraban de nada, o tenían miedo, o estaban resignados. Ninguno de ellos decía «esta boca es mía».

—¿Cómo van a decirlo —señalaba el doctor Beltrán, uno de sus pocos confidentes— si la boca no es suya? Primero se la taparon, y ahora se han acostumbrado ya... No cuente con ellos, padre Saumells. Aceptarán sin protestar todo lo que les echen, y más.

A su vez, el padre Comellas, profesor de cultura física, que estimaba mucho al padre Saumells, le decía:

—¿Qué pretende usted? ¿Siendo peso pluma noquear a un peso pesado?

El padre Saumells se llevaba a la boca un caramelo de malvavisco.

—No pretendo nada, padre Comellas. Simplemente, usted sabe que el cristianismo no es lo que se anda predicando por aquí, que el cristianismo es otra cosa muy distinta. Y además, usted sabe igualmente que el mundo, sociológicamente hablando, marcha en otra dirección... Y que los muchachos, los jóvenes, lo intuyen, aunque de momento no lo parezca.

¡Bueno, tal vez en eso llevase razón el religioso llegado de Alemania! En el Colegio —y ése era el punto de referencia más inmediato—, su aureola crecía por días. Aparte de que los alumnos afirmaban unánimemente que, desde el punto de vista pedagógico, en todo cuanto atañese a la manera de enseñar, el padre Saumells era muy superior al resto de los profesores, sentían hacia él una atracción especial. Presentían que había en su figura algo auténtico, fuera de lo común. Por lo demás, dicha aureola se intensificó el día en que alguien dio la noticia de que el religioso, por razones ignoradas, tenía la intención de dejar el Colegio e irse a vivir con los obreros en cualquier barrio próximo a Barcelona, como, por lo visto, habían hecho algunos sacerdotes «en el extranjero». Ni que decir tiene que todo ello se tradujo en un hecho concreto: gran número de alumnos abandonaron el confesonario del padre Sureda, que anteriormente se veía abarrotado, y acudieron a confesarse —como desde fuera lo habían hecho Laureano y Pedro— con el padre Saumells. Encontraban en éste más comprensión, más tolerancia, menos amenazas. Por si fuera poco, apenas si les imponía penitencia...

Beatriz, que había conocido al religioso, sacando de él una impresión resueltamente negativa, comentó:

—¡Natural! Es lo más sencillo: dar facilidades...

Pero no había nada sencillo en la vida del padre Saumells. Las decisiones que se tomaron contra su postura fueron muy precisas: lo amordazaron. Las «órdenes superiores» fueron tajantes. En clase, ceñirse estrictamente a los textos de enseñanza. En la capilla, hasta nuevo aviso, se abstendría de toda plática, limitándose escuetamente a la lectura de los textos sagrados. En las oraciones de la misa, se guardaría muy bien de saltarse bonitamente las preces «por la salud y prosperidad del Jefe del Estado»; etcétera. Cualquier transgresión de dichas órdenes acarrearía sobre él medidas disciplinarias de mayor cuantía. ¡Y por supuesto, de momento quedaba desestimada su petición de abandonar el Colegio e irse a vivir con los obreros! La fuerza de los religiosos radicaba precisamente en la vida comunitaria, en la próxima y recíproca ejemplaridad.

Algunos alumnos se sintieron decepcionados. «Ha chaqueteado, como todo el mundo.» Otros, conocedores de lo ocurrido, lo defendían. «¡No seáis idiotas! ¡Se lo han prohibido! ¿No se le nota en la cara lo triste que está?»

Era cierto. El padre Saumells estaba triste, lo cual no significaba que se resignara a cruzarse de brazos. No iba con su temperamento. De modo que, «en espera de que los tiempos cambiasen», se las ingenió para ser útil. ¿Cómo? En el único campo en el que nadie le ponía dificultades y que consideraba importantísimo: la orientación vocacional de los alumnos... El padre Saumells estimaba que uno de los tumores malignos de la sociedad española era ése: pocas personas ocupaban en ella el lugar que les correspondía, sin exceptuar al señor arzobispo y al padre Tovar. Nadie, ni el Estado, ni los profesores, ni las familias, se ocupaba en analizar metódicamente las facultades de los chicos. El porvenir de éstos se decidía casi siempre por rutina, por improvisación, porque «parecía que la cosa iba por ahí», y desde luego, a tenor del clasismo imperante. Los ricos, a estudiar, a estudiar lo que fuera, aunque odiasen los libros; los demás, por talento que tuviesen, prácticamente sin otra opción que dedicarse a oficios manuales. «Así van las cosas, padre Comellas. Vivimos rodeados de químicos y abogados que deberían ser carpinteros o electricistas, y de guardias de tráfico que deberían ser médicos o ingenieros. Hablando en plata, ¡una canallada!»

Cabe decir que la idea le vino al padre Saumells a través de un ejemplo muy concreto. Un muchacho de San Adrián, que se llamaba Miguel y cuyo padre, maquinista de la RENFE, cobraba un sueldo mísero, estudiaba el último curso del bachillerato y en su casa ya le habían anunciado que luego tendría que ponerse a trabajar. Desgarbado, feo, pero dotado de una memoria prodigiosa y loco por las matemáticas, Miguel fue a confesarse con el padre Saumells y, después de recibir la absolución, le contó lo que le ocurría y a continuación le espetó a bocajarro: «Usted es el único que puede ayudarme, padre... ¡Si no puedo continuar estudiando, me mataré!»

El padre Saumells se quedó estupefacto. Recordaba los ojos de Miguel: parecían dos bellas metáforas. «¡Te prohíbo que hables así, Miguel! ¡Lo que has dicho es horrible!» El chico sollozaba. «No me importa. ¡Si no puedo estudiar, me mataré!»

El padre Saumells se prometió a sí mismo hacer los imposibles para resolverle la papeleta a aquel proyecto de hombre o de muerto que tenía a sus pies. Y a partir de ese momento empezó a hacer gestiones similares para otros muchachos que se encontraban en situaciones parecidas. Vale decir que encontró personas dispuestas a echarle una mano, entre ellas Julián. A raíz de eso, y para trabajar con rigor, propuso en el colegio —y consiguió que se lo aceptaran— efectuar unos *tests* psicotécnicos para calibrar las posibilidades de cada alumno. ¡Cuántas sorpresas! ¡Y cuánta ignorancia, también, y cuánto egoísmo, por parte de algunas familias, que con un poco de esfuerzo hubieran podido salvar una vocación!

En marcha ese mecanismo, no quedó satisfecho todavía. Enterado de que en la barriada de Miguel, en San Adrián, no había iglesia, pidió permiso a los superiores —y se lo otorgaron— para adecentar allí un almacén de trapos e ir los domingos a decir misa para los vecinos y a confesar..., si alguien se tomaba la molestia de arrepentirse de algo.

¡Lo consideró un triunfo estimulante, pese a que, de momento, los vecinos no respondieron a su llamada como él imaginó! Pero era un ensayo. Y Miguel, bajito, activo y rebosante de gratitud, lo ayudaba cuanto podía. Se convirtió en su sacristán, en su monaguillo, en su enlace con el vecindario, y consiguió que su padre, a raíz de aquello, mientras trabajaba en la RENFE redujese su ración diaria de blasfemias.

Esas cuñas del padre Saumells tuvieron sus repercusiones. Laureano y Pedro, ganados por la curiosidad, quisieron visitarlo en la barriada. El religioso les mostró la «iglesia», aunque fue muy parco en los comentarios. No así Miguel, que con las llaves del templo en la mano se sentía rey en su feudo. «Tiene doscientos metros cuadrados y el techo rebasa los cuatro metros.» «Mi madre tarda más de una hora en barrer desde la entrada al presbiterio.» «El domingo pasado repartimos once comuniones.»

Pero lo que más desconcertó a los muchachos fue recorrer el barrio. Viviendas raquíticas, chozas, niños desnudos, mujeres haciendo cola en las fuentes, escombros por todas partes. En la tapia del cementerio había inscripciones groseras. Pasaron delante de una taberna que ponía «La Chata» y Miguel les dijo: «Mi padre, cuando no está de servicio, viene aquí a jugar al tute». Una fábrica de productos químicos despedía un hedor tan fuerte, tan repelente, que Laureano y Pedro, mientras sacaban el pañuelo para taparse la nariz, exclamaron: «¡Qué barbaridad! Pero... ¿hay alguien que puede trabajar ahí?» Esta vez el desconcertado fue Miguel. «No comprendo. ¿Qué os pasa? ¡Yo no huelo nada!» «¿Cómo? ¡Si es asfixiante! Vámonos...» Miguel abrió los brazos en cómico ademán, en el momento en que apareció un gitano tocando un organillo y todos los churumbeles del barrio se congregaron tumultuosamente en torno.

Laureano y Pedro, al otro domingo, repitieron su visita a San Adrián, a la hora de la misa. Y ocurrió lo inevitable: Julián se enteró. Y supuso que se trataba de una estratagema del padre Saumells para «enfrentar a los hijos de la opulencia con los hijos de la pobreza». Laureano le contó la verdad —la iniciativa fue suya y de Pedro, no del religioso—, y Julián le dio crédito.

Pero ello, junto con las sesiones del *Kremlin*, que al arquitecto no le hacían pizca de gracia, motivaron la primera fricción un poco seria entre él y su hijo.

Dialogaron en el cuarto del chico. El arquitecto se dio cuenta en seguida de que se las había con un «hombrecito» con ideas propias, fruto sin duda de su contacto con la Facultad; y Laureano envidió a Pedro, al que su padre, Rogelio, lo dejaba completamente tranquilo.

—Si te apetece visitar al padre Saumells, me harás el favor de ir a verlo al Colegio y no a ese almacén de trapos convertido en iglesia. ¿Qué se te ha perdido allí? Ahora sabes de qué se trata... Yo lo ayudaré en eso de los estudios de los muchachos; pero esas barriadas obreras me las conozco mejor que él. Se llevará la sorpresa de su vida. Todo el mundo le pedirá favores hasta que lo estrujen; y en cuanto no pueda conseguirles lo que le pidan, le volverán la espalda.

Laureano no se impresionó como Julián esperaba.

—Me parece que eso ya lo sabe el padre Saumells, porque se queja de que la gente no le responde como desearía. Pero él va allí a hacer lo que pueda, y se acabó. De momento, quiere conseguir que borren las inscripciones groseras de la tapia del cementerio.

—¡Je! Las escribirán de nuevo. Y peores.

—Las borrará otra vez.

—¡Bien, no discutamos bobadas! Ya me has oído. Se acabó lo de San Adrián. Y en cuanto al *Kremlin*, vamos a suponer que el nombre lo habéis elegido en broma... No voy a prohibirte que os reunáis en una buhardilla; pero cuidado con armar escándalo. Y cada vez que celebréis una de esas ceremonias, quiero que estés en casa a la hora de salida de los espectáculos. Y conste que te hablo en singular porque parece que Susana no se siente allí muy a gusto.

—Susana puede hacer lo que quiera. Yo lo paso muy bien y hasta ahora, que yo sepa, no hemos armado ningún escándalo. Charlamos, bailamos, la juventud... —Laureano se mordió el labio inferior—. Papá, ¿por qué no me tienes un poco más de confianza?

—¿Qué entiendes tú por confianza?

—¡Yo qué sé! Ya no tengo la edad de Pablito, ¿no crees?

—¿Y quién te ha dicho lo contrario? Pero me preocupan tus estudios... y tu manera de pensar. No tengo mucho tiempo para controlarte y quiero ver las cosas claras.

—Creo que las cosas están clarísimas.

—Entonces, ¿qué quieres? ¿Más libertad todavía?

Laureano se calló. La palabra «libertad» lo sumió en un silencio total, porque, lo mismo que Pedro, también él se había enamorado de las ocho letras que la componían. Por fin dijo:

—Me conformaría con tener libertad... a secas. —Cambió el tono de la voz—. Ya va siendo hora, ¿no te parece?

Julián lanzó un exabrupto.

—¡Oye! ¿Qué mosca te ha picado? ¿He de entender que me estás dando órdenes?

—No he pretendido tal cosa. Me has preguntado y te he respondido: eso es todo.

Enrojeció Julián. Apretó los puños. Como siempre, se sentía muy seguro de sí.

—¡Libertad! ¡Ya salió la palabrita! ¿La aprendiste del padre Saumells... o de Sergio?

Laureano se enfureció, aunque consiguió disimular.

—Libertad no es una palabrita... Es algo que uno de repente desea... y ya está.

—¡Pues tendrás que esperar un ratito todavía! ¡Y basta de majaderías!

El resto del diálogo fue tenso y breve. Julián salió del cuarto de su hijo dando un portazo y Laureano se sorprendió a sí mismo haciéndole un feo ademán. ¡Julián estuvo a punto de darse cuenta! Y se fue pasillo adelante barbotando: «Libertad, libertad...»

Margot no tardó en enterarse de la escena. Se decidió a intervenir, porque entendió que otros brotes sucederían al que acababa de producirse. Sin embargo, quería asesorarse con alguien. ¿Con quién? No había más que el padre Saumells. De hecho, en todo lo que no fuera política, éste ejercía una intensa influencia sobre Julián, y sobre Laureano de una manera absorbente. Margot supuso que el padre Saumells sabría encuadrar el asunto en sus límites precisos.

Le pidió audiencia y el religioso se la concedió en seguida.

—Padre Saumells... ¡Te juro por mi honor que no vengo a hablarte de lo mal que está el servicio doméstico!

—¡Por Dios, Margot! ¿Por qué dices eso? Estoy a tu disposición.

Entonces Margot le contó lo ocurrido entre Julián y Laureano. Y acto seguido le formuló la pregunta clave, la pregunta que desde hacía tiempo le ocupaba la mente.

—Padre Saumells, el mundo marcha muy de prisa... ¿Estamos seguros de que sabemos educar a nuestros hijos?

El padre Saumells, al oír esto, sonrió... Margot decía que eso ocurría a menudo con los religiosos: ante los problemas de familia, sonreían. Lo que no significaba que no se los tomasen en serio. El padre Saumells, por supuesto, tuvo una expresión que denotaba elocuentemente que iba a tomarse muy en serio lo que le había dicho Margot.

—Margot, voy a hablarte con absoluta franqueza... La cuestión que me planteas es fundamental, y lamento anticiparte que no podré ofrecerte ninguna solución satisfactoria... Bien, para centrar el asunto, te diré que ya no se trata de saber o no saber educar a los hijos. ¿Qué quieres hacer ante una decoración como la del *Kremlin* que me acabas de describir? Tú misma lo has dicho: el mundo marcha muy de prisa. Antes no había más que columpios y máscaras de Carnaval; ahora hay bragas colgadas de un cordel... y, lo que es más importante, símbolos sociales. ¡Puedo garantizarte que ni Julián ni yo, cuando la guerra, podíamos imaginarnos esto!; y seguro que cuando en París viste aquellos ataúdes y aquellas calaveras estabas muy lejos de sospechar que pronto los equivalentes te tocarían de cerca, ¿verdad?

Margot hizo una mueca. Recordó lo que el corazón le dijo en la *boîte La Fin du Monde* con respecto a Laureano. Se acarició la cabellera de forma que delató su preocupación.

—De todos modos, padre Saumells, ¿qué podemos hacer? ¿Dónde terminan nuestras posibilidades?

El religioso empezó a acariciarse las falanges de los dedos de la mano izquierda.

—Creo que vuestras posibilidades terminan donde empieza el ambiente que rodea a vuestros hijos, ¿comprendes? Naturalmente, los consejos en la intimidad, y, más que eso, los buenos ejemplos en casa, continúan teniendo mucha importancia. Sin embargo, hay que partir de una base que antes no existía: de pronto, hoy irrumpe en el espíritu de los chicos un tercer elemento, que es el ambiente, lo que se huele por la calle, y da al traste con todo. ¿Comprendes lo que quiero decir? Según el temperamento, claro está. Susana, por ejemplo, no reaccionará nunca como Laureano, con lo cual no quiero decirte que Susana no pueda plantearte problemas. ¡A lo mejor te los plantea un día más graves aún, precisamente por su sentido de la responsabilidad!

Margot parpadeó.

—No te entiendo, padre Saumells...

—Está claro, Margot... Tus hijos —por cierto, que siempre se me olvida decirte que los quiero mucho—, no son ni mejores ni peores que los demás... de su clase social. ¿Entiendes ahora por dónde voy? Los hombres como tu marido, como Rogelio, como tantos otros, están creando un tipo de riqueza que os afecta primero a vosotras, las mujeres, luego a vuestros hijos y, colectivamente, a toda la sociedad. Están elaborando un tipo de sociedad que, ¡ya lo sabes!, a mí —para usar una frase del padre Tovar— «me desagrada positivamente». Entonces ocurre que puestros hijos viven desfasados de la realidad. ¡Si hubieras visto a Laureano y a Pedro en San Adrián, tapándose la nariz ante una fábrica de productos químicos!

Sólo conocen el mundo por un agujero, ¿comprendes?, y los agujeros son muchos. En cuanto se salen de su órbita —del barrio en que viven, del «cole», etcétera— reciben una descarga que los hace capaces de cualquier cosa. ¡La Universidad, por ejemplo! Allí es donde han oído la palabra libertad...

—Continúa, por favor, padre Saumells...

—No sé si he avanzado algo... ¡Ah, si supiera explicarme con precisión! ¿Quieres un caramelo?

—No, muchas gracias.

—Entonces, yo tampoco lo tomaré... Pues, volviendo al asunto, el problema es complejo, porque también ahí se ha introducido un elemento nuevo: los débiles se rebelan contra los fuertes, como queriendo hacer verdad lo de «los últimos serán los primeros». —El padre Saumells cambió de tono de voz—. ¿Tú lees el periódico, Margot?

—Sí... —contestó ésta, pillada de improviso—. Lo más importante, por lo menos...

—Entonces, habrás visto lo que sucede: los países subdesarrollados y los países explotados han dicho basta. Te habrás enterado de lo de los guerrilleros de Kenia, ¿verdad? Pero lo verdaderamente importante es la victoria de Fidel Castro en Cuba. ¡Oh, sí, sí, los débiles han dicho basta y a lo mejor tienen más suerte que yo con mis superiores...! Esto, puedo asegurártelo, invierte los términos de la cuestión, porque afecta a todos los órdenes de la vida, lo que hace que los mayores continuemos considerando como normales muchas cosas que empiezan a dejar de serlo, y, sobre todo, que habrán dejado de serlo por completo dentro de unos pocos años... ¡Pongamos, cuando Pablito tenga la edad de Laureano!

Margot bebía las palabras de su interlocutor, pero estaba impaciente.

—¿Podrías ponerme un ejemplo, por favor?

—¿Un ejemplo...? ¡Pse! Eso depende de muchas circunstancias, del clima histórico de cada país, de las formas culturales... El meollo de la cuestión es la protesta, ¿comprendes? ¡Métete esto en la cabeza, Margot!: la protesta. Vuestros hijos han empezado a protestar... De momento, puesto que son tan jóvenes y no saben de qué se trata, engullen unos cuantos *slogans* primarios, pero la intención es profunda, porque intuyen que hay algo injusto en el engranaje que hasta ahora ha estado funcionando y que nosotros hemos considerado como de «sanos principios». En Francia, por supuesto, ya que los intelectuales siguen vigentes, el existencialismo, ya lo viste. En Alemania, os lo he contado muchas veces, el gamberrismo, los instintos, la acumulación de bienes materiales, pero también el ansia de saber... En los Estados Unidos, la violencia... En España, por las razones que también conoces sobradamente, ya sabes cuál es mi criterio, y ahí va el ejemplo que me pedías: aquí vuestros hijos pasarán de la indiferencia y los tebeos a formularos preguntas tan elementales como: «Mamá, ¿por qué eres tú la señora y Rosario la criada?» ¡Oh, no, no te escandalices! Mejor que pienses en lo que podrás responder... Margot, prepárate... Lo que han cambiado son los signos. ¡Ah, con otra particularidad referida a España!: deberías intentar convencer a Julián, aunque ya sé que eso es imposible, de que los jóvenes no quieren oír hablar de nuestra guerra... Para nosotros fue crucial; para ellos es algo inexistente y que les produce un tedio infinito.

Margot reflexionaba. Todo aquello se le antojaba certero... Sin embargo, ¿qué conclusión cabía sacar? ¿Que los «sanos principios» ya no eran sanos? En ese caso ¿qué otros valores había que proponer a cambio? Porque no iba a pretender el padre Saumells que renunciaran a vivir en General Mitre y se fueran al Barrio Chino... o a San Adrián. ¡Ay, los libros de pedagogía que ella se leyó!

—Creo que voy siguiendo tu pensamiento, padre Saumells... Además, siempre te lo dije: desde que me casé me asusta ese futuro que se avecina sin remedio... Ahora bien, ¿por qué me dijiste que no podrías ofrecerme ninguna solución? ¿Cómo es posible que no puedas decirme: debéis hacer esto, debéis hacer aquello...?

El padre Saumells, ¡entonces sí!, sacó una cajita idéntica a la que regaló a Susana y después de un ademán pidiendo permiso se ofreció a sí mismo un caramelo de malvavisco.

—Margot..., cuando te dije que lamentaba no poder ofrecerte ninguna solución, me refería a una solución infalible. Ahora bien, ¡claro que podéis hacer algo! O intentarlo, por lo menos. Pero sin lo menor garantía de éxito, entiéndeme... Me refiero, ¡ya lo habrás supuesto!, a la religión... Sea lo que sea, pase lo que pase, antes que vuestros hijos se vayan de vuestro lado debéis procurar inculcarles en el alma la idea de que sin una fe trascendente todo está perdido... Pero... ¿qué voy a contarte sobre esto, si sabes tú más que yo? Lo único, quizá, machacarles con valentía que la religión no es lo que se lleva, y que el cielo me perdone, en el Colegio de Jesús y similares... ¡Eso son supersticiones... y finanzas! Una religión viva y adulta, centrada en los Evangelios que yo intentaba explicarles... Es decir, en la idea de Cristo, en un tipo de iglesia sacrificada y austera como esa que Julián ha estado proyectando y cuyos bocetos me enseñó en su taller... ¡Lo malo es que eso es muy difícil, Margot! Entre todos, hemos desprestigiado a sus ojos la palabra «religión»... De eso sabe algo el hijo mayor de Aurelio Subirachs, el sacerdote, que ya debería haber cantado misa, pero que no lo autorizan porque salió del Seminario echando chispas... Pero, en fin, te repito que ni aun convenciéndolos emocionalmente hay ninguna garantía de éxito. La ciencia y la técnica, que tanto encandilan a tu marido, producen malas digestiones, cuando, bien aplicadas, podrían ser manifestaciones gloriosas, y se lo llevan todo por delante. Ésa es la realidad, Margot: prepárate... Laureano ha levantado el índice; Susana, todavía no... ¿Qué ocurrirá? ¿Y qué ocurrirá, repito, con Pablito? Dicen que ahora van a instalar, y ya era hora, la televisión... ¡Un mundo nuevo! Imágenes, información, el hombre en medio, vapuleado como un pelele... A tus hijos, inmersos en la sociedad de que te he hablado, lo mismo puede darles por la frivolidad, por pediros un coche y mucho dinero para sus gastos, que adscribirse, fichar, como diría Rogelio, por la juventud consciente... ¡En este último caso, su rebeldía, su protesta, será todavía mayor! Porque una cosa hemos de reconocer, Margot: nuestra experiencia ha fracasado. El mundo que les hemos legado es maquiavélico y cruel, y tiene que desmoronarse como cualquier edificio mal construido.

Margot se quedó estupefacta. Recordó las preguntas que Laureano y Susana hicieron cuando la mujer vecina de Can Abadal se ahogó en el pozo. Y Pablito, que estaba saliendo, efectivamente, un diablillo autoritario y respondón, aprovechándose de los mimos para procurar adueñarse del hogar. Sí, desde luego, el camino era espinoso... ¿De dónde, Señor, sacar tantas fuerzas? Margot se sentía un poco mareada. Claro que era tenaz...

—Padre Saumells... ¿qué debo hacer? Me siento abrumada...

El religioso miró a Margot con rara intensidad.

—Lo que te he dicho: lo que puedas... ¡Si hubiese muchas mujeres como tú, las cosas no hubieran llegado a ese extremo...

Margot movió la cabeza.

—No sé por qué dices eso... ¡Ni siquiera he sido capaz de vencer la indiferencia religiosa de Julián!

El padre Saumells negó con energía.

—Margot, voy a decirte una última cosa: tú no tienes la culpa de eso... Julián, aparte de que nació en Granada, en un caserón que ya conoces, se está deshumanizando un poco con esos Bancos de mármol y tal. Pero recuerda un consejo, porque parece que no hago más que echarte jarros de agua helada: no intentes abarcarlo todo. Por encima de todo, Dios dirá. Y de momento, recuerda que la vida se compone de pequeños detalles. Lo primero que debes procurar, pues, al llegar a tu casa, es conseguir la reconciliación de Julián y Laureano.

—¡Son muy orgullosos!

—Tú también... Luego, le dices de mi parte a Laureano que eso de la libertad a secas es una tontería, que un universitario debe saber concretar... En cuanto a Julián, convéncelo por tu cuenta de que su hijo tiene razón: la libertad es algo que uno de repente desea... y ya está. Y que no tiene más remedio que aguantarse.

Margot sonrió.

—De acuerdo. Lo intentaré...

La mujer se levantó. Parecía haberse recuperado. El padre

Saumells se levantó a su vez. Entonces, ella, con la sonrisa en los labios, le dijo:

—Padre Saumells... ¿y qué debo hacer para que Julián y tú os reconciliéis también? ¡Siempre andáis a la greña!

El religioso contestó:

—Aquí no vas a tener problema... Tal como van las cosas, en España un hombre como él puede llegar hasta a ministro. Y el día que eso ocurra, haré como hacen nuestros obispos: me pondré a sus pies.

CAPÍTULO XXVI

CONFIRMÁNDOSE LOS RUMORES, instalóse la televisión en España, primero en Madrid, luego en Barcelona, luego en Sevilla, hasta que los repetidores cubrieron toda la red nacional. Un verdadero regalo de Reyes, que Jaime Amades hubiera podido anunciar como «el salvavidas del país», o, en un plano más amplio, como «el mundo entero dentro de casa». El juguete invadió los hogares. Ante los escaparates de las tiendas del ramo se arremolinaban los curiosos, y en muchos bares y cafés, desde el exterior veíase a los clientes con el vaso en la mano y la mirada fija en un punto alto, donde estaba situado el televisor.

Rogelio y el conde de Vilalta fueron de los primeros que adquirieron un aparato. «El mejor y el de pantalla más grande.» Pero con rapidez vertiginosa brotaron en tejados y azoteas las antenas, antenas metálicas y en forma de cruz, auténticos pararrayos contra el tedio y la pereza mental. Aquello era un milagro, y los milagros congregan multitudes. Adquirieron televisión gente que apenas si tenía para comer. Las ventas a plazos recibieron otro impulso esperanzador. Algunos inmigrantes relacionados con Julián se desprendieron de parte de su ajuar para obtener un aparato. Las siglas de Televisión Española eran *TVE* y pronto se hizo popular el dicho: *Te Veo Empeñado.*

Aquello iba a ser la caja de sorpresas. Para los seres solitarios, una excelente solución. Gloria, por ejemplo, al salir de la tienda se pasaba sus buenos ratos viendo el desfile de imágenes, y lo mismo cabía decir de la propia Beatriz y su criada Dolores, y de Carmen, la hermana del doctor Beltrán, encantada porque salían muchos dibujos animados cuyos protagonistas eran animales. El doctor había reflexionado lo suyo antes de adquirir un televisor, porque supuso que el lavado de cerebro a través de la selección de noticias sería escalofriante; pero no podía negarle ese obsequio a Carmen, que hasta entonces sólo había podido lloriquear con los seriales radiofónicos. Por cierto que el doctor pronto informó a sus amistades de que en algunos manicomios se daban casos de enfermos que se excitaban increíblemente ante la televisión, en tanto que otros, por el contrario, se amansaban que daba gusto. Claudio Roig tuvo en su propio hogar la prueba de que aquello era cierto. La pareja de «viejecitos» a su cuidado se dividió: ella, tranquila, sonriente; él, pegando de repente puñetazos en la mesa.

El «mundo nuevo» de que habló el padre Saumells lo fue para todos, con toques especiales para los niños. Yolanda, en casa de Ricardo Marín y Merche, se tendía boca abajo en la alfombra, con las manos en la barbilla, y se requerían unos buenos azotes para mandarla a la cama. Un hijo de Pepe Morales, el que fue profesor de guitarra de Laureano, arrinconó juegos y libros y dijo: «Prefiero la "tele"». En el hogar de los Vega, lo de Pablito fue la locura. Se pasaba el día nervioso esperando a que empezara la programación. Los programas que prefería eran aquellos en que intervinieran niños como él, niños de verdad y uno de los cuales, con el que se sentía identificado por ley natural, fuera superior a los demás. Abajo, en la vivienda de los conserjes, Anselmo y Felisa, junto con sus dos hijos, pasaban veladas deliciosas ante la pequeña pantalla, además de que el ex pastor les decía a sus herederos, puesto que ambos trabajaban en un taller mecánico: «Es un buen porvenir especializarse en la reparación de esos cacharros».

Hay que decir que Julián estaba entusiasmado, porque el invento era la confirmación de sus predicciones. «¿Te das cuenta, Margot? Ya no sólo enviamos al espacio monos que regresan sanos y salvos, sino que en un segundo, desde millares de quilómetros, nos traen a casa una imagen nítida, perfecta. Es la simultaneidad. Es el no va más. No sé adónde iremos a parar.» «Yo sí lo sé —le contestaba Margot—. Habrá que vender el televisor. Primero, por Pablito: ya lo ves. Luego, por Laureano y Susana. ¡Menudos bobalicones! Y luego por mí..., que me olvido hasta de que la casa ha de estar en orden.» Y Margot se reía, bromeando con Julián.

Lo que no impedía que con su comentario hubiera dado en el clavo. Había familias cuya vida se transformó por completo. No sólo dejaron de dialogar y olvidaron pequeños y habituales quehaceres, sino que sus componentes se sentaban siempre, incluso en la mesa, formando semicírculo delante del televisor, lo que originaba que prácticamente sólo se vieran de perfil. «Hay padres e hijos que llevan unos meses viéndose sólo de perfil», ironizaba Aurelio Subirachs.

Aurelio se chanceaba mucho sobre la calidad de lo que ofrecía la televisión, pero no tuvo más remedio que reconocer que en alguna ocasión ésta proporcionaba emociones de una intensidad inusitada. En su caso, fue ver a su hijo sacerdote, por Semana Santa —por fin le dieron permiso para cantar misa—, aparecer en el televisor como ayudante en un Vía Crucis solemne que fue retransmitido desde el interior de la Catedral. Todos se quedaron inmóviles al ver a Rafael tan diáfano, tan claro —superior a la realidad—, moviéndose con tanta unción, concentrado y responsable. Tenían ganas de acercarse a la pantalla y ver si lo podían palpar, mientras algunas lágrimas correteaban por las mejillas. Fernando, el tercero de la dinastía, el que quería «esquiar y romperse una pierna», cosa que ya había conseguido, dijo: «Yo quiero salir un día en la "tele"». «¡Por Dios! —exclamó Aurelio Subirachs—. ¡No te vayas al Seminario tú también!»

Y las sorpresas continuaron. Retransmisiones de fútbol —la fantástica panorámica del nuevo Estadio del *Barça* encandiló a Rogelio—, concursos y muchas canciones. ¡Canciones, música moderna, música *pop*! Los ídolos que hasta entonces Laureano, Narciso Rubió, Cuchy y Carol sólo habían podido oír en disco, gracias al revolucionario invento se hicieron vivos, como de carne y hueso, ante ellos. Para Laureano constituyó un trauma fuerte. Por primera vez, aunque no llevase el uniforme de la tuna, se tomó el pelo a sí mismo diciéndose que tal vez algún día, salvando las distancias —y sin quebranto de su profesión— pudiera imitar entre los amigos a Elvis Presley. Cuchy y, sobre todo, Carol, se entusiasmaron con Elvis Presley, del que dijeron que estaba «para parar un tren». Tenía una sexualidad de tipo animal que repelía a unos mientras atraía a otros con mucha fuerza. Con un chorro de voz que inutilizaba cualquier objeción. Era el rey del *rock and roll*, aunque también cantaba canciones religiosas y folklóricas, porque al parecer en su vida privada era un romántico: había sido camionero y lo descubrieron a raíz de grabar un disco en el aniversario de su madre. A Narciso Rubió, muy entendido, le llamó la atención el ritmo del *twist*, que desbancó por completo a otros anteriores, como el mambo y el cha-cha-cha. Todo aquello era también una intrusión imparable. Abundaban más los solistas que los conjuntos, y los cantantes más populares eran norteamericanos, y norteamericanos blancos, aunque influidos por el ritmo negro. Lo dramático, según explicó un comentarista en una retransmisión, era que, por algún extraño maleficio, algunos de dichos solistas habían muerto en accidente; otro, un tal Little Richard, que era el preferido de Jorge Trabal, había abandonado súbitamente el canto para dedicarse a la vida contemplativa.

¡Lo nunca visto, lo nunca esperado! Una noche, de repente, en General Mitre, se oyó la voz de Susana gritando: «¡Papá, mamá, tía Mari-Tere en la televisión! ¡Tía Mari-Tere, seguro!» La familia acudió completa y vieron, efectivamente, a la hermana de Julián anunciando con mucho donaire una marca de vino del Sur, de Jerez. «¡Ése, ése es el jerez que prefiere usted...!»; y su índice pareció clavarse entre los dos ojos de Julián.

Hubo aplausos, estupor y otra vez aplausos. Julián se sintió apabullado. Llamaron a Granada, donde había diversidad de opiniones, y se enteraron de que aquello iba en serio, de que una agencia había contratado en firme a la muchacha «que quería abrirse camino» y que estaba haciendo un curso intensivo de dicción —el acento andaluz la perjudicaba— para ver si la admitían de locutora en los propios estudios de Madrid. Por lo pronto, los anunciantes estaban satisfechos con su trabajo y ella cobraba sus buenos dineros.

A partir de ese día muchas veces ponían la «tele» en las horas en que sabían que iba a salir su anuncio, al que siguieron otros de detergentes y electrodomésticos. ¡Lástima! Porque Mari-Tere tenía picardía, era muy expresiva y los Andrés Puig hubieran preferido verla acariciándose con intención unas medias de una fibra especial o acercándose a los labios voluptuosamente una copa de una bebida cualquiera.

Todo eso, tan imprevisible, conectó con Jaime Amades, con su profesión. De hecho, el regalo de Reyes fue, sobre todo, para él, que consiguió para Agencia Hércules la exclusiva de un cincuenta por ciento de los anuncios televisados que Cataluña pudiera proporcionar.

—Mi querido amigo Alejo Espriu —le dijo Amades a su flamante abogado, al término de seis meses—, eso no es el gordo, pero poco le falta. Fíjate en los números... Tengo que ampliar las oficinas. Te juro que me gustaría tener las señas del inventor del aparatito de marras para poder enviarle un regalo.

—Aprovecha la ocasión —le aconsejó Alejo—. Esas cosas no pasan dos veces y en estos momentos hay docenas de agentes como tú que te odian a muerte. Y que naturalmente, odian a Charito.

Alejo, hablando con Amades, hacía siempre referencia a Charito, porque sabía que el hombre continuaba hipnotizado por su mujer.

—De todos modos, el asunto no es fácil —le decía Amades—. Para conseguir anuncios que tengan garra hace falta un equipo formidable. Las ideas han de ser mías, pero luego el equipo ha de desarrollarlas.

—Sin embargo, la «tele» te lo da un poco hecho: las imágenes se mueven, lo que, si no me equivoco, tú consideras fundamental.

—¡Ay, mi querido Alejo! Hay muchas maneras de moverse. Salen anuncios que dan pena, ésa es la verdad.

—Hasta ahora los tuyos son morrocotudos.

—¿Te digo una cosa? No me extraña el éxito de la hermana de Julián. Tiene algo especial. En Cataluña, seamos sinceros, es difícil encontrar un punto así.

—¿Por qué la llamas punto?

—Si quieres, la llamaré puntos suspensivos... Esa profesión es muy peligrosa.

Jaime Amades y Alejo Espriu se llevaban bien, porque eran un poco de la misma cuerda. Astutos, sinuosos, sabían lo que querían y por dónde llegar a ello. Y ambos habían sufrido humillaciones antes de ser lo que eran. Amades ya ni se acordaba del asma y Alejo, que a veces lo llamaba *Hércules*, ni se acordaba de los sablazos a los amigos. Amades era basto; el otro, elegante; pero coincidían sorprendentemente en las simpatías y antipatías. La «tele», por ejemplo, los aburría sobremanera, lo que por parte de Amades no dejaba de ser una ingratitud. Querían mucho a Rogelio, al que consideraban su «padrazo»; en cambio, sus socios, Ricardo Marín y el conde de Vilalta, les caían gordos... Alejo detestaba al conde porque éste le había puesto el veto como abogado de la Agencia Cosmos, que era su gran ilusión, y Amades sentía repeluzno por el banquero, por Ricardo Marín, porque siempre los trató, a él y a Charito, con displicencia, lo mismo que Merche: como si fueran escarabajos o miasmas.

Tal coincidencia en las antipatías se puso de manifiesto, con repercusiones graves, con motivo de encargar Rogelio a la Agencia Hércules unos anuncios sobre los dos hoteles de Lloret de Mar, que por fin iba a inaugurar la cadena Cosmos. Amades y Alejo cambiaron impresiones sobre los socios de Rogelio en dicha cadena. Y Alejo, de pronto, en un arranque al que infinidad de veces había estado a punto de sucumbir —para él guardar un secreto era una tortura— le dijo:

—¿Qué harías tú, querido Amades, si tuvieras una baza contra Ricardo Marín? Quiero decir una baza fuerte. Algo así como poder decirle: «Si no me das *esto* ahora mismo, mañana, a través de la "tele", hago saber al país que eres un farsante y un hipócrita redomado».

A Jaime Amades se le humedecieron las manos y se lamió las encías.

—No perdería ni un segundo. ¡A por él! Es un pedante insoportable. Tú también eres pedante, pero del género simpático.

—Sin embargo, en las películas eso tiene un nombre feo, ¿verdad? Chantaje...

—Yo creo que, cuando las cosas están justificadas, no tienen nombre... Por cierto: ¿puedo saber de qué baza se trata?

Alejo se quedó inmóvil y luego fue sobando con lentitud el puño de plata del bastón.

—Resulta que estoy metido en un asunto de *meublés*... ¡Muy metido, para ser más exacto! ¿Comprendes por dónde voy?

Amades comprendió hasta tal punto que empezó a sudar a mares.

—Si no me das más datos, reviento.

—¡Oh, por favor, amigo *Hércules*! No revientes todavía, que a lo mejor, si me decido y hay que informar al país, voy a necesitarte...

Continuaba fulgurante la trayectoria de los chicos, que periódicamente se reunían en el *Kremlin*, en la buhardilla. La sinergia, el «ambiente» de que el padre Saumells habló a Margot, maduraba con extrema rapidez la personalidad de cada cual. A la vuelta de cada esquina dejaban un pedazo de lo que fueron antes.

Laureano dejó colgada una asignatura en junio, las matemáticas —lo que lo obligó a posponer la serenata de la tuna prometida a su madre—, pero aprobó en septiembre y así tenía prácticamente en el bolsillo el anhelado ingreso en la Escuela Superior de Arquitectura, pese a la dificultad de los dibujos. ¿Reacción? Protesta, cumpliéndose asimismo la profecía del padre Saumells. La reconciliación de Laureano con su padre había sido fácil, gracias al respeto mutuo y al buen hacer de Margot, pero los enfrentamientos se sucedían por cualquier fruslería. El vocabulario del muchacho, copiado de la Facultad, en los últimos tiempos se centraba en la palabra «burguesía», aun a sabiendas de que vivía integrado en ella. Las damas de la «buena sociedad» barcelonesa, entre las que se contaban Rosy y Merche, organizaron un Concurso de Belleza Infantil para recabar fondos en pro de la «Lucha contra el Cáncer». Se recibió una invitación para que Pablito se presentase y Laureano protestó; menos mal que Margot se había anticipado a rechazar la sugerencia. Julián le daba al muchacho una cantidad fija para sus gastos y el muchacho protestaba. «¿En qué quedamos? —le decía Julián—. ¿O protestas porque consideras que te doy demasiado?» Proliferaban en la ciudad los edificios bancarios más suntuosos aún que el Banco Industrial Mediterráneo, con columnatas de mármol, y Laureano protestaba. «Parecen panteones», decía. Julián lo increpaba: «Pero ¿qué te pasa con los Bancos? Antes te gustaban. ¿Por qué no te vas a Nueva York a hacer un cursillo de Economía?» «Esa palabra es peligrosa, papá.»

En cambio, el chico no protestaba contra sí mismo de que el concepto de lo erótico hubiese cambiado para él. Y a fe que tenía motivos. Repetidas veces volvió a la calle del Carmen, a la casa con la Virgen y el farolillo en la entrada. Influido por Andrés Puig y también por el clima estudiantil, había pasado a considerar aquello un desahogo natural, aunque luego fuera a confesarse. No obstante, la palabra «prostitución» no le gustaba, aparte de que temía contraer alguna enfermedad, lo que hubiera supuesto la catástrofe. Tenía que buscar otra solución. Y por supuesto, se negó a «desahogarse» en algunos cines de las Ramblas, próximos al puerto, en cuyas últimas filas, según informes, y con el consentimiento de los acomodadores, que debían de cobrar comisión, siempre había mujeres dispuestas a masturbarlo a uno por una cantidad realmente ridícula.

Su compañero Narciso Rubió, que en los estudios avanzaba también, aunque con mayores dificultades, valoraba las cualidades de Laureano y había empezado a quererlo de verdad, considerándolo su líder particular. Lo imitaba en muchas cosas, incluso en la manera de coger el pañuelo para sonarse. Narciso Rubió continuaba borracho por la música, por lo que la teoría que Laureano le explicó, según la cual la arquitectura era una danza, lo dejó embelesado y le dio ánimo para continuar. Además, Laureano había conseguido que el padre de Narciso, capataz de obras, trabajase para Rogelio, para la Constructora, en muy buenas condiciones, lo que el muchacho le agradeció sobremanera. Narciso Rubió era un poco camaleónico. Dócil fuera de casa, con los suyos era un déspota. Si lo contradecían, les daba con la puerta —o con la «batería»— en las narices. ¿Por qué lo haría? Curiosa manera de protestar. Muchacho poco agraciado físicamente, con cara caballuna y orejas tan separadas que a veces no parecían suyas.

En Filosofía y Letras, Pedro y Marcos estaban en segundo. En el primer curso ambos se permitieron el lujo de entregar a sus respectivos padres varias matrículas. En segundo, Marcos iba un poco a la pata coja. El muchacho había empezado a pintar y perdía mucho tiempo.

Marcos llevaba la pintura —o los colores, como él decía— en la sangre y no había quien lo parase. Sus cuadros, que en el *Kremlin* tenían mucho éxito, intentaban representar, por el momento, fosfenos, es decir, las manchas o centellas que pueden verse cerrando los ojos y apretándose con los dedos las pupilas. Descubrió que el repertorio era más reducido y automático de lo que pudiera pensarse e invitaba a sus amigos a que lo comprobasen. Le salía algo original y el propio Aurelio Subirachs le decía, mientras contemplaba las telas y se acariciaba los bigotes de foca: «Conque fosfenos, ¿eh? ¡Vaya! No está mal, no está mal...»

Pero otras cosas —o personas— distraían a Marcos. Por ejemplo el comportamiento de su hermano Rafael, el joven sacerdote, flamante vicario nada menos que de mosén Castelló, con el que no estaba de acuerdo en nada, ni siquiera en la manera como debían sostener la hostia y el cáliz en el momento de alzar. Rafael tenía una forma muy curiosa de protestar: se había propuesto convertir el sacerdocio en amistad compartida con los fieles. Marcos lo veía actuar y a veces no se hubiera movido de su lado. «Religión significa amar al *otro*, pero obrando, ¿comprendes? Todo lo demás es sacrilegio.» «No jurarás el nombre de Dios en vano»: éste es el mandamiento. Marcos acabó por confiarse a él plenamente, contándole incluso que le había llegado de Cuba un pájaro tropical exiliado, una muchacha que se hacía llamar Fany —Fidel Castro había expoliado todos los bienes de su familia y huyeron refugiándose en España—, la cual le quitaba el sueño y era la causante de que anduviera demacrado y relegase a un plano astral el latín y el griego. Rafael le preguntó: «Hermosa mujer, ¿no es eso?» «¡Desde luego!» Entonces el sacerdote dijo: «Mejor sería que te olvidaras de ella, claro. Pero si no te sientes con fuerza, por lo menos ten cuidado y no la dejes embarazada». ¡A Marcos le pareció que descubría un fosfeno nuevo! ¡Decididamente, los tiempos eran otros! ¡Decididamente, el pobre mosén Castelló debía prepararse para una suerte de cuaresma perpetua con su nuevo vicario!

¿Y Pedro? Pedro discutía a menudo con su padre. Éste continuaba profetizándole al muchacho el mayor de los fracasos, debido a la carrera que eligió, a la que había que añadir su ingreso en la Escuela de Periodismo. «El día que yo cierre la cartera pasarás más hambre que un judío pobre.» Rogelio siempre decía que los judíos ricos eran los seres más felices del mundo, pero que los judíos pobres eran los más desgraciados. «¡Los periodistas! Mendigos disfrazados, que andan a la caza de la gente famosa para sacarle los cuartos. Los únicos que se defienden son los que hacen crónicas deportivas, o crítica de cine y teatro, porque cobran de todas partes para decir que fulano de tal es un campeón o una auténtica *vedette*.»

Y el caso es que Pedro había empezado ya a publicar algunos artículos en una revista universitaria. Y dejaba asomar la oreja como un novato. Aparte de un demoledor trabajo sobre el destronado rey Faruk, hablando de su fortuna y de la inmensa cama circular que descubrieron en su palacio, también se metía obsesivamente con la «burguesía»: con la burguesía entendida como postura de asentimiento al sistema establecido, sin espíritu renovador, aunque el sistema estuviera plagado de injusticias. Según Rogelio, nunca se le ocurriría, ¡eso no!, hablar de que muchos obreros, mal llamados «productores», no daban golpe, pasándose media jornada liando tabaco de picadura, comiendo bocadillos y yéndose a echar un trago al bar más cercano. A Rosy, en el fondo, la satisfacía ver el nombre de su hijo impreso en una revista. Sentíase orgullosa. Las amigas comentaban: «¡Caramba con Pedro! ¿De dónde le salen tantas ideas? Ha heredado tu inteligencia, Rosy, la ha heredado de ti».

La complejidad del temperamento de Pedro, cada día más intelectualizado, lo distanciaba progresivamente de su padre, que a menudo terminaba por decirle: «Haz lo que te parezca». Por ejemplo, el muchacho no estaba seguro de ser bueno. A principios de verano había aceptado que su progenitor le regalara un coche —inconsecuencia, jugar con ventaja, «el huevo de Colón»—, y con la frialdad que a veces lo caracterizaba juzgaba que las ventajas del «huevo» eran superiores a cualquier posible sentimiento de escrúpulo. En cambio, con frecuencia se preguntaba, sinceramente angustiado, por qué aquella noche en que salió con Laureano, en vez de compadecer a la prostituta que le tocó en suerte, se indignó porque la mujer actuó «como una máquina». ¿Qué quería, pues? ¿Que se hubiera enamorado de él, de su juventud estrenada, o que por unas perras le hubiera entregado lo más dulce y entrañable de su persona?

Otro motivo de desgarro para Pedro —también presentido por el padre Saumells— era que se sentía a sí mismo «hijo de la guerra», lo que llegaba a enfurecerlo. Rogelio, su padre, al igual que el padre de Laureano, Susana y Pablito, habían hecho la guerra, ¡y una guerra civil!, y al finalizar ésta los engendraron con la misma violencia con que antes dispararían con un mortero o desearían la muerte de «los otros». ¡Qué mundo les habían dejado! La comunidad partida en dos mitades: una mirando al pasado, otra al futuro. Y vencedores y vencidos. Con barrios como el de la avenida Pearson y otros como aquel en que Miguel, el «monaguillo», vivía en San Adrián.

También había trabado amistad con el joven sacerdote Rafael. ¡Qué suerte que éste lo comprendiera! Un día en que le confió que no lograba perdonar a su madre su frivolidad —a Rosy le había dado por maquillarse escandalosamente y por no perderse un solo *vernissage*—, Rafael le dijo: «Si en el mundo en que te mueves lo aceptaras todo sin rechistar, un servidor te suspendería en la asignatura de la vida. Tus padres no aspiran más que al bienestar, es decir, forman parte del estamento que en el Seminario algunos llamábamos de "personas-vientre". Tú visas más alto y por eso te contradices y estás descontento. Lo que has de procurar es no faltarles al respeto y pensar que muchas veces no disparas contra ellos concretamente, sino contra el estamento que representan. Pero continúa analizando, continúa...»

Otro motivo de descontento: no le hacía el menor caso a Carol, su hermana. ¡Con lo que ésta lo adoraba! Claro que ¿hacía la muchacha algo que pudiera interesar a Pedro? No protestaba contra nada, como no fuera de ser tan bajita... y zurda. No había aprobado el examen de Estado, ni siquiera en septiembre, y teóricamente se preparaba otra vez. Pero también se había matriculado en el Instituto Británico, donde no le veían nunca el pelo, y en el Instituto del Teatro, porque quería ser actriz o, mejor dicho, salir en televisión, no precisamente «anunciando productos» sino en algún programa como, por ejemplo, «Escala en Hi-Fi».

Carol era una muñeca para Pedro, una muñeca que no coleccionaba cajitas ni sandalias, sino espejos, y que vivía su mundo al margen de cualquier preocupación seria. No le importaban ni los judíos ni el rey Faruk, puesto que ya lo habían destronado. En el fondo, únicamente le interesaba su persona y los chicos, de los que decía que todavía no había encontrado uno solo que supiera besar de verdad... Había hecho buenas migas con Narciso Rubió gracias al *twist* y continuamente le pedía dinero a su padre para comprarse discos, para irse al bar Miami, próximo a la Universidad, para cigarrillos, etcétera. Con toda evidencia, iba para «persona-vientre». Por fortuna, también se anticipaba a las objeciones de los demás: «¡Si ya lo sé! ¡Si soy una inútil, un desastre!» Estas declaraciones, unidas a su naricita chata y respingona y a sus ojos un poco almendrados, le valían muchas simpatías. Al parecer, en los últimos tiempos la rondaba el hijo mayor de un importante fabricante de lonas, lo que a Rogelio y a Rosy les parecía de perlas.

Jorge Trabal y Susana estudiaban medicina. Primer curso, después de haber salvado la serie de obstáculos previos. Jorge continuaba fascinado por el tema de la esterilidad, y tal vez por ello era virgen todavía. Algunos veían en él posibles tendencias homosexuales, pero ese tipo de murmuración acostumbraba a carecer de base. Por supuesto, era el único asiduo al *Kremlin* que no había besado a Carol.

¿Y cómo se produjo la decisión de Susana? ¡Qué gigantesco salto dio la muchacha en aquel período de tiempo! Los indicios que hicieron sospechar que le interesaría la medicina fueron tomando cuerpo hasta convertirse en realidad. Algo ocurrió ya, sintomático, el día en que dejó el Liceo Francés. En vez de pedir un regalo, cualquier chuchería, le rogó al doctor Beltrán que la llevase al Hospital Clínico a presenciar una autopsia. El doctor Beltrán accedió y ella estuvo a punto de desmayarse, pero no se desmayó. Aguantó firme, y por primera vez comprobó que un ser humano podía ser abierto en canal, y desgajado y cortado a trocitos sin que ella, Susana, perdiera el dominio de sí misma y la ilusión de continuar existiendo. El doctor Beltrán se limitó a dictaminar: «Sobresaliente».

Después del examen de Estado, la resolución de la muchacha fue tajante: medicina, en la especialidad de pediatría. Susana necesitaba de una profesión cálida. Tal vez fuera ésa su manera de protestar. Había leído en alguna parte que la técnica era fría, pero que no lo era la ciencia. «Y la medicina es una ciencia, ¿verdad, doctor Beltrán?» «¡Huy, chiquilla! Por lo menos, eso tendría que ser...»

Grande fue la sorpresa de sus padres al enterarse de que

la cosa iba en serio, aunque no veían razón alguna para que no fuera así, y tampoco para oponerse. Únicamente, Margot le preguntó repetidas veces:

—Pero ¿estás segura, Susana? ¿Lo has pensado bien?

—Lo he pensado y lo he sentido, mamá.

Julián, desde luego, estaba perplejo. ¡Una mujer-médico! ¿Por dónde coger aquello? Claro que, después de lo de Mari-Tere...

—Susana, por favor, escúchame un momento... Ser enfermera me parece natural. ¡Pero ser médico es algo muy distinto!

—Papá, compréndelo. No me veo haciendo cirugía. Ni siquiera dirigiendo un balneario de reumáticos. Pero la pediatría me parece muy apropiada para una mujer.

Julián admitió que eso era cierto.

—Sin embargo —objetó—, ¿cuándo he visto yo que los niños te interesaran a ti de un modo especial?

—Eso no tiene nada que ver, papá. ¿Es que tú acariciabas las paredes antes de hacerte arquitecto?

—Pues, no, la verdad... —confesó Julián—. Más bien pensaba en hacerme ingeniero agrónomo.

—Ahí tienes. ¿Cuento, pues, con tu bendición?

—¡Qué remedio!

Cabe decir que, en el fondo, lo mismo Julián que Margot se sintieron orgullosos de Susana, sobre todo cuando desde Granada «tío Manolo» exclamó: «¡Por fin un colega en la familia!» Comunicaron la noticia a las amistades. Y el propio Laureano, que tan pronto se sentía muy cerca de su hermana como parecía ignorar su existencia, le dio la enhorabuena.

—De todos modos, prepárate... —le advirtió—. Prepárate a oír palabras gordas en la Facultad. En cuanto descubran que eres una santita, te recrearán los oídos.

—¡Bah! —replicó Susana—. En primer lugar, no soy una santita. Y luego, además, sabré adaptarme. ¿Es que me has visto hacer el ridículo alguna vez?

Carol, al enterarse, tuvo un rapto de celos. Lo contrario de Anselmo, el conserje, que quería mucho a Susana. Al verla entrar le dijo, quitándose la gorra: «¡Buenos días, doctora!» Susana soltó una carcajada. «¡Menudo espía tenemos en la casa!» «Nada de eso, señorita. He querido darle la enhorabuena.»

A punto de finalizar el curso —el primero de la carrera— Julián se empeñó en hacer una especie de balance, cuyo resultado fue que la vocación de Susana persistía y que, además, la muchacha aseguraba haber aprendido mucho en aquellos meses, y no sólo en lo referente a las asignaturas. La medicina ayudaba a formarse un concepto de la vida, era una experiencia directa, a veces brutal, pero del todo necesaria.

—Si concretaras un poco, Susana...

—Por ejemplo, yo vivía en el limbo. En casa todo habían sido siempre comodidades. Ahora he visto cada escena... Si supieras lo que ocurre en el Hospital... Esperando a que uno se muera para que haya una cama libre. Dan ganas de gritar.

—¿No estarás exagerando?

—Ni tanto así. Y se trata de vidas humanas. Y del dolor. ¿Te das cuenta? ¡Y mejor que no te hable de los niños! Los traen a montones, depauperados...

—Entre las muchas cosas que yo me temía —le replicó Julián—, una de ellas era ésta: que la medicina iba a amargarte el carácter. ¡Qué te convertiría en una mujer triste, cuando en el fondo tú eres alegre! No hay más que verte por la calle, andando... ¿Vale la pena, hija, que pierdas eso tan maravilloso que hay en ti?

—Estás en un error, papá. El peligro que yo he visto en la Facultad no es el de la tristeza. ¡Si allí no se hace más que contar chistes verdes y de humor negro! Laureano me lo anticipó y tenía razón... No, a lo que yo le temo es a la indiferencia.

—¿Indiferencia? No te comprendo.

—Está muy claro. Tanto analizar el cuerpo humano... Sentirse impotente ante tantas enfermedades... Saber que todo depende de que el corazón se pare o no se pare... El otro día trajeron a un hombre que tuvo un colapso en la calle. Lo ingresaron ya cadáver. Era un señor de no sé dónde, muy conocido. ¿Comprendes por dónde voy? Se acaba dudando de muchas cosas.

Julián echó una bocanada de humo.

—¿Y eso no es tristeza?

—¡No! La mayoría de médicos se muestran alegres. Están acostumbrados y las gentes que consiguen curar, y las vidas que salvan, los compensan con creces. Te estoy hablando de otra cosa... Pero ¡ya me entiendes! Ante un derrame cerebral o un infarto se desmoronan muchos mitos.

Susana protestaba contra la vida, contra sus reglas de juego... Julián se levantó... y sólo se le ocurrió medir a grandes zancadas la habitación.

Aparte de eso, Susana se sentía atraída por Pedro, pero procuraba no pensar en eso. Hacía alguna escapada a San Adrián para confesarse con el padre Saumells y de paso ver y observar a los niños del barrio. Sentía aversión por Andrés Puig, que con el pretexto de que «ya había echado a volar» le soltaba inconveniencias; Laureano le decía: «No te preocupes, hermana. Cualquier día se estrellará con su cochecito y te librarás de él».

Luego, estaba Cuchy. La pelirroja Cuchy había dado un cambio de no te menees. Igual que Pedro, había ingresado en periodismo, pero la atraía más la radio, donde le encargaron varios guiones, porque demostró mucha agilidad. Trabajaba para una emisora juvenil. Cuchy estaba enamorada de la juventud. Y le preocupaba el tema de los derechos de la mujer. El turismo empezaba a ser masivo en el país —Agencia Cosmos había dado en el clavo—, y el comportamiento de las mujeres de fuera le dio mucho que pensar.

Cuchy era una loca pecosa y encantadora. Para conseguir ir despeinada se pasaba horas ante el espejo, tantas como Carol para aprender a bailar. Se ponía en los ojos un colirio que se los hacía brillar de una manera extraña. Era espasmódica hablando, porque lo era su cerebro. Improvisaba, saltaba de un tema a otro, lo que obligaba a no perder una sílaba de lo que decía. Al enterarse de las reyertas de Laureano y Pedro con sus respectivos familiares les aplastó a ambos la nariz con el índice —era su costumbre— y los llamó tontos de capirote. A los padres no había que hacerles el menor caso. Vivían encorsetados por una serie de normas que habían pasado a la historia.

—Mi padre, el gran Ricardo, sigue borracho con el golf... ¡A caminar se ha dicho, que es muy sano! Bien, cuanto más lejos se vaya, mejor... Mi madre gasta como la Taylor; pues yo, lo mismo. ¿Por qué he de quedarme atrás? ¡Al Miami se ha dicho! ¿Y sabéis cuál es su sistema de protesta? Cambiar de pareja... ¡Si os contara...! Pero ¿para qué, si conocéis el paño mejor que yo? Lo que les pasa es que envidian nuestra juventud. Darían todo lo que tienen para ser jóvenes. ¡Como empeñarse en ser bombero! ¡Al diablo con ellos! Yo voy a hablaros con franqueza: el día que deje de ser joven, me suicido. ¡Palabra! Si Sergio me lo permite, claro... ¿Queréis bailar? ¡Uf, qué aburridos sois! Así no hay manera de volverse tarumba...

El encanto de Cuchy, aparte de su picardía y sus formas de mujer, era que hablaba de ese modo pero cavilaba más de lo que podía suponerse. Pedro había escuchado por curiosidad varios de sus guiones radiofónicos y se llevó la mayor de las sorpresas. Eran guiones breves sobre escritores famosos. El de Dostoievski le salió fenomenal. Y también el de Kafka, que por cierto fue un hombre que odió a su padre con toda el alma. Cuchy se pirraba por biografiar a Antonio Machado, sin conseguirlo, pues el director de la emisora no se lo permitía. Pero llegó a pensar si Cuchy no fingiría veleidosidad y no haría tonterías para que no la tomaran por marisabidilla.

—No, no, nada de eso, cariño... ¡Lo que pasa es que yo necesito ídolos, lo confieso! Quiero ser esclava de alguien... y libre para lo demás. Ahora soy esclava de la juventud, lo que me permite decir, sin que ocurra nada, que a los viejos los parta un rayo.

Por último, estaba Sergio... Sergio había terminado tercer curso de Derecho y cumplió con su promesa de irse por Europa en auto-stop. Nadie supo cómo se las arregló —¿pasaría por el monte?— puesto que tenía que incorporarse a las Milicias Universitarias, lo que le impediría hacer los documentales de cine que se había propuesto, que llevaba en la mollera. Regresó justo para aparecer fugazmente en el *Kremlin* e irse a la mañana siguiente al campamento de Castillejos. Había recorrido Francia —en París visitó a su primo Julio—, Bélgica y Dinamarca. El hecho fue que no regresó solo. Regresó con una muchacha de Bruselas, que sin duda tenía mucha personalidad. No hablaba una palabra de español. Sergio la presentó a todos en el *Kremlin* —se llamaba Giselle— diciendo que la tenía depositada en una pensión de la calle de Tallers. «¿Vuestro lema no es "Somos amigos"? Pues Giselle y yo somos amigos. ¿Todos enterados?»

Cuchy se llevó un berrinche de campeonato. Hubiera tirado de los pelos de Sergio. No pudo articular una sílaba.

—¿Cuántos años tiene Giselle? —preguntó Laureano.

—Veinte. Veinte años recién cumplidos.

Fue una velada incoherente, porque Sergio continuaba cohibiéndolos a todos, máxime teniendo en cuenta que aquella noche, por primera vez, estuvo muy charlatán. Sí, antes de dedicarse en serio a la política —de momento sólo había tomado parte en un par de algaradas estudiantiles que le valieron sendas palizas fenomenales de la «poli»—, quería hacer cine. Ser director. Era su pasión. Le gustaba el cine italiano, «porque reflejaba la vida». También alguna película francesa, «impecablemente construida y sin prejuicios». El cine español, por el contrario, era bajo de techo, folklórico y respondía a la realidad del país: una isla mental, marginada de toda cultura seria y con retraso de varios lustros con respecto a Europa —esto lo había podido comprobar en su reciente viaje—, e incluso con respecto a Norteamérica.

Tenía ganas de felicitarlos, porque demostraban buena voluntad. ¡El *Kremlin*! Se acordaba mucho de ellos, aunque no debían mirarle como si llegara del Polo Norte... Lo que ocurría era que, escuchándolos, los notaba como deseando tener un esqueleto sin conseguirlo, exactamente lo que en su casa le ocurría a su madre. Hacían como los loritos, pero sin actuar. «Todavía la "poli" no os ha pegado, ¿verdad?» Sin embargo, ya era mucho que se lamentaran de cosas y protestaran... Él era catalanista y marxista, interesante combinación. Catalanista en el interior, marxista en un plano general. Para acabar con muchas anomalías que ellos detestaban, empezando por el virreinato de los militares, a cuyas órdenes él entraría al cabo de pocas horas, la única solución era que Cataluña se separara de Castilla, que con eso de que era yerma se dedicaba a copar los puestos de mando y tenía a los catalanes en un puño, ocupados en sus labores. Luego, la solución para acabar con los Concursos de Belleza Infantil y similares, directamente conectados con el hambre en los países subdesarrollados, era el marxismo. En Rusia los hijos de los obreros se hacían ingenieros o químicos y la obsesión de la juventud era estudiar. Nadie pensaba allí en el *twist*, y tampoco en el dinero, por cuanto el elemento de transacción no eran los rublos, sino el trabajo. Y el ajedrez, gimnasia mental, era asignatura obligada en las escuelas. Mao Tsé-Tung, en China, iba un poco más allá, pero tal vez pecase de utópico. El peligro de las razas amarillas, milenarias, era que sin darse cuenta fundían las ideas en el horno de su tradición, con lo que éstas perdían su eficacia práctica. Un gran tipo, realista y a la vez legendario, era Fidel Castro. Fidel se encontró con una sociedad parecida a la de Barcelona y Madrid, y además con el país explotado por los yanquis, y estaba llevando a cabo una bella revolución. Su peor enemigo era la rumba; pero se saldría con la suya. Y tuvo la astucia de entrar en La Habana enarbolando estandartes con la Virgen del Cobre, etcétera.

Menos mal que no estaba allí Fany, la exiliada; pero Marcos tosió. Sergio Amades, que ignoraba lo de la cubanita, se dio cuenta de que algo ocurría... y se calló. Era su arma. Por lo demás, Pedro, que estuvo escuchándolo con mucha atención, se reafirmó en la idea de que Sergio no era un simple teórico, un teórico un tanto utópico, como un pequeño Mao Tsé-Tung, sino un hombre de acción, capaz de montar en cualquier sitio una imprenta clandestina, acaso, en el propio campamento de Castillejos. Por descontado, era culto. Probablemente se saldría también con la suya y conseguiría algún día hacer un cine de calidad. Lo malo era su profecía según la cual la imagen, en un futuro próximo, acabaría con el fuego fatuo, impreciso, de la palabra: profetizaba poco menos que la lenta desaparición de la letra impresa y Pedro quería escribir... Pero, en resumen, tenerlo enfrente era siempre una lección.

Aquella noche todos hubieran querido conocer más a Giselle. El idioma no suponía ninguna barrera, ya que prácticamente todos hablaban francés; pero Giselle se había mostrado retraída, no sabían si por timidez o por creerse superior. Llevaba el pelo caído a ambos lados de la cara, era marxista, como Sergio y la experiencia española la fascinaba. Tenía una voz ronca, como de beber cazalla. Por fin, acosada, habló. Y se refirió a las protestas juveniles en el mundo y dijo que en los Estados Unidos, por ser el centro del imperialismo capitalista, proliferaban más que en ninguna otra parte, aunque en la Europa en que vivían —el Este era otra cosa— se estaba cociendo una irrefrenable revolución. Los dos temas centrales de protesta, ya muy antiguos en los Estados Unidos, eran la guerra y la desigualdad. Muchas canciones y muchos poemas hablaban de ello. Si les apetecía, podía recitarles algunos trozos, que se conocía de memoria.

—¡Claro que sí, Giselle! Te escuchamos.

Qué buen amigo es nuestro Congreso,
Que vigila todas nuestras costas,
Y gasta tres cuartos de nuestros impuestos
En prepararse para la guerra...
Las bombas modernas caerán sin duda,
Cargadas de gloria, alegría y regocijo,
Qué privilegio será el enterrar
A todos los que matemos con nuestro dinero.

—Ahora, si queréis, os recitaré algo sobre la desigualdad. O, mejor dicho, sobre el deseo de acabar con ella.

—¡Adelante!

Un perro, un perro, un perro.
A mi perro le gusta tu perro,
Y a tu perro le gusta mi perro.
Estoy hablando de perros.
Perro blanco, perro negro,
Perro perdiguero y perro callejero,
Hablo de todos los tipos de perros...
¿Por qué no podemos sentarnos juntos debajo de un árbol?

Todos estaban bastante impresionados. Debajo de lo que acababan de oír latía un lenguaje nuevo. Giselle parecía la actriz que Carol hubiera deseado ser.

Pedro le preguntó si «había algo en el mundo que no alcanzara a comprender» y Giselle, luego de levantar su puntiaguda barbita, contestó:

—¡Sí, muchas cosas! Entre ellas, el dolor de los niños.

Susana, a quien todos miraron, juntó las manos con cierta solemnidad.

—¿Haces algo para mitigarlo? ¿Para ayudarlos?

—Soy marxista —contestó Giselle, simplemente.

Intervino Laureano.

—Dinos algo más que no comprendas.

—El dolor de los animales —y la muchacha miró al techo, como si mirara a Dios.

—Nos gustaría saber si eres vegetariana —preguntó Pedro.

Giselle se quedó sorprendida y contestó que no. Entonces Andrés Puig, sin más, bostezó ostensiblemente.

Pese a todo, Giselle era mucha Giselle, y todos se dieron cuenta. Cuchy, que rabiaba como un lingote en el fuego, pensó que la chica ya había puesto en práctica por cuenta propia «los derechos de la mujer» de que ella hablaba por la radio. ¡Veinte años! ¿Se habría escapado de casa?

—¿Qué profesión tiene tu padre?

—Es militar.

¡Santo Dios! Aquello dio un vuelco a la conversación y volvió a poner en primer plano el ingreso de Sergio en Milicias. Lo acribillaron a preguntas.

—¿Qué harás cuando te pongan el uniforme?

—Llamadlo por su nombre: camisa de fuerza.

—Dicen que la «mili» marca huella.

—Procuraré que en mi caso no sea así.

—¿Y la Patria?

—Imaginaos... Gibraltar... ¿Qué se me ha perdido allí?

—¿Y si te contagias? Somos más borregos de lo que parece.

—En eso tenéis razón. Lo primero que muchos reclutas hacen es quedar embobados ante la arenga del coronel; lo segundo, sacarse una fotografía; lo tercero, decir que la vida del campamento, con eso de la camaradería y tal, es agradable. Pero a mí no me ocurrirá eso... Yo aprovecharé los ratos libres para estudiar, sobre todo si me meten en el calabozo; y los permisos... para venir a ver a Giselle —y por primera vez le pasó la mano por el cuello y la atrajo hacia sí.

En el último momento, Laureano le dijo:

—Se me olvidaba una cosa, Sergio: eso del marxismo, para mí, ni hablar.

—Bien, allá tú. Ya te irás enterando.

Pedro intervino a su vez.

—Si no lo has vivido, ¿cómo puedes saber que no es también una camisa de fuerza, como el uniforme que te pondrán mañana?

Sergio contestó, anudándose el pañuelo de seda que llevaba a modo de corbata:

A mi perro le gusta tu perro,
Y a tu perro le gusta mi perro.
Hablo de todos los tipos de perro.
¿Por qué no podemos sentarnos juntos debajo de un árbol?

CAPÍTULO XXVII

LA CONVERSACIÓN SOSTENIDA entre Alejo Espriu y Jaime Amades había de tener pintorescas repercusiones. Desde que Amades supo que su amigo y abogado tenía una baza fuerte, fortísima, contra Ricardo Marín, no cejó. «¡Que reviento si no me lo cuentas! ¡Que te juro que reviento!» Por fin Alejo, que se moría de ganas de compartir con alguien su secreto, le dijo al propietario de la Agencia Hércules:

—Está bien, está bien... Siéntate, que vas a oír algo bueno. ¡Pero júrame que esto morirá en este despacho!

Jaime Amades tuvo un gesto de impaciencia.

—No me ofendas, por favor...

—Te hablé de un asunto de *meublés* en el que yo estaba metido.

—Exacto. Lo recuerdo.

—Pues bien, resulta que uno de dichos *meublés*, de cuyo control me ocupo, se llama «La Gaviota».

—La primera vez que lo oigo nombrar.

—Y que en él, una tarde del pasado mes de noviembre, vi entrar al ilustre Ricardo Marín con una guapa señora, dispuestos a pasar un ratito.

—¡Me interesa el nombre de la señora!

—Es de mi familia. Se llama Rosy.

Jaime Amades tuvo un acceso de tos. No había forma de que se le pasara. Quería un vaso de agua, pero nadie ni nada podía entrar, ni tampoco salir de aquel despacho.

Fue el principio del goce de Alejo, sumamente experto en apurar ese tipo de situaciones. De pronto, Amades se preguntó si no sería una broma; luego fue reflexionando y al cabo terminó por encontrarlo natural. Aparte de las diferencias que existían, sin lugar a dudas, entre Rogelio y Rosy, Rogelio se lo tenía merecido. ¡Tantos años con Marilín descaradamente! Y con otras... Una humillación. Además, haciendo memoria, recordó haber atisbado entre Ricardo y Rosy alguna mirada de coquetería; aunque eso, en la clase de sociedad en que ambos se desenvolvían, nunca se sabía si era una mera demostración de elegancia.

Pese a todo, Amades, pensando en Rogelio, apretó los puños. ¡Si algún día llegaba a enterarse! Le daba un ataque. ¡Tan seguro de sí! La vida tenía esas cosas. Y a Amades le dolía de un modo especial que fuera precisamente el banquero pedante quien se hubiera llevado el gato al agua... Recordó el día de la boda, en la ermita de San Bernat, cuando el cura les repitió machaconamente a «los novios» que el matrimonio era una cruz. ¡Poético paisaje, suculento banquete!

Alejo leía perfectamente lo que andaba pensando Amades, pero no le importó interrumpirlo.

—¿Qué crees que puedo pedirle al culpable, Amades, a cambio de un poco de discreción?

Amades reaccionó. Olvidóse de Rogelio y pensó en Ricardo Marín.

—Lo que te dé la gana. La ocasión es única.

—Querría entrar de abogado en Agencia Cosmos. Ser uno más de la plantilla. Con esto, y con saber que él sabe que lo sé, me bastaría, creo yo...

—No está mal. No tendrá más remedio que acceder.

—Así lo espero. ¡Otra cosa, Amades! ¿Qué procedimiento utilizarías para la operación?

—El más directo. Llamarlo por teléfono y decirle que necesitas hablar con él.

Alejo se acarició las patillas, que se hacía teñir en la peluquería Aresti.

—Completamente de acuerdo. ¿Me permites que llame ahora mismo, desde aquí?

—¿Desde aquí...? ¡Bueno! ¿Por qué no?

Así lo hizo. Conseguida la comunicación con Ricardo Marín, éste, no sin sorpresa, accedió a la entrevista. Y los dos hombres quedaron citados para el sábado, a las diez de la mañana, en el propio despacho del director del Banco.

—Por favor, Alejo, sea usted puntual.

—Lo seré.

Antes del sábado, Amades ya había traicionado a su amigo: se lo contó a Charito. Charito soltó una carcajada como un rascacielos y clamó: «¡Y me llaman puta a mí! ¡Y los reputísimos son ellos!» De repente, pareció olvidarse de Ricardo, que tan mal los había tratado siempre, y se refirió exclusivamente a Rosy: «¡La muy guarra! Rogelio será lo que sea, pero al fin y al cabo es un hombre; pero ella... ¡Amades, moviliza a todo el personal de tu agencia publicitaria!», y Charito continuaba desternillándose de risa, lo que le causaba mucho bien.

Amades, visiblemente alarmado, la amenazó.

—Como digas algo a alguien, te mato... ¡Como lo oyes, Charito!

—No seas bobo, anda... ¿No ves que esas cosas son como el amor, que se saborean mejor en soledad? —estiró los brazos—. ¡«La Gaviota»! ¡Con lo bien que me han caído siempre las gaviotas!

La entrevista entre Alejo Espriu y Ricardo Marín fue más breve de lo que hubiera podido esperarse. El despacho del banquero era de una austeridad impresionante, quizá un poco exagerada. Todo de madera, con las puertas forradas de un material aislante. Despacho de director moderno, con el retrato del fundador, su padre, presidiendo.

Alejo fue directamente al grano. Había solicitado verle para hablarle de negocios. Una aspiración suya, muy antigua, era pasar a ser abogado de la Agencia Cosmos. Hasta el presente, todas sus tentativas habían fracasado. Pero las cosas habían sufrido un cambio. Poseía una información que, si sus cálculos no estaban equivocados, podía valerle el puesto. Estaba dispuesto a no hacer uso de dicha información, a callársela, si don Ricardo Marín lo ayudaba a obtener dicho puesto.

—¿De qué se trata? —preguntó el banquero, con aire más bien displicente.

—El asunto está relacionado con una de mis ocupaciones profesionales: soy el encargado-administrador de unos cuantos *meublés*, *meublés* lujosos, de la ciudad —la expresión de Ricardo Marín cambió por completo—. Pues bien, el día doce del pasado mes de noviembre, a las siete y cuarto en punto de la tarde, se apeó usted en el interior de uno de dichos *meublés*, llamado «La Gaviota», sito en las afueras. Iba usted del brazo de una hermosa y conocida mujer. Consígame usted ese hueco en la asesoría jurídica de la Agencia Cosmos y cuente con mi silencio.

Ricardo clavó en su interlocutor una mirada parecida a las flechas de Aurelio Subirachs. Comprendió que el asunto iba en serio. Sintió una terrible repugnancia. Se debatió como un león. Le obligó a Alejo a repetir la fecha, la hora, a describirle el traje que él llevaba, los movimientos que «él y la mujer» hicieron desde que se apearon del taxi hasta llegar al ascensor, le preguntó qué pruebas podría tener de todo aquello, etcétera. Los datos fueron tan matemáticos, que tuvo que rendirse a la evidencia. A partir de ese momento, los músculos de su cara delataron una tremenda crispación, pero demostró saber perder.

—Está bien... Está bien —repitió—. Su propuesta tiene un nombre sobradamente conocido, pero aquí el caballo ganador es usted.

—Eso creo.

—De modo que, por mi parte, no tengo otra alternativa que decirle que sí. ¿Así que lo que le interesa es figurar en la lista de abogados de la Agencia Cosmos?

—Exactamente.

Ricardo Marín tamboreó en la mesa.

—Ya... ¿Y podría decirme... si el asunto le urge mucho?

—Un poco... Compréndalo.

—Es que ya sabe usted que se trata de una sociedad... Tendré que convencer al conde de Vilalta... y a Rogelio.

—Rogelio no pondrá ninguna pega. ¡Soy su abogado...! Y sabe que deseo ese puesto. Encárguese del conde. Estoy seguro de que lo conseguirá

Ricardo Marín movió repetidamente la cabeza.

—Lo intentaré.

Parecía lo más natural que Ricardo Marín estuviera dispuesto a terminar cuanto antes la escena. Sin embargo, se advertía que estaba rumiando algo. Sin duda se estaba preguntando cómo se las arreglaban los «encargados-administradores» para «saber» quiénes entraban en los *meublés*... ¡o para «verlos»!

—Si mi deducción es exacta, señor Espriu, estaba usted allí, personalmente, el día de mi visita a «La Gaviota»...

—Deducción correcta. Mis propios ojos le vieron entrar a usted... Por cierto que al identificar a su acompañante me llevé una sorpresa mayúscula...

—Ya...

Ricardo Marín, repentinamente decidido, se levantó. Alejo tardó poco en imitarle. La cadenita de oro que cruzaba el pecho de Alejo encantaba a su propietario, pero molestaba terriblemente a Ricardo Marín.

Por fin Alejo se puso en pie. Entonces Ricardo Marín miró con fijeza a su demandante y le dijo:

—Supongo que no habrá más peticiones...

Alejo sonrió con exquisita naturalidad.

—Si tuviera palabra de honor, se la daría. Pero de veras que me conformo con lo dicho.

El diálogo parecía concluso, pero en ese momento Ricardo Marín mudó el semblante. Le vino a la mente una horrible duda.

—¡Oiga, usted! ¡No existirán fotos de eso..., supongo!

—Que yo sepa, no. Conozco ese truco, pero siempre me ha parecido de un gusto... digamos plebeyo, y lo he desechado.

Alejo habló con tal convicción, que Ricardo Marín pareció tranquilizarse. Sin embargo, ¿por qué dijo: «que yo sepa, no»?

—Confío en poder darle una respuesta antes de una semana.

—Le quedaré muy agradecido.

Ricardo Marín pulsó un timbre y entró, silenciosa, una secretaria.

—Acompañe al señor a la puerta, por favor...

A Ricardo se le hundió el mundo. Tal vez hubiera podido citarse con Rosy en un lugar más seguro. Pero ¿cómo imaginar tan maldita casualidad...? Era el precio que había que pagar por los ratos de placer conseguidos. ¡Rosy era tan hermosa! Aunque empezaba a ser un poco mayor, desde luego...

Tenía que poner manos a la obra. Después de mucho meditarlo decidió jugar la carta que él solía jugar siempre: la de la audacia. Imposible convencer directamente al conde de Vilalta; no sabría qué excusa darle. No tenía otra opción que hablar primero con Rogelio... Ahora bien, ¿cómo enfocarle la cuestión? La única forma viable era contarle lo del chantaje, ¡a condición, naturalmente, de cambiar el nombre de la mujer! Sí, sí, eso era lo pertinente. Con ello incluso evitaría cualquier posible suspicacia por parte de Rogelio, pues ni éste ni nadie podía imaginar jamás que un hombre estuviera dispuesto a arriesgar tanto.

—Rogelio —le dijo en el despacho de la Constructora, rodeados de los calendarios con mujeres en bañador—, estoy en un apuro y tienes que ayudarme. He sido víctima de un chantaje y sólo tú puedes echarme una mano.

La palabra chantaje engarabitó a Rogelio, el alfiler de cuya corbata despidió chispas.

—¿De qué chantaje se trata? ¿Quién es el mentecato? ¿No se puede llamar a la policía?

Ricardo hizo una mueca.

—Nada de policías, por favor... El mentecato es una persona muy allegada a ti, Rogelio: se llama Alejo Espriu...

Rogelio se quedó desconcertado. No conseguía coordinar los elementos.

—¿Has dicho Alejo...? Pero ¿quieres explicarte, por favor?

Ricardo asintió.

—No creo descubrirte nada nuevo diciéndote que tu protegido, o como quieras llamarlo, es un pícaro de siete suelas. Si lo será, que aparte de trabajar para ti y demás, es el encargado-administrador de varios *meublés* de la localidad. Pues bien, en uno de ellos, llamado «La Gaviota», que sin duda conocerás, el muy tuno me localizó, y me localizó precisamente con la esposa de un alto funcionario de mi Banco... Ya sabes lo que son esas cosas. Total, que se me ha presentado a cobrar la factura, a cambio del silencio. Por lo visto tiene un sitio desde el cual puede contemplar a placer a todos los corderitos que entramos allí tan seguros... y el corderito, con mayúscula, esta vez he sido yo...

Rogelio, que al oír lo de «La Gaviota» estuvo a punto de pegar un salto, acto seguido se dio cuenta de que la situación tenía su aquél, su *oremus*, como él hubiera dicho. Por un lado, le sentaba como un tiro que Alejo se hubiera aprovechado de su cargo para una felonía de ese calibre. Por otro, sentía por su «pariente» y abogado tal debilidad —sobre todo desde que se teñía las patillas—, que en seguida notó dentro de sí que, en el momento de la verdad, tal debilidad se impondría sobre cualquier consideración de tipo ético. Por último, pensar que Ricardo —¡marido de la hierática Merche!— lo pasaba bomba con la mujer de un alto funcionario del Banco lo divertía, pese a todo, y mucho; a la par que siempre era consolador comprobar que uno no era el único varón adúltero de la tierra.

—¡Caramba con Alejo...! ¡De modo que administrador de *meublés*! ¡Y el muy canalla sin decirme ni pío! —Rogelio encendió con lentitud un cigarro habano—. ¿Y en qué consiste el chantaje? ¿Qué es lo que ha pedido? Has dicho que me necesitabas, de modo que no se tratará de dinero...

—No, no, nada de eso —Ricardo Marín procuraba adoptar aire deportivo—. Su ambición... es de tipo profesional. Sencillamente, quiere que lo nombremos abogado dentro de la

Agencia Cosmos... Y sabes que el conde de Vilalta, que le tiene alergia, no quiere oír hablar de ello. En resumen, que tienes que ayudarme a resolver ese rompecabezas.

Rogelio estuvo a punto de soltar una carcajada. ¡Con qué poco se conformaba Alejo! Claro que, bien pensado, profesionalmente el asunto no era moco de pavo. Sin embargo...

—¿Crees que el conde accederá fácilmente? —preguntó Rogelio con súbita seriedad.

—Con tu ayuda, así lo espero. He estado dándole vueltas... Le decimos que necesitamos de un tipo como Alejo para solucionar los chanchullos que se presentan con el personal de los hoteles... Que a nuestros abogados, digamos, serios, no les gustan esos manejos. Lo cual, por otra parte, no deja de ser verdad... —Marcó una pausa—. ¡En fin, hay que poner toda la carne en el asador! Tú puedes garantizarle la eficacia de Alejo en determinado tipo de gestión... —Ricardo sonrió—. ¡Lo que hay que evitar a toda costa es la posibilidad de que un servidor muera estrangulado por uno de mis más fieles colaboradores!

Rogelio volvió a obsesionarse con Alejo. ¡Qué tipo! Había hecho suyas sus teorías sobre la ambición, pero el golpe era bajo y repugnante. Y si lo era, ¿por qué él volvía a advertir que, en cuanto lo tuviese delante, tan espigado y tan *gentleman*, lo perdonaría con tanta facilidad?

—Bien, Ricardo, no te preocupes. Te debo tantos favores, que puedes pedirme eso y cien cosas más. ¡Convenceremos al conde! —Pensó un momento—. Tal vez no estuviera de más echarle un poco de pimienta, de solemnidad, a la cuestión y planteársela tú y yo conjuntamente.

—Ésa es mi opinión.

A gusto Ricardo Marín hubiera dado por finalizada la entrevista, pero Rogelio lo entretuvo hablándole de asuntos relacionados con la agencia, sin olvidar de vez en cuando aludir a cómo las mujeres le complicaban la vida a uno. En cierta ocasión, hacía de ello mucho tiempo, él tuvo que vaciar la cartera para taparle la boca a un conserje de hotel.

—Bueno, ¿y qué moraleja sacas de todo esto? —le preguntó Rogelio, por fin.

—Que nunca más pondré los pies en un *meublé*...

—Lo que me sorprende es que, con tu experiencia, cayeras en esa trampa. A mí esa palabra francesa me ha hecho echar siempre sapos y culebras.

Luego, en la práctica, resultó que el conde de Vilalta no puso mayores objeciones. Lo convencieron de la necesidad de contar en la organización con lo que solía llamarse «un picapleitos» —máxime si querían montar una red de salas de fiestas— y dio el visto bueno. Por lo demás, no tenía nada especial, de carácter grave, contra el tal Alejo Espriu. Únicamente que le parecía un canalla y, peor aún, que se las daba de aristócrata sin serlo. Pero si en cuestiones de negocios hubiera que cerrar las puertas a semejantes ejemplares...

Ricardo Marín suspiró, ¡por fin!, tranquilo. Y Rogelio le dio la enhorabuena. En cuanto a Alejo Espriu, recibió la noticia del *plácet* disimulando lo increíblemente contento que estaba por dentro. Continuaba viviendo en el Ritz, a cuerpo de rey. Pero aquello le permitiría alquilar un despacho-bufete en cualquier lugar céntrico, con un par de pasantes. Su hermana, Vicenta, en Arenys de Mar, al enterarse le dio un beso y, como si se tratara de su nieto Pedro, le preparó un flan riquísimo.

Dos aspectos desagradables tenía la cuestión. El primero, la reprimenda que Rogelio le soltó a Alejo. Agotó el repertorio de calificativos y latinajos. Comadreja, timador, petardista, torvo, bravucón, todo ello hasta el límite. Pero Alejo lo desarmó.

—¿Qué querías que hiciera? ¿Que te pidiera consejo? Me hubieras echado a patadas o hubieras avisado al 091... Además, al tiempo: todos saldremos ganando con la operación.

—¡Pero Ricardo es amigo mío!

—Y yo soy amigo... y pariente. ¡No lo olvides!

El segundo aspecto desagradable afectaba a Rosy. A Ricardo le entró un miedo atroz e inventó mil excusas para ocultarlo, pero al mismo tiempo para no reincidir... ¿Cómo hacerlo? Por una parte, había pasado un trago tan amargo —y continuaba pensando en la posibilidad de que existieran fotografías—, que la sola idea de ponerse otra vez en peligro, dondequiera que fuese, lo ponía malo.

Rosy no comprendía lo que podía ocurrirle a aquel hombre del que estaba seriamente enamorada. Imaginó lo peor: que se había cansado, que ella había dejado de gustarle. De nuevo los espejos; y los maquillajes y las revistas de cirugía estética... ¡Claro, Ricardo se habría tropezado con otra mujer más joven, y adiós muy buenas! Los hombres eran así...

—No digas eso, cariño... No hay nada de eso. ¡Tengo muchas preocupaciones...! Ten un poco de paciencia y todo se arreglará.

—Se arreglará... ¿No comprendes, amor mío, que para mí cada día es un año?

El mal humor de Rosy era tan grande que creó en torno suyo un clima ácido, lo mismo en la avenida Pearson que en «Torre Ventura». ¡Cuántas bocanadas de humo a la faz de Rogelio! ¡Cuántos desplantes a Pedro y a Carol, que a veces la miraban como si fuera una extraña! Y no podía desahogarse con nadie, no podía contarle nada a Margot, ni por teléfono ni en cualquier granja de la Diagonal, tomando chocolate. El perro, *Dog*, pagó también los platos rotos. *Dog* tenía la cara redonda, las orejas rojizas y los ojos licuosos: cada día se parecía más a Rogelio.

CAPÍTULO XXVIII

El doctor Beltrán era un hombre singular. Había nacido el día de Navidad de 1901; pronto cumpliría, pues, sesenta años. El hecho de haber nacido al comenzar el siglo veinte y en la misma fecha que Aquel a quien Beatriz llamaba «Hijo de Dios» y el doctor Beltrán, partidario de matizar, «Hijo del Hombre», le permitía afirmar, en tono festivo, que reunía las condiciones necesarias para ser profeta. Pero no era profeta, sino médico. Beatriz estuvo a punto de casarse con él; pero a última hora el instinto conservador que dominaba a la madre de Margot se impuso, y Beatriz prefirió unir su vida a la de un notario, profesión que a su juicio ofrecía mayores garantías.

Andando el tiempo, el doctor Beltrán se congratuló de que Beatriz le diera calabazas. No se casó, y descubrió que la soltería era su dote más apreciable. Porque lo que mayormente amaba en la vida era la independencia. ¿Peligro de convertirse en cascarrabias? Eso no rezaba con él. Jovial por temperamento, trabajador por naturaleza, se defendía sin gran esfuerzo contra el oscuro acecho de la soledad. Su casa era alegre, porque al lado del doctor, su hermana, Carmen, acabó siéndolo también. «Haremos un pacto —le había dicho al proponerle que se fuera a vivir con él—. Teniendo en cuenta que yo no nací para ser sargento, cada día tendrás que adivinar las órdenes que yo debería darte, y las cumplirás a rajatabla. ¡Voluntariamente se entiende! A cambio, te garantizo muchos años de vida y que cada día te arrancaré dos carcajadas lo menos.»

Últimamente tenía un chófer particular, que lo acompañaba a las visitas domiciliarias —empezaba a fatigarse—, al que rescató de un garaje donde lo trataban mal. Se llamaba Montagut y había sido muy revolucionario. Montagut estaba encantado con el médico y con el empleo. «Nunca hubiera imaginado —le decía a su mujer—, que un hombre aficionado al tenis y a cosas por el estilo, a cosas de los ricos, pudiera ser, como lo es el doctor Beltrán, demócrata de verdad. ¡A mí que me mande lo que quiera! Estoy a su lado.»

El doctor Beltrán, físicamente, tenía, como *Dog*, cierto parecido con Rogelio —corpulento, estatura mediana, brazos cortos, paso firme—, con la ventaja de no ser calvo y de haber pasado por la Universidad. Con cierta tendencia a curvar la espalda, debido a la costumbre de inclinarse sobre el lecho de los enfermos. Guasón como siempre, al terminar la carrera prometió que nunca obligaría a un paciente, al auscultarlo o mirarle la garganta, a decir «treinta y tres»; y cumplió su promesa. Su hermana le decía que al ponerse la bata blanca se transfiguraba. «¡Tonterías! —replicaba el doctor Beltrán—. Es sólo la apariencia. También los curanderos se ponen plumas en la cabeza o amuletos en el cinto. ¡Hay que impresionar a la clientela!»

Durante la guerra el doctor Beltrán prestó servicio en un hospital de urgencia, y su campechanería le salvó la vida. Los milicianos lo querían tanto, que siempre le decían: «Al que intente tocarte un pelo, ¡pum!»; y volteaban la pistola. Más peligro pasó desde que finalizó la contienda, pues el hombre jamás se abstuvo de manifestar sus opiniones y de cantarle las verdades al lucero del alba. Ahora bien, lo hacía de tal modo que a nadie se le pasó nunca por las mientes llevárselo a comisaría, ni siquiera al coronel Rivero, de cuya salud —el corazón le daba algún sustillo— estaba al cuidado.

El doctor Beltrán, lo mismo que el padre de Rosy, el doctor don Fernando Vidal, no había querido especializarse. Siempre lo atrajo ser internista, médico de cabecera. Y también esa circunstancia lo ayudó mucho, tanto mientras silbaban las balas como después. «Imagínate, Carmen —ironizaba con su hermana—, que me hubieran traído un miliciano herido en la cabeza y hubiera tenido que decirles: "perdonad, camaradas, pero yo sólo entiendo de la región lumbar... o de los huesos del metatarso". ¡La hecatombe!» También ahora le parecía hermoso, y le resultaba útil, atender a todo el mundo: lo mismo a su clientela, perteneciente más bien a la «burguesía» de que se hablaba en el *Kremlin*, que por las mañanas, en el Hospital, a la reata de enfermos pobres, desvalidos, que esperaban con ansia su llegada y cuyo principal defecto consistía en no saber explicar con precisión qué era exactamente lo que les dolía.

En el Hospital, su joven ayudante, el doctor Carbonell, competente pero codicioso y que andaba a la caza de una mujer rica que le instalara la consulta, lo consideraba anticuado, pero sentía adoración por él. Llevaba tres años trabajando a su lado y todavía no acertaba a explicarse cómo el doctor Beltrán, teniendo como tenía ideas tan personales, tan propias, se adaptara tan limpiamente a cualquier circunstancia.

—¿Cómo se las arregla usted, doctor, para estar de acuerdo con todo el mundo sin estarlo en el fondo con nadie?

—¿Me está usted llamando hipócrita, doctor Carbonell?

—¡De ningún modo, doctor Beltrán!

—Pues verá... No hay tal misterio. Parto de la base de que no hay verdades absolutas, de que todo el mundo tiene su parte de razón. Esa teoría, que dicho sea de paso es de lo más elemental, me permite entenderme con todo el mundo, incluso con usted.

El joven doctor Carbonell, que sufría la tortura de sentirse muy distinto según la persona que tuviera delante, asentía con la cabeza y permanecía mirando al maestro.

—¿Podría usted decirme cómo ha llegado a semejante conclusión?

El doctor Beltrán se encogía expresivamente de hombros.

—¡Pero si lo sabe usted de sobra, amigo mío!: estudiando farmacología. ¿Es que no se ha dado cuenta? ¿Cómo se puede ser buen médico sin conocer uno por uno los ingredientes de que se compone la fórmula que se receta? ¡La bioquímica, doctor Carbonell! Viendo las reacciones que producen las sustancias, uno no tiene más remedio que admitir nuestra pintoresca limitación, y, en consecuencia, ser tolerante... Usted sabe en lo que convierte a un hombre una descarga de adrenalina, ¿verdad? A mí me interesan mucho los tóxicos... ¡Farmacología, doctor! Y aceptará usted los planteamientos ajenos con un desparpajo que lo dejará asombrado.

Por supuesto, él aceptaba los planteamientos ajenos. Lo cual no le impedía formular objeciones, con su característico léxico mordaz. Y puesto que su clientela era muy extensa, le sobraban ocasiones para exhibir sus dotes de polemista. Además, le encantaba pasar de un paciente a otro, de una a otra mentalidad. Era como un abanico que se desplegaba ante él, incitándolo a ejercitar su esgrima intelectual. Otra de las ventajas de ir convirtiendo en amigos a los clientes que trataba.

Últimamente, debido a una tozuda epidemia de gripe, que perdonó a muy pocos, tuvo ocasión de dialogar con una serie de conocidos. Con otros coincidió en otros lugares, por otros motivos, y era curioso observar cómo automáticamente se constituía en el centro de atracción.

—¡Conforme, amigo Julián! Los americanos han hecho estallar la primera bomba de hidrógeno y han botado el primer submarino atómico. Sí, ya era hora de que se produjesen esos avances, de que los médicos viéramos el interior de los cuerpos sin necesidad de hacerles previamente la autopsia, y de que mi hermana Carmen pudiera colocar en una lavadora eléctrica las batas blancas que mis enfermos, de vez en cuando, manchan con su sangre... ¡Recuerdo que mi padre, también médico, visitaba a los enfermos a la luz de una vela o de un quinqué de petróleo! Ahora bien, ¿estamos seguros de que esas conquistas aumentarán nuestra felicidad? ¿Significan que seremos más libres o que nuestra agresividad disminuirá? ¿Se molestará usted si le digo que me ha impresionado ver cómo su hijo Pablito trataba a puntapiés los costosos juguetes que tiene amontonados en su cuarto, en tanto que guardaba intacto un caballo de cartón? Ésa es la clave de la cuestión. ¿No le parece que, hasta el presente, la electrónica va por un lado y el espíritu por otro? ¿Se encontrarán algún día y se darán un abrazo? Tal vez tenga usted razón y haya que intentar a toda costa automatizarnos para rendir más. Sin embargo, yo he vivido automatizado toda mi vida, rindiendo lo mío, apoyándome en la voluntad. ¿Sistema periclitado? ¡Por favor, no olvide tomarse esos jarabes y hacerse esas inhalaciones que le he recetado! La cantidad exacta, y a las horas que le he prescrito en ese papel...

Hablando con el padre Saumells, los términos del diálogo eran similares.

—Sí, padre Saumells. Está usted pasando una dura prueba y poca gente comprende los esfuerzos que usted hace y cuáles son sus intenciones. Llegó usted muy ilusionado y se ha encontrado con una realidad más bien triste. Como médico he de darle un consejo: no se lo tome a la tremenda. Acierta usted al afirmar que el capitalismo es una provocación, y que las Sociedades Anónimas se llaman Anónimas para que nadie sepa quién explota a los que trabajan para ellas. De todos modos, exterminar a los tipos humanos como Rogelio Ventura, como Ricardo Marín —para no citar al conde de Vilalta, sin el cual no tendríamos yute para nuestras alpargatas—, ¿no cree usted que equivaldría a entregar toda la economía a una única Sociedad Anónima, elefantiásica, que sería el Estado? Ya habrá usted visto lo de Rusia, ¿no? Murió Stalin, que en paz descanse, y ahora resulta que el comunismo funcionaba bastante peor de lo que nos decían. ¡Conforme, conforme, padre Saumells! ¡Ambos sistemas son calamitosos, claman al cielo, y a causa de ello la juventud, que es un tesoro, se rebelará! Mejor dicho, está armando ya la marimorena... Pero, entretanto, tal vez pudiéramos encontrar una solución intermedia... ¿O quizá algunos países escandinavos la han encontrado ya? ¿Qué opina usted de los países escandinavos, padre Saumells? ¡Le repito lo que antes le dije! No se lo tome a la tremenda. Ingiera sus caramelos de costumbre y cuente algún chiste de vez en cuando. ¡A menos que le guste que venga a verle cada semana en calidad de doctor!

Hablando con Jaime Amades —a quien el doctor Beltrán

consideraba un ejemplar humano muy digno de atención—, el médico iba asintiendo con la cabeza, mientras le tomaba la tensión.

—Le comprendo, señor Amades, le comprendo... La publicidad es un gran hallazgo. Y ahora con la televisión, ¡no digamos! La masa es ignorante, clínicamente imbécil y ni siquiera capaz de elegir por su cuenta lo que le conviene. Entonces llega la Agencia Hércules y le dice: «¡Compre esto y lo otro!» Estoy con usted. En el fondo, es una labor social comparable a la de la Cruz Roja, en la que tanto trabaja nuestra común amiga Beatriz. Además, hay que crear estímulos, sí, señor. Despertar necesidades. De otro modo continuaríamos viviendo como vivían nuestros abuelos, que colgaban del techo del comedor un papel matamoscas, lo que objetivamente considerado era una porquería, y que sólo se limpiaban los dientes la víspera de la Fiesta Mayor... Naturalmente, no estoy seguro de que los insecticidas desarrollen la mente ni de que los dentífricos limpien el alma. Pero, en fin, señor Amades, usted ha podido ofrecerle a Charito, que por cierto es muy vistosa y agradable, toda clase de comodidades, y si no he oído mal tienen ustedes intención de hacer un crucero marítimo por las islas griegas... ¡Me parece muy bien, se lo digo de veras! ¡Ah, y no se preocupe demasiado porque su hijo, Sergio, tenga colgado en la cabecera de la cama un retrato de Lenin! Claro que puede tratarse de un rechazo contra el sistema de publicidad que usted utiliza, pero, ¡quién sabe!; a lo mejor se trata de una simple jugarreta del subconsciente, de esas que Freud gustaba de analizar... Por lo demás, tranquilícese... Está usted a doce y medio de máxima y a ocho de mínima. Normal...

Con Aurelio Subirachs era distinto. Se conocían prácticamente de pequeños, aunque el doctor era mayor. Simpatía recíproca: el doctor Beltrán había salvado a la esposa del arquitecto de un par de arrechuchos bastante serios. Aurelio Subirachs era un enamorado de las grandes urbes, de forma más militante aún que Julián, y eso casi llegaba a irritar al doctor. Según éste, las grandes urbes, aparte de que uniformaban el mundo, esclavizaban por completo al hombre y eran culpables de su soledad. Los ciudadanos marchaban en fila, sin llevar siquiera un número en la espalda. Barcelona, en ese aspecto, daba pena, sobre todo para quienes, como ellos, habían conocido la anterior, tranquila y sosegada. Debido a los coches y a los semáforos, los ojos humanos se habían convertido en células fotoeléctricas reactivas. Ya no se podía andar, caminar, pasear: a lo máximo a que podía aspirarse era a no morir aplastado por un camión. La técnica suplía a la cultura, a la que se le asignaba meramente el papel de los antiguos bufones en la Corte: es decir, se le permitía que entretuviera a unos cuantos con sus críticas, pero de ningún modo que pusieran en práctica sus conclusiones. Si él, como médico, se fiara sólo de los aparatos y de los resultados de los análisis, una tercera parte de su clientela estaría ya en los cementerios... Por supuesto, no quería dramatizar, y menos con alguien que llevaba en el bolsillo un pedazo de cordel y otro de alambre... Pero era preciso destinar un tiempo a la contemplación y otro tanto a cultivar las inmensas posibilidades del propio yo. Por encima del hombre mismo no había nada, sólo mitos enfáticos y pretensiones escupibles, y rodeado de toda clase de comodidades dicho hombre podía sentirse absolutamente desgraciado. Parte de la humanidad, engreída por haberse cruzado la barrera del sonido, parecía estar olvidando un hecho tan obvio, y los resultados podían verse con sólo leer cada día las páginas de sucesos de los periódicos... Claro que no se trataba de lamentarse, sino de actuar; pero ¿acaso el pensamiento y el descanso no eran también actos? Él podía garantizarle que gran número de personas sólo se preocupaban de mejorarse a sí mismas cuando se sentían enfermas; entendiendo por mejorarse recobrar la salud. Luego, otra vez la enajenación materialista. Por cierto: ¿qué opinaba de todo eso su hijo Marcos, el que pintaba fosfenos y solía afirmar que el mundo le producía náuseas? Y, sobre todo, ¿qué opinaba Rafael, el sacerdote, cuyas primeras embestidas le habían llamado la atención? ¡Si Aurelio pudiera conseguir que Rafael tuviera una gripe benigna!: eso le daría ocasión de charlar un poco con él...

Hubo que esperar cierto tiempo a que este encuentro pudiera verificarse; y cuando se efectuó, fue más bien de rebote; es decir, quien enfermó no fue Rafael, sino su jerarca inmediato, el bueno de mosén Castelló, el cual, en el decurso de una novena que celebró en el templo a una temperatura no muy superior a los cero grados, pilló una pulmonía de campeonato. A raíz de ello, mientras mosén Castelló rezaba y sudaba en la cama bajo un cúmulo de mantas, rodeado de jarabes, inhaladores, ¡y antibióticos!, el médico y el joven sacerdote dialogaron a placer en la habitación contigua, al calor de una estufa.

Y resultó que el doctor se encontró con un hombre optimista por naturaleza, sólidamente formado, que creía también en el futuro, pero desde un punto de vista esperanzador... Lo caduco, caduco estaba y sobre ello no podía construirse nada nuevo. Jamás conseguiría que el santo varón que era mosén Castelló, después de sobrevivir a la pulmonía aceptara que instalar calefacción en la iglesia no suponía una ofensa a Dios y que los confesonarios eran como pequeñas cárceles malolientes vinculadas a la iglesia inquisitorial, y que deberían desaparecer.

—Doctor, me alegra oírle decir que hay que cultivar la interioridad de uno mismo, el propio yo. De todos modos, en terrenos como éste hay un gran problema de lenguaje, perfectamente registrable entre las diversas generaciones. Mi hermano Marcos entendería al instante lo que queremos significar; mucha gente mayor, en cambio, está tan mal acostumbrada, y eso lo he comprobado precisamente en esos confesonarios, que si se le dice esto entiende a rajatabla que su obligación es prescindir literalmente de los demás.

—Sé que habla usted en serio, querido mosén Rafael, porque en mi profesión he comprobado algo parecido. Sin embargo, un hombre como usted, dotado y entusiasta, puede hacer mucho. Ha de dar el campanazo de alarma. Ahora bien, me preocupa una cosa: me han dicho que, dentro de su moderno concepto del ministerio sagrado, le concede usted mucha importancia a las estadísticas. ¿Es eso verdad, o se trata de una murmuración?

Mosén Rafael sonrió.

—Depende del género de estadística, doctor Beltrán. Por ejemplo, me interesa relativamente, como base para mis acciones futuras, controlar cuántas personas cumplen en la parroquia con el precepto dominical. Eso le preocupa a mosén Castelló, y no digamos al señor arzobispo. Ahora bien, enterarme, por un documento oficial de la UNESCO, que en este año de 1961 en que estamos, la mitad de toda la población mundial tiene menos de veinte años, es algo que no puede dejarme indiferente, ¿no le parece?

—¿Ha dicho usted la mitad de la población?

—Exactamente. Pero aún hay más. Acaba de celebrarse el «Día Mundial del Niño». ¡Qué raro que no se haya usted enterado! Estoy seguro de que Susana lo ha seguido al dedillo. Pues bien, al término se ha facilitado otra nota según la cual hay actualmente en la tierra más de mil millones de niños. ¿Imagina usted cuál será su mentalidad dentro de cuatro lustros? Los temores de que hablaba usted a mi padre en su conversación ¿existirán para ellos?

El doctor Beltrán se rascó el cogote y se acercó un poco más a la estufa.

—Lo que no comprendo es que hable usted de eso en tono triunfal. No se ofenda usted, pero me recuerda a ciertos oradores de la «tele»... Si no sienten esos temores —las grandes urbes, el trabajo en serie, la muerte bajo las ruedas de un camión—, ¿cómo se defenderán contra la embriaguez del progreso, contra la tendencia a carcajearse al oír la palabra nostalgia? Porque se da el caso de que lo fundamental del hombre no habrá cambiado nada cuando esos mil millones de niños tengan la edad que tiene usted ahora. Por más que ciertos órganos se adapten a la función, su psique continuará reclamando alimentos muy elementales, en tanto que el mundo externo habrá avanzado infinitamente más. En ese caso, ¿de dónde saldrá la fuerza compensatoria, cómo podrá detenerse tan gigantesco desfase?

—En mi opinión, doctor, será la propia sociedad la que fabricará los antídotos necesarios. Mejor dicho, ha empezado ya a hacerlo. Por lo demás, al hablarle a usted de los temores que los hombres del mañana no sentirán, no me refería precisamente al vértigo de la velocidad, a los rápidos cambios de color, a las urbes multitudinarias, que a eso sí que los órganos se habrán adaptado; me refería más bien a que esos hombres del futuro sentirán, como siempre se ha sentido, el horror al vacío y ya no renegarán ni del pensamiento ni de la cultura, aunque las formas de uno y otra sean distintas. Sabrán de sobra que rodeados de robots pueden ser desgraciados.

—¿Está usted seguro?

—Seguro, no; pero así lo espero. Y me guío por mi propia intuición. Doctor, ha mencionado usted la embriaguez del progreso. ¿Puedo hacerle una pregunta? ¿Ha oído usted hablar de esa buhardilla llamada el *Kremlin*? ¡Me alegro mucho! Aunque es una verdadera lástima que no la haya visitado... Puedo garantizarle que tiene un enorme interés. Es también una intuición. Y hay millares de buhardillas como ésa, en América y en Europa, y que apuntan en todas direcciones. A ello me refería al decirle que los antídotos han empezado a funcionar... ¡Lo cual no significa que en ellas se adore a la nostalgia! En el *Kremlin* hay la cabeza de un negro sobre una columna salomónica, y ello quiere indicar que hay que acabar con la discriminación racial...

El doctor Beltrán se adaptó los lentes sobre el caballete de la nariz.

—¿De modo que, según usted, vicario de una conocida parroquia barcelonesa, hay que cifrar la esperanza en el buen funcionamiento de esas buhardillas?

—No se burle usted, doctor. Aunque en el fondo es lógico que lo haga. Millares y millares de representantes de esos menores de veinte años de que antes le hablé empiezan a predicar con el ejemplo. Mi padre, a su regreso de los Estados Unidos, habló de la cuestión también en tono jocoso; el señor Vega, un poco menos. En cualquier caso, lo cierto es que brotan por doquier gran cantidad de movimientos juveniles que no aceptan esa enajenación materialista a que usted se refirió. Algunos de esos movimientos son violentos, no se puede negar. Al ritmo del *rock and roll* y similares se destrozan escaparates, salas de espectáculos, la tapicería de los coches de primera de los trenes, etcétera; pero hay otros movimientos que son pacíficos. Yo diría que casi bucólicos. Los *beatniks*, por ejemplo. Buscan lo que usted propone: tener tiempo para pensar. Son muchachos y muchachas que abandonan sus confortables hogares y que se sientan en los parques públicos de las grandes ciudades o se van al campo, con sólo un hatillo y algún instrumento musical primitivo...

—He oído hablar de ellos, mosén Rafael. Incluso creo haber visto alguna fotografía... La impresión que dan es de que no se lavan.

—¡Otra vez con sus ironías! Bien, bien, es usted muy dueño, doctor. Por mi parte, creo que el asunto es serio. Se dedican a trabajos manuales, primarios, como la alfarería... Llevan pantalones vaqueros. Y es curioso observar que los principales núcleos han surgido de las universidades...

—¿Tienen algo que ver con el marxismo?

—¡No, no! Precisamente lo que persiguen es la libertad.

—¿Y con el existencialismo nihilista?

—Tampoco. Por el momento, carecen de líderes filosóficos que merezcan el nombre de tales. No se trata de la negación de la realidad, ni de una invitación al suicidio. Por el contrario, más bien cantan a la alegría de vivir, y a la fraternidad...

—¿Qué significa la palabra *beatnik*?

—Eso no está muy claro. Pero, si no estoy equivocado, en su jerga vendría a significar «romper o desbrozar la mala hierba para plantar una semilla nueva».

—¿No se habrán pasado al otro extremo y serán los nuevos trovadores del ocio?

—¡Bueno! Si lo toma usted así... Yo insisto en que hacen mucho más que eso. Son un reto a lo que usted mismo ha afirmado detestar. Porque convendrá conmigo en que sería más cómodo para ellos seguir los caminos trillados y que los papás pagaran los gastos...

—Eso desde luego... Pero ¿cree usted que serán tenaces? ¿Cree usted que esos movimientos tendrán continuidad?

—¡Si ya le dije que no han hecho más que empezar!

—Mucha promiscuidad... en todos los órdenes, ¿no?

—¿Y no hay mucha promiscuidad... en nuestra respetable sociedad establecida?

—Además, hay muchos fetos que no consiguen desarrollarse...

—Yo confío en que esos se desarrollarán... En el plano religioso, por ejemplo —porque no querría olvidarme de que es el mío—, hay un hombre que ha visto claro y que también es optimista: el papa actual, Juan XXIII. ¡Da la impresión de que no le importaría vivir en una buhardilla! ¿No lo cree usted así? Y su sentido del humor es el clásico de la juventud...

—Desde luego, la frasecita de que hay que quitar el polvo que se ha acumulado sobre la Iglesia durante siglos...

—Eso hace concebir grandes esperanzas con respecto al Concilio Vaticano II, ¿no cree?

—Con respecto al Concilio, es innegable. Pero ¿sabe usted lo que me preocupa? Si se quita ese polvo ¿qué encontraremos debajo? Y sobre todo ¿qué pasará con mosén Castelló? De la pulmonía se salvará; pero de según qué tipo de reforma le impongan...

—¡Ah, yo estaré aquí para ayudarle a soportarlo!

—¡Ni pensarlo! Precisamente será usted su dedo acusador...

—Es mi obligación, ¿no le parece?

El doctor Beltrán levantó cuanto pudo el tono de la voz.

—¡Pues mire usted...! ¡Ahora que no nos oye, le diría que sí! —Y el médico y el joven sacerdote soltaron una carcajada.

Es preciso añadir que la enfermedad de mosén Castelló no sólo contribuyó a que el doctor Beltrán pudiera ampliar el abanico de sus opiniones. Fue causa de un acontecimiento lateral, que sumió en la mayor perplejidad a mosén Rafael.

En uno de los momentos de crisis que el párroco sufrió, el hombre, que era muy aprensivo, le pidió a su joven vicario que le confesase.

Mosén Rafael pensó: «¿Qué pecados puede haber cometido

este hombre, desde su punto de vista?» ¿Falta de celo en su labor? ¿Dormirse un poquitín al leer el breviario? ¿Cierta rutina en las genuflexiones ante el Santísimo o al tomar agua bendita? Porque no era imaginable que se confesara de que, sin darse cuenta, en la parroquia disculpase con más facilidad los pecados de los ricos que los de los pobres, ni de que cultivase un tipo de religión capaz de sembrar el pánico entre los mil millones de niños que, según la UNESCO, poblaban la tierra.

Pues bien, no hubo nada ni de lo uno ni de lo otro. Ante el asombro de mosén Rafael, el reverendo Castelló se confesó, ¡por primera vez! —¿qué tipo de examen de conciencia retroactiva lo llevaría a semejante decisión?— de su ofrecimiento a las autoridades al término de la guerra civil; es decir, de haberse quitado la sotana, de haberse introducido, disfrazado de miliciano, en un campo de concentración, donde se dedicaba a escuchar las conversaciones de los demás detenidos, a los que luego denunciaba con absoluta tranquilidad.

Mosén Rafael, que jamás supuso que una cosa así hubiera sido posible —era más docto en futurismo que en historia—, tuvo que tragar saliva antes de hablar. Y entonces cayó en una tentación corriente en las confesiones: la curiosidad. Con morosidad, con complacencia, imitó la manera de hacer de su penitente en otros campos de responsabilidad y le pidió detalles.

—¿Cuántos detenidos calcula usted que llegó a denunciar?

—Pues, no sé... No podría precisarlo...

—Haga un esfuerzo de memoria, es conveniente...

—Quizá... unos cuarenta... Tal vez algo menos.

—Y... ¿se enteraba usted de la suerte que los denunciados corrían luego?

—No, eso no... —Marcó una pausa—. Sin embargo, conociendo las costumbres, no puedo negar que más o menos podía imaginarlo.

—¿Alguna pena de muerte?

—Sí, claro... Supongo que sí... Lo menos seis o siete...

Mosén Rafael, sentado al lado de la cama del enfermo,

sintió que las vaharadas de alcanfor lo mareaban. Y también lo molestaba la casi absoluta oscuridad de la habitación.

—¿Se arrepiente usted de tales acciones? ¿No estaría dispuesto a repetirlas?

—¡No, no! ¡Dios mío, no!

—Todo eso es grave, reverendo... Usted era sacerdote y no tenía por qué confiar a la justicia humana la suerte de personas que sostenían ideas opuestas a las suyas, aunque en nombre de dichas ideas hubieran cometido delitos. Su cometido debió ser simplemente procurar que se reconciliaran con Dios, a través de la confesión...

—Sí, padre...

—¡Bien! —mosén Rafael suspiró. En ese momento se acordó de su juventud, ya que durante unos minutos se había sentido un viejo—. En penitencia, en la primera misa que celebre usted rezará especialmente por todas las personas que denunció. Y aparte de eso, un padrenuestro...

Mosén Castelló se movió bajo las mantas, indicio de que supuso que su vicario le impondría una penitencia mucho mayor. Precisamente había querido humillarse y confesarse con él porque imaginaba que sería más severo que cualquier otro sacerdote de su edad o de su manera de pensar.

—Así lo haré, padre...

—Ahora, el yo pecador...

Y mosén Rafael, todavía muy mareado, le dio la absolución. Al término de ella, mosén Castelló, sacando un brazo de debajo de la manta, cogió la mano derecha del vicario, la atrajo hacia sí y se la besó.

CAPÍTULO XXIX

OCURRIERON MUCHAS COSAS. Una de ellas, que Julián llevó a Montserrat a la cama. Julián fue un día a Cosmos Viajes y en vez de pedirle a Montserrat un billete para cualquier avión, le dijo: «Necesito verte... y a solas». La muchacha traicionó todas sus ideas relativas a la «burguesía» y se dejó llevar por aquel bulto humano vigoroso y alentador. Se citaron, Julián recogió en un taxi a la ex institutriz y tuvo la suerte de no caer en «La Gaviota». Nadie se enteró. Montserrat temblaba de emoción; Julián, un poco menos. Desde aquel día se vieron, aunque espaciadamente, y el arquitecto estaba asombrado de poder compaginar aquello con su sincero amor por Margot. Claro que de vez en cuando sentía remordimientos, pero no los suficientes como para renunciar. Por lo visto tenía razón el conde de Vilalta al afirmar que los hombres eran polígamos «por la gracia de Dios». Porque ¡él no hubiera consentido ni que le cogieran a Margot el dedo meñique! ¡Ni que ésta soñara con ello! Lo incomprensible era que arriesgase tanto. ¿Y si por un azar Margot se enteraba? Era curioso que, a veces, al ver a Susana se ruborizase... Pero la juventud y belleza de Montserrat lo halagaban, le ponían una venda en los ojos, lo arrastraban como un vendaval.

También ocurrió que Charito le contó a Sergio lo que había entre Ricardo Marín y Rosy. Es decir, traicionó la promesa que le hizo a Amades de guardar silencio al respecto. Claro que la culpa fue de la propia Rosy, que junto con Merche tuvo con Charito uno de sus clásicos desplantes. En efecto, era cierto que Amades y su mujer querían hacer, como indicó el doctor Beltrán, un crucero por las islas griegas, organizado por una compañía naviera. Luego resultó que Amades se vio obligado a cancelar los pasajes —¡imposible dejar tantos días la Agencia Hércules!— y Charito tuvo que conformarse con un viaje a Andorra. Pues bien, sus plazas las ocuparon precisamente Rosy y Merche..., pero sin dignarse siquiera decirle: «¡qué lástima!» y mucho menos invitarla, tratar de que pudiera acompañarlas. Todo lo contrario. Lo tramaron con absoluta reserva y Charito no se enteró hasta que la motonave estuvo en alta mar.

—¿Te das cuenta? —le dijo Charito a su hijo, a Sergio, después de contarle la jugarreta—. ¡Siguen tratándome como a una escoba! ¡Las muy canallas! ¡Ay, tienes razón, hijo, hablando como lo haces de esa gentuza! ¿Y quieres saber algo más? ¡Cuando las llamo reputísimas no lo hago porque sí! ¡El pobre Rogelio lleva unos cuernos como de aquí a Nueva York! —y se llevó los dedos a la frente, como si fueran antenas—. ¡Rosy se entiende con el banquero; pero así, a modo, en un *meublé* que tiene nombre de pájaro! ¡Y luego van las dos y viajan en el mismo barco! ¿Me traes un poco de sal de fruta? Todo eso me revuelve el estómago...

Sergio estuvo a punto de reírse... Casi lo consiguió. ¡Menuda noticia! Ésta no le interesó por lo que tenía de cotilleo, sino porque, en un momento determinado, podría demostrarles a Pedro, a Carol, a Cuchy —a lo mejor, a todos los del *Kremlin*— qué clase de tipejos eran sus padres. Claro que Cuchy lo daba por descontado; pero, probablemente, refiriéndose a los padres de los demás... Lo corriente era creer que sólo llovía en tejado ajeno.

Giselle regresó a Bruselas dejando tras sí una huella de autenticidad y de marxismo. A trancas y barrancas, debido a que Sergio estaba en Milicias, ayudó a éste, en los días de permiso, a filmar un documento en una fábrica de cemento, que salió raquítico, sin aliento, por falta de medios económicos. Algunos amigos de Sergio, que nadie conocía, lo ayudaron un poco, pero no lo bastante, y Sergio no quería pedirle un céntimo a su padre, a quien ya le había hecho saber que, cuando terminase Derecho, no contase con él para la Agencia Hércules. «Has encontrado a Alejo, que es tu otro yo, ¿qué más quieres? Yo me dedicaré a lo mío, probablemente en París». Giselle, al marcharse, prometió a la pandilla del *Kremlin* que regresaría al otro verano y que probablemente permanecería más tiempo en Barcelona. La experiencia española le había interesado más aún de lo que supuso. ¡Menudos bikinis, menudas juergas a lo largo de la costa! Los turistas lo pasaban en grande y estaban dando un buen empujón al país... «Da la impresión de que a las autoridades, con tal de obtener divisas, sus ideas sobre la moralidad pública les importan un carajo.»

Las relaciones entre Giselle y Sergio tuvieron la virtud de liberar a Cuchy de su obsesión por éste. Pasado el primer berrinche —quería morderlos a los dos—, en una de sus características piruetas sacó la lengua ante el espejo y exclamó: «¡Que se vayan al diablo!»; y a partir de ese momento empezó a hacerle caso a Laureano, aunque éste no acababa de acostumbrarse a la idea de que la cosa fuera de verdad.

Laureano, en aquellos meses, había de ser protagonista de pequeños acontecimientos. Continuaba yendo con Pedro a San Adrián a visitar al padre Saumells —desobedeciendo las órdenes de Julián—, y se daba la circunstancia de que el religioso empleaba a menudo el mismo lenguaje que Giselle, o por lo menos se refería a los mismos puntos.

Evidentemente, la sociedad que los rodeaba era escandalosamente hipócrita, y los ejemplos podían alinearse. Mientras los espectáculos que se desarrollaban en las playas, salas de fiesta y demás no hacían reaccionar en absoluto a los representantes del orden público —los cuales, al parecer, tenían orden de hacer la vista gorda con los extranjeros—, para el consumo interno de los españoles —censura de libros, de cine, de teatro, ¡de televisión!— el criterio que se seguía era casi trapense, o digno de mosén Castelló después de purificarse con su confesión. Pero lo más grave era que con las familias ocurría algo similar. Matrimonios que en Barcelona guardaban la compostura y todos los preceptos habidos y por haber, hacían frecuentes escapadas a Perpiñán para ver la última película de Brigitte Bardot, o se iban a Montecarlo a jugarse los cuartos a la ruleta. Muchos colegas de Julián —y no digamos de Rogelio— daban la impresión de que no les importaría derribar la Catedral para levantar allí un edificio moderno para despachos, y, según Marcos, el arte «vanguardista», que básicamente pretendía reflejar la miseria subyacente por doquier, bajo toda apariencia —paredes desconchadas, guijarros inertes, el alma solitaria y los mismísimos excrementos—, gracias a los *marchands* estaba vendiéndose a precios fabulosos.

Laureano y Pedro estaban impresionados ante la retahíla de ejemplos de este jaez, y no lograban comprender que los superiores del padre Saumells, viendo lo que éste sufría en el Colegio de Jesús, le negasen el permiso para instalarse en San Adrián de modo permanente, como era su deseo. Al fin y al cabo, en las iglesias céntricas de Barcelona sobraban sacerdotes, opinión compartida, ¡cómo no!, por mosén Rafael. Beatriz, Margot, Gloria, ¡Amades, Merche, Rosy! hubieran podido comulgar, en sus barrios respectivos, veinte veces al día; en cambio, la barriada en que el pequeño Miguel vivía, que albergaba ya unos cuarenta mil vecinos, según cálculos del padre Saumells, estaba completamente desasistida. Las viejas que cruzaban a destiempo la vía del tren podían sufrir un accidente grave —e incluso morir—, lo mismo que las niñas de piernas fláccidas que iban a por agua, sin posibilidad de tener al lado un cura. Y el cementerio era un lugar tan lógico, a cien pasos de donde residía Miguel, que no asustaba a nadie. Los chiquillos, dándole sin saberlo la razón a Julián, continuaban garabateando en sus tapias palabras soeces, extraídas del léxico de Charito.

—Padre Comellas —le preguntaba el padre Saumells—, ¿qué puedo hacer?

—Lo mismo que hasta ahora. Obedecer...

—No sirve para nada.

—Está usted equivocado. Los alumnos del Colegio de Jesús no lo olvidarán a usted nunca. Ni los ricos ni los pobres —el padre Comellas lo miraba con afecto y añadía—: Y yo tampoco...

El padre Saumells por un momento se sentía estimulado, pero luego les decía a Laureano y a Pedro: «Todo inútil».

Laureano discutía a menudo con Susana sobre sus respectivos estudios. Susana se lamentaba también con su hermano de la indiferencia que flotaba sobre la Facultad de Medicina, a la vista de tanta dolencia incurable y de tantos cadáveres al día. Laureano le decía:

—Es curioso. Mamá insistiendo siempre en que la arquitectura a la larga deshumaniza, debido a tanto cálculo objetivo, y ahora resulta que la profesión que tú has elegido es peor.

—¡No digas eso! —protestaba Susana—. La medicina no deshumaniza sino a los que ya lo estaban antes de empezar. ¿No ves al doctor Beltrán? La arquitectura, con las construcciones en serie, con los bloques que parecen cárceles, desde luego puede haceros mucho daño... Pero cuando el médico se encuentra ante el paciente prescinde de todo lo que te he dicho y se muestra tan humano que es capaz de inyectarse él mismo lo que sea o de sorber los mocos del recién nacido. ¡En ese momento ama, ama de verdad!

—Éste es el juego del gato y el ratón, querida... En primer lugar, hay muchos médicos incapaces de inyectarse nada. ¿Qué opinas del doctor Martorell? Y tú misma has contado del Seguro y del Hospital cosas que ponen los pelos de punta. En segundo lugar, un arquitecto consciente, al proyectar un edificio, piensa también, ¡amándolas!, en las personas que habrán de habitarlo. Y en cuanto a las construcciones en serie y a los bloques que parecen cárceles, obedecen a una necesidad: las masas se incorporan a la vida social y hay que colocar a la gente en algún sitio mejor que en las barracas.

—¡Bueno! Supongo que el problema es muy parecido. Que en muchos casos lo que falla no es la honestidad individual, sino el sistema, la organización. ¿Te haces cargo? Unos y otros están desbordados. Es de esperar que algún día eso se resolverá.

En el fondo, tales diálogos no dejaban de tener su encanto.

Por lo menos, eso opinaba Margot, si por casualidad, o porque estaba al quite, alguna vez los oía. Susana no preocupaba a Margot, ¡pero sí Laureano! ¡Tenía unas salidas! Se cumplían en él los vaticinios del padre Saumells. Y el muchacho recitaba de vez en cuando para sí unas extrañas estrofas referentes a que «todos los perros debían estar juntos bajo el mismo árbol». ¿Qué podía significar? ¿Algo equivalente a la pregunta: «Mamá, ¿por qué tú eres la señora y Rosario la criada?» Y por supuesto, bastaba que apareciese un cura en la «tele» dispuesto a pronunciar un sermón para que el chico pegara un salto en el sillón y exclamara: «¡Vaya! ¡Otro rollo!»; y se iba a su cuarto. Lo que era de lamentar, sobre todo si estaba delante Pablito, que había ingresado ya en el Colegio de Jesús.

Margot no quería de ningún modo que Laureano se le escapase. Y puesto que seguía considerando que la música era vehículo de perfección, estaba siempre dispuesta a tocar el piano para él, aunque no siempre el repertorio que elegía era de su agrado. Últimamente le pedía con frecuencia que la acompañara al Palacio de la Música cuando daban algún concierto que valiera la pena. ¡Julián no tenía nunca tiempo!; Margot tampoco, pero se las ingeniaba para encontrar un hueco.

A raíz de esto Margot y Laureano vivieron juntos una escena singular. Anuncióse la actuación, en dicho Palacio de la Música, de un sacerdote francés, el padre Duval, que acompañándose a la guitarra había empezado cantando por los cafés y tabernas de París, con gran éxito, al parecer, canciones en las que hablaba de Dios. No se sabía si tenía una gran voz, si era un gran artista, pero al parecer arrebataba a los oyentes. Lo llamaban eso, «el juglar de Dios», y ya se atrevía a presentarse en salas de concierto. Una vez más Margot se preguntó por qué esos hallazgos, esos pioneros —*l'abbé* Pierre era otro ejemplo— surgían siempre de la vecina Francia.

—¿Qué te parece, Laureano? ¿Vamos?

¡Desde luego! Eso no me lo pierdo yo.

Susana quiso también acompañarlos. Y recibieron un impacto de los que hacen época. El Palacio de la Música estaba abarrotado de un público expectante y el padre Duval solo en el escenario, a la luz de los focos, con su aire ascético, su guitarra, su escasa voz un tanto temblorosa, sus canciones mezcla de tristeza y de esperanza. Aquello era muy distinto de un Elvis Presley o de un Bill Halley con el *rock and roll*, y también muy distinto de Giselle. El padre Duval protestaba admitiendo en sus letras, que él mismo componía, que las noches eran a veces largas y angustiosas, pero que el quid estaba en pedirle a Dios que precisamente se hiciera presente en medio de la noche. Y repetía que todos éramos hermanos. Pero no decía «perros bajo un mismo árbol», sino hombres y almas bajo un mismo cielo estrellado.

A Margot se le saltaban las lágrimas y el Palacio de la Música se venía abajo. ¿Habría muchos matrimonios de los que hacían una escapada a Perpiñán? No se sabía. Susana permanecía extática como ante una aparición. La reacción de Laureano fue distinta. Admiró al padre Duval por su valentía, por su sinceridad, porque su rostro y su aureola no mentían y lo imaginó perfectamente tocando en la taberna «La Chata», del barrio de Miguel en San Adrián; pero por segunda vez —la primera fue en la «tele»— se vio a sí mismo actuando y enardeciendo a la multitud. Y es que se dio cuenta de algo tópico y fundamental: con un micrófono en la mano no hacía falta ser tenor italiano. Bastaba con ser poeta... y con que las letras tuvieran intención. Y la música un ritmo contagioso. Ahora bien, ¿era él poeta? ¡Solista de la Tuna, nada más! Su más ferviente admirador —que también estaba en la sala— era Narciso Rubió, que tenía la desagradable manía de escupir, lo mismo para mostrar asentimiento que lo contrario. ¡Él no era poeta! Él iba para arquitecto... humanizado, nada más. No obstante, ¡qué hermoso tener, como tenía el padre Duval en aquella velada, a unos cuantos millares de oyentes pendientes de la propia voz y de los propios movimientos!

En la segunda parte del programa, el padre Duval logró todavía una mayor concentración y con sólo dos palabras en los labios —Dios y los hombres— enardeció al Palacio de la Música y prácticamente convirtió a Margot en un mar de lágrimas.

Al día siguiente todos los periódicos publicaron entrevistas con el padre Duval y las declaraciones de éste fueron un modelo de sensatez y de fe humilde y tenaz. No se parecía en nada al padre Saumells ni a mosén Rafael; era un romántico, un enamorado de las melodías sencillas; era, ni más ni menos, el «juglar de Dios».

Laureano pasó unos días obsesionado por la figura de aquel hombre que se había dicho a sí mismo: «puesto que ellos no vienen a mí, yo iré a ellos». ¡Claro, seguía sin renunciar a cantar también en los cafés y en las tabernas! Pero ¿cómo era posible que los clientes de dichos establecimientos no le dijeran: «¡Lárgate!»? Era por su tez pálida, por su aureola, por la cálida autoridad de su guitarra.

Laureano habló con Cuchy del fenómeno y Cuchy le dijo:

—¡Sí, si estuvo en la radio! Es un tío... No creo que haya truco, no. Pero ¡qué más da! ¡Supongo que tiene un pasado horrible y quiere lavarlo! ¿Me das un pitillo? Me gustaría hacer un guión de su vida. ¡A lo mejor nos saldría un Verlaine harto de beber! O es hijo de un *clochard* de los puentes del Sena. ¡Ya no me fío de nadie! ¿Viste la que me hizo Sergio? Pero ahora te tengo a ti... ¡Oye! ¿Por qué no das tú un recital en el Palacio de la Música? Claro que ¿qué ibas a cantar? ¡Si no conoces nada de la vida, ni has pasado ninguna noche angustiosa, como no fuera cuando tuviste la gripe! De todos modos, podrías hablar del beso que voy a darte dentro de pocos segundos... ¡Anda, prepárate, que se acerca Carol y quiero que lo vea! Y deja ya en paz al padre Duval...

Llegó Carol y le hablaron del sacerdote. Prometió comprar un disco suyo.

—Sin embargo —dijo—, no creo que tenga ritmo, no creo que sirva para bailar...

En la Facultad de Filosofía y Letras era corriente la opinión de que nadie podía amasar una cuantiosa fortuna sin emplear medios ilícitos o lesionar los intereses de los demás. Dicha opinión había dado mucho que pensar a Pedro, quien hasta entonces se había abstenido de indagar las posibles causas de los éxitos financieros de su padre. Tampoco lo hacía a la sazón, pero un sexto sentido le indicaba que no todo debía de ser trigo limpio en la cuestión. De modo que el muchacho se sentía menos ufano que antes con el emblema o símbolo de «Construcciones Ventura, S. A.», es decir, del monigote de goma hinchado y sonriente. Además, había cazado al vuelo frases elocuentes: «hay que luchar, luchar»; «hay que abrirse paso a codazos»; «duro, duro con ellos». Sinónimos de «el fin justifica los medios». Resumiendo, hacía mucho tiempo que Pedro no conseguía evitar una mueca al ver cómo se derrochaba el dinero en la avenida Pearson y en «Torre Ventura».

Sin embargo, las disputas entre Pedro y Rogelio se habían basado fundamentalmente en la vocación del muchacho, en la carrera que éste eligió; pero, últimamente, sin saber por qué, y precisamente cuando en la casa se festejaba algo, un aniversario, lo que fuere, que invitaba a la alegría, los ánimos se encrespaban y tenía lugar alguna escena borrascosa. Desde luego, al margen de la opinión sobre los negocios, eran muchas las cosas de Rogelio que desagradaban a su hijo: que Rogelio sintiera tanta pasión por el fútbol —si el Barça perdía estaba tres días de mal humor—; que en la mesa se refocilara con los mondadientes; que, con los viajes que había hecho a Madrid, sólo una vez se le ocurriera entrar en el Museo del Prado; que apenas hablara de su madre y de sus dos hermanos, que vivían en el plantío de Llavaneras, etcétera. ¡Precisamente Pedro estaba orgulloso de sus parientes! Desde que tenía coche iba a verlos de vez en cuando. De sus tíos le gustaba la sensación que daban de seguridad, de estar en el sitio que les correspondía; de la abuela le gustaba todo, hasta la manera de cortar las rebanadas de pan.

El día del cumpleaños de Carol no fue excepción. La tradición se mantuvo. El hecho empezaba a ser tan automático, que Rosy le había dicho varias veces a Margot: «Tiemblo cuando se acerca el domingo o una fiesta cualquiera. El año pasado, el día de mi santo, creí que Rogelio echaba de casa a Pedro».

Con frecuencia la causa desencadenante era minúscula. Un comentario poco afortunado de alguien; alguna respuesta altiva de una sirvienta; *Dog*, que se ponía pesado, o cualquier noticia que trajese el periódico.

En el aniversario de Carol el factor determinante fue el porrazo que Pedro se había dado la víspera con el coche. Era el tercero del mes. Los dos primeros fueron simples rozaduras, pero este último suponía tres semanas de reparación.

Rogelio preguntó:

—¿Cómo ha sido eso? A ver, explícate.

—Culpa mía, por supuesto —confesó Pedro—. Bajaba por las Ramblas y me distraje con los quioscos de libros. El volante se me fue un poco hacia la izquierda y embestí un taxi. Lo lamento.

Rogelio, que sentía un respeto reverencial por los coches, movió la cabeza varias veces consecutivas.

—No debí comprarte el coche. Te retirarán el carnet. O te pegarás una torta que saldrá en la página de sucesos.

El tono le salió desabrido y Pedro se colocó a la defensiva.

—Te he dicho que lo lamento, papá.

—Ya lo sé. Pero ándate con más cuidado.

Se produjo una tregua que hubiera podido imaginarse era de paz. Nada de eso. El clima era ya propicio para que brotase la chispa. Y el ruido de los cubiertos comenzó su tarea.

—Llama para que traigan el champaña, Carol.

—Sí, papá.

Otro silencio. Rosy se dio cuenta de que Rogelio estaba de mal humor. No soltaba ninguna de sus carcajadas y se secaba los labios con la servilleta desplegada.

—¿Y tú, Carol? ¿En qué empleas las larguísimas horas que tiene el día? Te he perdido un poco la pista.

Carol miró con asombro a su padre.

—¡Pero, papá! ¿No sabes que voy al Instituto Británico y al Instituto del Teatro?

—¡Es verdad! Quieres salir en la «tele», como Mari-Tere... Y además, hablando en inglés. ¡Bien, hija! El examen de Estado falló; a lo mejor con eso te sales con la tuya.

De nuevo el tono de Rogelio, bien a su pesar, le salió duro. Por supuesto, algo había leído en el periódico que le hizo poca gracia: algo relacionado con la vida sedentaria, con la obesidad o con la economía. Por fortuna, en aquel momento llegó el champaña, con el que era preciso brindar en honor de Carol, y el hombre hizo marcha atrás. El tapón salió disparado hacia el techo, y Rogelio empezó a llenar las copas.

—Bien, dejemos esto por hoy. ¡Por muchos años, Carol! ¿Te acuerdas, Rosy, del día en que la niña nació?

—¿Cómo no voy a acordarme?

Todos bebieron, todos se rieron un poquitín y bromearon sobre lo fea que era Carol al llegar al mundo. Rosy aludió a su crucero por Grecia, contándoles una vez más que la bebida más corriente en el país era el agua. «¡Hay que ver lo que les gusta el agua a los griegos! En todas partes sirven un vaso así de grande. ¡Y hay que beberlo! Merche no podía más...»

Carol, que no hizo el menor caso del agua griega, preguntó con coquetería:

—Pero ¿tan fea me trajiste al mundo, mamá?

—¡Un horror! —insistió Rogelio, animándose—. Te juro que entonces nadie hubiera podido sospechar que algún día querrías ser una *vedette.*

Pedro, que también había leído en el periódico algo que no le había gustado —Agencia Cosmos inauguraría otros dos hoteles, esta vez en Calella—, miró con fijeza a su padre. Y advirtió que éste, como siempre, para evitar flatulencias, se había echado migas de pan en el champaña, migas que atraían hacia sí los ácidos. El muchacho no supo lo que le ocurrió. Hubiérase dicho que le entraron de pronto ganas de pelea.

—Ojalá Carol saliera una buena actriz, ¿no te parece, papá?

—¡Pse! Te diré...

—No pretenderás que todo el mundo se dedique a los negocios...

Rogelio se bebió con calma el champaña, paladeándolo. Su ventaja era ésta: sabía esperar.

—Te he dicho muchas veces —intervino por fin— que los

negocios son también un arte. Tú no lo crees así, claro. Las finanzas son para los tontos, ¿verdad?

—Yo no he dicho eso.

—Pero lo piensas. No recuerdo que una sola vez se te haya ocurrido pasar por la Constructora o por la Agencia Cosmos.

Pedro apuró de un trago el líquido que tenía en la copa. Luego contestó:

—Tampoco recuerdo que una sola vez se te haya ocurrido a ti pasar por la Facultad. Y sabes que mis estudios son para mí tan importantes como para ti tus despachos.

Rogelio se encogió de hombros.

—La filosofía no es mi fuerte, ya sabes. —Y añadió—: Y alguien tiene que pagar las facturas, ¿no es eso?

Rosy tosió. Se dio cuenta de que Rogelio había cometido uno de sus clásicos errores. Pedro endureció sus facciones hasta el límite, más que en las fotos «expresionistas» que tenía en su cuarto, y replicó:

—Escucha una cosa, papá. En lo que va de mes, es la tercera vez que me echas eso en cara. Si te soy una carga, ¿por qué no hablas claro, por qué no me dices «me he cansado» y se acabó la cuestión?

Rogelio no se inmutó.

—¡Alto, muchacho! Si me hubiera cansado, te lo habría dicho. Simplemente quiero que sepas que todo esto —y Rogelio miró alrededor, a la casa confortable y al jardín exótico que se veía a través de la ventana— me ha costado mis sudores.

Pedro se echó para atrás, en postura irónica. Recordó los comentarios de la Facultad y las frases «hay que abrirse paso a codazos», «duro, duro con ellos». No aludió a eso, pero dijo:

—Que yo recuerde, no te he pedido nunca nada. Carol y yo estamos aquí porque vosotros lo quisisteis —miró también a Rosy—. Partiendo de esta base...

La chispa había brotado. Rosy se irritó lo indecible ante la salida de tono de Pedro. Rogelio dudó entre soltar un taco o pegar un puñetazo en la mesa. Prefirió lo primero.

—¡Coño con el crío! ¡Nos ha salido fanfarrón... y amargado! Porque... tú eres un amargado, ¿verdad, niño? ¿O prefieres que te diga con franqueza lo que eres?

Pedro se había engallado.

—Puedes decir lo que quieras. Te escucho.

Rogelio contrajo las manos como si apretara algo. No esperaba el reto de Pedro. La indignación le salía por los ojos. Pero decidió contenerse.

—Mejor que no lo diga... por ahora. Pero todo llegará.

Carol intentó salvar la situación. Les recordó que era su cumpleaños y que en honor de todos había estrenado aquel flequillo que le llegaba hasta las cejas.

—¿No te gusta mi flequillo, papá? Mírame bien... —abrió los brazos como queriendo abarcar a toda la familia y añadió—: ¿Por qué no podemos vivir en paz?

—Eso digo yo —intervino Rosy.

Todo inútil. Se enfrentaban dos soberbios, y un flequillo era poca cosa para conseguir que cedieran.

Rogelio volvió a la carga. Pero esta vez sin especulaciones ni rodeos. Le dijo a Pedro, primero, que seguiría considerándolo un amargado mientras no le demostrara lo contrario. Segundo, que en adelante no se tomaría la molestia de interesarse por los porrazos que pudiera pegarse con el coche. Tercero, que le gustaría aclarar sin dilación por qué no utilizaban el famoso *Kremlin* simplemente para bailar y divertirse, sino que se lo brindaban a Sergio para que soltara sermoncitos que no venían a cuento. «Por lo visto os lo pasáis en grande, ¿eh? Y en la despedida de esa tal Giselle, que al parecer comparte las ideas de Sergio, refiriéndoos a las Milicias, hablasteis del uniforme y de la bandera como si fueran trapos sucios. ¿Puedo saber lo que significa todo eso?»

Pedro comprendió por dónde iban los tiros. ¡La política!

—Esa buhardilla forma parte de mi mundo —dijo—. Estamos a gusto allí. Hay una máscara de Carnaval y un columpio. Y una talla de madera con la cabeza de un negro. Y una pecera con unas monedas dentro, ahogadas las pobres. Pero la cosa no va por donde piensas. Sergio dice lo que se le antoja, como todos; en cuanto a mí, es cierto que la idea de vestirme de caqui y de coger cualquier arma me saca de quicio. Sin embargo, no temas, todavía no soy comunista... —Marcó una pausa—. Me asquea, desde luego, la futilidad de tanto lujo —miró en torno, como anteriormente lo hiciera Rogelio—, pero no me atrevería a afirmar que el comunismo sea la solución. ¡Es una pena que mi padre no lea *La Codorniz* de vez en cuando! Le pusimos el *Kremlin* como pudimos ponerle el Taj Mahal o el Vaticano. Se nos ocurrió porque habíamos colgado allí el cuadro de *Guernica*, de Picasso. —Pedro añadió—: Habrás oído hablar de ese cuadro, ¿no es cierto? Y de Guernica también, supongo...

Rogelio hizo un mohín.

—Has dicho, si mal no recuerdo, que no te atreverías a afirmar que el comunismo sea la solución. ¿Podría saber a qué tipo de solución te refieres?

—Pues... no sé. —Pedro miró a la chimenea—. Por ejemplo, a la posibilidad de que todo el mundo pueda calentarse en invierno...

Rogelio acertaba a duras penas a dominarse. Había rodeado a Pedro de comodidades y el tiro le había salido por la culata. Se acordó por un momento de las ideas de Montserrat, la ex institutriz.

—Quieres redimir a la humanidad, ¿no es eso? ¿Puedes decirme qué has hecho hasta ahora en tal sentido? Yo doy trabajo a mucha gente y la pago bien. ¿Crees que he de repartir lo que he ganado?

Pedro se encogió de hombros.

—No se trata de una acción individual, aunque eso también cuenta. Es todo el montaje el que falla. En Barcelona hay casi más Bancos que escuelas. Y eso ha de acabar un día u otro.

Rogelio, de pronto, empezó a sentirse a sus anchas. Parecióle que los argumentos de su hijo eran débiles.

—Ya... Lo que quieres es la igualdad para todos. ¡Durante la guerra oí hablar de eso! Y a los dos meses unos eran comisarios y otros no. —Pedro callaba y Rogelio remachó—: ¿Tienes tú la misma mentalidad que Trini, la sirvienta? ¿Quieres que tus catedráticos se pongan a fregar platos?

Pedro tuvo un gesto displicente.

—No es por ahí... y tú lo sabes. Sé que hay diversidad de talentos, y hasta de condiciones físicas. Pero el que se dedique a fregar platos ha de ser respetado como cualquier otro y ha de tener las mismas oportunidades.

—Comprendo. Las teorías del padre Saumells. ¿Y qué hacemos con los holgazanes?

—A ésos la vida se encargará de darles su merecido.

—En ese caso, he de repetirte que todo lo que tengo se lo han merecido estas dos manos —y las mostró en la mesa, abriéndolas de par en par.

—Admitamos que la cosa ha sido así... ¿Crees que ello te da derecho a organizar cócteles a base de ciento cincuenta invitados, como cuando la puesta de largo de Carol? ¿Y a servirles caviar? ¿Y a comprar esas dos lacas chinas —las miró— sin que te importen un bledo? —Pedro, aupado por sus propias palabras, miró a Rosy—. ¿Y mamá? ¿Cuánto dinero tiene en joyas? ¡Cuando os vais a cenar por ahí parece un escaparate! Un escaparate... espantosamente ridículo.

Rosy, que no esperaba el ataque, se descompuso.

—¿Qué te pasa con mis joyas? —se defendió—. ¿Es que no tengo derecho a ponérmelas? ¿Qué tienen de malo? —y advirtiendo que Pedro miraba con sarcasmo sus pendientes añadió—: ¿O va a resultar que sí, que defiendes los pañuelos rojos en el cuello y las alpargatas? ¡Nunca creí que fueras capaz de insultarme de esa manera!

Pedro, súbitamente, pareció serenarse.

—Mi intención no ha sido insultarte. Lo que he buscado es un ejemplo. ¿No comprendéis que estoy hablando de símbolos? ¡Es todo vuestro tipo de sociedad lo que me produce malestar! No puedo con ella, ésa es la verdad.

Rogelio volvió a erigirse en protagonista.

—Tu madre tiene razón, estás borracho. Vives en las nubes. Ignoras lo más elemental: que para que la sociedad funcione hay que comprar lacas chinas, pendientes y hacer circular el dinero. De lo contrario, todo el mundo a pedir limosna.

Pedro se rascó la cabeza.

—Conozco la canción. Pero entretanto, las tres cuartas partes de la humanidad se muere de hambre.

—¿Y qué quieres? ¿Que los invite a todos a caviar?

—Te repito que lo que falla es el montaje, el sistema. Y que los hombres de tu generación, y los de las anteriores, en vez de afrontar el problema sobre esta base, os dedicasteis a organizar vuestras famosas guerras...

—¡Vaya con el mocoso! Otra vez la cantinela de la guerra. ¿Crees que la hicimos por gusto? Si tomamos un fusil fue precisamente para defender lo que tú mencionas tanto en tus artículos: la libertad. Y porque nos pegaban cuatro tiros si llevábamos corbata. ¿A que nunca le preguntaste a Margot por qué mataron a su padre y quién lo hizo? Lo hizo esa gentuza que ahora te da a ti tanta lástima. El padre de Margot era un hombre honrado y había trabajado toda su vida, como tantos otros.

Pedro no se arredró.

—Eso no cambia los términos de la cuestión. Esa gentuza, como tú la llamas, era ignorante. La falta de escuelas no es cosa de hoy... Y la culpa de ello la tenían los de arriba. La guerra fue un desatino y te repito que a lo que hay que aspirar es a que lleve corbata todo el mundo. En cuanto a que defendisteis la libertad, yo no veo ahora libertad por ningún lado.

Rogelio, al oír esto, puso cara apoplética.

—¿Por qué dices que no hay libertad? ¿Qué entiendes tú por libertad, vamos a ver?

Pedro volvió a encoger los hombros.

—Eso sería muy largo de explicar... Y tampoco lo comprenderías. Ni tú ni ninguno de los que ganasteis.

—¡Sistema perfecto! —replicó Rogelio—. Sería muy largo de explicar... Nosotros no comprendemos nada. ¡Claro, claro! Los que tenéis experiencias sois vosotros. Todavía andáis con el biberón y ya habéis encontrado la piedra filosofal.

—Nosotros no pretendemos haber encontrado nada —contestó Pedro—. Lo único que sabemos es que vosotros fallasteis y que continuaríais cerrando el paso a todo lo que atentara contra vuestros privilegios. Si me lo permites, confío en que la juventud, en cuanto consiga dejar el biberón, sabrá hallar otras soluciones.

Rogelio se disponía a contestar, pero esta vez se le anticipó Rosy.

—Estás jugando a lo fácil, Pedro. Acusar está al alcance de cualquiera; poner el remedio... es cosa de hombres de mucho fuste. Y desde luego, en todo caso hay que empezar por hablar sin resentimiento. Y tú estás resentido. De acuerdo con que hay que mejorar las cosas; pero siempre respetando ciertas reglas... ¡Por favor, déjame terminar...! Para empezar, has olvidado algo elemental en un muchacho que se las da de redentor: que con quienes estás hablando es con tus padres. Nunca jamás me hubiera yo atrevido a hablarles a los míos en el tono que tú lo haces.

Pedro asintió repetidamente con satisfacción, como si acabaran de suministrarle el argumento definitivo.

—¡Ahí está! Lo que pensaban los padres no se podía discutir. Anatema. La rotura empezaba ahí. Tampoco se podía discutir lo que decía el maestro ni lo que decía el confesor. Es cierto que nosotros no hemos encontrado la piedra filosofal, y que encontrarla no es fácil; pero por lo menos hemos barrido unos cuantos tabúes. Por de pronto hemos encontrado eso: la comunicación. Tal vez sea ésa la primera definición de lo que entendemos por libertad... —Miró a su madre con gran seguridad y prosiguió—: Reconoce que si no le decías a tu padre lo que pensabas era por miedo. Y el miedo convierte a las personas en hipócritas.

Rosy protestó.

—No se trata de miedo. Se trataba de respeto. Hay jerarquías que es preciso respetar.

—Sí —insistió Pedro—, pero hasta cierto punto. La jerarquía no es un problema de escalafón. Es algo que en todo caso hay que ganarse a pulso. —Marcó una pausa y concluyó—: Otro de nuestros descubrimientos es la sinceridad.

Rogelio, ¡por fin!, acertó a sonreír.

—Ya salió la palabrita. Vuestro gran hallazgo es la sinceridad. No es la insolencia, ni la desfachatez; es la sinceridad. ¡Adelante, pues! ¿Por qué no eres sincero contigo mismo, con tus ideas, y empiezas a vivir por tu cuenta? Hoy mismo podrías hacerlo, y de paso le das una lección a tu madre: te vas al garaje y les dices que, cuando tu coche esté arreglado, lo regalen al limpiabotas de la esquina...

Carol, sin saber por qué, sintió ganas de aplaudir a su padre. Pero la expresión de Pedro le impidió hacerlo. Pedro se había quedado meditabundo. No en vano se había culpado muchas veces a sí mismo de inconsecuente. ¡Sí, acusar era más fácil que pasar a la acción! Entonces pensó que sus padres eran los primeros culpables de su falta de reflejos. En efecto, desde que nació lo educaron para que entrara en su terreno, lo mismo que hicieron con Carol. Condicionaron su voluntad. ¡Lo llevaron al Colegio de Jesús! Por lo tanto, eran responsables incluso de su inconsecuencia...

Así lo manifestó, con acento en el que se mezclaban la frustración y la dignidad, añadiendo luego que ese aspecto de la cuestión cada vez lo dañaba más hondamente; y que, por descontado, no había dicho al respecto la última palabra...

Rosy se alarmó. Veía capaz a Pedro de romper cualquier día la costra que se interponía entre sus ideales y su vida real. ¡Los títulos de los libros que tenía en su cuarto! Por el contrario, Rogelio apuró los restos de champaña, convencido de que había machacado a su hijo y de que éste continuaría especulando, colgando cuadros de Picasso, ridiculizando en sus gacetillas universitarias al ex rey Faruk y a la «sociedad burguesa», llamando hipócritas a todas las generaciones anteriores a la suya; pero incapaz de renunciar a sus prebendas.

—¡Bien! —concluyó, levantándose de la mesa—. Creo que hemos llegado a un acuerdo, ¿verdad?

Pedro lo miró con la misma intensidad de siempre y contestó sencillamente:

—No.

Pedro, que no tenía nada de frívolo, hubiera querido admirar a sus padres y no lo lograba. Tampoco lograba ser valiente. Fue sincero al advertirles que tocante a sus «inconsecuencias» no había dicho su última palabra; pero al quedarse solo se dio cuenta de que por el momento no tomaría ninguna resolución práctica, que ni siquiera prescindiría del coche, que fue el reto que más le dolió. Pensó que el coche no era ningún lujo, sino una necesidad «para ir a la Facultad y para trasladarse de un sitio a otro», como lo demostraba que el padre de Marcos acababa de regalarle a éste uno de segunda mano, más potente que el suyo.

En el *Kremlin* se desahogó con sus compañeros sobre la escena familiar. Andrés Puig opinó que Pedro veía fantasmas donde no los había. Él no discutía con su padre: lo explotaba nada más. «He encontrado un recurso que me va de maravilla. Le digo que es el hombre que más entiende de joyas de Europa, y él tan pancho. Y mi madre otra que tal. Le doy mi palabra de que no tendrá jamás ninguna arruga y me llena de besos.» Por su parte, Jorge Trabal dijo: «Tu padre tiene razón en una cosa: eso de redimir al prójimo es un mito. Cristo lo intentó y ya ves: andamos todavía a cuatro patas. El noventa por ciento de la gente es deficitaria mental. Morimos tan pronto, que no nos da tiempo a mejorar».

Cuchy era de otro parecer. Le había dado por acariciar siempre la cabecita del negro, representante de las razas oprimidas. Ella insistía en que todo intento de aproximación con los padres era inútil, debido a la diferencia de edad. «Ya conocéis mi teoría: son unos vejetes. Tu padre, Pedro, tan gordito y tal, cualquier día os da el susto del siglo. No entienden nada. Les dices cuchara y entienden camisón, les dices negro y entienden arco iris. ¡Tú a lo tuyo! Ellos han bailado ya lo que les correspondía. ¡Y eso que mi madre se las da de modernísima...!»

Laureano y Susana trataron el tema con más respeto, sobre todo la muchacha, aunque ambos admitieron que el paso de los años no perdonaba a nadie. «Sin embargo, hay mil maneras de llevar el asunto. No hay ninguna necesidad de faltarles ni de darles mayores disgustos. Cada cual ha de ir trazándose su camino, pero procurando razonarlo de la mejor manera. ¡Y terminan por aceptar! Me molesta horrores que los tratéis como si ya estuvieran fuera de juego. Yo todos los días aprendo de ellos algo. Me recordáis a Pablito, que a veces nos mira a Laureano y a mí como si fuéramos sus abuelitos.»

Algunos ni siquiera se molestaron en dar su opinión. Sergio no estaba: había vuelto a encerrarse con sus libros, dispuesto a terminar la carrera. Particularmente interesante le resultó a Pedro el parecer de un nuevo elemento ingresado en el clan. Lo había llevado Cuchy, porque hacía también periodismo; pero Narciso Rubió, vecino suyo, lo conocía de mucho antes. Era un muchacho de origen modesto, que se llamaba Dionisio Pascual. Ayudaba a su padre en un pequeño colmado que tenían cerca del Turó Park y que iba prosperando. Dionisio alternaba el mostrador con la Escuela de Periodismo, pues tenía aficiones literarias, que se le habían despertado a través de varios concursos de televisión.

La opinión de Dionisio era tajante: los padres eran rutinarios, pero se les debía gratitud por sus desvelos y por su amor. «Yo me hago esta reflexión: un día me casaré y tendré hijos y también me gustará que éstos me hagan caso y me quieran.» «En un país como el nuestro, agresivo y en el que todo el mundo se pasa de listo, hay que respetar todo lo que represente autoridad.» ¡Ay, ahí se le notaba a Dionisio que había militado en el Frente de Juventudes! Por lo demás, no lo ocultaba. Era la nota discrepante en aquel ambiente partidario de la libertad a ultranza. ¡Le parecía bien incluso que hubiera censura, y censura severa, aunque admitía que debía extenderse igualmente a los extranjeros! «Yo lo veo en la tienda. ¡Repito que el país se las trae! Todo el mundo procura colarse y si uno se descuida roban hasta los quesos de bola con el celofán y todo. Y se pelean por cualquier memez. ¡Las señoras y las chachas! En resumen, todo lo que se haga para mantenernos a raya me parece bien. Y los que creéis que enfrentándoos a los padres o contándoles cuentos eso va a cambiar, sentaos en un sillón y esperad, porque hay tela para rato. El horno no está para bollos. Porque, si los padres chaquetean, acordaos de esto: los militares son los militares.»

No se sabía si Dionisio duraría mucho o poco en el *Kremlin.* Porque, escuchándolo, la mayoría acababan por ponerse muy nerviosos, a excepción de Cuchy, que continuamente lo interrumpía para pedirle: «¿Me das fuego, mi amor?» ¡Orden público! ¡Autoridades! En la Universidad, al menor conato de protesta, porrazo y a la comisaría. Menos Laureano y Jorge Trabal, todos habían pasado ya la prueba de fuego ¡y Pedro tenía paralizados precisamente en censura dos artículos que escribió con mucha ilusión! En cuanto a las autoridades y miembros de entidades oficiales, precisamente porque la nación estaba plagada de Dionisios Pascual y de conformistas de otro tipo, podían reunirse en ágapes continuos y podían ir colgándose en el pecho unos a otros relucientes medallas.

Resumiendo, Pedro en la encrucijada, como siempre. Por un lado, acordándose del proverbio oriental que más de una vez lo había frenado, evitando que se lanzase sin ton ni son a la bohemia: «Caminante, lleva contigo siempre dos muletas, que en el momento más impensado puedes necesitarlas». Por otro, acordándose de las palabras que le dirigió mosén Rafael, a poco de conocerlo: «Si en el mundo en que te mueves lo aceptaras todo sin rechistar, un servidor te suspendería en la asignatura de la vida. Tus padres no aspiran más que al bienestar, es decir, forman parte del estamento que en el Seminario algunos llamábamos de "personas-vientre". Tú visas más alto y por eso te contradices y estás descontento. Lo que has de procurar es no faltarles al respeto y pensar que muchas veces no disparas contra ellos concretamente, sino contra el estamento que representan. Pero continúa analizando, continúa...»

CAPÍTULO XXX

MUCHAS, MUCHAS NOTICIAS en todos los campos, algunas de ellas relacionadas con el extranjero.

Por fin Ricardo se decidió a darle a Rosy una excusa hasta cierto punto válida para interrumpir de momento sus relaciones. «Tengo la impresión de que Merche sospecha algo —le dijo—. No quise advertírtelo en seguida por si mis temores eran infundados, pero le he cazado varias ironías que me han alarmado. ¡Seamos sensatos, Rosy! Date cuenta de lo que supondría un escándalo así.» Rosy se tragó la píldora... sólo a medias. Porque a lo largo de todo el crucero por las islas griegas el comportamiento de Merche fue de tal naturalidad, que era difícil imaginar que su capacidad de disimulo llegara hasta tal extremo. Sin embargo, entraba dentro de lo posible, y Rosy no podía obligar a Ricardo a tirar por la calle de en medio. Le quedaron sus dudas, desde luego, y su correspondiente mal humor, que se acrecentaron a raíz de un comentario que hizo ella referido al miedo que sentía Rogelio a montarse en avión. Rosy le dijo a Ricardo: «¿Pues qué te creías? Mi marido en el fondo es más cobarde de lo que parece. Tiene una doble personalidad». Y Ricardo contestó: «¡Bueno! Todos somos cobardes en determinadas ocasiones... Y todos tenemos siempre dos caras». ¿Qué quiso dar a entender con ello? ¿No era una clarísima alusión? Como fuere, la mujer se sentía humillada, se aburría mortalmente y entró en una etapa de excitación que a duras penas conseguía dominar. Por fin, convencida de que hasta nuevo aviso lo de Ricardo era irrecuperable, decidió acudir a la consulta de un conocido psiquiatra, el doctor Balcells, quien supo tratarla con tan exquisito tacto que Rosy salió de allí viéndolo todo de un modo distinto. Era posible que Ricardo no le mintiera, que no se tratase de fatiga, y también era posible que ella no aparentara tener la edad que se sentía por dentro. El doctor Balcells, más alto que Ricardo, era sin duda un gran conocedor del corazón humano y cabía admitir que su ayuda pudiera serle eficaz.

Entretanto, recibieron de París una cariñosísima carta de Chantal, con posdata de Juan Ferrer. Chantal, de vez en cuando, llenaba seis o siete páginas poniéndolos al corriente de las últimas novedades de la familia y del Hotel Catalogne. En esa ocasión les comunicaba que su hijo, Maurice, continuaba estudiando en el Politécnico y parecía que el negocio del hotel no le disgustaba; en cuanto a la hija, Bernadette, era otro cantar. Tenía su criterio y se había ido un año a Londres, trabajando *au pair*, para aprender inglés. Carol exclamó: «¡Eso me gustaría a mí!» Chantal proseguía la carta diciéndoles que Bernadette era muy temperamental, de ideas muy avanzadas, y muy convencida de lo suyo. «Con deciros que quiere redimir el mundo...» Era de suponer que empezaría redimiendo a Inglaterra. Chantal aprovechaba la noticia para hacer un inciso e informarlos de que, en Francia, el problema de la juventud, del que tanto hablaron cuando su estancia en París —«por cierto, ¿cuándo volveréis?»—, se había complicado en gran manera. El existencialismo que ellos conocieron seguía vigente, aunque con otros matices, pero habiendo dejado paso a otras fórmulas de manifestación generalmente violentas. Nada de quietismo, de pasarse horas y horas inmóviles en las *caves* y en los cafés; más bien lo contrario. Mucha delincuencia infantil y muchos «gamberros», que en Francia eran llamados *blousons noirs* y en otros países de otra manera. Era un fenómeno generalizado, del que era una lástima que no pudieran hablar largamente... Juan Ferrer, en la posdata, les reiteraba su afecto, como siempre, y tachaba a Chantal de alarmista. «Cada vez nos asustamos más de cosas que de hecho son muy normales.» En cuanto a Bernadette, la pobre era una infeliz —una infeliz muy inteligente, eso sí—, muy sensible a los cantos de sirena de su generación. Sin embargo, si la sangre llegaba al Támesis no sería por culpa suya...

Por su parte, Beatriz recibió, fechada en Los Ángeles, una carta de su hermano, Antonio. De «tío Antonio», como lo llamaban en la familia. Les contaba una odisea casi idéntica a la que Fany, el pájaro tropical cubano que tanto había impulsado la pintura de Marcos, le contó a éste a su llegada. Tío Antonio vio confiscados por Fidel todos sus bienes en La Habana y decidió emigrar a los Estados Unidos, junto con su mujer. Por dos veces pagaron los pasajes, sin resultado. A la tercera, y después de sobornar a unos milicianos, los dejaron subir a un avión y se encontraban en Los Ángeles, «libres por fin de aquella horrible pesadilla», pudiendo subsistir gracias a unos dólares que él tenía depositados previsoramente en un Banco de Nueva York. «Ya sabéis dónde me tenéis —terminaba diciendo tío Antonio—. El mundo da tantas vueltas que quién sabe si desde Norteamérica algún día podré prestaros algún servicio. Este país es un cuento de hadas. Nosotros le debemos gratitud, porque nos ha admitido como exiliados, con posibilidad de nacionalizarnos un día; pero es que, además, ¡en una clínica de Los Ángeles me han prometido curarme el reúma!»

La carta de tío Antonio fue muy comentada, dada la opinión que en el *Kremlin* se tenía de Fidel Castro y de su ejecutoria. Laureano y Pedro, que ya habían oído de labios de Fany datos realmente estremecedores —Marcos un buen día se decidió a presentarles la chica, que era preciosa y hablaba con seductora espontaneidad—, llegaron a la conclusión, por un lado, de que no era nada fácil pechar con una herencia como la que el dictador Batista habría dejado en el país, y por otro, de que llevar a cabo una revolución, aunque fuese en una pequeña isla del Caribe, era asunto más que complicado, máxime si debido al bloqueo de los Estados Unidos no había más opción que pactar con Rusia y pedirle ayuda. Tío Antonio en su carta aludía a ese aspecto de la cuestión y añadía que, en cualquier caso, «las barbas de Fidel y la astucia del Che eran dos tumores malignos que habían brotado, como dos volcanes, en Hispanoamérica». Esta última frase indignó a los muchachos, partidarios de la descolonización y de que el azúcar fuera para los campesinos. «¡Estaría bueno que nadie protestara! El petróleo es vuestro, yo me lo quedo. El nitrato es vuestro, yo me lo quedo. ¡Lo sentimos por Fany, pero probablemente dichas barbas y dicha astucia son la única solución!»

De Roma llegaron también singulares noticias: el Concilio. Se había inaugurado y en seguida se vio que la frase de Juan XXIII según la cual era preciso «quitarle a la Iglesia el polvo que se había acumulado en ella durante siglos» iba a ser una realidad. Juan XXIII, ya inmensamente popular —un escritor español lo definió como el papa «horizontal, democrático», en contraposición a su antecesor, Pío XII, «vertical y autocrático»—, por lo visto estaba decidido a que en aquella reunión ecuménica de la Iglesia no se ventilaran únicamente reformas litúrgicas y administrativas, sino a que se atacase a fondo la cuestión. De hecho, se estaba haciendo ya. Surgían voces de cardenales, sobre todo centroeuropeos, y de obispos del tercer mundo, de países de misión, exponiendo ideas sobre el concepto de autoridad, sobre las confesiones no católicas, etcétera, que obligaban a mosén Castelló, ya restablecido de la gripe, a llevarse las manos a la cabeza y luego a rezar para que los «progresistas» no se pasaran de la raya. Mosén Rafael, que estaba muy satisfecho del tono del Concilio, le decía: «¿Qué es lo que teme, reverendo? ¿Que el Espíritu Santo se vaya de vacaciones?» Mosén Rafael más bien sospechaba que luego vendría el conservadurismo con la rebaja; pero el padre Saumells, con el que había intimado, lo animaba, entre caramelo y caramelo de malvavisco. «¡Se avanzará, se avanzará lo inimaginable! ¡Esto no podía seguir así de ninguna manera! ¡Por fin tenemos un papa que antes de serlo hablaba, en Venecia, con los limpiabotas! La opinión de los limpiabotas cuenta, ¿no cree usted? Todos tienen su alma en su almario, y no precisamente de betún.» Beatriz le preguntaba a mosén Castelló: «¿Estamos seguros de que Satanás no se ha sentado muy cerca del Vaticano, espiando? ¡Cuando mi hija regresó de París me habló de eso de las misas vespertinas y de otras cosas increíbles! ¿Adónde iremos a parar? ¡Si hasta quieren modificar el Credo! Yo no entro en la iglesia sin mantilla, ¡yo no! A menos que usted, mosén Castelló, por obediencia a lo que se acuerde en el Concilio me obligue a ello...» Mosén Castelló se llevaba a la nariz, ¡todavía!, el tubo de inhalaciones. «Veremos cosas muy graves, Beatriz... De todos modos, todo estaba ya previsto por la madre Ráfols y en el Libro del Apocalipsis.»

Por último llegaron noticias de fuera, muy directas, a través de Ricardo Marín y de Aurelio Subirachs. Agencia Cosmos había acordado entrar en contacto con agencias de viajes francesas, inglesas y alemanas, a fin de concertar la venida a España de «grupos de turistas *à forfait*», que garantizasen lo más posible una continuidad en la clientela de los hoteles en cadena. Ricardo Marín salió para París, Londres y Hamburgo, y Aurelio Subirachs, siempre dispuesto a husmear lo que se construía al otro lado de los Pirineos, se decidió a acompañarlo.

El viaje resultó un éxito completo. Ricardo Marín, para esos lances, era tan astuto como para los suyos el Che Guevara. Suscribió varios contratos en firme, ¡que Alejo Espriu revisó, dándoles el visto bueno!

El caso es que Ricardo Marín y Aurelio Subirachs vieron, en el transcurso de su viaje, muchas cosas. Algunas, relacionadas con España; otras, no. Las relacionadas con España se referían más bien a la emigración. En todas partes, y no sólo en los países que visitaron, se encontraban trabajadores españoles; los había también, y numerosos, en Bélgica y Suiza. Por lo visto se habían cansado de la jornada doble, del pluriempleo, de quemarse la sangre sin conseguir apenas lo indispensable para vivir, pues con el turismo los precios habían sufrido un considerable aumento. Rogelio era testigo de excepción de esa huida masiva, pues en pocos meses se le habían ido más de treinta albañiles y otros tantos peones. Claro que inmediatamente podían cubrirse esas bajas con nuevos inmigrantes andaluces, que llegaban con toda la familia; pero, aparte de que, como decía Margot, «¡pronto en Cataluña bailaremos todos el zapateado!», no dejaba de ser chusco que, en el momento en que España empezaba a industrializarse, se marchaban al extranjero muchos obreros especializados, y que para suplir a éstos se despoblara el campo, precisamente cuando se anunciaba el inicio de la Reforma Agraria. «¡Carambola perfecta!», hubiera exclamado Sergio.

Fuera de eso, Ricardo Marín y Aurelio Subirachs comprobaron que emigraban también muchas criadas, especialmente a Francia y a Inglaterra. A veces eran los propios turistas los que se las llevaban. «Da pena verlas allí, sin conocer el idioma, sin conocer a nadie, excepto a otros compatriotas. En París, *rue* de la Pompe, hay unos sacerdotes que se ocupan un poco de ellas, pero en general están al albur de cualquier tunante y expuestas a toda clase de peligros. ¡Si en su mayoría no saben leer ni escribir! No exageramos un ápice si os decimos que en ciertos casos ese asunto se parece a una verdadera trata de blancas.»

Con respecto a la vida en el extranjero, ambos estuvieron de acuerdo en que si en España se avanzaba diez, en la Europa occidental se avanzaba ciento, de modo que la distancia sería cada vez mayor. Pero lo que más les había llamado la atención —y el tema se estaba convirtiendo en una pesadilla—, era la presencia de la juventud en todas partes, presencia mucho más visible y aparatosa que la de los trabajadores españoles.

No cabía más remedio que hablar de la cuestión. Ricardo Marín informó de que aquellos muchachos sin afeitar y aquellas muchachas desaliñadas que empezaban a verse aquel verano por el litoral catalán, a los que mosén Rafael llamaba *beatniks*, y que comían fruta y dormían en la playa, eran el pan nuestro de cada día en todas las ciudades que habían visitado. Por lo visto, era verdad que habían abandonado sus hogares y que eran partidarios de la vida en común, hasta el punto que procuraban incluso no enamorarse individualmente, cosa que en la práctica debía de resultar un tanto difícil. Libertad sexual absoluta, y entendida como mera necesidad biológica. Con fondo de guitarra o armónica, según, y canciones *beat*, de jazz, o del Oeste.

—Es preciso reconocer que hay algo atractivo en ellos. ¡Vivir sin reloj! Debe de tener sus ventajas... Y ese aire romántico, contemplando las pequeñas cosas, sin avergonzarse de nada y de espaldas al qué dirán. A veces, viéndolos, me he preguntado si realmente vale la pena preocuparse tanto por el qué dirán. Yo hice la prueba en Londres de mirarlos a ellos, en grupo, y luego mirar a los transeúntes normales que pasaban con carteras bajo el brazo; y estos últimos me parecían algo así como prisioneros, como seres uniformados en el vestir, en el peinar, en todo. Como si llevaran un letrero que dijese: «¡la sociedad nos obliga a caminar de esta manera!» Naturalmente, no pretendo insinuar que a partir de hoy deje de afeitarme, que ande por la acera arrastrando los pies y que me presente en el Banco con pantalones vaqueros. Tampoco veo cómo podría funcionar el mecanismo sin el dinamismo que el progreso impone; pero recordar esa sensación oxigenante que a veces sentimos en verano al despojarnos de nuestras vestimentas y tumbarnos al sol, francamente me ha impresionado. Ha sido el tema predilecto durante nuestro viaje con Aurelio Subirachs.

Éste fue más explícito aún, y el auditorio —Julián, Rogelio, Rosy, Margot, etcétera— bebía materialmente sus palabras. A juicio de Aurelio Subirachs, Ricardo Marín había definido perfectamente ese movimiento juvenil pacífico y pacifista, por el que él sintió igualmente la misma atracción. Ahora bien, no todo terminaba ahí. Había otros grupos juveniles, dispersos, cuyas características eran precisamente lo más opuesto que darse pudiera a lo bucólico y tranquilo, y confiaba en que Ricardo Marín le daría la razón.

El banquero asintió con la cabeza y Aurelio Subirachs continuó:

—Mi hijo Rafael está bastante enterado de esto. He pasado por el indescriptible rubor de no poder contarle nada nuevo, pese a haberlo yo visto con mis propios ojos y él no. Son las jugarretas del alud moderno de información, para quienquiera que sienta curiosidad. Claro que la prensa de aquí, lo mismo que la radio y la «tele», dan la versión que les parece; pero hay que reconocer que en este asunto exageran poco. Casi, casi me atrevería a decir que se quedan cortos. Lo que ocurre, y esto es básico, que no es lo mismo situar mentalmente la cosa en España que verla allí, en circunstancias ambientales completamente distintas. Quiero decir que lo que aquí parecen bombas allá no llegan a petardos.

—¿De qué grupos estás hablando? —preguntó Margot, que no se perdía nada referido a la juventud—. ¿De los *teddy-boys*, de los *rockers*, de los *mods*...?

Algunos de los presentes miraron con asombro a Margot; en cambio, Aurelio Subirachs pareció agradecerle la pregunta.

—Intentaré explicarme, Margot. Tú, siempre al quite... Los *teddy-boys* son, en realidad, la versión anglosajona de nuestros gamberros, lo que significa que se parecen muy poco a éstos; pero, en fin, en su mayoría son de extracción humilde, visten como los gángsters americanos y llevan una navaja en el cinto. En su versión alemana se comportan como los muchachos que al terminar la guerra mundial gozaban destrozando lo que quedaba de los edificios, rompiendo cristales, etcétera. Ahora bien, lo de los *rockers* y los *mods* parece más serio, o cuando menos obedecer a causas más profundas. Sí, una de las cosas que he aprendido en este viaje ha sido que no es lo mismo ser rebelde que ser revolucionario. Un joven rebelde es aquel que se limita a decir «no», a protestar contra el ambiente que le rodea; un joven revolucionario es aquel que quiere transformar de arriba abajo dicho ambiente, y hacerlo a través de la acción, si lo cree necesario. La diferencia es tan abismal como tomarse una limonada o un buen trago de tequila mejicana. Nuestros hijos, para poner un ejemplo, creo que hasta ahora a lo máximo que llegan es a ser rebeldes; Sergio, por el contrario, el hijo de Amades, es un revolucionario. Y algún otro habrá, por lo menos en potencia, en nuestra colección.

Tal declaración produjo cierto alboroto. Ricardo Marín estuvo de acuerdo con Aurelio Subirachs. Nadie podía dudar de que él, al margen de su intervención anterior, dictada por nostalgias de las que en un momento determinado nadie podía dimitir, era un burgués a ultranza, tan hincha de la sociedad de consumo como Rogelio pudiera serlo del Barça, y fiel a la divisa de que la igualdad había que conseguirla por arriba y no por abajo; no obstante, reconocía que la explosión demográfica tenía tales exigencias que serían necesarias Organizaciones Juveniles que cubrieran la vida instintiva y las apetencias espirituales de los seres situados entre los catorce y los veinticinco años, para fijar unos cotos aproximados. Y era obligado confesar que tales Organizaciones Juveniles no existían en parte alguna. De modo que los jóvenes buscaban por cuenta propia el sucedáneo y se agrupaban como Dios —o el diablo— les daba a entender. En España, naturalmente, el problema era grave, aunque paliado por el famoso conformismo de que hablaba siempre el doctor Beltrán y por el cerrojo al que tantas ventajas atribuían el coronel Rivero y colegas. ¿Cómo podían el Frente de Juventudes, el SEU, la Acción Católica y las Congregaciones Marianas —no recordaba ninguna otra agrupación permitida— llenar la vida de una sociedad plural, contradictoria, solicitada por tantos y tantos mitos y realidades de signo opuesto?

Margot, tenaz, insistió, mirando a Aurelio Subirachs:

—Por favor, Aurelio... ¿Quieres darnos tu versión de esos grupos violentos llamados *rockers* y *mods*, cuya violencia obedece a causas profundas? Supongo que a todos nos interesará saber si nuestros hijos respectivos, a los que has aludido, formarían parte de esos clanes y si, caso de vivir allí, serían rebeldes o revolucionarios.

Aurelio Subirachs, que siempre regresaba de Londres con la cabeza más parecida a un balón de rugby que antes del viaje, tamboreó en la mesa.

—Procuraré sintetizar, porque entrar en detalles sería interminable; el que quiera ampliaciones, que hable con mi hijo Rafael. De otro lado, tampoco puedo dármelas de experto. Es más fácil construir un rascacielos que hurgar en un corazón humano, y hacedme el favor de no perdonarme la pedantería de la frase. Al grano, pues; *rocker* puede significar, quizá, balanceo; y es que los *rockers*, al bailar, adoptan el ritmo *rock*, pero con cierto contoneo, con cierto aire displicente de reto, al igual que cuando caminan. No puede decirse que se hayan segregado totalmente de la sociedad, por lo menos en Inglaterra; en Francia no hay, pero sí vimos, y muchos, en Hamburgo. Por lo común son trabajadores de fábricas inhóspitas y lúgubres, lo que les ha creado un resentimiento. Ahora bien, puesto que cobran un buen sueldo y por consiguiente tienen poder adquisitivo, descubrieron que su instrumento de protesta podía ser la motocicleta. Se han comprado potentes motocicletas y formando verdaderos equipos siembran el pánico dondequiera que pasan, con cierta predilección por los *campings* donde hay burgueses con coches y remolque, o bañistas en playas de moda, en sus tumbonas. Visten chaqueta de cuero brillante y se pintan una calavera al dorso. Eso de la calavera tiene precedentes, como sabéis... Un tanto chulescos, sobre todo si hay fotógrafos. Contrariamente a los indolentes *beatniks*, su divisa es la potencia, la vitalidad. Cuando los tachan de delincuentes contestan que, comparados con sus progenitores, que en noches de bombardeo mataron a millares y millares de indefensos ciudadanos, son hermanas de la caridad... Y en cierto sentido no les falta razón. También dan otra excusa: la vida de los burgueses los aburre. Por eso los excita quemar los pajares de las granjas, destrozar las mesas de un bar o de una sala de té. Si alguna muchacha quiere entrar en el clan tiene que prestar juramento de obediencia. ¡Esto es curioso! En resumen, son machotes, y también partidarios del amor libre.

Rogelio preguntó si, por casualidad, habían visto algunos *rockers* en acción. Intervino Ricardo Marín.

—¡Bueno! Los hemos visto pasar en bandadas, con sus motocicletas...; pero en acción creo que sólo una vez. Una pandilla que entró en el bar de al lado del hotel y que, dirigiéndose al gran tocadiscos del fondo, lo destrozaron a puntapiés porque tocaba un tango. Luego se largaron.

Aurelio Subirachs asintió.

—Fue algo visto y no visto. Yo sólo recuerdo algo las calaveras en las espaldas de las cazadoras. Pero, para que os hagáis cargo de la complejidad de la sociedad inglesa, cuya principal virtud es que lo digiere y lo absorbe todo, las camareras del café pusieron una cara de pánico que no puede describirse; en cambio, son las propias mamás y las propias hermanas de los *rockers* las que les lavan a éstos los atuendos con la calavera. Y las chicas que suben a sus motos parecen estar diciendo: «yo voy con un *rocker*». En cuanto a la policía, si no arman alboroto, los protege.

—¿Y los *mods*? —preguntó Margot.

Aurelio Subirachs se acarició los bigotes de foca.

—La verdad es que no sé si *mod* es la abreviación de moda o de moderno; mas para el caso, lo mismo da. Los *mods* son la fórmula femenina o feminoide de los *rockers*. También van en motocicleta, pero en motocicletas menos potentes. De extracción menos proletaria, aunque procedentes también de los suburbios de Londres, son mucho más jóvenes y empezaron presentándose inmaculadamente vestidos, como si fueran miniaturas de grandes hombres de negocios. La impresión general es que persiguen lo mismo que los *rockers* —acabar con la monotonía de las costumbres burguesas—, pero no basándose en la fuerza, sino en la caricatura y la extravagancia. De los *rockers* podría sospecharse que en tiempos de Hitler se hubieran alistado en las juventudes nazis; de los *mods*, no. Su melodía de fondo es que cambian de estilo y de apariencia cada semana, lo que tiene que costarles un dineral. De tez pálida en su mayoría, tan pronto se peinan a cepillo, como se dejan crecer la cabellera hasta los hombros, como se hacen teñir el pelo, a veces rizado, con colores exóticos. Y lo mismo aparecen con vestimenta universitaria —jersey de cuello alto y zapatillas de ante—, como con trajes de algodón, de colores muy claros, o lo que sea. Desde luego, hay infinidad de chicas *mod*, y ésa es otra peculiaridad. ¡Podéis imaginar su indumentaria, en la que confían para su revolución! Nos perdimos, por unos días, el asalto de dos o tres mil *mod-girls* a la televisión londinense, vestidas de forma tan estrafalaria que en nuestro amado y temido

Kremlin les hubieran negado la entrada. Resulta difícil creerlo, pero ha habido chicas *mod* que han llegado a afeitarse las cejas e incluso la frente, como las damas medievales. Y todas en serie, hasta el extremo de que las llaman *tickets*. Nota a destacar es que las relaciones entre sí son menos emocionales que entre los *rockers*. No hay dependencia de un sexo en favor del otro. En los clubs *mods*, las chicas se prestan o no se prestan al baile, al canto y al amor, según les apetezca. Como si hicieran hincapié en que quieren elegir con quien comunicarse. ¡Todo ello en nombre de la solidaridad!; pero con exclusión de los mayores, claro, porque éstos llevan traje gris, chaqué, bombín y las *madames* francesas floreros en la cabeza. No les interesa, como a los *rockers*, la mecánica, los tiovivos eléctricos y volantes, los autos de choque, las máquinas tragaperras, la velocidad; pero se parecen a ellos en su desprecio por las damas elegantes —con perdón—, por los banqueros —con perdón—, y por el espectáculo de las joyerías y de las peleterías. ¡En fin! Es muy difícil conectar con ellos si se han rebasado los cuarenta, y uno lleva reloj de oro como el de Rogelio, o un sombrero de fieltro como el mío. Y a veces, desde luego, se unen a los *rockers*, forman causa común y los ayudan a quemar los pajares de las granjas y a destrozar los coches con remolque de los *campings*...

Cada cual, sin advertirlo, se puso a pensar por su cuenta: «¿mis hijos serían *rockers* o *mods*?» Julián y Margot pensaron que sus dos mayores, Laureano y Susana, no serían ni una cosa ni la otra, y eso los tranquilizó. Ricardo Marín y Merche pensaron que Cuchy sería *mod*. No les dolió, porque no se trataba de un hecho, sino de una abstracción. Rogelio y Rosy vieron a Pedro discutiendo con unos y con otros, y a Carol, *mod* ciento por ciento, aunque no con las cejas afeitadas. ¡O quizá montada feliz en la motocicleta de un *rocker*! Era difícil adivinarlo. Aurelio Subirachs veía a Marcos convertido en *mod*... por los colores. Sergio, el revolucionario, los animaría a todos a que persistiesen en su actitud, a que continuasen cada cual a su manera, al objeto de acabar con las peleterías, con los bombines y con las tumbonas en la playa de moda.

Entonces intervino Merche para clausurar la reunión. Habló con su característico aire de suficiencia, después que los caballeros se desvivieron para encenderle el cigarrillo que sacó de la pitillera de oro.

Durante su estancia en Londres, en «su» época estudiantil, nada de lo que habían contado existía. ¿O quizá sí? Porque Inglaterra fue siempre el centro de las protestas extravagantes. Ella no podría olvidar nunca una escena que vivió: un centenar de policías acordonados protegiendo a otros tantos estudiantes que protestaban... contra Scotland Yard. El dato era civilizado, a su modo de ver, y no andar por el mundo pegando palos de ciego. No, ella no creía que los *rockers* y los *mods* y los *beatniks* —ni siquiera los *teddy-boys*—, pegaran palos de ciego. Era muy posible que consiguieran, por lo menos en parte, lo que se proponían: acabar con muchos de los llamados valores establecidos. ¿Con razón? ¿Sin razón? Ella no era quién para opinar, porque pertenecía a la casta de los privilegiados y deseaba que todo continuase igual. Por lo pronto, los obligaban a todos a reflexionar, a hurgar en todo aquello, como ocurría en aquella reunión. Claro que esas cosas podían olvidarse pronto, como muy pronto se habían olvidado muchos españoles de la tremenda lección de la guerra civil. Quizá los muchachos de esos movimientos tan de actualidad acabasen fatigándose y, por ley de vida, reintegrándose a la sociedad normal. Si se enamoraban, por ejemplo, estaban perdidos; en eso los *beatniks* tenían toda la razón. Ella se enamoró de Ricardo, porque era banquero —y fiel...— y estaba perdida. ¿O no? Sin embargo, su opinión era que la generación peligrosa era la que venía más tarde, pisándoles los talones a los de Londres, París, Hamburgo, y a los del *Kremlin*... Era Fernando, el tercero de los Subirachs; era Pablito, era Yolanda... Yolanda le hacía ya unas preguntas que Cuchy, con toda su desfachatez, no le había hecho jamás. ¡Y era una chiquilla! Ésos llevaban en la sangre, según la aguda tesis de Aurelio, no la rebeldía, sino la revolución. Era cuestión de prepararse. Cuando oyeran un tango no destrozarían el tocadiscos, sino todo el local. A menos, claro, que les diera por bailar el tango otra vez...

Todos se rieron de este final inesperado. Y todos, por dentro, lloraban un poco. Y fueron despidiéndose poco después, entre abrazos, apretones de manos, besos y sonrisitas que hubieran levantado en vilo a cualquier aprendiz de *rocker* que hubiera pasado en un radio de diez quilómetros...

Efectivamente, aquel verano era motivo de comentario que en el litoral catalán hubieran aparecido grupos de *beatniks*, que se instalaban en las playas y llevaban una vida espontánea y natural, sin hacer el menor esfuerzo por conectar con la sociedad. Mosén Rafael hizo un recorrido y dijo: «Probablemente eso irá en aumento. Irán bajando del norte, de los climas fríos, en busca del sol».

Su actitud —porque mosén Rafael insistía en que aquello no era una teoría, sino una actitud— contrastaba con el frenesí de muchas familias de veraneantes, que se pasaban el día buscando cómo llenar las horas. Lo mismo en casa de Ricardo Marín, en Caldetas; que en «Torre Ventura», en Arenys de Mar; que en el chalet que Aurelio Subirachs se había construido entre Canet de Mar y San Pol, la preocupación de gran parte de sus moradores era cómo emplear el tiempo. Incluyendo Can Abadal, tal vez cupiera excluir a los dos arquitectos —Aurelio y Julián—, y a Margot y Susana, éstas con cierta capacidad de contemplación; el resto, no paraba un momento. Pablito, como si hubiera oído la conversación anterior, quería ya una motocicleta. La mañana era más fácil de resolver, gracias al baño; ¡pero las tardes, después de la siesta! Y éste fue el motivo del rayo maléfico que inesperadamente cayó sobre aquella comunidad de amigos.

Todo ocurrió como en una película americana. Aurelio Subirachs invitó a todos, grandes y chicos, un sábado por la tarde, para festejar en su chalet la ampliación que había hecho de la piscina, con un fondo de mosaico a base de sirenas e iluminación muy peculiar. Pero al cabo de poco rato se produjo la inevitable división. Los mayores se encontraban a gusto allí y tenían la posibilidad de prolongar la merienda, de charlar o de jugar al bridge; los jóvenes se aburrían. Y puesto que disponían de tres coches —el de Marcos, el de Pedro y el de Andrés Puig, que veraneaba en San Pol—, decidieron llegarse hasta Blanes, donde había una sala de fiestas que no conocían. Tal vez luego se llegaran hasta Lloret de Mar.

Así se acordó y los tres coches salieron sin que nadie se fijara quiénes montaban en cada uno de ellos. «¡Cuidado, que hay mucho tráfico!» «¡No os preocupéis, no tenemos prisa!»

Sin embargo, apenas transcurridos tres cuartos de hora, sonó el teléfono y una de las doncellas, alarmada, avisó a Aurelio Subirachs. Éste tomó el aparato y la noticia que oyó lo dejó blanco como la más blanca de las *mods* londinenses: un accidente. Se había producido un accidente a la entrada de Malgrat y en aquellos momentos, en la Clínica San José de dicha población, había un muchacho —el conductor del coche— con conmoción cerebral, llamado, según la documentación, Marcos Subirachs. También se hallaba en la clínica la única chica que lo acompañaba —ocupante del asiento al lado del volante—, sin documentación de ninguna clase, y que acababa de fallecer. Por último, otro chico, Jorge Trabal de nombre, que iba sentado en la parte de atrás del coche, estaba también sin conocimiento.

Aurelio Subirachs apenas si consiguió mantenerse en pie. El teléfono estaba allí mismo, y aunque acababan de iniciarse varias partidas de bridge, no tenía la menor posibilidad de disimular. Todo el mundo comprendió que algo pasaba y lo acribillaron a preguntas, y él confesó la verdad. Lo de los chicos no parecía grave, aunque era prematuro asegurarlo; en cambio, la chica había muerto y nadie podía identificarla, lo cual les dio a entender que los dos coches restantes habrían seguido camino de Blanes sin enterarse de lo ocurrido.

¡Santo Dios! No había un minuto que perder. La obsesión de todos era quién sería la chica. En un santiamén movilizaron los coches de Aurelio y Rogelio y los tres matrimonios emprendieron el viaje a Malgrat. El nombre de la Clínica San José se había incrustado en sus mentes y la situación era insólita. ¡Qué desgracia! ¿Quién se habría montado en el coche de Marcos? Nadie lo sabía y era imposible adivinarlo. Precisamente les gustaba cambiarse. De modo que lo mismo podía tratarse de Susana, que de Cuchy, que de Carol. Había caravana en la carretera, lo que acrecentaba la angustia del momento, y los automóviles que venían en dirección contraria parecían enemigos.

Todos y cada uno se aferraban a cualquier idea para suponer que se trataba de la hija de los demás..., y ello les causaba intenso dolor. Tal vez el más afectado fuera Rogelio, puesto que notó una opresión en la zona cardiaca, sin que pudiera llevarse la mano al pecho, protegiéndose, porque conducía su Chevrolet. ¡Y los habían advertido! ¡Cuidado con el tráfico! Claro que a lo mejor el pobre Marcos no había tenido la culpa y algún coche se le echó encima sin darle tiempo a esquivarlo. La verdad era que llevaba poco tiempo conduciendo, pero precisamente por eso era cauto y censuraba siempre a Andrés Puig que apretase como un loco el acelerador.

Al término de una peregrinación como no recordaban otra igual, con intervalos de silencio cortante, llegaron a Malgrat. Allí mismo, en la entrada del pueblo, en la cuneta, vieron el coche de Marcos con el morro materialmente destrozado; enganchado a él, un camión lechero, con el morro abollado. Motoristas de tráfico, un corro de gente, el conductor del camión, que había resultado ileso, ¡y que había sido el culpable al querer adelantar!

Se dieron a conocer y un motorista les indicó la clínica, que estaba situada a unos quinientos metros.

—¿Conoce usted el nombre de la chica?

—No, no. Aquí quedó con vida, pero murió nada más llegar al quirófano.

La entrada en el establecimiento sanitario sería difícil. Les costaría a todos mucho renunciar a la prioridad y guardar el respeto que se debían entre sí.

Pero afrontaron la situación y se dirigieron a la enfermera de guardia. Ésta les dijo que no sabía nada fijo y los condujo por un pasillo interminable, al final del cual apareció un médico. ¡Médico que les dio la más sorprendente de las noticias!

Uno de los heridos, Jorge Trabal, acababa de recobrar el conocimiento y les había facilitado el nombre de la chica difunta: se llamaba Fany y era de nacionalidad cubana.

Estalló una mezcla de sollozos, gritos y jaculatorias. Margot se reclinó en la pared, Rogelio pudo por fin llevarse la mano al pecho; nadie comprendía nada, puesto que Fany no había estado en el chalet de Aurelio Subirachs. Una especie de alegría eléctrica se apoderó de todos, alegría que procuraban disimular.

—¿Alguien de ustedes es pariente de la chica?

—¡No, no!

¿Qué había ocurrido? Aurelio Subirachs recordó que la familia de Fany veraneaba en Calella, que cogía de paso, y logró coordinar los elementos con cierta verosimilitud. Lo más probable era que Marcos la hubiera llamado diciendo que pasarían a recogerla y que así lo hubiera hecho, retrasándose con respecto a los otros dos coches.

Hubo unos momentos de extremo desconcierto. El médico les informó que el llamado Marcos Subirachs parecía también fuera de peligro.

—¡Oh, gracias, Dios mío! Gracias, doctor...

Por fin dieron permiso a una sola persona —fue elegido Ricardo Marín— para que entrase en la habitación en que estaba internado Jorge Trabal. Y a los pocos minutos Ricardo salió y les confirmó que la suposición de Aurelio Subirachs había sido certera: Marcos había llamado a Fany antes de salir y la recogieron en Calella, al borde de la carretera, en el lugar que habían concertado. A la entrada de Malgrat un camión que venía de frente se les echó encima sin darles tiempo a nada. Por cierto que cuando Jorge se enteró de que Marcos se había salvado, se le antojó inexplicable. También ratificó que los demás de la «pandilla», que se les habían adelantado, habrían llegado a Blanes y allí estarían, esperando inútilmente. En el coche de Pedro se habían montado Susana y Carol; en el de Andrés Puig, Cuchy, como siempre, y Laureano.

Habían pasado a una sala de espera y estaban todos sentados, reunidos allí, porque les prohibieron ver a Marcos. ¿Y la pobre Fany...? En absoluta soledad. Por lo demás, ignoraban las señas de su familia en Calella. Tendrían que esperar a que Marcos pudiera darlas.

Tan pronto cedía la tensión como todos volvían a sollozar. Rogelio tenía ganas de encender un cigarro —la opresión había cedido y no estaba prohibido fumar—, pero no se atrevió. Margot rezaba, lo mismo que Antonia, la mujer de Aurelio. Y todos se arrepentían de la alegría casi histérica que habían experimentado al oír, escuetamente, el nombre de Fany, «de nacionalidad cubana».

Jorge Trabal y Marcos se restablecieron pronto. Pero Marcos, pensando en la sangre muy querida de Fany, tardaría mucho en pintar algo utilizando el color rojo. Fany fue enterrada en Calella y, a raíz del entierro, varios miembros de las familias afectadas conocieron a los padres y hermanos de la muchacha, que no cesaban de llorar, pues ella era la voz cristalina y gozosa y el nexo de todos los demás. Pedro y Laureano —éste, mientras esperaban en Blanes, tuvo un trágico presentimiento aunque lo guardó para sí— se exprimían el cerebro pensando cómo la vida estaba pendiente de la cosa más imprevisible..., por ejemplo, de un camión lechero. Fany había huido de Cuba, lo mismo que «tío Antonio», para salvarse, y había encontrado la muerte a la entrada de Malgrat, al disponerse a conocer una nueva sala de fiestas.

El conductor del camión, que se comportó como un *rocker* de Hamburgo, fue condenado. Marcos, reaccionando como un *mod*, tardaría también cierto tiempo en reclamar otro coche. Rogelio no olvidó la opresión que sintió en la zona cardiaca. Era muy aprensivo. Rosy tenía razón al hablar de su vertiente cobarde, de su doble personalidad.

Los periódicos dieron una noticia muy escueta. Los *beatniks* no se enteraron de nada. El sol salía todas las mañanas y se derramaba sobre el mar, sobre la arena, sobre las carreteras y los cementerios. La vida continuó.

Cuarta parte

Ruptura

CAPÍTULO XXXI

Poco después se produjo la explosión de los Beatles, cuya onda expansiva no tardaría mucho en llegar a todos los rincones, sin exceptuar a Barcelona, sin exceptuar General Mitre.

Cuatro muchachos de Liverpool —John, Paul, Georges y Ringo—, bien lanzados por el *manager* Brian Epstein, al término de un duro forcejeo, pues no conseguían encontrar casa grabadora, irrumpieron en el mundo del disco y de la canción como un fenómeno ciclónico sin precedentes. Aparte de su sonoridad, que efectivamente parecía aportar algo nuevo, en dicha explosión influyeron la indiscutible personalidad de los componentes del conjunto, su picante sentido del humor, ¡una vez más la indumentaria que adoptaron! y detalles de apariencia anecdótica, pero que se revelaron decisivos, entre los que cabe citar el peinado, la melena larga y bien recortada, que al natural o en forma de peluca se impuso primero en Inglaterra y luego en los cinco continentes. De nuevo el desafío a las formas establecidas. El histerismo colectivo en torno a los Beatles, a cuya mitificación contribuyó en gran medida su aceptación por parte de los adultos, llegó a extremos realmente exorbitantes. No sólo provocaban la alteración del orden público dondequiera que actuasen, sino que la «Metal Box» de Londres fabricó 50.000 mecheros con la imagen grabada de los cuatro cantantes; la «Wallpaper Manufacturers» vendió 100.000 rollos para empapelar paredes, con el tema Beatles; la «Selcol Products» suministró 130.000 guitarras de juguete semanales y otras tantas baterías, gracias a que dichos instrumentos llevaban impresas las firmas de los Beatles; un panadero de Liverpool vendió en dos días 100.000 panecillos bautizados con sus nombres; la «Mobi Oil» pagó una fuerte suma por el derecho de regalar fotografías de los Beatles en sus gasolineras de Australia... Resumiendo, la expansión llegó a ser tal que se inventó el vocablo *Beatlemanía*. Les bastaba con anunciar un nuevo disco para vender en Londres, por anticipado, quinientos mil ejemplares; en el colegio en que estudió Ringo llegaron a pagarse seis peniques por sentarse un momento en el sitio que el «batería» del conjunto ocupó, y ellos mismos llegarían a declarar «que eran más populares que Jesucristo».

Por otra parte, en torno a los «muchachos de Liverpool» se expandió todavía más la moda o el estilo ye-yé. Eran ye-yés los chicos y las chicas, los jerseis, las viseras, las camisas, las corbatas, los zapatos, los abalorios, los nuevos maquillajes... La influencia ye-yé se extendió a muchos órdenes de la vida, incluidas las publicaciones semanales —el conde de Vilalta estaba al tanto de la cuestión— y la manera de andar. La ética ye-yé era la ética de la «desvinculación de las trabas de costumbre». Los ye-yés ricos lo eran por capricho y lo que en verdad les importaba era ser vistos; los de clase media se desahogaban con ese mimetismo, ya que no podían comprarse un coche; los de extracción «humilde» veían en la nueva modalidad la única forma de salir del anonimato y llamar la atención. Ninguno de ellos quería reformar la sociedad, como Sergio; se conformaban con poder vivir a su manera, sin pisar los rieles impuestos por los mayores.

Laureano, que había dejado por completo el hockey sobre patines, al oír los primeros discos de los Beatles y sobre todo al verlos actuar por la «tele», sintió que algo muy hondo se removía dentro de él, infinitamente más fuerte que la emoción que experimentó escuchando al padre Duval. De éste lo separaba la intencionalidad: Laureano estaba muy lejos de ser un asceta o un místico, o de aspirar a «juglar de Dios». En cambio, ¡encandilar a millares de *fans*! Llevaba mucho tiempo con este deseo latente y habló de ello con Narciso Rubió, el «batería». Pero precisamente el éxito de los Beatles los asustó. Laureano quedó desconcertado. Así, al pronto, no veía ninguna incompatibilidad entre su hipotética aspiración y la carrera de arquitecto. Precisamente al aprobar —con mucho esfuerzo— un nuevo curso solicitó que le compraran una guitarra eléctrica, que acarició como se acaricia el símbolo de una victoria o la cabeza conquistada del enemigo. Era un instrumento brillante como los pensamientos que lo invadían. Pero no podía evitar sentirse un poco ridículo. Una de las pruebas que realizó de cantar con micrófono acompañándose de la nueva guitarra, tuvo lugar en la sacristía de la parroquia de mosén Castelló... Aprovechando una breve ausencia de éste habló con mosén Rafael, y el vicario accedió encantado, facilitándole uno de los dos micrófonos de que disponían en la iglesia. Testigos de excepción el propio vicario, Narciso Rubió, Cuchy y Carol. La sacristía se llenó de sonidos que querían ser inéditos, como los que habían brotado en Liverpool y que se llamaban del «río Mersey», que pasaba por la ciudad. El resultado fue más bien alentador. Laureano se convenció de lo que había sospechado siempre: con la ayuda del micrófono la voz podía proyectarse al otro confín sin necesidad de desgañitarse, como le ocurría en la tuna. Cantó, además de folklore patrio, unos compases de *She loves you*, de los Beatles. Mosén Rafael aplaudió. Cuchy se entusiasmó y acercándosele lo llenó de besos. Carol se mostró un poco reticente —«te falta ritmo»— y Narciso Rubió le dijo con franqueza: «Tendrías o tendríamos que trabajar mucho...»

¡Eso ya lo sabía Laureano! Pero el remusguillo interior permanecía intacto. De otro lado, todo contribuía a mantener su validez. Por doquier proliferaban cantantes, solos o acompañados, cuyas facultades no eran superiores a las suyas. Y conseguían su auditorio. En la «tele» sus extravagantes siluetas —copias de Liverpool— hacían que Beatriz y millares y millares de personas como ella se santiguasen... pero se mantuviesen firmes ante la pequeña pantalla. Por si fuera poco, la tía de Laureano, Mari-Tere, se encontraba ya en Madrid, en los estudios de televisión, independizada y actuando como actriz. Había dejado los anuncios y de momento sólo figuraba en papeles segundones, pero en compensación corría el rumor de que la cortejaba un conocido productor de cine.

Pedro, enterado de los escarceos de Laureano, se creyó en la obligación de advertirle que se anduviese con cuidado. Él no veía tan claro que pudiera simultanear aquello con la carrera. ¡Atención a los espejismos! Corría el riesgo de autosugestionarse y que los estudios empezaran a pesarle primero como un impedimento, más tarde como una losa.

—¡No digas idioteces! Es una especie de broma...

—Te conozco y no lo veo así. La posibilidad del triunfo halaga tu vanidad y a poco que te descuides ese chisme eléctrico te hipnotizará.

Susana era del mismo parecer que Pedro. Temía que la broma se convirtiese en algo más serio y lamentó mucho que Claudio Roig, el aparejador, hablando de la cuestión, le dijera a Laureano, sin duda con la mejor intención: «A ti lo que te ocurre es que quieres tener tu propio nombre, y no ser simplemente el hijo de Julián Vega. Es decir, lo mismo que le ocurre a Marcos Subirachs».

Fue éste un argumento al que en principio Laureano apenas si prestó atención, pero que poco a poco había de abrir brecha en él. Sin embargo, en medio de los sueños se imponía la realidad. ¿Cómo empezar? Narciso Rubió lo azuzaba. «Podríamos empezar tú y yo, ensayando durante unos meses —quizá, en el *Kremlin*— y luego procurando tocar en alguna sala de fiestas. ¡Claro que convencer a tú familia...! Yo en ese aspecto no tengo problema.»

Laureano, que aquel año tenía que irse a Milicias, pensó que tendría tiempo para decidir la cuestión. No quería dar un paso en falso y la imagen de sus padres lo obsesionaba. Margot, al oír la guitarra eléctrica había dicho simplemente: «Prefiero la otra». No obstante, el muchacho estaba cada vez más convencido de que el móvil era auténtico, de que él sentía verdaderamente aquella música, como la sentía Carol al ponerse a bailar. Mosén Rafael tomó una actitud acorde a su temperamento: «Podría ser, podría ser... Esa nueva música es un grito, cara al futuro, que significa muchas cosas. ¿Has oído a Joan Baez cantando *folk*? ¡Vaya letras! La llaman "La Madona de los desheredados". Ahora bien, tienes que estar muy seguro de ti Vete a Milicias. Allí te dará tiempo a probarte a ti mismo y a probar tus facultades».

También Sergio opinó sobre el particular, con ocasión de coincidir en el *Kremlin* con Narciso Rubió y con él. Era un domingo por la tarde. A lo primero Laureano encontró solo al «batería» ensayando, ensayando con los palillos y el bombo. Pocos minutos después llegó Sergio, que ya había terminado Derecho y se proponía instalarse en París, o por lo menos pasar allí largas temporadas, en compañía de Giselle.

Narciso Rubió cesó de meter ruido y Laureano y Sergio hablaron de muchas cosas. A Sergio le dio por empezar abordando una vez más el tema de la libertad. Según él, había muchas clases de libertad, y no únicamente «el hacer lo que a uno le diera la gana», que era lo que pretendían la mayoría de muchachos todavía sin destetar. Existía la libertad física —un prisionero no era libre—, la libertad civil —los esclavos no eran libres—, la libertad política —los países colonizados no eran libres—, etcétera. Pero la libertad más importante, y de la que menos se hablaba, era la de poder *decidir*, y decidir a través del discernimiento; en otras palabras, la libertad «psicológica», que no podía ser fruto ni de la imposición, ni del azar, ni del apasionamiento, ni del metabolismo, sino del gobierno de la razón. En la sociedad capitalista tal libertad era imposible, por cuanto el bombardeo de solicitaciones obligaba al individuo a trabajar cada día más para ganar más y gastar más y consumir productos ideados por otros.

Laureano estuvo a punto de replicarle que en la sociedad marxista se sufría de un bombardeo todavía peor: las consignas, o la obligación de obedecer bajo amenaza de traslado a Siberia o de un tiro en la nuca, pero he aquí que Narciso Rubió, que rabiaba por hablar con alguien del embrionario proyecto de su amigo de convertirse en «cantante», le contó a Sergio el trauma que les había producido el éxito de los

Beatles y todo lo que habían rumiado a raíz de ello; lo único que se calló fue que la prueba más conspicua la hubieran realizado en una sacristía.

Sergio, que siempre se sentaba en un taburete junto a la rueda de carro, cerca de la pecera con monedas dentro, pareció sentirse a sus anchas.

—Sí, eso de los Beatles es algo serio. En el fondo, protestan; entretanto, ganan millones y millones de libras esterlinas. Tal vez pudiera aplicarse a ellos el título de esa película «Hijos de Marx y de la Coca-Cola». No sé en qué parará todo eso, pero en estos momentos hay decenas de millares de muchachos como vosotros que aspiran a imitarlos. No sé qué deciros. Volveríamos a lo de antes: no sois libres para discernir. Os bloquean las concupiscencias. Creo que lo que os convendría sería continuar con la arquitectura y abandonar todo lo demás. Un edificio siempre parece más sólido que una guitarra, sobre todo si ésta es eléctrica. Claro, me preguntaréis por qué yo quiero irme a París a hacer cine —aquí, con la censura, es imposible—, en vez de entrar en la Agencia Hércules o de hacerme pasante de un sólido abogado; nuestros casos son distintos. Yo tengo, ya lo sabéis, un ideal, y un ideal proyectado hacia los demás; a vosotros os tienta, por un lado, satisfacer una necesidad instintiva, la nueva música; por otro lado, un triunfo personal lo más espectacular posible.

Laureano lo interrumpió.

—No olvides que todo esto son lucubraciones... Lo mismo podíamos haberte hablado de que queríamos actuar en una de tus películas...

—¡No, no, por favor! Que sé leer en el fondo de vuestros ojos... En fin, lo único que querría añadir es que si de verdad decidierais un día cambiar de rumbo, no tendríais otra alternativa que imitar a los Beatles en todo, con todas las consecuencias...

Sergio dijo esto último en un tono inhabitual, de suerte que Laureano se sintió intrigado.

—¿A qué te refieres?

—A una cosa muy concreta. ¿Cómo lanzaros, solos, aislados, a ese inasible mundo de la fama? Tendríais que aceptar forzosamente, como los Beatles hicieron, la ayuda de un *manager*.

—¿Un *manager*? —preguntaron al unísono.

—Desde luego. Ya conocéis la historia, ¿no? Los Beatles son esclavos de su *manager*, que les dicta hasta los chistes que tienen que contar y que ha dispuesto que cuando el conjunto actúa se reserven en primera fila unas cuantas docenas de sillas para paralíticos, para ciegos, etcétera. Eso impresiona mucho.

Narciso Rubió soltó una carcajada.

—¿Un *manager*? Todo esto es una locura. ¿Y dónde encontrarlo?

Sergio se encogió de hombros.

—¡Yo qué sé! Tal vez la Agencia Hércules... Tal vez mi padre —y soltó una carcajada a su vez, lo que no ocurría muy a menudo.

Laureano se rascó una ceja. Todo aquello le parecía jocoso.

—Tendría gracia el asunto —bromeó—. Tu padre, *manager* del cantante Laureano Vega. ¡Supongo que encontraría un nombre artístico adecuado para mí, como encontró la figura del monigote gordinflón para la Constructora!

Repentinamente, Sergio se puso serio. Dijo que, llegado el caso, su padre, u otro agente cualquiera, podría ser eficaz y obtener un éxito. Además, ¡todo aquello entraba en las reglas del juego! Los adultos habían descubierto que el mundo de los jóvenes «modernos» era un campo ideal para la explotación. Los trataban como a utensilios, como a cosas. Eran productos utilitarios fáciles de convencer para que compraran toneladas de chucherías y quilómetros de telas varias, siguiendo la moda. Un mercado de consumo comparable al de los coches. ¡Ahí sería nada fabricar un nuevo ídolo! Cuchy también hablaba de eso, incluso en sus guiones radiofónicos.

Narciso Rubió, sin dejar de reír, pegó un golpe en el bombo que resonó como si hubiera micrófono.

—¡No había oído nada tan peregrino en mi vida! —comentó—. ¡Ja, ja! Ya me veo en las portadas de las revistas... con una melena hasta los hombros.

Sergio lo miró.

—Eso de la melena, como todo lo demás, tendría que decidirlo el *manager*...

De pronto, como se produjo el accidente de Fany o como estalla un motín, se produjo un descalabro en «Construcciones Ventura, S. A.». Un edificio de seis pisos que la empresa levantaba cerca de la avenida Meridiana se vino abajo estrepitosamente, en pleno día, causando la muerte de dos obreros e hiriendo a otros cuatro.

El hecho fue tan aparatoso que se movilizaron los bomberos, los fotógrafos, la policía... y los parientes de las víctimas. Después de las primeras diligencias, en las que Alejo acompañó, asesorándolo, a Rogelio, fueron detenidos el arquitecto, que se llamaba Eduardo Ripoll y era «nuevo en la plaza», el aparejador y el capataz. Rogelio quedó pendiente de que se esclareciese el asunto y se supiera si, como propietario de la Constructora, él era también responsable.

Pese a la libertad condicional de Rogelio, los primeros días fueron abracadabrantes. Rosy olvidó otras angustias, Pedro se formuló mil preguntas, Carol supuso que se le habían acabado los aperitivos en el bar Miami. Menos mal que su padre afirmaba su inocencia, asegurando que él suministró el material indicado, de buena calidad, sin camuflajes, sin escatimar nada. Los culpables serían, efectivamente, el arquitecto, que erraría en los cálculos; el aparejador, o bien el capataz, «que habría hecho de las suyas con el hierro y el cemento», cosa corriente.

—Pero tu obligación era vigilar la obra, ¿no?

—¿Cómo iba a hacerlo? La tecnificación no es de incumbencia de la empresa constructora. Además, ¡en estos momentos estamos construyendo treinta y dos edificios! Tenía confianza en mis hombres, nada más. El arquitecto me lo recomendó el propio Aurelio Subirachs.

Pronto se supo que los trámites serían largos: informe de

los expertos, papeleo, declaraciones, etcétera. Además, los parientes de las víctimas no cejaban y pedían indemnizaciones astronómicas. Y Alejo pudo enterarse de que en los archivos de la Policía, así como figuraban los nombres de los líderes de la agitación estudiantil, figuraba la ficha completa de Rogelio Ventura desde sus comienzos de «hombre moderno, de hombre de acción». Y el resumen de la ficha era un gran interrogante.

El día de la Virgen del Pilar, mientras fuera llovía con mansedumbre, lo que las plantas del jardín exótico de la mansión de Rogelio agradecían visiblemente, el propietario de «Construcciones Ventura, S. A.», después del opíparo almuerzo, que transcurrió sin discusiones pero fríamente, empezó a sentirse mal. El primer síntoma se pareció a la opresión en el pecho que notó cuando al mando de su Chevrolet se dirigían a Malgrat. Pero en esta ocasión, inmediatamente después sobrevino un dolor intensísimo que, partiendo de la región cardiaca, se irradió hacia el cuello, hacia la espalda y hacia el brazo izquierdo, todo ello con acompañamiento de sudoración fría, extrema palidez y una terrible sensación de angustia. Rogelio, aterrorizados los ojos, desencajados, tuvo la impresión de ser víctima de un fulminante ataque cardiaco, de un ataque mortal. Quedóse inmovilizado en el sillón y por unos instantes perdió el conocimiento. El susto en la casa fue indescriptible y mientras Pedro salía disparado en busca del médico más cercano, el doctor Sabarís, que vivía en la propia avenida Pearson, dos números más abajo, Rosy, arrodillada al lado de Rogelio, no sabía hacer otra cosa que temblar y tomarle el pulso, que, sorprendentemente, era normal, así como la respiración. El sufrimiento de Rogelio era tan grande que cada segundo les parecía a todos un siglo, y Carol lloraba como una loca, lo mismo que las dos doncellas de servicio. Hasta que, inesperadamente, transcurridos unos dos minutos de la crisis, la angustia pareció disminuir, así como la sudoración. El médico no había llegado aún, pero todos se asieron a ese rayo de esperanza. Rogelio tenía mejor color, pero estaba en un estado de terrible abatimiento, con muchas ganas de eructar y de orinar.

Por fin llegó Pedro con el doctor Sabarís. Éste, con sólo ver al paciente y saber la evolución que se había producido, pensó en seguida en un *angor*, en una angina de pecho. A fin de dilatar instantáneamente las arterias coronarias para que la afluencia de sangre fuese mayor, le suministró por inhalación tres gotas de nitrito de amilo y le dio una pastilla de trinitrina para disolver debajo de la lengua. Acto seguido Rogelio registró una evidente mejoría, lo que permitió pensar que el diagnóstico inicial fue correcto y que el peligro momentáneo había pasado. Sin embargo, el doctor Sabarís fue partidario de llamar con urgencia una ambulancia e internar al paciente en la Clínica de San Damián, donde podrían hacerle un electrocardiograma, un chequeo en regla, y donde dispondrían de todo lo necesario si sobreviniese alguna complicación. Entretanto, explicó a la familia que la angina de pecho no tenía nada que ver con el infarto de miocardio o similares; pese a ello, nadie se tranquilizó. El que menos, Rogelio, que continuaba convencido de que aquello era el principio del fin.

Fue la primera vez que entró en el jardín de la avenida Pearson una ambulancia, lo que provocó la cólera irrefrenable de *Dog*, el sustituto de *Kris*, que cuidaba de discriminar a los visitantes. Sus ladridos se oyeron desde «Torre Ventura». Rogelio llegó a la clínica en estado lamentable. Inmediatamente ingresó en la sección de cardiología, y el electrocardiograma, que se realizó en medio de general expectación, no registró ninguna anomalía sensible. La cosa, pues, parecía clara. Se procedería al chequeo; mientras, el paciente debería permanecer en estado de reposo absoluto.

Los análisis confirmaron la tesis del doctor Sabarís y renació la confianza. Ni siquiera se repitió la crisis. Sólo se enteraron de lo ocurrido los íntimos; acordóse que para los demás no se mencionaría para nada la angina de pecho. La versión oficial sería «peritonitis», lo que justificaría su estancia en la clínica y la prohibición de las visitas. Los médicos del establecimiento, entre los que figuraba el doctor Carbonell, el ex ayudante del doctor Beltrán, que quería casarse con una mujer rica, decían: «Ahora es preciso que el enfermo se convenza de que esto ha sido leve y no complique la situación. Por otra parte, su naturaleza es muy robusta, lo que no deja de ser una gran ventaja».

«¡Esto ha sido leve!» Rogelio tardaría mucho en convencerse. El corazón... Consigo mismo y con Rosy no podía disimular su espanto. Pedía un espejo, se tomaba el pulso a cada momento. Y a escondidas incluso de su mujer, habló con una de las monjas de la clínica para que fuera a confesarlo el padre Saumells, el cual acudió puntual a su cita. Y Rogelio, que no se confesaba desde el Congreso, lo hizo con minuciosidad edificante. Se confesó hasta de haber llevado en una cajita de cerillas los ojos de aquellos milicianos... El padre Saumells lo escuchó con atención y al final le impuso como penitencia... que se acordara de Dios también en los momentos buenos. «¡Lo prometo, padre, lo prometo!» Al quedarse solo, Rogelio se llevó las manos a la cara, rompió a llorar y le prometió a Dios que si lo curaba cambiaría radicalmente de vida. «¡Haré lo que sea, lo que sea!»

El doctor Beltrán, que acudió a verle, así como el padre de Rosy, el doctor don Fernando Vidal, le advirtieron de que a partir de aquel momento debería vigilar el peso, dejar de fumar, llevar una vida menos traumatizada, etcétera. Oyendo esto, se puso en evidencia la doble personalidad de Rogelio. Con todos aquellos que se interesaron por él convencidos de que se trató de «peritonitis», demostró un temple singular. Cogía el teléfono y les decía, sacando fuerzas de flaqueza para bromear: «Dentro de dos meses no se me conoce ni la cicatriz». En cambio, con los íntimos —excepto con sus hijos, delante de los cuales no quiso aparecer como un gigante con los pies de barro—, se dejaba ganar por el abatimiento. A Ricardo Marín, a Alejo, a Aurelio Subirachs, a Jaime Amades —quien al conocer la verdad sudó mucho más que el propio Rogelio—, les decía: «Ya lo veis. De pronto, ¡zas!»

Bueno, no dejaba de ser un consuelo que tantas personas se interesaran por él, empezando por la directiva en pleno del Club de Fútbol Barcelona, cuyo presidente le aseguró que mientras él no se restableciese no ganarían ningún partido. Por supuesto, Alejo procuró molestarle lo menos posible con el asunto del pleito de «Construcciones Ventura, S. A.», aunque en un par de ocasiones no tuvo más remedio que pedirle una firmita... Por suerte, el asunto evolucionaba también favorablemente. El arquitecto, moralmente, parecía no tener culpa, pues sus planos estaban en regla; en cambio, uno de los aparejadores y el capataz incurrieron en contradicciones e iban revelándose como presuntos responsables. Al parecer, escamoteaban el material y lo sustituían por otro de calidad inferior. Todo ello hacía que, por lo menos el prestigio personal de Rogelio llevara trazas de quedar a salvo.

Los íntimos se portaron muy bien con Rogelio. Querían estar al corriente minuto a minuto. Ahora bien, quienes mayormente interesaban al enfermo eran Pedro y Carol. Efectivamente, no quiso de ningún modo que éstos se dieran cuenta de su cobardía. «No pasa nada, hijos, no pasa nada. Cuidado con las emociones, con el alcohol... Millones de personas han sufrido un angor, y tan campantes.»

Sí, aquello era curioso. Postrado en la cama, a Rogelio lo invadían oleadas de ternura hacia sus hijos. A Carol la contempló como hacía mucho tiempo que no la contemplaba, como a carne de su carne, y se dio cuenta de lo graciosa que era y le agradecía en el alma que la muchacha le diera un beso al entrar y otro al despedirse. A punto estuvo de pedirle perdón por lo poco que se había ocupado de ella. Respecto a Pedro, le dio a entender que en adelante se interesaría por sus problemas íntimos, que respetaría su vocación y sus inclinaciones, que no lanzaría ningún exabrupto ni haría la menor gala de despotismo, por discrepantes que fueran sus opiniones, que procuraría, en fin, ganarse su amistad, a poco que Pedro pusiese algo de su parte para que así fuera.

Varias veces a Pedro, a quien la palabra *angor* se le incrustó en la mente como una blasfemia, se le humedecieron los ojos... Y entonces Rogelio se dio cuenta de que el muchacho tenía buen porte, una cabellera vigorosa —¡él, en cambio, tan calvo!—, de que lo esperaba toda una vida, con todas las bazas en la mano para triunfar. En parte, se sintió orgulloso... Era su hijo, su prolongación, aunque no le diera por los negocios sino por estudiar. Rogelio se sentía ignorante y procuraba en lo posible elegir las palabras. Llegó a preguntarse si los libros, sobre los que tanto había ironizado, no enseñarían a comportarse mejor en los momentos de aflicción, a semejanza de lo que le dio a entender el sacerdote con respecto a las relaciones con Dios.

Rosy, que estaba al quite, en una ocasión llamó a Pedro aparte, en el propio pasillo de la clínica, y le dijo:

—Parecéis uña y carne. ¡Vivir para ver!

—¿Por qué no? Ha estado grave. Y hay que saber perdonar.

—Sí, claro, eso es verdad...

«Sí, claro, eso es verdad...» Tales palabras, y sobre todo el tono con que fueron pronunciadas, implicaban la confirmación irrefutable de que su madre consideraba, pese a todo, que aquel hombre que estaba tendido en la habitación de al lado era un gigante con los pies de barro. Que ella lo acusaba de muchas cosas de las que no conseguía perdonarle. Esto último entristeció increíblemente al muchacho, el cual desde hacía mucho tiempo se había dado cuenta de que su madre al lado de otro hombre hubiera sido una mujer menos insensata, que no se habría levantado a las doce, ni habría jugado tantas horas al bridge, ni habría llenado la casa de almohadones...

Los días que Rogelio permaneció en la clínica, a todos les parecieron años. Ése era otro aspecto de la cuestión. Sin él la mansión de la avenida Pearson carecía de sentido. Sobraba espacio, hubieran podido cerrarse la mitad de las habitaciones. Rogelio, con su innata vitalidad, llenaba la casa, lo que significaba que algo muy varonil y peculiar habitaba comúnmente en aquella naturaleza suya que los médicos habían declarado robusta.

Por fin Rogelio fue dado de alta y esta vez no fue la ambulancia, sino su Chevrolet, el que lo devolvió a su domicilio.

Rogelio detestaba tanto la clínica, el olor a éter y a quirófano que de ella emanaba, que al encontrarse en su lecho se sintió mucho mejor. Tuvo la impresión de que la palabra hogar no era fútil, que encerraba algo verdadero, y contempló con amor los muebles y los cachivaches que en circunstancias normales le pasaban inadvertidos.

Su madre y sus hermanos, que habían estado en la clínica una vez —Rosy mandó avisarlos—, lo visitaron de nuevo en la avenida Pearson.

—Tienes buena cara —le dijeron.

—¡Pse! Esos zarpazos siempre se notan...

Su madre se acercó y lo besó en la frente. Sus hermanos permanecieron tiesos junto a la cama y al despedirse le estrecharon la mano con indisimulable cordialidad.

A partir de aquel momento cuidaron de él el doctor Beltrán y el padre de Rosy, ninguno de los cuales se fiaba excesivamente de los especialistas de la Clínica de San Damián, a los que consideraban excesivamente teorizantes.

Actuando de común acuerdo, el doctor Beltrán, repleto de experiencia, y el padre de Rosy, que conocía muy bien a Rogelio, le trazaron un plan de vida un tanto severo, sobre todo para los meses inmediatos.

Rogelio, después de escucharlos, tuvo un momento de tristeza.

—Así, pues... esto se acabó, ¿no es eso?

—¿Qué es lo que se acabó?

—¡No sé! Llevar una vida normal... Si lo he entendido bien, he de considerarme un enfermo...

—¡Nada de eso! —replicó el doctor Beltrán—. Su constitución, ya se lo han dicho, es muy fuerte. ¡Ya quisiera yo parecerme! Pero ya no es un chaval, ¿comprende? Y ha luchado usted mucho.

—Sí, claro...

«Ya no es un chaval...» El padre de Rosy confirmó esta apreciación. Fuera los cigarros habanos, fuera los *whiskies*, fuera las emociones fuertes... ¡Vivir sin emociones! ¿Sería eso vivir? ¿Y cómo evitarlas si por un lado las casas se derrumbaban y de otro lado por menos de nada se ponía ahora sentimental?

Superado el período de reposo, se reintegró a la Constructora. Antes de ir se dio una buena fricción de agua de colonia e incluso había ensayado el tono de voz con que pronunciaría las primeras frases.

—Buenos días...

—Buenos días, don Rogelio. ¿Cómo está usted?

—Bien, muy bien. ¿A ver, la correspondencia?

Ése era el diálogo que tenía previsto. Pero todo ocurrió de otro modo. El portero al verlo se abrió en una gran sonrisa alegre, pues Rogelio siempre se mostró generoso con él. Marilín, que continuaba con la costumbre de morder el bolígrafo, le tenía preparada una carpeta que decía: «Asuntos urgentes». Algunos empleados habían sugerido presentarse colectivamente a darle la bienvenida, pero la idea no prosperó. Sin embargo, todos se alegraron de saberlo de nuevo en su sillón. Todos le debían favores y aquello suponía la continuidad de la empresa en que se ganaban el pan.

Rogelio se pasó toda la mañana tentando sus propias fuerzas, con frecuentes escapadas al lavabo para mirarse al espejo. Y la conclusión fue positiva. Al día siguiente, reunión, en la Agencia Cosmos, con Ricardo Marín y el conde de Vilalta; asesor jurídico, Alejo. ¡Sosiego, normalidad! En resumen, al cabo de un mes había recobrado la confianza y su temperamento rebrotó, sobre todo delante de los demás, dispuesto a recuperar el tiempo perdido. Volvía a ser dueño de sí mismo, con esporádicas auscultaciones a su corazón. ¡Al diablo con el lenguaje susurrante de los médicos! Los de la clínica hicieron mucho teatro, pues de algún modo habían de justificar sus honorarios —¡menudos honorarios!— que le enviaron por correo, en un sobre inmaculado. No probaba el alcohol, pero empezaba a acariciar las botellas. No fumaba, pero de vez en cuando se incrustaba un puro en la boca, sin encenderlo, sólo masticándolo un poco. Asistía ya a las reuniones de la directiva del Barça, donde fue recibido con una ovación, y aceptó un par de invitaciones para cenar en sus restaurantes habituales, por cuestiones de negocio. Rosy le advertía: «Cuidado, Rogelio... Ten cuidado. Cena ligero. No cometas tonterías». ¡Ah, el conservadurismo de las mujeres!

Una cosa quiso evitar: enfrentarse con los familiares de los obreros víctimas del accidente, que se empeñaban en hablar con él. Le dio a Marilín órdenes estrictas en tal sentido. «Diles que no estoy.» Había tomado las medidas necesarias para que se les indemnizase sin regateos, al margen de lo que estipulase en su día la ley. «¿Qué más puedo hacer? No puedo resucitar a esos pobres desgraciados. La cosa ocurrió como ocurrió y no tiene remedio.» Entretanto, el arquitecto había sido puesto en libertad y parecían definitivamente responsables el aparejador y el capataz.

Y a todo esto, Rogelio se dedicó a hacer balance del comportamiento de unos y otros en el decurso de la prueba. Un «¡hurra!» para Julián y Margot, pendientes de él como si se tratase de sí mismos. «No olvidaré nunca vuestras pruebas de afecto.» Un «¡hurra!» para Carol, que seguía mostrándose cariñosísima... y que a raíz de todo aquello había empezado a salir con el doctor Carbonell. «¡Carol! Tengo la impresión de que se me ha metido una mota en el ojo izquierdo...», le decía Rogelio. Y Carol, que se daba muy buena maña para esas cosas, se alzaba de puntillas. «A ver... Ven aquí, cerca de la luz... Abre, abre un poco más.» Rogelio entonces se reía y le pegaba un cachete. «Anda, que ha sido una broma.» Un «¡hurra!» para Rosy, que no lo abandonó un solo instante, que demostró entereza y valor, aunque luego se quejaba de que todo aquello le había dejado como resaca una horrible jaqueca...

¿Y Pedro? Pedro era, en cierto modo, la nota oscura de la canción. Lo de uña y carne había pasado a la historia. No habían vuelto a discutir, pero el muchacho adivinó que su padre era vulnerable. Por un lado, esto lo humanizó a sus ojos; por otro, entendió que su temperamento fanfarrón quedaba menos justificado. Como fuere, el muchacho había vuelto a sus cosas y paraba poco en casa. Salía mucho con Susana, quien también había seguido minuto a minuto el curso de la enfermedad. Tal vez Pedro fuera más voluble de lo que parecía y al comprobar que su padre volvía a ser el de antes, se ausentase con el pensamiento, aprovechándose precisamente de que aquél le prometió dejarlo en plena libertad.

¿Y las promesas de Rogelio al padre Saumells? ¡Ay, era tan agradable vivir! ¡Qué hermoso estaba el Tibidabo en los días claros, de mucha luz! ¡Qué hermoso estaba Montjuich, y cuánto carácter tenían las Ramblas, con tanta gente paseando, con los quioscos al aire libre, los puestos de pájaros, de flores, de lotería! Barcelona era una bellísima ciudad, por más que Julián se empeñase en que sería necesario derribar barrios enteros y volverlos a edificar.

Dios era otra nota oscura... Más oscura, quizá, o más misteriosa que Pedro. «Acuérdese de Dios también en los buenos momentos...» Dios estaba lejos. A semejanza de Pedro, apenas si paraba en casa...

CAPÍTULO XXXII

MURIÓ JUAN XXIII. Conmoción inapelable, mucho más trascendente que la de Rogelio. ¡Se contaban tantas cosas del Papa! Tantas como de los Beatles... Una de ellas podía ilustrar el tono de los comentarios. Por lo visto, alguien quiso disuadirlo de la idea del Concilio diciéndole:

—Pero ¿cómo se atreve Su Santidad a convocar un Concilio a los ochenta años?

A lo que Juan XXIII replicó:

—Tenéis razón, sí... Pero... Y si espero a los noventa ¿quién me dice que para entonces estaré bien?

El papa «horizontal, democrático», que hablaba con los limpiabotas y que era enemigo del boato y del protocolo, había conseguido tal popularidad y era tan luminosa el aura de bondad que lo rodeaba, que en cuanto se supo que había entrado en agonía podría decirse que la vida se paralizó, y no sólo en España. Segundo a segundo, a través de la «tele» y de todos los medios de comunicación, el curso de dicha agonía fue seguido prácticamente por el mundo entero, por grandes y chicos, sin distinción de credos. Algunas gentes consideraban que de hecho eso era ya un milagro. Países como el Japón, tan alejados del Vaticano como Ricardo Marín de la humildad, vivían pendientes de la vida-muerte de aquel anciano. Las comunidades judías, árabes, hindúes, etcétera imploraban al cielo por Juan XXIII. No había precedentes de nada semejante. Charito lloriqueaba: «¡es un santo, un santo!» Quizá

Sergio, o los sobrinos de Juan Ferrer, que querían marcharse a Alemania a trabajar, hablaran de «psicosis colectiva»; pero, en este caso ¿quién la buscó? Juan XXIII no movió un dedo para que fuera así. Él se limitó a ser lo que era: un hombre que retrocedió de golpe a las fuentes de los textos evangélicos, que al resultar elegido fue considerado como simple «papa de transición» —al ir al Conclave llevaba ya el billete de vuelta para Venecia— y que paradójicamente, con el Concilio y su personal ejemplo había provocado la revolución más trepidante que la Iglesia había conocido durante decenios. Un hombre gordo, afable, feo, de buena voluntad.

Juan XXIII, por fin, murió. Y corrió como una inmensa lágrima por toda la humanidad. Y después de su muerte siguió hablándose el mismo lenguaje referido a su persona. Nadie lo calificaba de «divino inspirado», ni de «clarísima mente», y mucho menos de «omnipotente faraón»; simplemente, lo que Charito dijo: un santo, y un santo alegre. Beatriz no salía de la iglesia; mosén Castelló hubiera deseado celebrar varias misas a la vez; en el propio *Kremlin* se notó... como una amputación y la «batería» de Narciso Rubió guardó silencio unos días. Mosén Rafael, que a veces se sentía culpable de tibieza, de falta de piedad, reaccionó. ¡Qué lástima que aquel hombre de Dios hubiese muerto sin culminar su tarea! Era portador de austeridad y de esperanza. Sobre todo, de esperanza para los jóvenes. Varias veces había dicho que el Concilio era para todos, pero que había que pensar especialmente en las generaciones futuras, en los jóvenes. Mosén Rafael sabía que se hubiera entendido mucho mejor con el «campesino» Juan XXIII que con el «campesino» mosén Castelló.

El padre Saumells, que sorprendentemente había conseguido permiso del padre Tovar para pasarse una temporada en Roma, asistiendo de cerca al Concilio, regresó entusiasmado. No sólo de la figura de Juan XXIII, al que la pagana Roma atribuía ya una serie de curaciones milagrosas, sino de la marcha del Concilio. ¡Era el espaldarazo a muchas de las cosas que él había intentado en vano predicar en el Colegio de Jesús y en la iglesia de San Adrián! Era un Concilio revolucionario, a mucha distancia del Vaticano I. Naturalmente, entre sus 2.500 obispos los había retrógrados —por ejemplo los españoles, hasta el punto que en Roma se decía últimamente que cuando éstos tomaban la palabra algunos padres conciliares se quitaban el auricular—, pero había teólogos como el Padre Congar, como los cardenales Frings y Suenens, etcétera, que hablaban con una claridad que escandalizaba a muchos, pero que era como un tedéum anticipado. ¡Y lo que se decía en los pasillos! Iban a ponerse sobre el tapete el celibato de los sacerdotes, el acceso de las mujeres al ministerio sagrado, el estudio a fondo de la doctrina marxista, el diálogo, en mesa redonda, con los protestantes, la palabra «deicida» aplicada al pueblo judío, etcétera. Por lo demás, era el primer Concilio «libre», sin injerencias de autoridades civiles que lo condicionasen, sin hipoteca. Esto era muy importante.

Como lo era la labor de la prensa. ¡Ay, la prensa! Al padre Saumells le dolía en el alma que los periódicos españoles sólo registraran, por lo general, lo epidérmico, las reformas litúrgicas previstas para la Santa Misa, la reforma del breviario, etcétera, callándose taimadamente —no había otra palabra— la temática principal, que era la vuelta o regreso al seno de la Iglesia primitiva. Sí, era una lástima —y quizá un pecado— que España sólo recibiera del Concilio ecos lejanos y deformados, que no supiese que los obispos negros se paseaban y hablaban con majestad cautivante e ignorase, por ejemplo, el diálogo que un periodista sostuvo con un prelado de Indonesia, quien había explicado que en sus pueblos se veían obligados a admitir parte de la liturgia aborigen, que era rica y bella y presidida muchas veces por las danzas, las canciones, las representaciones teatrales, los juegos.

Un periodista le preguntó a uno de ellos:

—¿Y Su Excelencia preside esas fiestas?

—Naturalmente, y muchas de ellas con báculo y mitra.

—¿Incluso cuando se trata de danzas?

—¿Por qué no? La danza expresa los sentimientos del corazón humano. Pero no deben pensar ustedes en las danzas occidentales. Para el oriental la danza es una cosa muy seria, profundamente religiosa. ¿Por qué no habíamos de usarla también los católicos?

—He aquí —decía el padre Saumells— un ejemplo de lo que hay que renovar. Pensar que a menudo hemos confundido catolicismo con occidentalismo. Otro hecho presentido por los jóvenes..., cuyos ritmos se inspiran en los de la tierra toda, en una especie de ecumenismo musical. Se trata de no aniquilar nada que provenga de dentro, sino de desmaquillarlo de inmoralidad y de conferirle dimensión cristiana. Por eso a mí no me disgustaría celebrar misa con fondo de música actual, adaptada a la suprema sencillez de la ceremonia... Y estoy seguro de que eso llegará, como hace muchísimo tiempo que ha llegado a Indonesia...

CAPÍTULO XXXIII

LAUREANO, EN MILICIAS, tuvo ocasión de dedicarse a su ejercicio predilecto: soñar. Excepto Pedro, que insistía en que la ventaja de estudiar Filosofía era que con ella se aprendía a matizar, los demás compañeros lo aupaban en su proyecto de probar suerte con la guitarra eléctrica y su espléndida voz. A poco que se lo propusiera, desencadenaba en el campamento un entusiasmo muy superior al de las arengas de los jefes y oficiales.

—Yo que tú, colgaba los libros y me subía al primer escenario.

—Pero ¿te das cuenta? ¡El mundo es tuyo! ¡Las chavalas se te comerán!

Fuera del campamento, sus grandes animadores eran Narciso Rubió y Cuchy. Ésta, que desde la aparición de Giselle había dejado de pensar en Sergio y elegido como pareja a Laureano, estimulaba al muchacho. Cuchy había conseguido varios éxitos con sus guiones radiofónicos, obteniendo un premio, y también llevaba viento en popa la Escuela de Periodismo, aunque para ello la pluma se le resistía un poco más. «Por lo visto hace falta más experiencia para la letra impresa que para la radio.» No obstante, imaginaba a Laureano cantando canciones compuestas al alimón por él y por Narciso Rubió, con letra de ella. Laureano negaba con la cabeza. «Estás loca. ¡Componer! De momento, si acaso, cantar lo que haya por ahí y le vaya a mi estilo, si es que tengo algún estilo.»

Podría decirse que los temores de Pedro y Susana se confirmaban. La carrera empezaba a pesarle a Laureano, fascinado por la nueva posibilidad. Andaba a la pata coja cuando hubiera podido emprender con firmeza la recta final. No decía nada a sus padres, pero éstos notaban que algo ocurría. Cogía los libros de texto como si fueran una carga y apenas si le preguntaba a su padre nada referente a la profesión. En cambio, no se perdía en la «tele» ninguna retransmisión de música moderna y a veces se entusiasmaba de forma delirante, arrastrando a Pablito, ya que no a Susana. Y se pasaba muchos ratos con el tocadiscos. Y con la guitarra. Rosario, la sirvienta, se preguntaba: «¿Por qué no tocará nunca aires de mi tierra?»

Acordaron que, en todo caso, debían ser tres los componentes del conjunto. Les faltaba otro guitarrista que además tocase algún otro instrumento, por ejemplo, el clarinete. Narciso Rubió cuidó de ello. No paró hasta localizarlo. Un camarero de un restaurante de segunda categoría, que también tenías sus aspiraciones y que en el local escuchaba todo el día la radio a todo volumen. Se llamaba Salvador Batalla. El apellido parecía simbólico. Cuando Laureano lo conoció, no pudo evitar un movimiento de retroceso. Salvador tenía la cabeza pequeña y los brazos enormes y grotescos. Había en él algo de simio. Pero ensayaron en el *Kremlin* y su sonido era bueno. Además, tocaba la flauta y el clarinete. «¡Magnífico, magnífico!» Su voz era más bien de bajo, exactamente lo que les hacía falta.

—¿Qué nombre le pondríamos al conjunto?

Después de mucho pensarlo se decidieron por *Los Pájaros*. No era un gran hallazgo, pero quién sabe... Sonoro y fácil de recordar.

Laureano vivía una etapa de desconcierto absoluto. Apenas si veía a Marcos, a Jorge Trabal, a Carol, apenas si dialogaba con su madre, con Margot. A su padre, Julián, lo veía sólo de tarde en tarde, pues el hombre continuaba más atareado que nunca. No resistía Can Abadal, y no porque les temiese, como de pequeño, al viento y a la muerte, sino porque le temía a la calma. Rápido de reflejos, perseguía constantemente sensaciones.

Le estaba muy agradecido a Cuchy por el interés que se tomaba por sus cosas. La relación entre ambos no dejaba de ser original y hubiera podido decirse de ella que no estaba prevista en el Concilio... Habían empezado a besarse sin gran emoción, pero poco a poco fueron habituándose y cada vez sentían más necesidad el uno del otro. Cuchy estaba en su apogeo. Lo que ocurría era que Laureano no podía olvidar que él era el sustituto de Sergio. Sin embargo, la inhibición desapareció. Se citaban en el *Kremlin* y allí, un buen día, encontrándose solos, como quien se toma una horchata, se hicieron el amor, descubriendo que eran capaces de apasionarse hasta extremos insospechados. Fue una sorpresa recíproca, un acoplamiento perfecto, el inicio de unos encuentros que iban a ser periódicos y de una intensidad creciente.

—¿Por qué no cantas con nosotros, Cuchy? Formaríamos un cuarteto...

—Contigo prefiero el dúo, ya lo ves... Nunca creí que llegaras a gustarme tanto.

—A mí me vuelves loco.

—Yo lo estoy ya. Escucha mañana mi guión radiofónico. Es fieramente sentimental.

—Tus adverbios son una delicia. ¡Fieramente!

—Es lo que te mereces.

—Muchas gracias.

Todo ocurría en medio de una especie de inconsciencia difícil de explicar, muy lejos del sentido común que presidían los actos de Pedro y Susana. Laureano y Cuchy habían roto el cordón umbilical. En cuanto los escrúpulos meneaban el rabo, los rechazaban con expeditiva displicencia, lo cual no presuponía que ambos no se hallasen preparados, ¡y de qué forma!, para justificar su actitud. Precisamente Cuchy se daba sus buenos atracones de leer y Laureano, menos bloqueado por las asignaturas de la carrera, se dedicaba a meditar cuestiones personales y a fantasear como cuando, en el parvulario, dibujaba puentes larguísimos que terminaban donde terminaba el papel.

Por parte del muchacho, contribuía también a todo aquello el nuevo rumbo que, inevitablemente, había tomado la carrera de arquitecto. Ya no era cuestión de querer ser algo más que «el hijo de Julián Vega»; era que la profesión en sí se había modificado por la base. Claro que todavía el individuo podía marcar sus creaciones con su peculiar impronta; pero ya no podía abarcar la obra entera, casi ni siquiera firmarla. En trabajos de menor cuantía, sí, pero en los que ocupaban a su padre, a un Aurelio Subirachs... Los tiempos de don José María Boix habían fenecido e incluso hablar de labor de equipo tenía otro significado. En las vallas, la lista de nombres activos era cada vez más larga. Para levantar un rascacielos era preciso que interviniese un geólogo que estudiase previamente el terreno y sus resistencias; luego, hacían falta «especialistas» en estructuras, depósitos de carburantes, aire acondicionado, ascensores, etcétera. En la cadena de hoteles de la Agencia Cosmos todo ello quedó muy claro, empezando por las cocinas, donde Aurelio Subirachs había imaginado hacer filigranas por cuenta propia. ¡Sí, sí! En definitiva, la arquitectura requeriría cada día más una combinación de elementos que había puesto en un brete a Laureano, siempre con tendencia a ser él mismo, admirador de las hazañas personales de los exploradores, de las islas que brotaban por sí solas en el mar.

Cuchy le dijo a Laureano:

—Laureano, tengo el honor de informarte de que mi emisora ha convocado para Navidad un concurso radiofónico para conjuntos aficionados. Concurso de villancicos. ¡Me iré a dormir a un pesebre un año seguido si no os presentáis! No sois ángeles, pero sois pájaros. ¡Seguro que os lo lleváis de calle! Con flauta y todo... ¡a ver!

Medio en broma, medio en serio, Salvador Batalla, que era el más músico de los tres, dio con un villancico catalán antiguo, le hizo un pequeño arreglo, ensayaron de firme y ganaron el concurso. La flauta fue decisiva... Y la voz de Laureano.

Revuelo en casa de Narciso Rubió —éste más despótico

que nunca con los suyos—, revuelo en el restaurante en que trabajaba Salvador, revuelo en General Mitre... No porque el asunto les diera gran popularidad, pero el trío —con el correspondiente nombre— salió en los periódicos ya que Cuchy cuidó de que así fuera.

Julián y Margot se encontraron con la papeleta de tener que felicitar a su hijo —un villancico...—, pero preguntándole al propio tiempo por sus intenciones.

—¿Me han suspendido en alguna asignatura?

—Verás...

—¿Me han suspendido o no?

—Hasta ahora no...

—¡Entonces, dejadme cantar al niño que nació en Belén...!

¿Cinismo? No se sabía. Quizá sí. O combinación de elementos, como en la moderna arquitectura.

Poco después se produjo lo inesperado. En General Mitre sonó el teléfono. Susana le dijo a Laureano: «Es para ti... Cuchy». Laureano se puso y Cuchy, con voz que delataba que algo grave ocurría, le dijo que tenía necesidad de verle inmediatamente.

—Pero ¿qué ocurre? ¡Estoy estudiando!

—Por favor, Laureano... Es muy urgente.

Se citaron en el bar Miami. Y un cuarto de hora después el muchacho escuchaba de labios de Cuchy la más insólita de las confesiones: «Lo siento mucho, Laureano, pero es preciso que lo sepas. Estoy embarazada».

El suelo se hundió bajo los pies de Laureano. Éste, agarrándose a un clavo ardiente, miró a la chica con la esperanza de que se tratase de una broma pesada. ¡Cuchy era capaz de eso y de mucho más! Pero, por desgracia, el semblante de la muchacha no mentía. Estaba ojerosa y pálida. Y un gran miedo se le había acumulado en la mirada.

—Es horrible, Laureano... He esperado cuanto he podido confiando en que no sería verdad. Pero ahora ya no me cabe duda. No me obligues a darte más detalles.

Laureano se mordió los labios hasta casi hacerlos sangrar. Y en un segundo reconstruyó el comportamiento de Cuchy en las últimas semanas. Varias veces la chica le había dicho que se encontraba un poco mal. Y se la veía nerviosa y preocupada. Pero Laureano no le había concedido mayor importancia. Y ella misma lo tranquilizó. «Nada, no pasa nada. Mis padres me dan la lata, como siempre. Tonterías.» Laureano comprendió toda la verdad.

—Pero... ¡Cuchy!

—Ya lo ves, Laureano. ¡Por favor, tienes que ayudarme!

La muchacha rompió a llorar. Y Laureano experimentó en un momento toda clase de sentimientos: despecho, ternura, piedad, odio... Odio contra Cuchy y contra sí mismo, por no haber tomado más precauciones.

—¿Qué podemos hacer? ¡Por favor, dime algo! Estoy desesperada...

Laureano hubiera querido hablar, pero no podía. Porque evidentemente era preciso hacer algo, tomar una decisión. Y debía tomarla él, él y nadie más. Cuchy, con su pequeño bolso inmóvil sobre la mesa, al lado de dos botellas de Coca Cola, era incapaz de la menor iniciativa.

—Cuchy, esto es una catástrofe... —Laureano añadió—: ¡Somos un par de imbéciles!

Eso ya lo sabía la muchacha. Pero lo que importaba era buscar una salida. Laureano hizo un esfuerzo enorme para coordinar sus ideas y al final llegó a la conclusión de que las opciones eran muy escasas. En realidad, no había más que dos. Una, comunicar la noticia a las respectivas familias... y casarse. Otra... abortar.

¡Casarse...! ¡Qué extraña palabra! ¡La vida entera se encerraba en ella! Abortar... Verbo horrible... En él se encerraba un peligro enorme. Y un tremendo delito, para el que Laureano al pronto no se sentía preparado.

El muchacho sacó fuerzas de flaqueza y expresó en voz alta su pensamiento.

—Supongo que no existen más que esas dos soluciones, que no hay una tercera...

Cuchy asintió con la cabeza. ¡Había meditado tanto!

—No, no la hay...

Marcaron una pausa. Otras parejas estaban alrededor, cogidas de la mano o besándose.

—¿Entonces...?

Cuchy tomó también de la mano a Laureano. Y le miró a los ojos con intensidad. ¡Qué lejos estaba de ser la muchacha frívola que hablaba de dormir un año seguido en un pesebre! Y el caso es que tenía aspecto de niña. O a Laureano se lo pareció.

Laureano se disponía a hablar; pero Cuchy, con voz inesperadamente firme, se le anticipó:

—Yo prefiero abortar.

El chico vivió de nuevo encontrados sentimientos. Por un lado, desprecio por la muchacha; por otro lado, tuvo una sensación de alivio...

Abortar. Sí, el verbo era horrible. Pero, en definitiva, corriente... Cada día más corriente, según versión popular. Por supuesto, era un delito. Pero ¿no era también un delito unir dos vidas para siempre por el mero hecho de no haber sido precavidos? ¿Y el escándalo que supondría elegir la otra solución? Laureano pensó en su madre... ¡Qué espanto!

El chico tardó en contestar unos minutos que a Cuchy le parecieron siglos. Pero por fin cabeceó repetidamente:

—Yo también lo prefiero...

Cuchy tuvo ganas de echársele al cuello, sin saber exactamente por qué. En aquel momento sintió que quería de veras a Laureano y que no le hubiera importado casarse con él si todo aquello se hubiese producido en circunstancias normales. No sabía si lo que la embargaba era gratitud, porque lo cierto era que al notar los primeros síntomas había maldecido a Laureano. Cuando tuvo los primeros mareos, y luego los primeros vómitos... Pero en aquel instante se sentía unida a él por algo misterioso. Algo que se rompería, pero que todavía no estaba roto. Sí, Laureano había dicho: «Yo también lo prefiero», pero el tono de su voz fue grave, hondo. No delató frialdad. La frase fue un llanto.

Cuchy, por fin, se incorporó levemente y le dio un beso en la mejilla. Y Laureano se lo devolvió. Y se miraron el uno al otro como si fueran los dos únicos seres existentes en el mundo. Unidos por un secreto profundo, por un secreto que nadie más podía compartir.

Y el secreto estaba allí, en el interior de Cuchy, en las entrañas de la muchacha, cerca del bolso pequeño, inmóvil, y de las botellas de Coca Cola erguidas en la mesa. Era un secreto sangrante, atroz y dulce. Era un ser, un ser posible, que había brotado al margen de su voluntad, pero real. Por espacio de unos segundos les pareció que lo amaban. Que ya tenía forma concreta y que era la viva estampa de los dos.

—Cuchy... Lo siento. Lo siento de veras.

La muchacha reclinó la cabeza en el hombro de Laureano.

—Me ayudarás, ¿verdad?

—Claro que sí...

Procediendo por eliminación, Laureano concluyó que la persona más indicada para solucionarles el problema era Sergio. Por suerte, se encontraba en Barcelona, de regreso de París. Primero había pensado en Charito... pero no se atrevió. Y ni hablar de plantearles siquiera el asunto al doctor Beltrán o al doctor Trabal. Sin duda habría en una ciudad como Barcelona médicos que practicasen el aborto, pero ¿dónde estaban?

Sergio se mostró comprensivo y eficaz. Lo primero que hizo fue serenar el ánimo del muchacho, que al quedarse solo se sintió desamparado. Como era de suponer, le soltó un sermoncito de los suyos. «En la vida hay dos clases de viciosos. Los listos y los insensatos. Vosotros sois de estos últimos.» Luego, por un momento, sonrió irónicamente, pensando en Cuchy, en los tiempos en que la conoció y la chica no lo dejaba ni a sol ni a sombra. Pero a partir de ahí puso manos a la obra.

—Nada de médicos —le dijo a Laureano—, porque al enterarse de quiénes sois te pedirían una fortuna. Hay mujeres que se dedican a eso; pero es cuestión de andarse con cuidado. Muchas de ellas lo hacen a bulto, utilizando una aguja de hacer calceta. Dame veinticuatro horas y encontraré una experta que se conozca de verdad el oficio. ¿De cuántos meses dijiste que está Cuchy?

—De dos meses.

—Bien. Mañana te quedas en casa y te llamaré sin falta. Y yo mismo os acompañaré.

Así fue. Al día siguiente Sergio llamó a Laureano. Se citaron en el bar Miami. Se había informado debidamente, habiendo encontrado una ex comadrona que ofrecía el máximo de garantías que en estos casos podían darse.

—Digo esto, porque un aborto es siempre un aborto, ¿comprendes? Siempre existe el riesgo de una complicación... Pero, en fin, no se dedica a otra cosa y por lo visto trabajo no le falta. Dispone del instrumental necesario y hasta se toma la molestia de desinfectarlo antes.

Laureano no podía con su alma. «Instrumental, se toma la molestia de desinfectarlo, ¡riesgo de complicación!»

—¿De modo... que no hay una seguridad total de que todo salga bien?

—Pero, ¡chico! ¿Es que llegas de las Hurdes? ¿Quién puede hablar de seguridad total? Pero te digo que la comadre es de confianza. Puedes darte por satisfecho.

Laureano vaciló.

—¿Por qué has dicho comadre?

—Porque a las que se dedican a eso se las llama así. ¿O crees que se merecen un nombre más bonito?

Laureano apuró de un sorbo la tercera copa de coñac.

—Bien, de acuerdo. ¿Y cuándo podremos ir?

—Hoy mismo. Nos espera a las cinco. Tomáis un taxi y pasáis por casa a recogerme.

El asunto marchaba a toda velocidad... El precio estipulado eran dos mil pesetas. Laureano no disponía de ellas, Sergio tampoco. Fue a pedírselas a Andrés, inventando una excusa, y Andrés se las prestó.

Laureano, con el dinero en la cartera, llamó a Cuchy. Y a las cinco menos cuarto la pareja, en compañía de Sergio, se dirigía en taxi Ramblas abajo, en dirección a la calle del Conde de Asalto. Cuchy, pese a estar muerta de miedo, tenía buen aspecto, aunque se había pintado los ojos menos que de costumbre. Apenas si se habían cruzado unas palabras. La chica se había limitado a mirar a Sergio con sincero afecto y a decirle: «Muchas gracias. No olvidaremos esto nunca».

Sergio mandó parar el taxi delante de una pastelería y se apearon. Echaron a andar. Y de pronto, al llegar a una casa de fachada cochambrosa y puerta estrecha, aquél dijo:

—Aquí es.

Subieron lentamente. La escalera estaba oscura y olía mal. A no ser por el recio pisar de Sergio, Laureano hubiera titubeado en seguir adelante.

Les abrió una muchacha joven, que llevaba en las orejas dos aros enormes. Sergio le hizo una seña y la muchacha dijo:

—Un momento.

No había sillas en el vestíbulo. Tuvieron que esperar de pie. Minutos después reapareció la chica y dirigiéndose a Cuchy le ordenó que pasara.

—Tú sola. Vosotros esperáis aquí.

Laureano iba a decir algo, pero Sergio lo inmovilizó con la mirada. Cuchy, antes de penetrar en la habitación, se volvió hacia los dos muchachos e intentó sonreír, pero no lo consiguió. Sergio, segundos después, le dijo a Laureano:

—Hazte cargo. Esto no es apto para menores.

Laureano encendió un pitillo y hubiera dado otras dos mil pesetas por sentarse en una silla.

El cuarto de «operaciones» era pequeño y destartalado. Pero en el centro había una mesilla de quirófano. A Cuchy le sorprendió que la comadre no estuviera presente. Pero se limitó a obedecer las órdenes de la muchacha de los grandes aros en las orejas, la cual la ayudó a desnudarse y le indicó la postura en que debía colocarse en la mesa. Con la cabeza inclinada para atrás y las piernas abiertas de par en par.

En cuanto Cuchy estuvo dispuesta en esa postura, la «ayudante» le tapó los ojos con un pañuelo. Cuchy estaba tan asustada, que apenas si se atrevía a respirar. Aunque comprendió que de lo que se trataba era de que no viera tan sólo a la comadre, la cual querría guardar su clandestinidad.

Por fin oyó unos pasos y, poco después, una voz segura, autoritaria, pedregosa.

—Conque... dieciocho añitos, ¿eh?

El corazón de Cuchy se lanzó al galope. Incapaz de pronunciar una sílaba, la chica movió las piernas. Y la voz sonó de nuevo.

—¡No, eso no! Quieta... Aquí la que ha de moverse soy yo.

No habría anestesia, a fin de que Cuchy pudiera marcharse luego en seguida, por su propio pie. Sólo una inyección de ergotamina y unas gotas de cornezuelo de centeno.

—Tranquila, muñeca. Comienza la sesión. ¿A ver, separa un poco más? ¿Un poco más...? Eso es. ¡Bueno! Hoy es miércoles y los miércoles suelo tener suerte...

Cuchy notó el contacto de algo metálico, que intentaba abrirse paso poco a poco, provocar la necesaria dilatación. De pronto, una punzada tremenda. Cuchy lanzó un gemido.

—¡Chiiiiiiist! Que cuando lo hiciste no te quejabas...

Súbitamente, una sensación dulce. Hemorragia. «¡Maldita sea! Eso no...» Cuchy supuso que algo ocurría, pero, tapados los ojos, no podía ver a la comadre. Ésta, a la vista de la sangre, se asustó. Pero actuó con gran rapidez de reflejos. La «ayudante» le dio una jeringa y la comadre le puso a Cuchy una inyección de ocitocina.

Esperó unos segundos.

—¿A ver? Separa un poco más... Bien... Quieta otra vez.

Otra punzada, esta vez más honda.

—Ahí está... ¡El muy guarro! —La comadre acababa de localizar el embrión diminuto y real que por unos segundos Cuchy y Laureano, en el bar Miami, habían amado—. Ya es mío... ¡Ah, ja!

Cuchy lanzó otro gemido y la voz pedregosa cortó una vez más.

—¡Silencio! Después del gusto viene el disgusto...

El embrión se desprendió y fue extraído. Y Cuchy oyó:

—¡Hala! Al retrete...

¿Al retrete...? Cuchy contuvo un sollozo. La «ayudante»

salió de la habitación. Y regresó unos momentos después. Pero Cuchy casi se había desmayado y no se dio cuenta del tiempo transcurrido ni de lo que la comadre hacía para rematar la intervención.

—¡Listos! Hasta la próxima, muñeca...

Cuchy se había recuperado y oyó con claridad los pasos de la comadre, que abandonó a buen paso la habitación. Inmediatamente después, la chica de los aros le quitó a Cuchy el pañuelo que le tapaba los ojos. ¡Extraña sensación! ¿Estaban a oscuras o había luz? La chica la ayudó a bajarse de la mesilla y a ponerse en pie.

—¿A ver? ¿Solita...? Bien... Ya está.

Cuchy estaba pálida. Ahora sí que su aspecto era «espectral». Pero, en realidad, sufría poco. En realidad todo había sido sencillo, más sencillo que cuando le extrajeron la muela del juicio.

Empezó a vestirse. Y la «ayudante» le dio las debidas instrucciones. Tal vez pasara unos días con un poco de fiebre y notara dolores en el bajo vientre y en los riñones. Pero podía hacer vida normal.

—Te tomas esos antibióticos —le dio un papel doblado.

Cuchy tomó su bolso, sacó el espejo, se peinó un poco y guardó la receta. Y pagó a la chica la cifra estipulada.

—¿Vamos?

Cuchy asintió. La «ayudante» abrió la puerta y salieron al vestíbulo.

Laureano y Sergio miraron a Cuchy con ojos implorantes. Cuchy, curiosamente serena, los tranquilizó.

—Sin novedad.

Laureano, a gusto, se le hubiera echado al cuello. Pero no era el momento adecuado para efusiones semejantes.

—Con Dios... —les dijo la «ayudante». Y los dos muchachos y la chica salieron a la escalera, más oscura que antes.

—¿Te ayudamos a bajar?

—No creo que haga falta... —Cuchy probó, y bajó por sí sola un peldaño y luego otro—. No, no hace falta.

Poco después se encontraban en la calle, que hervía de gente. De gente que traía y llevaba paquetes, que se detenía ante los escaparates, ajena a lo que acababa de suceder. ¡Qué próximos y qué lejos vivían unos de otros los seres humanos!

—Esperad un momento, que voy por un taxi.

Laureano salió disparado hacia las Ramblas. Cuchy notó otra sensación de mareo y Sergio la sostuvo asiéndola del brazo.

—Ánimo. Esto se acabó.

—Sí, no ha sido nada.

Sergio miraba a la chica con expresión un tanto irónica. Ella le preguntó:

—¿Te divierte eso?

—Ahora sí...

Cuchy le sostuvo la mirada.

—De todos modos, muchas gracias.

—¡Bah! —Sergio se encogió de hombros. Me informé bien antes de traeros aquí. Y ahora lo que te conviene es dormir veinticuatro horas...

Cuchy iba a decir algo, pero en aquel momento se detuvo delante de ellos un taxi, con Laureano dentro. Éste les hizo una seña, mientras abría la puerta.

—Subid.

Sergio dijo.

—Si no os importa, yo me quedo. Misión cumplida, ¿no?

Laureano insistió.

—¡De ningún modo! Dejamos a Cuchy en su casa y tú y yo nos vamos a un café a charlar un rato. Me horroriza quedarme solo.

Sergio, que tenía el rostro más afilado que nunca, se negó.

—Nada de eso. Cuchy, ya se lo dije, a dormir... Y tú te vas también a tu casa y no tienes por qué quedarte solo: coges la guitarra, o te entretienes repasando la lección que acabas de aprender.

—¿Qué lección?

—Que es más difícil vivir que matar.

Resultó chocante que, pasado el trance, quedase mucho más desalentado Laureano que Cuchy. A los pocos días, el temperamento nervioso y espasmódico de la muchacha la ayudó a reaccionar, como si lo sucedido fuese algo natural. Laureano, en cambio, no daba pie con bola. A ello contribuyeron sin duda las últimas palabras de Sergio, que fueron metálicas, como agujas de hacer calceta..., o más científicas, como bisturíes.

Cuchy le dijo:

—¿A qué embrollarte el cerebro? Aquello no era vida consciente todavía... ¿Crees que más adelante yo me hubiera atrevido? ¿Y la cantidad de abortos que se producen sin que nadie los desee? La naturaleza tendría que morirse, pues, de remordimientos... ¡A lo hecho, pecho! Te juro que no voy a desesperarme por eso. Los guiones, la Escuela, y seguir queriéndote como antes... Porque resulta que yo te quiero, ¿sabes? Pensé que me enamoraría de un miserable y nada de eso: me he entrampado con un chico sentimental como cualquier modistilla. ¡Para lo que le sirven a una los colegios de pago!

Y Cuchy se reía.

—No te entiendo, Cuchy, no te entiendo... Me esfuerzo y no acabo de comprenderte. ¡Si soy un miserable! ¡Si estoy viendo que lo somos todos! La que menos, la comadre... Esto no me vuelve a ocurrir a mí en la vida... ¿Por qué seremos así? ¿No nos haría falta un poco de oxígeno? ¿Y cómo puedes bromear sobre lo que ha ocurrido? ¿Cómo puedes tranquilizarte diciendo: «¡a lo hecho, pecho!»?

—Saltas de un tema a otro, querido. ¡Eso no es ser un miserable! El mundo pasional es tan real como el de la ira o como esa sed que tengo desde el día que Sergio nos acompañó. ¡Menudo descubrimiento! Si no estuviera prohibido pronunciar nombres propios... Pero te apartas de la cuestión. Yo lo que deseo saber es si me quieres igual que antes o no. ¿Eh, qué me contestas a eso, chato? Porque, como me digas que no, entonces sí que me da fiebre y me tomo una dosis triple de antibióticos.

Laureano no sabía qué decir. Se sentía unido a Cuchy. Experimentaba hacia ella un sentimiento mixto de adhesión afectiva —quizá algo más aún—, pero con un fondo de desasosiego e incluso repugnancia.

—Claro que te quiero igual que antes. Pero ahora, sensatez, ¿no te parece?

—Sensatez significa gozar de la vida. O sea, continuar viéndonos, aunque tomando más precauciones...

—¡Cuchy, no seas loca! ¡Primero hay que digerir todo esto!

—Pero ¡si será lento el hombrecito! Yo lo he digerido ya... ¿Sabes que si continúas hablando así me pongo a chillar?

—Hala, no digas tonterías...

Y la pecosa Cuchy lo cogió del brazo y lo besuqueó en las mejillas.

CAPÍTULO XXXIV

REUNIÓN EN LA AGENCIA COSMOS. Los balances demostraban que la idea de fundar la sociedad había sido cualquier cosa menos un aborto. Por supuesto, todo el negocio giraba en torno del turismo, que empezaba a ser masivo. Eran varios millones los extranjeros que cada verano cruzaban la frontera española. Los periódicos interpretaban el hecho como un reconocimiento tácito del «orden» que imperaba en la nación. Las gentes estaban cansadas del caos político y de los incidentes que se producían en sus patrias respectivas y acudían a España porque sabían que en España podrían disfrutar tranquilamente de sus vacaciones, sin temor a disturbios, a manifestaciones, a bombas. «España es un oasis de paz y el mundo empieza a reconocerlo.»

En la Agencia Cosmos no se discutía ese punto de vista. Rogelio, que ahora siempre andaba con tabletas medicinales en los bolsillos, Ricardo Marín y el conde de Vilalta se limitaban a comprobar que los beneficios eran pingües, que las urbanizaciones próximas al mar en que andaban metidos eran un éxito, que los hoteles funcionaban y que los «viajes colectivos todo incluido», motivo del desplazamiento del banquero y de Aurelio Subirachs a Inglaterra, Francia y Alemania, estaban dando el resultado apetecido. Clientela garantizada por las agencias, éstas más atentas a la contabilidad que al trato mejor o peor que se diera a los grupos que enviaban.

Los tres socios estaban de acuerdo respecto a las ventajas

que el turismo ofrecía en todos los órdenes y se reían de que Julián se sintiese molesto por el hecho de que tantos españoles se ocupasen en estudiar idiomas. «¿Por qué? —se lamentaba el arquitecto—. ¿Es que si nosotros nos fuéramos a veranear a la Costa Azul o a las Islas Británicas los franceses y los ingleses estudiarían nuestra lengua? ¡Ni hablar! Pues que aprendan ellos el castellano.»

A Rogelio le hacía gracia observar el comportamiento de los comerciantes. Todos se dedicaban con entusiasmo a remozar sus tiendas y sus escaparates. Apenas se habían caído las hojas de los árboles y en las casas habían empezado a encenderse las estufas, y ya muchos establecimientos se preparaban «para la próxima temporada». «Esto nos queda muy pequeño. Hay que derribar ese tabique.» «¿Te has dado cuenta? A los alemanes les gusta el vino... Vamos a decorar el local a base de pellejos de vino y de azulejos que digan: *El agua para los peces*. O algo por el estilo.» Fondas de mala muerte compraban una nevera y una cocina eléctrica y ponían en la fachada: *Restaurante*. En muchos bares, los dueños se habían dado cuenta de que a los extranjeros los chiflaba el marisco y pintaban gambas y almejas en las paredes. Se sacaba mucho partido de los borricos. A los turistas les encantaba retratarse montados en ellos. También los artesanos se lanzaban a idear figurillas representando toreros, bailarinas flamencas y hasta guardias civiles, y los ceramistas enfocaban su producción a base de jarrones, platos y ceniceros con las siluetas de la Giralda, El Escorial, la catedral de Burgos, las montañas de Montserrat...

Los párrocos de los pueblos, sobre todo los de la costa, estaban tan asustados como mosén Castelló. El turismo era el ataque frontal de Lucifer contra las sanas tradiciones españolas y el catolicismo de las gentes. Ya no había hotelero que en verano tuviera tiempo de ir a misa y habían aparecido tantos *gigolos* como en Italia. Por lo visto, la moralidad del país era débil como un papel de fumar, un castillo de arena, que cuatro esculturales señoritas suecas habían barrido de un puntapié. O acaso tuviera razón Alejo cuando decía que el catolicismo era para los pobres, porque enseñaba a conformarse. Que la moneda fuerte invitaba a hacerse protestante o ateo.

Al conde de Vilalta le impresionaba especialmente el empuje de que daban prueba muchas personas de edad avanzada, sobre todo de países nórdicos, que tenían arrestos para cruzar todo el continente llevando en bandolera la máquina fotográfica. Le llamaban la atención, singularmente, las mujeres. «Hay que reconocerlo —decía—. ¡Son feas como el diablo! Pero no se resignan, como las nuestras, a quedarse en casa a hacer calceta.»

A juicio de Ricardo Marín, otra positiva influencia que traían los turistas era que atenuarían un poco la tendencia ibérica a los extremismos.

—El asunto está claro. Hasta ahora había dos clases de españoles, todos equivocados. Los que creían que todo lo extranjero era perfecto y los que creían que sólo aquí el hombre era portador de valores eternos. Cinco años de afluencia de gente de fuera y nos colocaremos en el justo medio: reconoceremos que en todas partes cuecen habas y que si nosotros nos emborrachamos, los ingleses también. Y que si hay aquí siluetas estilizadas como la de mi hija Cuchy, hay francesitas que tampoco son mancas. En fin, la teoría del intercambio, siempre saludable. Al margen de esto, y con permiso de los párrocos costeros, no es mal ejemplo ver que muchos extranjeros se van a la playa con un libro en la mano...

Agencia Cosmos acordó construir un hotel en Benidorm, uno de los focos turísticos más importantes, y una sala de fiestas en la misma localidad. ¡Por fin la obsesión de Rogelio!: las salas de fiestas, o, mejor dicho, las *boîtes*. Probablemente adquirirían en Barcelona otras dos que andaban pachuchas, y procurarían desempolvarlas y sacarlas a flote. La de Benidorm se llamaría «La Caverna» y debería tener aspecto troglodítico. La entrada, un dolmen; dentro, ambiente selvático; el conjunto musical tocaría sobre una plataforma de piedra rojiza y habría dos jaulas colgadas del techo en las que cupieran un par de parejas que pudiesen bailar hasta el hartazgo.

Todos coincidieron en que el hombre idóneo para llevar el

control de esa nueva aventura que los tentaba era Alejo, puesto que hacía muchos años que andaba ocupado en ese menester. Por lo demás, y pese a la complejidad de sus relaciones con Ricardo Marín y con el conde de Vilalta —¿por qué la *boîte* de Benidorm no se llamaba «La Gaviota»?—, Alejo había hecho honor a su promesa de que su ingreso en la Agencia Cosmos sería beneficioso para todos. Aparte de que parecía disponer de un aparato de fumigación para escampar a los inspectores de impuestos, sus periódicas visitas a los hoteles se habían mostrado verdaderamente eficaces. Los gastos de personal habían disminuido al tiempo que aumentaba su rendimiento. Un número de magia, que lo retrotraía a los años en que buscaba con ahínco posibles y lucrativas patentes de invención.

Alejo, al enterarse de la decisión de abrir *boîtes*, se alegró enormemente. Aquel ser alámbrico, con aspecto de sacristán concupiscente, cada día se distanciaba más de lo que significase virtud. Dondequiera que pudiese comprobar que había corrupción, gozaba lo suyo. El agujero en el tabique de uno de los *meublés* a su cuidado era el mejor palco que tenía en la vida, y de haber sabido lo de Laureano y Cuchy hubiera sido feliz. En el Hotel Ritz, en su ostentosa habitación, se dedicaba a leer libros de «aberraciones sexuales». La pornografía normal no le bastaba; buscaba aberraciones, desde el lesbianismo al tribadismo o lo que fuere. Sabía bien que aquello era señal de impotencia, pero no le importaba reconocerlo. Y también contaba con medios expeditivos para alejar los escrúpulos cuando éstos meneaban el rabo. En el fondo, el turismo le interesaba a Alejo en ese aspecto. ¡La promiscuidad de los *campings*! ¡Los líos en las pensiones y apartamentos! «Que se palpen los muslos. Que se pudran. ¡Adelante!» ¿Cómo imaginar que fuese hermano de Vicenta, la madre de Rosy, ingenua mujer cuya máxima satisfacción era que Rogelio continuara llevándole pirámides de caramelos?

De ahí que Alejo hiciera tan buenas migas con el decorador oficial de la Agencia Cosmos, el que decoró la avenida Pearson y «Torre Ventura». Se llamaba Héctor y era homosexual. De unos cuarenta y cinco años de edad, cejas arqueadas, boca en línea recta que se cerraba con cierta dureza, uñas largas y bruñidas. Vestía aparatosamente. No hacía el menor esfuerzo por disimular su condición. A veces sufría ataques de melancolía y se desahogaba con Alejo, contándole sus fracasos o desengaños. Alejo, entonces, procuraba consolarlo, y al oírlo experimentaba una extraña mezcla de placer y repugnancia.

Héctor sería el encargado de decorar «La Caverna» en Benidorm, y todas las *boîtes* que se abriesen. En principio él buscaba siempre motivos de mar. Le gustaban mucho los marineros y se había recorrido muchos puertos de Europa tentando a la suerte. En Marsella le gastaron una broma y le tatuaron una sirena en la pierna izquierda, con un corazón atravesado. Lo consideró una vejación que procuraba ocultar a la mirada de los extraños.

Rogelio le tenía simpatía porque se divertía mucho con él. A Rogelio lo del homosexualismo no le cabía en la cabeza y cuando Héctor le decía que «tan natural era una cosa como la otra» el constructor le contestaba que aquello era una «burrada *per se*». Héctor se defendía como gato panza arriba y aseguraba que la juventud, sin darse cuenta, se dirigía cada vez más al unisexo, como se demostraba en la manera de bailar, en el sentido de camaradería, etcétera. «En los Estados Unidos cada vez hay más muchachos imberbes y los senos de las muchachas son cada día más pequeños. ¡Te estoy hablando en serio, Rogelio! La gimnasia, la alimentación...» Rogelio se desternillaba de risa, risa que en ocasiones se le cortaba en seco; por ejemplo, si pensaba que, según el último análisis, tenía muy alto el colesterol.

Cada pieza iba colocándose en su lugar. Los hijos de Anselmo y Felisa le habían hecho caso a su padre y se habían especializado en reparar aparatos de televisión. Ganaban sus buenos dineros, aunque aspiraban a más, por lo que semanalmente rellenaban muchas quinielas. Las quinielas hacían furor. Jugaban a ello no sólo los aficionados al fútbol, sino personas como Carmen, la hermana del doctor Beltrán, y, por supuesto, el padre Saumells. El padre Saumells, a escondidas, rellenaba siempre un par de boletos, porque quería mejorar el aspecto de la improvisada iglesia de San Adrián y asegurarse de que su brazo derecho, el pequeño Miguel, podría continuar estudiando matemáticas. También doña Aurora, de la Pensión Paraíso, hacía sus pinitos, y los hacía a voleo. «No entiendo ni jota, pero tengo la corazonada de que un día acertaré un pleno yo solita. Entonces regalaré la pensión y me dedicaré a recorrer hoteles de lujo.»

Mari-Tere se salió con la suya y se casó con el productor de cine que, según rumores, la cortejaba en Madrid. Era un productor de películas comerciales, del tipo de película que horrorizaba a Sergio. Se llamaba Juan José Montoya, nombre que le cuadraba perfectamente. También era andaluz, tenía mucho gracejo y entendió que Mari-Tere sería una magnífica jefe de relaciones públicas. Hablar de matrimonio pasional hubiera sido exagerado, pero las bases de amistad y respeto eran serias.

La boda se celebró en Granada, adonde se desplazaron Julián y Margot, que llevaban mucho tiempo sin ver a la familia. Mari-Tere le agradeció a Julián que se hubiese negado a buscarle un empleo en Barcelona. «No hubiera conocido a Juan José. Ilustre hermano, muchas gracias.»

Les impresionó comprobar que todos habían envejecido mucho, especialmente la madre de Julián, que estaba bastante enferma, hasta el punto que se sintió incapaz de ir a la iglesia. Apenas si salía ya de casa, pero continuaba abanicándose y cuidando con solicitud al canario de turno. Don Arturo se apoyaba bastante más que antes en su bastón, y ninguno de sus contertulios del Casino faltó a la ceremonia. «Confío en que Mari-Tere me dará un par de nietos más.» El que mejor se conservaba era Manolo. El médico sabía cuidarse y de vez en cuando se sacaba una radiografía. Al igual que Ricardo Marín, jugaba al golf. «Los *beatniks* tienen razón: contacto con la naturaleza. De todos modos, ese asunto lo habían inventado ya los gitanos...»

La flamante pareja viviría en Madrid, en un piso de la prolongación de la Castellana. Mari-Tere daba la impresión de sentirse feliz. «Ya lo ves —le dijo a Margot—. Empecé anunciando jerez en la "tele" y me caso con un cineasta de Jerez de la Frontera. Si a alguno de vuestros hijos le tienta el cine, ya sabéis...» Margot hizo un gesto que indicaba: «No creo que las cosas vayan por ese camino...»

Regresaron a Barcelona, donde, con un mes de intervalo, se murieron los dos «viejecitos» de que cuidaba Claudio Roig. Primero murió la mujer y hubiérase dicho que él no logró soportar su ausencia. El aparejador se quedó solo, y el padre Saumells y Julián tuvieron ocasión de demostrarle el afecto que le profesaban, lo mismo que Aurelio Subirachs. Claudio Roig se sintió desconcertado. Se dio cuenta más que nunca de que la buena acción que llevó a cabo durante tantos años lo había llenado espiritualmente, y que en adelante necesitaría una compensación. No podía refugiarse, como Alejo, en el vicio; si acaso, en el trabajo No obstante, tal vez le hiciera falta algo más. ¿Y si se casaba, imitando a Mari-Tere y a Juan José Montoya? ¡Alguna vez lo tentó acercarse... precisamente a Montserrat! Nunca se había decidido, y tampoco se decidió. Al final se resignó, advirtiendo claramente que resignarse en el fondo le producía un gozo inexplicable. Curiosa trayectoria la del ex camarada de Julián en Zapadores. Tal vez hubiera en él algo de masoquismo, en cuyo caso Alejo hubiera leído gustosamente su biografía.

Montserrat, por su parte, se encontraba en un callejón sin salida. Se había enamorado de Julián «a lo loco», penetrando en un mundo que de hecho no era el suyo. «Julián, cariño, ¿qué significo para ti? En el fondo, un entretenimiento...» «¡Querida, no hables así, por favor! Te quiero de veras y soy feliz contigo. Pero ¿qué puedo hacer?» Claro, claro, la situación familiar no podía cambiarse... Montserrat estaba al borde de la depresión nerviosa. Su padre, notando su tristeza, le preguntaba: «¿Qué te ocurre, hija? ¿Alguna preocupación seria? ¿Por qué no me lo cuentas?» Ella procuraba disimular. «Nada, padre. Eso de la agencia de viajes es un lío. A veces me pregunto si ese ir y venir de la gente tiene algún sentido...»

Luego, estaba la Universidad... También en ella cada pieza ocupaba su lugar. Los disturbios aumentaban, reflejo de lo que ocurría en otros países. Asambleas «no autorizadas», pancartas, ocupaciones de Facultad, huelgas, protestas por la detención de cualquier compañero, cócteles Molotov contra la Policía Armada, cuyos miembros, debido a su uniforme, eran llamados los «grises». En Madrid, Barcelona, Valencia y Sevilla se habían levantado barricadas, llegándose a paralizar el tráfico público en algunos sectores. Seguro que algunos líderes movían los hilos de todo aquello, pero una gran masa de estudiantes los seguía espontáneamente y otros lo hacían por mimetismo. Y es que, a decir verdad, las injusticias eran muchas, aparte de que los ánimos se habían exaltado con el asesinato del presidente Kennedy, con la intervención americana en la guerra del Vietnam y la mitificación de Mao. Los vasos comunicantes, las repercusiones a distancia de que había hablado Beatriz.

El más activista, aunque a su manera, era Andrés Puig en la Facultad de Derecho. Con tal de no tener que estudiar, para el hijo del joyero las huelgas eran peritas en dulce. Andaba por entre los corros buscando prosélitos y luego decía en casa: «La Facultad cerrada hasta nuevo aviso. Me voy a dar una vuelta».

El caso de Marcos era distinto. Marcos había sufrido horrores con el accidente que le costó la vida a Fany y desde entonces había pasado del «mundo-náusea» a «los-avatares-de-la-vida-son-injustos»; sintiendo que la única fórmula viable de desahogo era la agresividad. Tomó de ello conciencia universitaria y se dedicó a la acción, lo que le valió una serie de porrazos y la retirada temporal del carnet. Lo que más le gustaba eran los incendios, tal vez por su condición de pintor. No intervino en el lanzamiento de cierta cantidad de líquido inflamable contra un catedrático «fascista» y tampoco en la introducción de papeles encendidos en el interior de varios buzones de correos, cuyo contenido ardió. Eso eran gamberradas. Pero sí militó entre los «incendiarios de periódicos».

Montañas de periódicos fueron quemadas por las calles en señal de protesta por la forma tendenciosa con que eran dadas las noticias referentes a la Universidad. Marcos contemplaba las llamas, oía crepitar el papel y no le importaba que el humo se le metiera por la nariz y le llenara los pulmones.

Aunque lo que él quería era romper amarras, como se le habían roto a Fany. Terminar la carrera y marcharse fuera, tal vez a Londres, a ver mundo y a pintar. ¿Cómo se ganaría la vida? Eso estaba por ver, lo mismo que el enfrentamiento con su padre, Aurelio Subirachs. Ya no se dedicaba a representar fosfenos; se hallaba en su época amarilla. Cuadros amarillos, que lo mismo podían ser trigales molidos que retazos de pergamino, que cotos de desierto por los que transitaban invisibles beduinos. A su hermano sacerdote, mosén Rafael, le decía: «Son sensaciones. No busques nada más».

También era distinto el caso de Pedro. Pedro había vuelto a discutir con su padre, aunque en tono menor, e iba madurando lo suyo. En principio estaba a favor de cualquier agitación estudiantil, pero no quería detenerse en la anécdota. Entendía que lo que fallaban eran los pilares: el exceso de alumnado; la escasa dedicación de buen número de profesores; el enfoque de muchas carreras, marginadas de las necesidades de la vida moderna; el método de exámenes, delirante a todas luces; el hecho de que las cátedras fueran vitalicias —«las oposiciones y un puro para toda la vida»—, etcétera. Y por descontado, continuaba revolviéndole el estómago que sólo el uno por ciento de hijos de obreros tuviera acceso a los estudios superiores. En opinión de Pedro, ¡y del padre Saumells!, tal discriminación era un crimen que justificaba por sí solo un replanteamiento total del problema universitario.

En el plano personal, el muchacho había tomado varias decisiones. Descontento de sí mismo, buscaba el camino del deber. Juzgó que había llegado el momento de ganar algún dinero por su cuenta. Y se puso a dar clases particulares. A lo máximo que podía llegar, puesto que también quería terminar la carrera y otear luego el horizonte foráneo, era a enseñar dos horas diarias. Pero la ilusión que le hizo cobrar por primera vez algo sudado por él mismo, fue enorme. Sintióse un poco autojustificado. A Rosy el asunto le pareció humillante y Rogelio se encogió de hombros. «Ya no me sorprende nada, conque...»

La gran amiga del muchacho era Susana. También ésta compartía la agitación estudiantil, aunque le dolían tantas huelgas porque ello suponía perder muchas clases; y sólo había tomado parte en un homenaje a dos poetas silenciados por el Régimen: Machado y Hernández... Susana hacía honor a la confianza depositada en ella y llevaba estupendamente la carrera. Todo el mundo esperaba que ambos, de un momento a otro, anunciaran su noviazgo, pero las cosas no eran tan sencillas. Se habían encontrado dos temperamentos reflexivos. Pedro no estaba enamorado; Susana, tampoco. Se hubieran pasado horas y horas hablando, intercambiando conocimientos —filosofía por medicina— y devanándose los sesos en torno a ese grandioso tema que era la vida. Y Susana intentando vencer la profunda crisis religiosa por que atravesaba Pedro; pero ni una palabra de amor. «Parecemos dos seres ya mayores que se hacen compañía», reía Susana. «Es verdad. Pero he descubierto que éste es el verdadero romanticismo», replicaba Pedro.

Susana le decía a Pedro que debía escribir una novela y presentarla a un premio literario. «Escribes a maravilla y te expresas con precisión extraordinaria. ¿Por qué no lo intentas?» Pedro negaba con la cabeza. «Si algo he aprendido en la Facultad es a conocer mis límites. Para escribir novelas hace falta imaginación, y yo no la tengo. Cuchy me daría ciento y raya. Me enseñas un papel blanco y no veo más que papel blanco. Cuchy, en cambio, vería un valle nevado, un traje de novia, infinitos campos de algodón...»

La nota disonante entre los dos era que Susana continuaba fascinada por el mundo de los niños, puesto que especializarse en pediatría seguía siendo su objetivo, y los niños a Pedro lo tenían sin cuidado. Le parecían un mundo divertido —por unos minutos—, pero intrascendente y provisional. Todo lo que era provisional lo colocaba a la defensiva.

—Pero ¿cómo puedes decir que el mundo de los niños es intrascendente? En la infancia quedamos marcados para siempre... Yo no me canso de analizar a Pablito, que es un déspota que se las trae... Por culpa de todos, claro está. Y si tuviera un hermanito de tres años, me volvería tarumba.

—Te repito que es un mundo provisional, Susana. Soy filósofo y sé lo que me digo.

—En ese caso, sólo te interesará de verdad el tema de la muerte.

—Tal vez.

Era mentira. A Pedro lo entusiasmaba vivir y estaba lleno de proyectos, lo mismo que Susana. Susana sabía que para su especialidad necesitaría estudiar a fondo pedagogía, psicología, sociología... Estaba dispuesta a ello y también, como todos, pensaba en el extranjero.

—¡He descubierto por qué me gusta tanto hablar contigo!

—¿Por qué?

—Porque eres un niño grande.

—Gracias, pequeña mamá...

Otra pieza que ocupaba su lugar era mosén Rafael. El vicario vivía atento a las voces que llegaban del Concilio más que a lo que le contaban las viejas en el confesonario. Y había llegado a ciertas conclusiones. Pese a la impronta de ejemplar sencillez que había dejado tras sí Juan XXIII y a que en el Concilio se hablase mucho y se dijeran cosas muy fuertes —su querido e inefable párroco estaba hecho un basilisco—, él abrigaba el temor de que el tiempo menguara el ímpetu de los «progresistas» y que la crisis que sufría Pedro —y que éste no le había ocultado— se propagase como una epidemia. La Iglesia había sido narcisista y autocrática durante siglos y le iba a costar mucho objetivizar su obra. Y los «integristas» tenían todavía mucha fuerza en la Curia romana. Mientras vivieran —y que el Señor le perdonase— los Ottaviani y demás...

—¿Le digo una cosa? —azuzaba a mosén Castelló—. Yo, al próximo papa, lo nombraría de raza negra. Y, desde luego, en la parroquia escondería bajo siete llaves eso dedo de San

Hermenegildo que Dios sabe de dónde ha salido y que a lo mejor es de madera. ¡Ay, eso de las reliquias! ¿Sabía usted que en un pueblo de Valencia, Liria, se venera una pluma de las alas del Arcángel San Miguel?

Mosén Rafael a veces tenía salidas que recordaban a Cuchy. Por cierto que Cuchy acababa de comprarse una Mobylette.

CAPÍTULO XXXVI

La suerte estaba echada. Laureano, después del golpe recibido con lo de Cuchy, se interesaba cada vez más por la música y cada vez menos por los estudios. El entusiasmo inicial se le había ido desflecando entre los dedos como un pedazo de tela demasiado vieja. La profecía estaba a punto de cumplirse, en lo que influían además otra serie de circunstancias, destacando las huelgas de la Universidad, que le dejaban al chico mucho tiempo libre. Hay que añadir que la carrera se le antojaba progresivamente difícil, lo mismo que le ocurría a Narciso Rubió, y que se repetía una y otra vez que en el mejor de los casos jamás llegaría a ser una figura.

Por otro lado, lo deslumbraban, aparte del éxito de los Beatles y de Johnny Halliday, los festivales de la canción que se celebraban por doquier en España. ¡El que tenía el santo de cara y salía vencedor...! En una noche, a la cumbre. El triunfo en otros menesteres y en otras artes exigía años y años de sacrificio previo, de aprendizaje a fondo: cantar ópera; ballet; pintar; escribir, como pretendía Pedro... La canción ligera era básicamente instinto al servicio de determinadas facultades. Con eso y un poco de suerte bastaba. Nadie podía afirmar que a él iban a faltarle esas premisas.

Otra razón a su favor era que lo peor que podía pasarle era que fracasara. Bien ¿y qué? En tal caso, podía bajar la cabeza y reemprender la carrera. Naturalmente, tenía que señalarse un plazo a sí mismo: por ejemplo, dos años. Si transcurrido ese período no había alcanzado la meta se daría por vencido, pero por lo menos no le quedaría el reconcomio de no haberlo intentado.

Antes de plantearles la papeleta a sus padres, que era el punto delicado y oscuro de la situación, habló con sus compañeros Narciso Rubió y Salvador Batalla, con quienes ganó el concurso de villancicos en la emisora de Cuchy. El primero estuvo a punto de destrozar el bombo y el segundo la guitarra, el clarinete y la flauta. «¡Ya era hora de que te decidieses! Somos buenos, ¡podemos ser los mejores! Y ahora no nos vengas con que te has echado para atrás.»

No era probable. Sin embargo, no podía afrontar el conflicto familiar que se produciría sin tener bien atados los cabos. Desde el primer momento se acordó del consejo que les dio Sergio, según el cual si resolvían seguir adelante necesitarían de un *manager*, de un apoderado, que podía ser la Agencia Hércules.

¡Jaime Amades! Laureano recordó a aquel hombre bajito, sinuoso y astuto, que a fuerza de saber infiltrarse había llegado a ser una potencia en publicidad. Sí, era la persona indicada para escuchar su proyecto. Imaginó la entrada en la agencia: «Señor Amades, necesitamos un apoderado. Y hemos pensado en usted». Nunca les jugaría una mala pasada, debido a la amistad y condicionamientos que lo unían a Rogelio e incluso a la familia Vega. Y disponía de todos los recursos necesarios: olfato, dinero, tentáculos en todos los terrenos de la propaganda, experiencia, ¡incluso entrada franca en la televisión! En virtud de su contrato para los anuncios televisados procedentes de Cataluña, tenía fácil acceso a esa formidable, única plataforma de lanzamiento. Con sólo una indicación suya podrían intervenir seguro en cualquiera de las *Galas* dedicadas a la canción que se transmitían semanalmente.

Jaime Amades podía conectar con garantía —ellos no— con alguno de los profesionales en boga, que no sólo componían las canciones, sino que cuidaban de los arreglos, que asesoraban a las casas de discos, que se conocían de pe a pa los entresijos del éxito, además de todos los trucos electrónicos para que la música del conjunto «sonase» como era debido. ¡Si consiguieran interesar a Carlos Bozo! Carlos Bozo era sinónimo de victoria. Se había llevado de calle una serie de festivales y los cantantes arropados por él subían como los cohetes espaciales o como los anhelos de Laureano. Su figura era popular. De mediana estatura, llevaba una cabellera idéntica a la de Ringo, el batería de los Beatles, pero con el suplemento de una barbita de chivo un tanto sarcástica. Tenía aspecto de bohemio y, en cambio, fama de trabajador meticuloso y concienzudo hasta la exasperación. Rondaba los cuarenta años y, según una de las revistas editadas por el conde de Vilalta, estaba casado con una bellísima ex maniquí. Se decía que antes de dar por bueno un disco lo sometía al dictamen de un curioso tribunal: el que formaban su hija Ana y su hijo Federico, de quince y catorce años respectivamente. Si éstos daban muestras de aburrimiento, Carlos Bozo reflexionaba el asunto por espacio de un mes.

Decidieron ir a ver a Jaime Amades.

—¿Qué prefieres? —le preguntó Narciso Rubió a Laureano—. ¿Que vayamos los tres o ir tú solo?

Laureano se acarició la mejilla derecha, como solía hacer su padre.

—Creo que, la primera vez, será mejor que vaya yo solo.

—¿Has pensado todo lo que vas a decirle?

—Sí. Voy a decirle que no me diga que no sin antes consultarlo con Charito, su mujer.

—Señor Amades, necesitamos un apoderado. Y hemos pensado en usted.

Jaime Amades se encorvó sobre la mesa, al revés de lo que hubiera hecho Rogelio, que en ocasiones semejantes se echaba para atrás en el sillón. El despacho del propietario de la Agencia Hércules se parecía al del constructor, salvo que en vez de calendarios con mujeres en bañador estaba repleto de carteles de publicidad.

Jaime Amades escuchó con suma atención las palabras de

Laureano. Se quedó de una pieza, lo que en su caso significaba que se empapó de sudor. Sabía que el muchacho tocaba la guitarra y había oído hablar del villancico premiado; pero lo suponía a punto de construir rascacielos y no de haber decidido «profesionalizarse» musicalmente. ¡*Los Pájaros*! ¿No sería un pájaro el tal Laureano? No. Podía decirse que lo conocía desde que nació. Le miró a la cara. El chico estaba serio y su aire era de soñador. Frente ancha, ojos brillantes, con un misterio dentro, boca muy parecida a la de Margot cuando ésta hablaba de algo muy querido. Llevaba un jersey de cuello alto que le sentaba muy bien. Dedos finos y largos, elegantes. Muy ágil de movimientos, con una voz muy segura, como seguros eran sus propósitos. La viva estampa del «jovencito dispuesto a todo» para obtener su deseo.

—¿Tus padres saben algo de esto?

—No. Primero he de tener la certeza de que puedo contar con usted.

—Es el pez que se muerde la cola. Antes necesitaría saber lo que ellos piensan.

—Tal vez quepa una solución. Usted se estudia el asunto y me da su respuesta. Si es afirmativa, yo me encargo de convencerlos. —Laureano agregó—: Por otra parte, desde hace tres meses soy mayor de edad.

—No me gustaría tener que jugar esa baza.

—A mí tampoco. Pero, con franqueza, creo que no habrá necesidad.

La actitud de Jaime Amades demostraba que, en principio, el asunto le había interesado. Anteriormente tuvo ocasión de intervenir publicitariamente en varias preparaciones de recitales y a raíz de ello se enteró de las cifras que se manejaban en ese mundo desconocido para él. Laureano le aportó más datos sobre el particular. El hombre se dijo que el lanzamiento del hijo de un famoso arquitecto, estudiante y de buena familia, podía ser motivo de escándalo. En consecuencia, desde el punto de vista profesional, la jugada era tentadora. Cuando se enterase Alejo se retorcería de gusto y blandiría gloriosamente su bastón. Además, ¡apoderado! El cincuenta por ciento de los derechos de autor, de los beneficios. Bueno, eso no se sabía. Otro detalle que estudiar.

—Voy a pensarlo, sí, voy a pensarlo. Comprenderás que me has pillado de improviso. Por otra parte, hay que saber si esto tiene base; quiero decir..., tengo que asegurarme de que hay calidad.

—Hay un procedimiento rápido para enterarse. Consiga usted que algún experto en música moderna nos escuche, y que le dé su opinión.

—¿Quién podría ser?

—Yo le sugeriría un nombre: Carlos Bozo. ¿Ha oído hablar de él?

—¿Carlos Bozo? ¿Casado con una ex maniquí? ¡Claro! Ha estado aquí, en este despacho. En un par de ocasiones nos ha encargado publicidad.

—Es el mejor. Tiene una especie de varita mágica para conseguir el éxito y se las sabe todas.

—Ya...

De pronto, Laureano miró a Jaime Amades con ojos suplicantes y pícaros.

—¿Puedo pedirle una cosa?

—Desde luego.

—Hable del asunto con su mujer... Estoy seguro de que se pondrá de mi parte.

Jaime Amades emitió su clásica risita de conejo y volvió a encorvarse sobre la mesa. La sugerencia le hizo gracia.

—¡Consejo inútil, Laureano! No hago nada sin consultárselo... Es un problema de supervivencia, ¿comprendes?

Charito, recordando sus tiempos del Paralelo, se puso incondicionalmente de parte de Laureano. «Si el chico es artista, ¿por qué no? Sería un crimen cortarle las alas.» Habló con gran convicción. Amades titubeaba. «Conozco el paño, Amades... Adelante.»

Faltaba dar el paso decisivo y Jaime Amades lo dio: conectó con Carlos Bozo. El prestigio de Agencia Hércules allanó todas las dificultades. El compositor acudió al despacho de la agencia ganado por la curiosidad, llevando consigo una carpeta llena de partituras, su cabellera a lo Ringo y la perilla sarcástica. «A lo mejor quiere hablarme de algo de televisión...»

En absoluto. Jaime Amades, después de invitarlo a un café —una máquina automática los hacía en serie—, le habló de *Los Pájaros*. De ser otro el interlocutor, Carlos Bozo se hubiera largado inmediatamente. Todos los días recibía propuestas en ese sentido. Pero Agencia Hércules no podía haberlo molestado sin un fundamento. Había oído hablar de Julián Vega. «Es su hijo, sí. A mí me parece que tiene mucha personalidad, y una vocación a prueba de bomba.»

Carlos Bozo sonrió. Nada de eso podía darse por cierto hasta haberlo demostrado. No existían recetas para el éxito, y las opiniones previas no contaban.

Jaime Amades, interesado, le preguntó más o menos «cómo se fabricaba un ídolo». Y Carlos Bozo le demostró «que se las sabía todas». Un ídolo de verdad no se fabricaba; un ídolo falso, sí. Un cantante *pop*, para abreviar —*pop* venía de popular—, era alguien que, con sólo aparecer ante el público juvenil, lo magnetizaba o no lo magnetizaba; eso era todo. Con su voz, con su manera de moverse, fuera guapo o feo, tímido o cínico, inteligente o imbécil. Ocurría como con los toreros: llenaban la plaza o no la llenaban. Él aprendió la lección a fuerza de poner esperanzas que luego fallaron. El público juvenil tenía su brújula, que además cambiaba de rumbo muy a menudo, y decía «sí» o decía «no». La palabra *fan* venía de «fanático» y eso no había que olvidarlo. Tal vez el que mejor hubiese definido la situación fuera el apoderado del famoso conjunto inglés los *Rolling Stones*, quien dijo que un auténtico cantante *pop* —o un auténtico conjunto *pop*— era aquel que conseguía que los adolescentes y los jóvenes bailasen siguiendo el ritmo con la pelvis...

—¿Comprende usted?

Jaime Amades estuvo a punto de pedir otro café, pero siempre temía excitarse demasiado.

—Desde luego.

Ésa era la base sobre la que había que operar. Naturalmente, había gente que quedaba descartada de antemano, y había casos en que valía la pena arriesgarse. Porque se trataba de hacer una inversión... Un buen lanzamiento era algo bastante costoso, aun contando con los medios con que contaba la Agencia Hércules.

Jaime Amades le preguntó si, en el supuesto de que, después de oír a *Los Pájaros*, él viera posibilidades, estaría dispuesto a componer para ellos, a fijarles un estilo, a ser su ángel tutelar, en suma. En las condiciones que oportunamente podrían establecerse.

—Estoy dispuesto a todo menos a fijarles un estilo. Eso deben traerlo ellos por su cuenta. Lo más que puedo hacer es sugerir algunos retoques, pulir esto o aquello, pero nunca traicionar su manera de ser.

—Ya...

Carlos Bozo volvió a sonreír.

—Es otra opinión del apoderado de los *Rolling Stones*...

La prueba se efectuó en el estudio de Carlos Bozo, instalado con absoluta seriedad, con toda clase de transformadores, amplificadores, magnetófonos, etcétera. Situado en una calle tranquila, en una travesía de Ganduxer, reunía las mejores condiciones acústicas.

Laureano acudió más nervioso que a cualquiera de los exámenes a que se había presentado en la Escuela. Sabía que éste era irrepetible. Narciso Rubió, en cambio, estaba sereno, aunque se abstuvo de escupir como era su costumbre. El camarero Salvador Batalla, achatado, con sus largos y grotescos brazos, era el símbolo del temblor.

Carlos Bozo se fijó especialmente en Laureano, cuyo aspecto, en principio, le causó excelente impresión. Y llegó el momento. Los tres aspirantes ocuparon los lugares que les indicó Carlos Bozo, y éste les hizo una señal. Laureano, de pie en primer término, pegó un grito, que los altavoces repitieron a una potencia increíble, mientras una cinta magnetofónica empezaba a girar. Habían elegido una canción de Johnny Halliday: *Pour moi, la vie va commencer*. La habían ensayado horas y horas. No les salió del todo mal. La voz de Laureano delataba que estuvo cantando en la Tuna, pero era vibrante, dúctil, con buena impostación, gracias a las lecciones que en el Colegio de Jesús le había dado el padre Barceló. El final fue arrollador. Laureano hubiera repetido el estribillo hasta el infinito, mientras Salvador arañaba con crueldad la guitarra y Narciso Rubió enloquecía con la «batería».

Al terminar, Carlos Bozo se limitó a decir: «Otra». Eligieron una canción española muy conocida, que había ganado un festival. Y luego dos o tres del mismo género, en las que se alternaban unos pocos compases de verdadero *rock* con otros muchos folklóricos y sentimentales. Y siempre con un *in crescendo* al final, repetido, repetido...

Laureano se había propuesto dar lo mejor de sí mismo y lo dio. Le había pedido a Carlos Bozo un micrófono de mano con el hilo muy largo, lo que le permitió pasearse, volverse de pronto de espaldas al público, inexistente, ponerse de perfil, nuevamente de cara, tener súbitos desplantes e iniciar, cuando menos se esperaba, una serie de movimientos ondulatorios con todo el cuerpo, que sin duda invitaban al contagio y dilataban al máximo las pupilas de Jaime Amades. La agilidad del muchacho era realmente felina y aunque su gama de recursos aparecía aún bastante limitada, podía aquilatarse sin esfuerzo la posible orientación.

—Basta —dijo en un momento determinado Carlos Bozo, cerrando el magnetófono.

Los chicos sudaban a mares. Se los veía más dueños de sí que al empezar, lo que era buena señal. Carlos Bozo encendió un pitillo. Su expresión era impenetrable. No porque buscase algún efectismo; se esforzaba por disimular que se había entusiasmado. Faltaba matizar, pero admitía que el grupo tenía un sinfín de posibilidades. Estaba a punto de pensar que acaso hubiera encontrado lo que durante tanto tiempo anduvo buscando.

Laureano se creyó en la obligación de llenar aquel silencio.

—Hágase cargo de que somos aficionados. Nunca hemos actuado en público y sabemos que el problema es de experiencia, de llegar a dominar las tablas. De todos modos, nos hemos fijado mucho... Lo que pasa es que nos faltan canciones escritas exclusivamente para nosotros. Yo soy muy partidario de adaptar la música a las facultades de cada cual; y lo mismo diría con respecto a la letra. La mayoría de las letras son de un cursi subido, no sé por qué, y lo que nos gustaría serían letras con auténtica intención.

Fueron unos segundos que a todos les parecieron eternos. Jaime Amades entrelazaba los dedos, se restregaba las manos. Él no había entendido nada —aquella música le parecía toda igual—, pero intuía que el asunto iba viento en popa y que incluso el gran tribunal, es decir, Ana y Federico, los hijos de Carlos Bozo, reaccionaría favorablemente.

Por fin Carlos Bozo se decidió a hablar. «No está mal, no está mal.» No le importaba confesar que se había llevado una agradable sorpresa. Había que trabajar mucho, pero materia prima no faltaba. La «batería» un poco confusa y Salvador —¿se llamaba Salvador?— de vez en cuando se retrasaba un poco. Y Laureano simulaba una naturalidad que, tal como muy bien había dicho él mismo, por lo pronto no existía aún. Pese a ello, entendía que, por su parte, podía dar el visto bueno y su consejo —eso lo dijo volviéndose a Jaime Amades— era que valía la pena arriesgarse...

Narciso Rubió tiró los palillos al aire sin molestarse siquiera en recogerlos. A Salvador se le humedecieron los ojos y Laureano se quedó mudo: tal era su emoción.

A continuación, Carlos Bozo se extendió sin más en una serie de consideraciones. El asombro de sus oyentes era total, pues parecía que daba por hecho el asunto y que se estaba ocupando ya de los detalles. Si entre todos llegaban a un acuerdo, lo primero que había que hacer era cambiar el nombre del conjunto. Nada de «pájaros». En cuestión de canciones era muy peligroso aludir a la ornitología. Así, de entrada, y visto el fervor con que cantaban, se le ocurría que merecían llevar un nombre en el que él había pensado muchas veces: *Los Fanáticos*. Era agresivo y se recordaba con facilidad. *Los Fanáticos*. ¿Acaso no lo eran? Parecían haber nacido en Los Ángeles o en Liverpool y no en barriadas de Barcelona con escasa tradición *rock*.

Además del nombre, había que cambiar el número. Faltaba un elemento, debían ser cuatro. Un cuarteto sonaría mucho más. Él podía llamar al muchacho que les hacía falta, que tocaba la guitarra y el órgano eléctrico. Músico excelente, se le ocurrían melodías porque las llevaba dentro desde que lo parieron, aunque desconocía la armonía y las reglas elementales de la orquestación. Se llamaba Javier Cabanes y su padre estaba empleado en Pompas Fúnebres, pero eso no importaba. Sí, Javier completaría espléndidamente la combinación, porque tenía cara de niña. En todo conjunto moderno que se preciase y que quisiera simbolizar algo relacionado con el porvenir, se necesitaba que por lo menos uno de sus componentes tuviera cara de niña.

Luego era absolutamente preciso pensar en la presentación, en el aspecto externo. La apariencia no influía gran cosa cuando no había calidad; pero cuando la había, era fundamental. Ahí estaba el ejemplo de los Beatles. Tenían que dejarse crecer la melena hasta los hombros. Los cuatro con melena. Tres, de una manera estudiadamente anárquica; Laureano, que sería el solista, el ídolo, o, en términos militares, el capitán, muy bien compuesta, con las filigranas que el pelo permitiera. Ahí estaba para ello el peluquero de moda, Aresti, que tenía como clientes a todos los cantantes y artistas y que había convertido el corte de cabello en un arte, componiendo «cabezas» y no dando simplemente tijeretazos.

Tiempo les daría a pensar en lo demás, llegado el caso. Por ejemplo, el traje. Deberían tener varios, aunque así, a simple vista, él los veía enteramente vestidos de rojo, con las solapas muy anchas. «El color rojo es un color fanático, ¿no es así? Pues eso.»

—Me comprometo a componer canciones adaptadas a vuestra manera de hacer. Me comprometo a cuidar de los arreglos y a ensayar hasta que perdáis diez quilos cada uno. Tal vez lo mejor sería grabar de momento un disco, un 45, con cuatro canciones, dos de ellas de protesta. ¡Ah, sí, eso es también fundamental! No es que sea axiomático, ni mucho menos, que todas las letras hayan de tener intención, pues a veces, según la música, basta con que sirvan al ritmo, aunque no sean otra cosa que sílabas inconexas, o meras interjecciones; pero, para empezar, yo haría algo... no sé, por ejemplo, contra la guerra del Vietnam... O contra los tabúes que hasta ahora han rodeado a las cuestiones del amor... —Carlos Bozo se acarició la perilla y añadió—: Ahora, el señor Amades tiene la palabra.

Jaime Amades se sentía desbordado. Aquello que empezó siendo mera anécdota llevaba trazas de pasar a ser algo importante. ¡*Los Fanáticos*! Le dio por pensar que sería el negocio de su vida, aunque no le gustaba lo de apoderado; preferiría ser llamado «representante». Representante de *Los Fanáticos*. ¿Lo pondría en las tarjetas? ¡Charito estaría contenta.

—Después de escuchar al señor Bozo, Agencia Hércules está dispuesta a estudiar el aspecto legal del asunto...

Los tres chicos se abrazaron en el centro del estudio, mientras Carlos Bozo decía:

—Desde luego, aquí hay alguien inteligente... ¡Mira que empezar cantando *Pour moi, la vie va commencer...*!

Laureano se enfrentó con sus padres. Sufría mucho porque sabía el disgusto que les iba a dar, pese a lo cual estaba dispuesto a no renunciar por nada del mundo. Pensó si le convenía hablar antes con Susana, pero decidió que sería un acto inútil, puesto que conocía de antemano la reacción de su hermana. También pensó en recabar la ayuda del padre Saumells, pero se le antojó humillante. El problema era suyo y él tenía que dar la cara.

El chico, aupado por las palabras de Carlos Bozo, sintió que lo ganaba un aplomo inhabitual en él. Era la certeza de que elegía el camino recto, de que la música iba a ser su realización como persona. Eligió un momento en que no hubiera nadie más en la casa y les contó todo lo sucedido desde que empezó a intuir aquello con Narciso Rubió. Los meses que lo anduvo meditando; las razones en contra; el poner en un platillo de la balanza la carrera, que de pronto lo fatigó, y en el otro la gloria íntima de descubrir su verdadero afán; el placer que experimentó al cantar y la posibilidad de comunicar a los demás su arte, etcétera. También les contó las gestiones que había hecho con Jaime Amades y con el compositor Carlos Bozo, el resultado de la prueba y que Jaime Amades fue el primero en exigirle el consentimiento de sus padres, que era lo que les pedía aquella tarde.

—Lamento mucho plantearos esta papeleta, porque os conozco y sé lo que vais a pensar. Tú, papá, soñabas con que siguiera tus pasos; tú, mamá, seguro que imaginas que ese mundo de la canción es algo que ha de conducir inevitablemente al desastre, por lo menos al desastre espiritual. Cuando ganamos el concurso de villancicos y os alarmasteis, os pregunté: «¿Me han suspendido alguna vez?» Fui sincero. Entonces estaba lejos de sospechar que las cosas rodarían de esa manera y que llegaría a la conclusión de que lo que realmente quiero es cantar y no ser arquitecto. Pues bien, sigo siendo sincero hoy. Sois, os lo juro, los dos seres que más quiero en este mundo: dejadme probar. Y si me doy cuenta de que estaba equivocado, si fallo, si no triunfo como es mi ambición, lo aceptaré y reanudaré los estudios. De modo que lo que os pido es un margen de confianza... Nada más.

Julián, mientras su hijo estuvo hablando, no pudo hacer otra cosa que llenar de humo la habitación: tan fuertes fueron las chupadas que dio a la pipa. Julián, que ya peinaba canas, en cuyo rostro se marcaban ya las huellas de tanta lucha, ante el aplomo de su hijo quedó desconcertado. Casi fue este aplomo lo que más lo irritó. Laureano les había hablado como si se tratara de cambiar de marca de tabaco, y se trataba de cambiar el rumbo de la existencia y de poner en ridículo el apellido que llevaba.

Margot, por su parte, a duras penas consiguió contener los sollozos. Conocía a su hijo. Leyó en su rostro que nada lo haría cambiar de opinión. Pese a ello, debían intentarlo.

Habló Julián. Lo malo era que Laureano prácticamente se había anticipado a todas las objeciones; el muy cuco se había preparado a conciencia la lección.

—¿De modo que lo que pides es un margen de confianza? Supongo que lo primero que debería hacer sería llamar al doctor Beltrán, pues esto no puede ser otra cosa que un ataque de locura. ¡Colgar la carrera porque el niño quiere cantar! Formar un conjunto y deambular por ahí pegando gritos como esos que salen en la «tele» y que a veces hasta se vuelven de espaldas al público. «Dejadme probar. Y si me doy cuenta de que estaba equivocado, lo aceptaré y reanudaré los estudios.» ¡Mil veces no, amiguito! Afirmas que lo has meditado mucho; ¡pues vuelve a empezar! Piensa que tus padres, que según dices son los dos seres que más quieres en este mundo, se niegan en redondo a que te metas en ese barro. Porque no es sólo tu madre la que piensa que eso es barro, ¿comprendes? Yo también lo pienso así. Dedicarse profesionalmente a eso es entrar en un clima ambiental que no se sabe dónde termina ni cómo retirarse luego de él; no hay más que ver el aspecto de la mayoría de los que ya están metidos hasta la cintura. ¿Quién diablos te ha vaciado la cabeza, vamos a ver? ¿Narciso Rubió? ¿Las modistillas que a lo mejor se disputarían un pedazo de tu camisa? Sí, acertaste al decir que siempre soñé con que seguirías mis pasos, que me parecen muy dignos. Y mi alegría era muy grande viendo cómo ibas venciendo los obstáculos para llegar al final. Ahora, de pronto, ¡zas! El pasatiempo se convirtió en obsesión. ¡Y pensar que yo mismo te pagué un profesor de guitarra! ¿Por qué aquel día no pillé una hepatitis? Laureano, escúchame bien. La respuesta de tu padre es: ¡no!

Laureano, que ya esperaba el anatema, no dio muestras de sorpresa, pero sí de incomodidad. ¿Cómo conciliar puntos de vista tan dispares?

Miró con fijeza a su padre.

—Papá, no te exaltes, por favor. Ya te he dicho que no se

trata de una improvisación. Me estás hablando en un tono que no me parece el más adecuado.

—Tu padre ha hablado muy bien, Laureano —intervino Margot, interrumpiéndolo—. Y estoy completamente de acuerdo con él. ¡Un conjunto musical! Bien sabes que si aquí hay alguien amante de la música, ese alguien soy yo; pero lo que tú te propones es dedicarte a una grotesca caricatura de la música. No dudo que entre un millar de canciones habrá unas cuantas que se podrán soportar, e incluso que serán bellas; pero en su inmensa mayoría son berridos absurdos, una manera de pasar el rato, copia engañosa de un tipo de ritmo reiterado y obsesivo que está bien y es sincero entre ciertas razas que cultivan el tan-tan, pero que en personas como tú resultan por completo sofisticadas. A mí me parece que lo que te tienta es la facilidad. Los libros son una montaña y has visto una puerta abierta al triunfo cómodo y halagador, es decir, a las modistillas... Un par de discos, tu buena planta, un poco de contoneo, ¡y a salir en los periódicos! Lo otro hay que sudarlo, y sudarlo de verdad. Hijo mío, todo eso es un espejismo. Porque esos triunfos son fuegos fatuos y lo otro es duradero. ¡Y no pienso dudar de tu éxito, fíjate! De modo que el fallo de que hablaste probablemente no se produciría, sino todo lo contrario. Hasta cabe admitir que, por una serie de circunstancias, te harías el amo del cotarro; pues bien, es a eso a lo que le temo. Porque la caída sería luego igualmente vertical. Los gustos cambian en cuestión de días y lo que hoy hipnotiza mañana es arrinconado como un trasto. ¡Cantante de música ligera! ¡Cantante de moda! Yo no te enseñé solfeo ni quise que te aficionaras al piano para llegar ahí. Y cuando en París le pedí a Rosy que te trajera una guitarra, tampoco pude sospechar que un día nos hablarías como acabas de hacerlo. Yo creo que la hepatitis la voy a tener ahora si no nos dices que todo ha sido un mal sueño de tu juventud. Y por descontado, mi negativa es también rotunda, Laureano.

La incomodidad de éste se acrecentó. La seriedad y el dolor de sus padres eran superiores a cuanto él imaginara. Los argumentos que empleaban eran más sentimentales que lógicos, pero resultaba imposible razonar una repulsión tan profunda. Por otra parte, ¿cómo demostrarle a su madre que esa música que ella despreciaba casi en bloque tal vez fuera tan buena como pudo serlo en otros tiempos la que ella amaba? ¿Que los años habían pasado y que la juventud moderna no era un mal sueño, sino un cuenco tan vasto que en él lo mismo cabía lo primitivo —el tan-tan— como la pasión por la cibernética o la pasión por la libertad? ¡La libertad! Ésa era la palabra, que en cierta ocasión analizó con su padre y que debía poner en práctica... «La libertad es algo que uno de repente desea... y ya está.» Esos berridos absurdos y en apariencia sin sentido eran gritos lanzados por quienes, debido a su edad, no querían vivir de normas redactadas en pergaminos de la Edad Media. Nada de fuegos fatuos; cada día que pasara los gritos serían más fuertes y se oirían más lejos. ¿Y por qué su padre habló irónicamente del «niño que quería cantar»? Una vocación podía ser tan auténtica para lo uno como para lo otro. ¿Y por qué habló del barro hasta la cintura? Bueno, el trance era amargo y había que pasarlo.

—Creo que la discusión sería interminable..., y que el problema no es dialéctico, sino de sensibilidad. Y que uno lo mismo puede corromperse ejerciendo de arquitecto que dedicándose a la canción ligera. Supongo que hay precedentes, ¿verdad? Lo que pasa es que los deslices de los artistas son más aparatosos que los que pueden cometerse ejerciendo una profesión con diploma universitario. Yo creo que inmoral puede llegar a serlo más fácilmente un arquitecto sin vocación, y creo que ése sería mi caso; en cambio, la música moderna, si quien la interpreta ha recibido una formación como la que vosotros me habéis dado, ¿qué peligros puede encerrar? La vanidad... No veo otro. Por lo menos, no veo otro que no exista en cualquier otro lugar. Porque, para aprovecharse de las modistillas no hay necesidad de entrar en el mundo *pop*; los abogados, los banqueros, los constructores..., no se quedan cortos al respecto. ¡Vamos, digo yo!

El forcejeo duró largo rato aún, con raptos coléricos por parte de Julián, con toques de ternura por parte de Margot y también del propio Laureano. Pero nadie daba su brazo a torcer. Por fin, agotados todos los recursos, Julián, que sabía que el chico era mayor de edad, se levantó, dio unos pasos por la habitación y, volviéndose hacia él, se apoyó en la chimenea y le dijo:

—Bien, veo que no hay manera de convencerte... ¿Puedo preguntarte hasta dónde estarías dispuesto a llegar con tal de salirte con la tuya?

Laureano se levantó a su vez. Y sin perder la calma contestó, mirando alternativamente a su padre y a su madre:

—Hasta marcharme de casa.

Fue como un latigazo. Margot se llevó las manos a la boca y Julián enrojeció y se quedó inmóvil.

Fuera, unas nubes habían cubierto la montaña del Tibidabo. El clima era húmedo, inhóspito. La ciudad se había vestido de gris y daba la impresión de que todo estaba silencioso.

Julián, enfurecido, habló con Rogelio. Y Rogelio lo desanimó. No había nada que hacer. «Ya sabes las peloteras que he tenido yo con Pedro, ¿verdad? Ahora te ha tocado a ti... ¡Sí, sí, no lo dudes, sería capaz de marcharse de casa! De alquilar un piso con sus amigos ¡y adelante con los faroles!»

—Pero ¿crees que eso se puede consentir?

—Lo que creo es que tenemos perdida la partida... Cualquier día Pedro nos saldrá con que también está dispuesto a marcharse. Rosy está convencida de que en cuanto termine la carrera se largará...

Por su parte, Margot fue a cambiar impresiones con el padre Saumells. Y el resultado fue idéntico.

—Margot, hace mucho tiempo que te pronostiqué que vuestros hijos os plantearían problemas graves... y elementales. Ven las cosas de otro modo, no tiene remedio. La carrera lo ha cansado y a lo mejor su vocación por la música es auténtica. Y de nada te servirá decirle que esa música no es de tu agrado; es la suya y se acabó. Por lo demás, creo que cometeríais una insensatez permitiendo que se marchase de casa. El mal menor es agachar la cabeza, dejarle que pruebe, y retenerlo. Por lo menos de ese modo podréis controlarlo un poco; si no, lo perdéis definitivamente...

Margot se mordió casi con rabia el labio inferior.

—Sí, claro...

CAPÍTULO XXXVI

SERGIO APARECIÓ DE NUEVO en el *Kremlin*, en compañía de Giselle. Encontró algo encrespado el ambiente de la buhardilla, debido a la decisión de Laureano, que había alertado a los padres de aquella pequeña comunidad.

El joven marxista llegaba de «Europa» y habló a sus amigos de un nuevo movimiento juvenil que había surgido en Copenhague y, principalmente, en Amsterdam. Giselle había convivido con algunos de sus miembros y se mostraba bastante interesada. Se llamaban los *provos*, abreviatura de «provocadores», y en cierto sentido eran anarquistas, aunque sin agresividad. En su mayoría eran descendientes de parejas que al terminar la II Guerra Mundial no tuvieron dónde cobijarse. Su dramática infancia los marcó de tal modo que en vez de preguntarle a la sociedad: «¿Qué debo hacer?», le preguntaban: «¿Por qué debo hacer esto?» Y lo preguntaban con tal espontaneidad que a menudo la sociedad no sabía qué responderles.

Estaban también convencidos de que a base del llamado progreso, trabajo en serie y viviendas-colmena, dentro de un engranaje capitalista, competitivo, el hombre acabaría siendo esclavo de su propia ambición. Al principio no tenían ningún programa, limitándose a burlarse de todo lo que ellos llamaban folklore protocolario y moral, pero pronto los *provos* de Amsterdam se habían lanzado a una curiosa campaña, titulada la Campaña Blanca. Lo primero que hicieron fue lanzar una bomba de plástico contra la estatua de un general que había ganado muchas colonias para Holanda, pero que al propio tiempo había matado a mujeres y a niños inocentes. Luego propusieron al Ayuntamiento pintar de blanco todas las chimeneas de las fábricas, y colectivizar y blanquear también todas las bicicletas de la ciudad, que sumaban casi un millón. Todas las bicicletas de Amsterdam serían blancas y estarían a la disposición de todos los ciudadanos, descongestionando así la circulación, pues los coches particulares podrían quedar en las afueras. Al casarse, vestían de blanco lo mismo el novio que la novia. El ideólogo del grupo era un concejal, que simbólicamente había regalado dos bicicletas blancas al Ayuntamiento de Londres. El blanco significaba para los *provos* la purificación, y poco a poco iban enriqueciendo su sistema de ritos. «No se sabe si su aventura prosperará, pero es otro síntoma de lo que está ocurriendo en el mundo. Brota como un halo de poesía que pretende protestar contra la injusticia reinante.»

Sergio añadió que no dejaba de ser curioso que, en el momento en que en Dinamarca y Holanda se producía aquella epidemia de blancura, él hubiera llegado con Giselle dispuesto a filmar un largo documental sobre la «España negra»: la España sórdida, lo mismo en el terreno religioso —sentimiento trágico—, que en el terreno social —miseria—, que en el del curanderismo, más arraigado en ciertas regiones de lo que pudiera pensarse.

—He logrado reunir algún dinero y vamos a ver si esta vez conseguimos algo eficaz. En París le he dado un buen empujón al oficio. Vengo mejor preparado. Ignoro si el resultado podrá proyectarse aquí; si no, en Francia me lo estrenarán de mil amores.

La reacción en el *Kremlin* fue de curiosidad doble, por los *provos* blancos y por la España negra. Giselle no había cambiado en absoluto —los mismos cabellos lacios a ambos lados de la cara, la misma barbilla alzada, la misma voz de cazalla—, salvo que chapurraba un poco el español. Andrés Puig les preguntó si ellos se habían casado de blanco y Sergio le contestó que aquello no venía a cuento.

Sergio, después de comentar la decisión de Laureano, que lo sorprendió sólo a medias, añadió que por desgracia en España las fuerzas revolucionarias estaban muy disgregadas, especialmente porque la lucha de los estudiantes no sincronizaba con la de los obreros. «Todos actuáis por cuenta propia, sin buscar una fórmula coherente de acción. Eso es ir al fracaso.» Era la táctica de Sergio. De pronto hablaba con la «pandilla» como si todos sus integrantes estuviesen comprometidos como lo estaba él. No les pedía la opinión; lo daba por hecho. Cada vez tenía que salir alguien —solía ser Pedro—, encargado de advertirle que el marxismo tenía para ellos un interés meramente especulativo, pero que en la práctica los atraía escasamente. «Hay doctrinas menos drásticas, más democráticas, con las que nos sentimos más afines.» Dionisio Pascual, el del colmado, que perteneció al Frente de Juventudes y era partidario del orden público a toda costa, se preguntó si tenía que denunciar o no a aquel intruso de la sahariana de cuero. «Déjalo —le dijo Marcos, echándole un capote a Sergio—. Está hablando así para impresionar a Giselle.»

El caso es que Sergio salió disparado por las rutas de España para su reportaje filmado. No le faltó tema, vive Dios. Lo acompañaban, además de su amante parisiense, un par de colaboradores. Tenían que hacer mil cabriolas para eludir la vigilancia de las autoridades, pero iban saliéndose con la suya. A menudo la presencia de Giselle y su acento francés les abrían todas las puertas. También el título de abogado que él ostentaba les resultaba de utilidad. «¿Abogado? ¡Oh!, adelante, adelante...» Hubiérase dicho que los abogados —con permiso de Alejo Espriu— sólo podían defender causas justas.

Giselle vivió diversas e intensas emociones ante determinadas realidades del país. Por descontado, éste daba mucho de sí.

Al igual que el padre Saumells, mosén Rafael, vicario del reverendo Castelló, no desperdiciaba ocasión de poner en práctica las facilidades que daba el Concilio, entre las que de momento no figuraba retirar de la iglesia el dedo de San Hermenegildo. A resultas de ello, un buen día, previa enconada discusión con su párroco, se vistió de *clergyman* —traje gris, camisa gris, alzacuellos blanco—, que le daba un aspecto muy varonil. Mosén Castelló porfió. Aseguró que para que renunciara él a la sotana tendría que pedírselo Pablo VI en persona.

Con su flamante indumentaria se presentó en su casa, provocando un sonoro alboroto. Excepto su madre, a los demás les dio por reír. Aurelio Subirachs se rió al verlo, y no digamos Marcos y Fernando. «¡Caramba, hijo! ¡Pareces de los nuestros!» «Nada, nada, está muy bien. Todo esto es mucho más natural.»

Mosén Rafael se quedó a almorzar con su familia y les habló de que pronto se suprimiría el severo ayuno eucarístico, de que la misa oída el sábado por la tarde sería válida para el domingo, etcétera. En resumen, la barca se había puesto en marcha y él suponía que antes de un año sería obligatorio celebrar el santo sacrificio de cara al público, de cara a los fieles.

También les habló de los movimientos juveniles que, como muy bien sabía el doctor Beltrán, lo tenían realmente obsesionado. Por supuesto, se dispuso a citar a los *provos*, pero resultó que Marcos se le había anticipado. Entonces aludió a los últimos rebeldes salidos a flote: los *capelloni*, en Italia. Los *capelloni* afirmaban que ambicionar bienes materiales era cortarse las alas antes de echar a volar. Que el amor materno era a menudo un amor de «pulpo», que estrangulaba al hijo y lo bloqueaba con inhibiciones. Que poner la ciencia al servicio de la política —los sabios nucleares en Estados Unidos, Rusia y China— era una amenaza planetaria. Que hasta el momento los «administradores de las religiones» habían alentado (en Occidente) a los poderosos, o condenado a sus adeptos (en Oriente) al hambre y a la muerte. Eran partidarios de la supresión de las fronteras y de las aduanas y de la unificación de la moneda. De la libertad sexual a partir de los dieciséis años. Y de muchas cosas más. «Estamos buscando el camino —decían—. Dentro de nosotros hay algo que no nos deja comulgar con vosotros. Esperad que os asimilemos o que creemos un mundo nuevo con nuestros compañeros.» Los *capelloni* no tenían filosofía de ninguna clase ni podían tenerla. No aceptaban partido. En el momento en que se cuadricularan, dejarían de ser *capelloni*.

Aurelio Subirachs, que sentía mucho respeto por su hijo sacerdote, le preguntó:

—Bien, bien, de acuerdo... ¿Y qué opinas tú de los *capelloni*?

—Bien y mal, todo a la vez —contestó mosén Rafael—. Son unos extremistas carentes de experiencia. Es lo lógico. En una habitación a oscuras se tropieza con los muebles.

El arquitecto se tomó de un sorbo la taza de café.

—La verdad, Rafael —dijo—, he de confesarte que todo esto empieza a inquietarme. No sé por qué, frente a los movimientos parecidos que vi en Norteamérica, Inglaterra y demás, no reflexioné lo bastante sobre el particular. Ahora veo que el asunto empieza a tocarnos de cerca y reacciono con el más decepcionante de los egoísmos. Veo que nuestras barbas empiezan a remojarse y me digo: «cuidado». Me refiero, por si no lo has supuesto, a Laureano. Ya estás enterado, ¿no es cierto? ¿Qué opinas? Un poco serio, ¿no te parece?

Mosén Rafael se tomó a su vez la tacita de café.

—Comprendo que es un choque brutal para sus padres. Pero no me atrevo a opinar, a juzgar de antemano... Conozco a Laureano y me guardaré muy bien de afirmar que está pasando el sarampión. Además, y si resulta que triunfa, ¿qué? No hay nada malo en el hecho de formar un conjunto y cantar. Claro, abandonar la carrera a la mitad es una lástima, pero repito que no me atrevo a juzgar al muchacho.

El arquitecto, como le ocurría en esos casos, hinchó su rostro hasta parecer una ampliación. Luego sonrió.

—Tu respuesta justifica el *clergyman* que te has puesto. Yo diría que te ilumina el alzacuellos.

—Lo lamento, pero no puedo hablar de otro modo.

Marcos se puso de parte de su hermano sacerdote y una vez más aplaudió en su fuero interno su proceder. Entonces Aurelio Subirachs se mostró más reticente aún, pues temía —lo mismo que Rogelio con respecto a Pedro— que su segundo hijo le diera algún día una sorpresa de las gordas.

—La verdad —se dirigió de nuevo a mosén Rafael—, si en el confesonario eres tan indulgente, entre tú y el padre Saumells acapararéis a toda la juventud de la ciudad.

Mosén Rafael, en ademán poco habitual, se acarició la solapa.

—Modestamente he de declarar que creo que lo estamos consiguiendo ya...

Jaime Amades no olvidaba que le había pedido a Laureano el permiso paterno. Estuvo minuto a minuto al corriente de la situación, como el mundo entero cuando Juan XXIII entró en agonía. Y se las ingenió para arrimar el ascua a su sardina. Los padres de Laureano habían dicho «no», pero ante la amenaza del muchacho de hacer uso de sus derechos y marcharse de casa habían claudicado. Porque claudicar era retenerlo en el hogar, «para controlarlo en lo posible». Jaime Amades se dijo a sí mismo que él no tenía la culpa de que hubiera sido necesario jugar esa baza que no le gustaba, de la falta de decisión de Julián y Margot y entendió que ello le despejaba el camino para llevar el asunto adelante.

No contaba con la reacción de Rogelio. Cuando éste se enteró de que iba a ser precisamente la Agencia Hércules la encargada de lanzar a Laureano Vega —y de que fue el propio Jaime Amades quien conectó con Carlos Bozo—, se indignó lo indecible.

—Pero ¿te das cuenta de la que has armado? ¿No comprendes lo que esto significa para los padres del chico? ¿Por qué has metido la nariz en ese estercolero?

Jaime Amades simuló asustarse, pero en el fondo estaba tranquilo.

—No me hables así, por favor. Si no, lo mando todo a hacer gárgaras. Sabes como yo que le exigí a Laureano el visto bueno familiar; y que yo sepa, no se lo han negado, por lo menos de una manera oficial. El negocio puede ser muy bueno y he aprendido de ti que en esos casos hay que prescindir de sentimentalismos...

—Hay una cosa sagrada, y es la amistad. ¡No sabía que fueras capaz de emborracharte!

—Mi amistad con los Vega es muy relativa. Tratándose de ti sería otra cosa. Además, ¿qué pretendes? Oír que en este despacho se apela a la moral resulta una novedad... ¡No, por favor, no pongas esa cara! Te repito que si sigues así lo mando todo a hacer gárgaras.

—¡Pues hazlo de una vez y se acabó!

Jaime Amades tuvo una expresión sinuosa.

—¿Y el negocio? ¿Y sabes lo que puede representar para el chico? Carlos Bozo se entusiasmó. ¡El número uno, fíjate! Dentro de seis meses, sus padres, orgullosos...

—Déjate de bobadas...

—¡Que no son bobadas, Rogelio! ¡Que Laureano es un tío, ya lo verás! Y él está dispuesto de todos modos... Además... —marcó una pausa—, no deja de ser gracioso, y perdona, que seas tú quien se ponga en contra de ese proyecto. Cuando Pedro decidió estudiar... lo que está estudiando, casi lo matas. Querías que se hiciera arquitecto o que se preparase para los negocios. ¡Pues Laureano ha optado por los negocios, fíjate!

Rogelio intentó sonreír.

—No confundamos las cosas, por favor... Lo que yo quería para Pedro no tiene nada que ver con lo de Laureano...

—Pero ¿qué pasa con el chaval, vamos a ver? ¿Por qué has mencionado la palabra estercolero?

—Sé lo que ocurre con los conjuntos musicales... Y tú también.

—¿Desde cuándo te preocupa a ti lo que sucede, si hay billetitos de por medio? Te conozco desde hace veinticinco años. Conozco tu vida y milagros, desde tus comienzos al salir de la cárcel hasta la apoteosis de «Torre Ventura» y de la Agencia Cosmos. ¡Rogelio, no sé de qué estás hablando!

—Amades, que sueles ser un cobardica, y en esta ocasión te desconozco...

Jaime Amades sacó el pañuelo y se lo pasó por la frente.

—¿Cobardica...? Eso ha pasado a la historia, Rogelio. ¿Quieres que te diga lo que te disgusta de este asunto?

—¡Anda, dilo! ¿Por qué no?

—¡Ah, estoy seguro de que Charito me daría la razón! Lo que te disgusta, y lo que sin duda disgustará a tus amigos, es que lo que ha elegido Laureano os parece poco finolis... ¡Sí, sí, tal como lo oyes! Ricardo Marín, la elegante Merche... ¡qué sé yo! Lo que no es finolis huele mal. De puertas afuera, se entiende; de puertas adentro uno puede dedicarse a lo más sucio sin que pase absolutamente nada...

Rogelio estaba estupefacto. Sí, a Jaime Amades se lo habían cambiado. Sin duda era cierto que el problema aquel de las neuronas que le planteó un día no existía ya.

—Tengo la impresión de que me estás insultando... por primera vez en esos veinticinco años que nos conocemos. ¿Y sabes lo que has conseguido? Pues ponerme nervioso. ¡Si serás mentecato! ¿Quién ha hablado de poco finolis? A mí lo que me preocupa son los Vega, a los que considero como cosa propia, ¿comprendes?

—¿Los Vega? ¡Te repito que dentro de un año, orgullosos de su hijo...! ¡Si lo sabré yo!

—No seas insensato. Aquí lo que pasa es que tú eres un padre muy particular. ¡Hay que ver, con el hijito que te ha salido! Y tú como si nada. Cualquier día va a poner una bomba en un cuartel de artillería y no por ello dejarás de ir a la Agencia Hércules... «Me ha salido con esas ideas, ¡qué le vamos a hacer!» En cambio yo, los Vega y todos los demás amigos a que te has referido, defendemos el futuro de nuestros hijos prescindiendo de lo que nosotros, por equis circunstancias, hayamos podido ser... ¡Dile esto a Charito de mi parte, por favor! Y tú no lo olvides...

Jaime Amades tuvo un mohín de disgusto.

—Me desagrada discutir contigo, ésa es la verdad... Vamos a ver, pues, si aclaramos de una vez la cuestión. Considero que lo de Laureano es un negocio como otro cualquiera, que entra de lleno en mi campo y que puede significar un montón de dinero... Y puesto que sus padres han aceptado la situación, como tu madre aceptó la que tú le planteaste al marcharte de Llavaneras, todo lo que puedas decirme no me hará cambiar de opinión: seré el representante del muchacho, el representante de *Los Fanáticos*. ¡Y sólo el tiempo dirá si me he equivocado o no!

Rogelio se levantó y con los pulgares hizo sonar los tirantes.

—¡De acuerdo! Yo continúo creyendo que no debiste tocar esa tecla. Y puesto que la has tocado, debes atenerte a las consecuencias... ¡Pensaré lo que debo hacer, no te quepa la menor duda!

Jaime Amades se frotó las manos, sudorosas.

—Hazme saber cuanto antes tu determinación... La cosa va de prisa, ¿comprendes? Ya están ensayando la grabación del primer disco...

—¡Has apretado el acelerador!

—También en eso he seguido tu ejemplo...

Sólo un detalle evitó que Rogelio tuviera el exabrupto definitivo: ver en la pared el rostro gordinflón y sonriente —«Construcciones Ventura, S. A.»— que había ideado Jaime Amades.

CAPÍTULO XXXVII

Murió, en Granada, la madre de Julián, tiñéndolo todo de luto, especialmente el caserón y la jaula del canario. Días después, en Madrid, Mari-Tere dio a luz un niño, el primer Montoya, tiñendo de esperanza aquella casa situada en la prolongación de la Castellana. Era la vida que se pasaba la antorcha. Julián y Margot vivían una temporada de vientos contrapuestos, que los zarandeaban sin piedad.

También la suerte estaba echada para Pedro. Además de terminar Milicias, había emprendido la recta final de Filosofía y Letras —lo mismo que Marcos—, pero escribir le interesaba cada vez más. Y a través de la Escuela de Periodismo, cuya nota desconcertante y alegre era Cuchy, se inclinaba de un modo especial por los temas que denunciaran lacras sociales. Nada de novela, por la razón que le dio a Susana: falta de imaginación. Nada de ensayo, porque todavía era muy joven y se sentía poco preparado. Lo que mejor se le daba, de momento, era el reportaje. Había encontrado una revista católica «avanzada», que no sólo le admitía los trabajos, sino que se los publicaba con espectacularidad tipográfica. Se titulaba *El Orden Nuevo* y en ella colaboraba también el padre Saumells, quien por cierto, y asimismo gracias al Concilio, no sólo vestía también *clergyman*, sino que había obtenido, ¡por fin!, el permiso necesario para vivir siempre en San

Adrián, con la única obligación de irse a dormir al colegio de la Bonanova.

Bien, ya no podía decirse de Pedro, como antaño denunciara Montserrat, que se desentendía de la pobreza. En realidad iba mucho más allá. Lo mismo se ocupaba de la delincuencia infantil y juvenil que de los niños subnormales, que del problema de los minusválidos, que de los viejos desamparados o de los obreros sin trabajo. Se documentaba a fondo, donde fuere menester, a veces teniendo que vencer duras resistencias, debido a su aspecto burgués. Susana y el doctor Beltrán lo ayudaban, y no digamos el propio padre Saumells. Resultaba que los niños subnormales se contaban por millares en Barcelona, lo mismo que las personas minusválidas, éstas debido en su gran mayoría a accidentes —muchos de ellos, por imprudencia— de trabajo. La protección legislativa era escasa y, sobre todo, incoherente. En cuanto a la delincuencia infantil y juvenil, solía provenir de los suburbios donde se hacinaban los inmigrantes. Los chicos se escapaban de casa por hostilidad ambiental y no era raro que empezaran a delinquir iniciándose en el homosexualismo, empujados por los pervertidores de menores que iban a la caza —pagando— de presas tan fáciles. Luego llegaban los pequeños hurtos, la integración en una banda y todo lo demás. Pedro se ocupaba también del problema de las madres solteras, ¡de la prostitución! —qué recuerdos...—, de la falta de escuelas, etcétera. Quincenalmente aparecía un reportaje suyo que iba ganándose progresivamente lectores.

Las reacciones en torno fueron muy diversas. Susana estaba, por supuesto, incondicionalmente a su lado, pero le achacaba cierta falta de religiosidad. Era rarísimo que Pedro introdujera entre sus líneas el nombre de Dios. Otro tanto le achacaban el padre Saumells y mosén Rafael. «Tenéis razón, tenéis razón. Pero ¿qué voy a deciros? ¡Todo esto es tan complicado! ¿Por qué Dios permite ese estado de cosas? Veré si me las arreglo... Lo intentaré...» El doctor Beltrán lo aplaudía sin reservas, e igualmente Marcos. Laureano, muy preocupado por lo suyo, cometía la torpeza de leer sólo algunos de los reportajes, lo que a Pedro le sentaba muy mal. «Conforme con que quieras ser un Beatle, pero no por eso has de olvidarte de los amigos.» «¡Perdona, Pedro! ¡Perdona! ¡Pero es que Carlos Bozo no nos deja ni respirar!»

Susana, además, tenía miedo de que se convirtiera en un resentido, a fuerza de no tratar más que temas negativos, como si ella en la Facultad de Medicina no viera más que las acciones irresponsables y las muertes. Resentido, no a la manera de Sergio, desde luego, pues Pedro obraba de buena fe, deseando que los problemas se arreglasen, en tanto que Sergio daba la impresión de que lo que le interesaba para sus fines era que dichos problemas aumentaran en lo posible en número y gravedad. Pero sí que adoptara ante la vida una actitud excesivamente pesimista. Tal vez le conviniera escribir también sobre otras cosas. «¿De qué voy a hablar? —le objetaba Pedro, que había empezado a dejarse crecer la barba—. ¿De los lirios del valle o de los peces de colores?»

Naturalmente, el conflicto serio lo vivía en su casa, en la avenida Pearson. A Rogelio ya casi no le cabía duda de que su hijo era marxista y cuando hablaba de que al terminar la carrera lo más probable era que se largase, imaginaba que se dirigiría directamente a las oficinas centrales del *Kominform*. Rosy matizaba un poco más, pero estaba igualmente alarmada y lo cierto era que ya las amigas habían dejado de felicitarla por los trabajos de Pedro.

Dicho conflicto iba a ir en aumento porque Pedro estaba decidido a acabar con la «inconsecuencia» que suponía continuar jugando al «huevo de Colón»; es decir, escribir sobre los dramas humanos desde un palco, sin compartirlos en absoluto, y en verano desde su aireada habitación de «Torre Ventura». Lo que no sabía era cómo se las arreglaría para estar en paz con su conciencia; pero no pensaba renunciar. Sobre todo cuando se iba a San Adrián, y veía aquellos enjambres de churumbeles junto a las fuentes y a las tapias del cementerio, y la taberna «La Chata», y hablaba con el pequeño Miguel, regresaba culpándose de estar haciendo trampas consigo mismo, sin que lo consolara el argumento que se dio cuando su famosa discusión con sus padres: que éstos, internándolo en el Colegio de Jesús y rodeándolo del ambiente adecuado, habían tenido buen cuidado de inmunizarlo incluso contra los remordimientos.

Algo ocurrió que complicó la situación todavía más. De pronto se presentó a Carol el fabricante de lonas con el que había salido una temporada —se llamaba Sebastián Oriol—, y le pidió relaciones formales. Podían casarse cuando quisieran: al cabo de seis meses o de un año. Carol casi perdió la respiración, y lo mismo Rogelio y Rosy, pues la familia de Sebastián Oriol era una potencia económica. Su fábrica cubría de lonas los camiones, los trenes, los barcos... El resultado fue que el pobre doctor Carbonell, cazador de dotes, que por otra parte era mucho mayor que la muchacha, se quedó sin muñequita con que pasar el rato y que el pretendiente formal fue aceptado.

¡La que se armó en la avenida Pearson! Las mujeres ya no hablaban más que de la boda —ni siquiera hablaban de amor—, que coincidiría más o menos con la terminación de la carrera por parte de Pedro. El vestido de novia, el piso —cerca de la avenida Pearson—, los regalos, los invitados, que entre las dos familias cabía suponer que llegarían sin duda a los quinientos...

La irritación de Pedro le salía por los poros.

—Pero ¿qué te has creído? —le decía a Carol, su hermana—. ¿Qué has hecho en tu vida para que se organice una cosa así? ¡Ni que hubieras descubierto el virus del cáncer, si el cáncer es un virus!

A su madre, a Rosy, otro que tal.

—Qué barbaridad... ¿Cuánto dices que costará el vestido nupcial? Bien, no me importa, lo imagino... ¡Sí, podrás lucir tus mejores joyas! Y a ver si tienes la suerte de que ninguna de las invitadas lleve otras mejores... ¡Se casa Carol, se casa Carol! ¡Lo nunca visto! ¡La niña es un portento y el novio un arquetipo de hombre! Esto no me va, madre... No es el ambiente que a mí me gusta. En estos últimos tiempos he visto demasiadas cosas, he palpado demasiadas llagas, para que una cosa así no me revuelva las tripas. ¡Una boda sencilla, como la que tú hiciste en la ermita de San Bernat! ¿Por qué no? ¿Qué ha cambiado? ¿Hay agencias de por medio? ¿Hay lonas por en medio? ¡Que se pudran! Lo lamento, pero yo no resisto ese caos mental en que está sumergida mi familia... Y lo cierto es que me siento desgraciado, pues a medida que voy conociendo la otra cara de la medalla me reafirmo en la idea de que la célula familiar es vital...

Rosy, que con el maquillaje disimulaba en lo posible las patas de gallo, se defendía contra aquel huracán.

—Siempre con las mismas —decía—. No hay modo de que aceptes un hecho tan sencillo como que en la sociedad hay clases, y que siempre las habrá. Estamos hablando de una boda como corresponde a nuestra categoría, nada más. Y gracias a ella una serie de personas solucionarán sus problemas por unas semanas. Con tus teorías todo el mundo estaría muerto de hambre. ¡Sí, ya sé, me repetirás que ése es el sonsonete de tu padre! Puede que tengas razón. Pero... es que me ha convencido. Hacer circular el dinero es importante y veo que nuestros futuros consuegros, los padres de Sebastián Oriol, opinan lo mismo que nosotros. Por cierto, ¿cuándo querrás conocer al novio? A lo mejor te llevas una sorpresa... Es más campechano que tú, fíjate... Sólo que no está obsesionado por lo que no se puede remediar de un plumazo.

Era un forcejeo constante e inútil. Pedro debía saberlo, pero no había manera. Por otra parte, en Llavaneras compartían su opinión —desbordados ante aquel despilfarro que se avecinaba—, y también la compartía el doctor Vidal, el padre de Rosy. El doctor Vidal había comentado: «Pero ¡si Carol no sabe freír un huevo!»

Susana estaba intrigada porque ignoraba si Carol estaba enamorada o no. Se comía a besos a Sebastián, que era rechoncho como ella, aunque más alto, pero ¿cómo podía pasarse en un santiamén de un médico a un fabricante, sin concederse por lo menos un compás de espera? Mosén Rafael se lo resolvía fácilmente: «Las personas-vientre son así...»

A todo esto, Pedro tuvo una alegría fenomenal. Realizó un

trabajo de investigación sobre los problemas del Tribunal Tutelar de Menores, lo presentó a un concurso organizado por la Asociación de Padres de Familia y se llevó el primer premio: cincuenta mil pesetas. Lo primero que hizo fue regalar el coche a sus padres —«devolvérselo»— y adquirir una Mobylette idéntica a la de Cuchy. El resto lo guardó. Y empezó a preparar su gran decisión para cuando pudiese dejar la Universidad: ya no se trataba de parar poco en casa, sino de ir acondicionando el *Kremlin* para quedarse a vivir en él. Arrambló con las bragas, el sostén y otras lindezas por el estilo e instaló en su lugar un diván y una mesa para trabajar. Y algunas noches dormía allí, habida cuenta de que, a raíz de lo de Laureano, la buhardilla había dejado de ser el aglutinante que siempre fue. En consecuencia, a lo mejor llevaba adelante el proyecto y convertía aquello en su hogar. ¿Por qué no? Sólo entonces tendría autoridad moral para escribir todo lo que le hervía en el magín.

Con respecto a la boda de Carol, Cuchy le decía:

—¿Sabes lo que quieren los viejos? Presumir... Presumir ellos. Tu hermana y el tal Sebastián les importan un bledo. ¡Me lo sé de memoria! Yo se lo tengo dicho a los míos: cuando me case, en plan sencillo y que me den en metálico lo que habían pensado gastarse en telas, invitados y caviar. ¡O que no me den nada, no importa! Lo único que me hace falta es la pareja, claro... Porque ahora ¿quién se acerca a Laureano, si se ha convertido en el amante de ese tal Carlos Bozo?

Las salas de fiesta o *boîtes* de la Agencia Cosmos, decoradas por Héctor, eran un éxito, lo mismo la troglodítica de Benidorm, que las que adquirieron en Barcelona, que las dos que inauguraron en la Costa Brava. *Boîtes* sicodélicas, con la música a todo volumen, con luces cambiantes, con colores chillones, agresivos. Alejo llevaba las cuentas y Rogelio barbotaba: «No está mal, no está mal...»

En cambio, Rogelio tuvo que dar marcha atrás en su decisión de tomar represalias contra Jaime Amades por su intervención en el asunto de Laureano. Y es que el éxito de *Los Fanáticos* sobrepasó a no tardar todo lo imaginable... «¡Pensaré lo que debo hacer, no te quepa la menor duda!», había amenazado Rogelio. Lo único que pudo hacer fue rendirse a la evidencia de los hechos.

En gran parte, dicho éxito se debía a la disciplina que les impuso Carlos Bozo, que se convirtió en un déspota. Carlos Bozo, con su barbita de chivo, llevó a la práctica todo lo que les adelantó el día de la prueba: ensayar, ensayar, completar el conjunto con un cuarto elemento, Javier Cabanes, obligarlos a dejarse crecer la melena y adquirir —todo por cuenta de la Agencia Hércules— un órgano electrónico y varios trajes despampanantes, entre ellos un esmoquin de color rojo con solapas muy anchas.

El primer disco, en el que figuraban las dos previstas canciones de protesta —el Vietnam y los tabúes del amor, ambas con letra de Cuchy—, tuvo una resonancia discreta, porque apenas si hicieron propaganda de él. Esperaban lanzarlo caso de obtener el triunfo con el que todos soñaban: el Premio en el II Festival de la Canción *Ciudad de Barcelona*, que se celebraría en plenas fiestas de la Merced. Ésta era la meta y a ella lo sacrificaban todo.

Por el momento, las relaciones entre los cuatro muchachos eran cordiales, pese a las «diferencias de clase» de que hubiera hablado Rosy, porque vivían unidos por un mismo afán. Laureano y Narciso Rubió, como siempre. Salvador Batalla, tal vez acordándose de su época del restaurante, era un poco el botones del grupo, siempre dispuesto a servir. En cuanto a Javier Cabanes, hijo del empleado de Pompas Fúnebres, su cara de niña llamaba tanto la atención que Héctor hubiera asegurado que era de los suyos, y se habría equivocado. Era un chico normal, que si no perseguía a las chavalas era porque Carlos Bozo no le daba tiempo.

Carlos Bozo les prestó su estudio cercano a Ganduxer para ensayar, advirtiéndoles que la cesión era provisional. «Más adelante deberéis tener uno propio, pues éste lo necesito para mí.»

El malestar en General Mitre era muy grande. Cuando la melena de Laureano empezó a crecer hubiérase dicho que el desafío tenía ya su símbolo: lo capilar. Beatriz estaba horrorizada y no comprendía que semejante desatino no pudiera atajarse de algún modo; pero era viuda de notario y sabía muy bien que la mayoría de edad constituía un documento cancelante.

Los cuatro muchachos hubieran querido aparecer en unas *Galas* de Televisión, pero Carlos Bozo estimó que sería prematuro. Mejor dar el golpe el día del Festival. A medida que éste se acercaba, Jaime Amades demostró conocer su oficio. Apareció un *poster* de *Los Fanáticos* —uno de los primeros que se veían en el país—, copia de los tan corrientes en Inglaterra: fondo color de naranja, con las cuatro cabezas silueteadas y llamando mucho la atención. Dicho *poster* fue pegado en innumerables vallas de la ciudad, a veces muy cerca de los anuncios de la Constructora. Pablito estaba muy orgulloso de él; en cambio, para Julián, Margot y Susana aquello se convirtió en una obsesión desagradable. Andando por las calles lo veían por todas partes. ¿Quién pudo pensarlo? La cabeza de Laureano estaba situada en el centro y era un poco mayor que las demás.

Carlos Bozo concedía tanta importancia al Festival, que todo lo demás desapareció de su mente. Convocó a la prensa y declaró que la canción que había compuesto se titulaba «El amor eres tú» y que entraba dentro del más puro estilo *rock*. Elogió con entusiasmo a *Los Fanáticos*, reiterando que por fin había encontrado el conjunto que anduvo buscando durante mucho tiempo. Hizo hincapié en que el solista, Laureano, era estudiante e hijo del conocido arquitecto don Julián Vega: «un intelectual que se pasa a la canción». Con su astucia habitual, y la ayuda de la casa grabadora de discos, se enteró del sistema de votación que seguirían los jurados, repartidos por las cuatro provincias catalanas, e hizo cuanto pudo para presionarlos, sin que *Los Fanáticos* se enteraran de ello. Los dos hijos del compositor, Ana y Federico, oyeron la canción «El amor eres tú» y a los pocos segundos ya seguían el ritmo con las manos y los pies, lo que podía considerarse de buen augurio.

Por supuesto, el conjunto se había preparado a conciencia y tenían la certeza de aportar algo nuevo, de constituir un revulsivo. Por cierto que la mujer de Carlos Bozo, la bellísima ex maniquí, que se llamaba Nieves, era del mismo parecer. Laureano al verla por primera vez experimentó un dulce estremecimiento, a la par que pensó que podía convertirse en su hada bienhechora.

Por fin llegó la hora de la verdad, el día del Festival, que se celebraría por la noche en el Palacio de los Deportes. Sería retransmitido en directo por Televisión Española y se calculaban en varios millones los televidentes que lo presenciarían en toda España. La expectación era tan enorme que el doctor Beltrán le dijo a su hermana, Carmen: «Ya lo ves, querida. Se habla más de ese festival que del golpe militar del Brasil, que de la muerte de Nehru e incluso que de la muerte de Churchill...»

Entre bastidores, en el Palacio de los Deportes, el ambiente estaba cargado y las actitudes eran varias. A los concursantes veteranos se los reconocía por su aplomo; en cambio, algunos de los debutantes rozaban el histerismo, especialmente dos hermanas gemelas, Pepi y Popi, que se mordían las uñas como si tuvieran un hambre atroz. Laureano y sus muchachos se sentían, sobre todo, desplazados, aunque, por fortuna, en las pruebas de clasificación «El amor eres tú» figuró siempre en buen lugar y los profesionales la consideraban una de las favoritas. Capitaneada por Carlos Bozo, que dirigiría la orquesta, era en cualquier caso una amenaza.

En General Mitre los familiares se negaron, por supuesto, a asistir al Festival. Y sólo Susana y Pablito querían ver la retransmisión televisada. Julián y Margot, ni siquiera eso. No obstante, cinco minutos antes de la conexión se dejaron vencer por la curiosidad y se sentaron en sus respectivas butacas, en medio de un gran silencio. Abajo, los porteros, Anselmo y Felisa, llevaban ya una hora frente a la pequeña pantalla y parecían dispuestos a romper a aplaudir en cuanto Laureano asomase la cabeza. Susana decía: «A mí, si no hubiera dejado la carrera, todo eso me parecería bien». «No digas tonterías», cortaba Margot.

Las cámaras hicieron unos pases por el escenario, por el público —el Palacio de los Deportes estaba lleno a reventar—, y Pepi y Popi inauguraron el certamen. Cantaron fatal, se movían como robots ante el micrófono, sin gracia y totalmente carentes de clase. Luego le tocó el turno a un solista, Marvey, que tenía voz de tenor. Llevaba una camisa bordada y tampoco acertaba a moverse con naturalidad. El tercer participante debió de perder tres quilos en el curso de su actuación, tanto se movió, pero la canción era de un aburrimiento mortal. Pese a todo, el público escuchaba con un respeto extraordinario, todo lo cual, a juicio de los Vega, daba un poco de pena.

Los Fanáticos actuaron en cuarto lugar. Y se llevaron la primera ovación de la noche. Laureano dio el golpe. Con el largo hilo del micrófono en la mano, como el día de la prueba en el estudio de Carlos Bozo, demostró unas cualidades fuera de lo común, con magnetismo... y elegancia. Hubiérase dicho que se trataba de un profesional y todas las miradas convergían en él; los demás quedaron relegados al papel de comparsas. Puso el alma en la actuación —tanto como Carlos Bozo con la batuta— y al terminar juntó los pies y se inclinó ligeramente, con mucho estilo. Esta vez Anselmo y Felisa aplaudieron de verdad, lo mismo que doña Aurora, de la Pensión Paraíso, que Manoli, la portera del taller de Balmes, ¡y que mosén Rafael! También los amigos del *Kremlin* gritaron «¡y olé!» Y Andrés Puig profetizó: «El premio es suyo. Seguro».

En General Mitre y en la avenida Pearson el ambiente era de difícil descripción. Alguna que otra lagrimita corría por las mejillas. Con la sorpresa de que Julián y Margot se dieron cuenta de que en el fondo deseaban que *Los Fanáticos* ganasen. ¡Jugarretas del corazón humano! Parecía imposible, pero así era. Rogelio trituraba un habano entre los dientes y Carol y Sebastián Oriol, su futuro marido, alternaban aplausos y besuqueo. En cuanto a Jaime Amades, estaba presente en el Palacio, en un palco, al lado de Charito —ésta engalanada con lo mejor que tenía—, y su nerviosismo lo hacía sudar como si en realidad estuviera en juego el porvenir de la Agencia Hércules.

El resto fue muy monótono y llegó el momento de las votaciones, las cuales iban apareciendo en el marcador electrónico. *Los Fanáticos* ganaron por unanimidad. «¡Señoras y señores —anunció el presentador, en tono afectado—, el conjunto *Los Fanáticos* queda proclamado vencedor del II Festival de la Canción *Ciudad de Barcelona*!» Ovación estruendosa, trofeo, fotografías, desasosiego por parte de Laureano, abrazos entre los componentes del conjunto y Carlos Bozo, saludos y parabienes, el triunfo absoluto. Desde uno de los palcos, Nieves, la ex maniquí, envió a Laureano un beso que llamó la atención del cantante. Los periodistas acorralaron al muchacho y Laureano, en sus declaraciones, demostró haber pasado por la universidad. Cumpliendo órdenes se mostró audaz, sin asomo de timidez. Su vocación era auténtica y comprendía que lo difícil empezaba en aquel momento, pues se encontraba muy lejos de la perfección a que aspiraba. «Mi propósito es elevar la canción llamada ligera a un plano superior.» Narciso Rubió, Salvador y Javier aceptaron deportivamente el protagonismo de Laureano, cuyo esmoquin rojo relampagueaba, preludio de la llama de éxitos que prendería en él después de aquella noche decisiva.

Estaba previsto que la canción ganadora sería repetida, de modo que así se hizo con «El amor eres tú». El estribillo fue coreado por la multitud. Imposible pedir más. Sergio y Giselle, sentados en la última fila de general del Palacio, sonreían y comentaban: «La anestesia. Todo el mundo feliz...» Ellos habían filmado una España que no tenía nada que ver con el espectáculo que acababan de ofrecerles las fiestas de la Merced.

El milagro se hizo realidad. «En una noche, a la cumbre», había soñado Laureano. Ahí lo tenía. «A mí me parece que lo que te tienta es la facilidad», le había dicho Margot. Tal vez fuera cierto. Páginas y páginas de los periódicos, portadas, las emisoras de radio dando sin cesar sus discos, el *poster* inicial invadiendo ciudades y pueblos. La canción ganadora se hizo tan popular como *Los Fanáticos*. Al cabo de poco tiempo Laureano Vega podía considerarse una *vedette*, pues Carlos Bozo no dejó de empujar al conjunto, cuya calidad nadie discutía. Andrés Puig, bromeando, le preguntó si también en el Colegio de Jesús harían pagar algo para sentarse en el pupitre en que él se sentó.

Jaime Amades se ocupó en seguida de conseguir contratos y firmó uno para que actuasen en «Bolero». ¡«Bolero»! Julián, al saberlo, se mordió el labio inferior. Una vez más, ¿quién pudo pensarlo? Eran profesionales y cada día lo serían más. Pedro era del mismo parecer que Susana: «Si no hubiera dejado la carrera, nada que objetar». Laureano, ebrio, ni siquiera se acordaba de ello. Por lo demás, bastante ocupado andaba estrechando entre sus brazos a Nieves, la mujer de Carlos Bozo, lo que consiguió con una facilidad que lo dejó pasmado. «¡Me di cuenta en seguida, pichoncito...! Estás destinado a triunfar... en todos los terrenos.»

Empezaban a ganar bastante dinero, lo que lo emancipaba, desde otro punto de vista, de su familia. En General Mitre la situación se había agravado, pues nadie había cambiado de opinión. Laureano era ya menos que un huésped. A veces se pasaba dos y tres días sin aparecer por casa. Inesperadamente recibió de tía Mari-Tere una propuesta para rodar una película, producida por su marido. Carlos Bozo negó con la cabeza. «Calma, calma... Estamos empezando. Tiempo habrá.»

Laureano supo lo que eran las *fans*. Más que el padre Duval. Nunca había acabado de tomarse en serio que las *vedettes* recibieran tantas cartas de admiración, tantas peticiones de fotografías dedicadas y pudieran provocar tantos ataques de vehemencia; entonces lo vivía en su carne. En cuanto lo reconocían iban a por él y él se sabía el príncipe azul de una enorme cantidad de muchachas repartidas por la geografía patria. Carlos Bozo admiraba de Laureano que no se hubiera engreído en absoluto. Al contrario. Era muy responsable y no cesaba de repetir: «Tengo que mejorar... Tengo que corregirme esto y lo otro...» «¡Por favor, quiero que me habléis de defectos!»

Tenía varios. Aparte del erotismo, al que se entregó con frenesí —y no sólo con la mujer de Carlos Bozo—, fumaba como un carretero y eso era malo para la voz. Aunque los peores eran el insomnio y los horarios, contrarios al ritmo habitual de la casa. Dormía durante el día, de suerte que Margot tenía que andar continuamente avisando: «¡Chiiiisssssssst...!» Ello desagradaba especialmente a Pablito, acostumbrado a vivir a su aire.

¡Qué cambio de vida, santo Dios! Rogelio le daba unos manotazos en la espalda y le decía: «¡Arriba, muchacho! ¡Pero ojalá tu ascensor no sea de esos que de repente hacen: plaff!» Laureano se miraba al espejo y apenas si se reconocía. Bendecía el momento en que tomó la decisión de enfrentarse a sus padres. Y no olvidaba que le debía mucho a Cuchy, aunque últimamente podía atenderla menos de lo que se merecía una muchacha que compartió con él un secreto tan profundo..., y que en todo momento lo estimuló. Se sentía culpable de ingratitud. Y Cuchy sufría. Hubieran podido ser felices y ella no le habría puesto ninguna traba para que prosiguiera con su esfuerzo.

También se sentía culpable de ingratitud con su abuela, Beatriz. ¿Dónde estaban los tazones de chocolate que le preparaba cuando él era un chiquillo? Beatriz no hacía más que rezar para que Laureano se quedara afónico para siempre. Lástima que no se fumara tantos habanos como se había fumado en su vida Rogelio. Iba al Cristo de Lepanto, como en las grandes ocasiones. Laureano le decía: «Pero, abuelita..., cada cual es cada cual, ¿no? Si estoy triunfando, es porque servía precisamente para eso... y para nada más». Beatriz a gusto le hubiera dado un par de sonoras bofetadas. No lo hacía, pero tampoco se callaba lo que llevaba dentro: «Lo que hay que ver es el final de todo esto, Laureano. Tengo experiencia y sé que no va a ser nada bueno».

CAPÍTULO XXXVIII

La boda de Carol fue el golpe de gracia para Pedro. Por fin decidieron celebrarla en Montserrat. Una caravana de coches subió al monasterio. Los casó, por razones de amistad, mosén Rafael. Rogelio y Rosy hubieran preferido que lo hiciera el arzobispo de Barcelona, pero éste se negó, precisamente porque la boda era de tanto postín. En la plática, mosén Rafael dejó clara constancia de que aquellas ostentaciones no eran de su agrado y los espectaculares sombreros de las señoras, que contrastaban con el canto gregoriano que se estilaba en la basílica, aletearon en señal de protesta.

La pequeña Carol estaba muy hermosa con su vestido blanco. Rosy parecía rejuvenecida y Rogelio llevaba con bastante naturalidad el chaqué, aunque en ese aspecto Ricardo Marín y el conde de Vilalta le ganaban la partida. El número de invitados era, efectivamente, superior a los quinientos, muchos de los cuales decidieron guardar como recuerdo el menú, firmado por los novios. Alejo aprovechó la ocasión para contar unos cuantos chistes subidos de tono, mientras Margot observaba al novio, a Sebastián Oriol, y pensaba que todo aquello había sido un poco precipitado, lo cual no significaba que el resultado no fuera feliz. A Margot le ocurría que a veces empezaba a desconfiar de las programaciones a largo plazo.

Sebastián Oriol se comportó con mucha llaneza, ganándose la simpatía de todo el mundo. Cineastas y fotógrafos no cesaron un momento de utilizar sus cámaras. Rogelio quería tener constancia plástica de todos y cada uno de los detalles de la ceremonia. «Quiero —dijo— que mis nietos vean que se hicieron las cosas como debían hacerse.»

Eso lo dijo pensando en Pedro, aunque éste no lo oyó. Pedro se había negado a ponerse chaqué y se mantuvo en un plano muy discreto. A la hora del baile Carol le dijo, con su amor de siempre: «Pero ¿es que no estás contento?» Pedro le contestó: «¿Por qué me preguntas eso? Estoy contento de que te cases, pero sabes de sobra que hubiera preferido que lo hicieras con más sencillez.» «¡Huy, chico, continúas viviendo en las nubes!»

Laureano fue inevitablemente el centro de muchas miradas. Montserrat no le quitaba los ojos de encima, pensando que antes de la melena se parecía mucho a su padre, a Julián, pero que ya era «otro». Montserrat se emocionó mucho cuando Carol fue a darle un par de besos con afecto especial, recordando sus tiempos de institutriz. Al fin y al cabo, ella fue quien le explicó a Carol cuándo una niña empezaba a ser mujer...

Julián se preguntó por el porvenir de Susana. ¡Cuántas veces había deseado que ésta le diera la noticia de que había formalizado sus relaciones con Pedro! Pero últimamente, ante la conducta de éste, empezaba a dudar. En realidad no sabía a qué atenerse. Tal vez le ocurriera que, aparte de su profesión, la vida le estuviera resultado demasiado complicada.

De pronto, Sebastián y Carol salieron del monasterio en un coche ampuloso repleto de flores de azahar, y comenzó su luna de miel. Viaje por varios países europeos. A Carol todo le parecía un cuento de hadas —el *Kremlin* quedaba lejos— y era completamente feliz.

Pedro y Marcos terminaron la carrera y una vez cumplido el consabido tiempo de cuartel decidieron conjuntamente llevar a cabo su antiguo plan de salir al extranjero. De momento, proyectaron pasar el verano en París. Sergio los había informado de que en la Ciudad Universitaria podrían vivir con poco dinero si tenían la suerte de encontrar alojamiento en algún pabellón.

Aurelio Subirachs no vio ningún inconveniente en darle a su hijo lo necesario para el viaje, que efectuarían en tren, y para pasar un par de meses. Marcos se lo tenía merecido. No le habían suspendido en ninguna asignatura y de momento no le planteaba problemas graves, excepción hecha de que solía contestar a todo: «ni fu ni fa...»

Pedro disponía de algunas reservas, por el premio que ganó y por las clases particulares que estuvo dando, y además confiaba en el azar. En el momento de sacar el pasaporte se sintieron importantes, lo cual era ingenuo, pues había transcurrido mucho tiempo desde que Rogelio, Rosy, Julián y Margot se habían ido a París y cruzar la frontera era ya de lo más natural.

En la avenida Pearson hubo sus más y sus menos con motivo de dicho viaje. Fuera Carol, por primera vez Rogelio y Rosy se encontrarían solos. Además, ¿qué haría el muchacho en París? De cabeza a *La Fin du Monde*, si es que todavía existía... Rogelio hubiera deseado que Pedro se instalara en el Hotel Catalogne, donde por lo menos Juan Ferrer y Chantal podrían espiar un poco sus andanzas; pero Pedro se negó. Con mucho gusto iría a saludarlos, pero quería vivir independiente. «Probablemente, en la Ciudad Universitaria.» En realidad, estaba decidido a no aceptar un céntimo, ni siquiera por banda, de sus padres.

—¿Y qué piensas hacer allí?

—No lo sé. De momento, mirar... He terminado la carrera, estoy un poco cansado de tantos libros y ahora me apetece mirar...

—Hay mucho que ver, desde luego, en París... Pero es cuestión de saber elegir.

—Marcos tiene un olfato fenomenal. Y supongo que encontraré algún plano de la ciudad...

Todo a punto, salieron, con muy poco equipaje, para su destino. El tren cruzó toda Francia, llevando aquellas dos vidas que se iban al encuentro de lo desconocido. El viaje fue casi enteramente nocturno, pese a lo cual apenas si conciliaron el sueño. En las estaciones los silbidos de la locomotora los alertaban y a menudo colocaban las manos en forma de visera procurando leer el nombre al otro lado del cristal. A veces no veían el nombre, pero sí rayos de luna sobre los rieles. Cuando amaneció, Francia les ofreció su aspecto ubérrimo, casi lujurioso. Después, los suburbios. Por fin, la estación de Austerlitz.

Sergio los esperaba, en compañía de Giselle. Éstos vivían en un modesto apartamento en *rue de l'Harpe*. Fueron con ellos a la Ciudad Universitaria y consiguieron ser admitidos en el Pabellón Español. Adquirieron buen número de tickets para el comedor colectivo, de manera que el inicio no podía ser más halagüeño.

París los impresionó más que la luna sobre los rieles. Era una moneda de sonido peculiar, de una calidad inimaginada. Dos recién licenciados en Letras, ¿qué más podían pedir? Sergio no había abandonado sus zapatos de goma, silenciosos. Sin moverse de la Ciudad Universitaria tenían ya mil mundos a su alcance, en los pabellones, tan varios y sobre la hierba verde. Y no digamos en el Barrio Latino. Enviaron diversas postales diciendo escuetamente: «Como el pez en el agua». Marcos no escribió ni una sola vez: «ni fu ni fa...» Pedro se lamentó con Susana: «Lástima que no estés tú aquí...»

Sergio los invitó a ver la proyección de su documental sobre la «España negra», que se daba en un cine-club próximo a la plaza de Ternes. En España, tal como era de suponer, se lo habían prohibido. Pedro y Marcos aquilataron todo el valor de testimonio de aquellas imágenes y sintieron intenso escalofrío al comprobar que los españoles se dedicaban todavía a determinadas manifestaciones; sin embargo, resultaba exagerado no poner la contrapartida, ni una gota de miel en medio de tanta acidez. «Yo creo que te pierdes por estar polarizado en una sola dirección, sin ver los múltiples aspectos de la realidad. En el fondo, imitas a tu padre, con su teoría del machaqueo...»

Defendióse Sergio.

—Es que España es así, como todas las colectividades extremistas. Por eso un baño de Francia no os vendrá mal. Aquí se cultiva el matiz. Si pergeñara un documental sobre este país, donde también se encuentran manifestaciones necrofílicas, no tendría más remedio que dar el contrapunto. Allí no lo estimé necesario.

El caso es que el documental tenía éxito y que, aparte de que muchos franceses iban a verlo, no había exiliado español o emigrante un poco culto que se lo perdiera.

Pedro, antes de proseguir su itinerario, quiso cumplir con un deber de cortesía y se presentó en el Hotel Catalogne. Chantal, pese al tiempo transcurrido desde que lo viera en el Congreso Eucarístico, lo reconoció en seguida. «*Mon cher* Pedro...!» Juan Ferrer, excepto en la estatura y en la delgadez, le encontró mucho parecido con Rogelio. Por cierto, Pedro miró a aquel hombre con emoción muy particular, al pensar que había salvado —por dos veces, si no estaba equivocado— la vida a su padre. «En cierto modo, se la debo yo también.» En cuanto a los hijos del matrimonio, Maurice, que trabajaba ya en el hotel, descargando en lo posible de su labor administrativa a Juan Ferrer, le pareció un ser un tanto anodino, lo contrario que Bernadette. Bernadette era una muchacha muy expresiva —recordaba un poco a Cuchy—, decidida y temperamental. Pedro sabía de ella, por una de las cartas que les había escrito Chantal, que se pasó una larga temporada en Inglaterra y que quería redimir lo irredimible. Por descontado, daba la impresión de tener ideas propias y mucho mundo interior.

—¿Por qué no te quedas en el hotel esta temporada? Te haríamos un trato especial, puesto que al parecer quieres vivir sin contar con la ayuda de tus padres.

—No, no, muchas gracias. Estoy con un amigo. Además, el ambiente de la Ciudad Universitaria me gusta mucho.

—Como quieras. Pero, si te cansas, por las razones que sea, ya lo sabes.

Pedro no podía sospechar que su encuentro con Bernadette tuviera mayores consecuencias. Quedaron en verse, en salir juntos un sábado o un domingo, pues los demás días la muchacha trabajaba en las oficinas de la UNESCO. Y gracias a ella Pedro y Marcos —Marcos se pirró por Bernadette en seguida—, oyeron hablar por primera vez de un movimiento juvenil que había empezado pegando fuerte y como dispuesto a hacer tabla rasa de todos los anteriores. Se trataba del movimiento *hippie*, nacido en los Estados Unidos, en San Francisco, y que estaba proliferando en forma vertiginosa.

—En París tenéis ya *hippies*. En el Boulevard Saint Michel, en el parque de Luxemburgo, en el Sena, en la propia Ciudad Universitaria... Y yo misma lo soy, pero sólo sábados y domingos; es decir, soy una *hippie* de «plástico», como ellos dicen, un tanto sofisticada. Aunque reconozco que sus ideas me apasionan.

Bernadette era de la misma estatura que Susana. Pelirroja, como Chantal, con sonrisa ingenua y orejas pequeñísimas, que su peinado dejaba al descubierto. Muy huesuda y de espaldas anchas, que le conferían prestancia al andar. Apenas si se maquillaba, excepto sábados y domingos. Los fines de semana, para ponerse a tono con los compañeros de que les había hablado, se pintaba los ojos, los párpados, hasta las uñas de los pies y se colgaba abundantes abalorios metálicos, que le daban mucho *sexy*. Llevaba sandalias romanas y guardaba en un cajón una túnica dorada, larga hasta los pies. También guardaba una serie de calcomanías que podían pegarse en cualquier parte del cuerpo a modo de tatuajes. Extraño contraste el de su facha con sus ideas y predisposiciones. Seguramente era capaz de cualquier cosa, cuando parecía una simple y modosita secretaria inteligente.

A Pedro se le cayó la baba al comprobar que sus padres, para dejarla en libertad, no se amparaban siquiera en que «estaba pasando el sarampión y en que ellos a su edad también protestaban». Reconocían que el mundo se estaba transformando, que era bueno que así fuese y estimaban lógico que los jóvenes se adaptasen a él. Casi lo ilógico era lo de Maurice, integrado desde un principio, sin crisis intermedia, en la sociedad antigua que el hotel, ¡hasta qué punto!, significaba. La UNESCO era otra galaxia, con miras a escala universal.

Bernadette podía decir —y hacer— lo que se le antojara, sin que nadie le pidiera explicaciones. ¡Qué enorme distancia la separaba de la avenida Pearson! A lo sumo se le discutían los puntos de vista, como podía hacerse entre camaradas.

—¡Esto es una bendición de Dios, Bernadette! Si mi hermana Carol hubiera intentado largarse los fines de semana con gente desconocida, partidaria del amor libre, le quitaban la dote y en estos momentos no estaría casada con un dignísimo fabricante de lonas llamado Sebastián Oriol.

—Sí, mis padres son muy comprensivos, ésa es la verdad. No comparten mis ideas —sería pedir demasiado—, pero por eso mismo su actitud es más meritoria. Aunque te advierto que si no me admitieran tal y como soy, me largaría de casa.

Quedaron en que los presentaría al grupo *hippie* con el que había entrado en contacto, que iba y venía del parque de Luxemburgo, frente a la Sorbona, a los andenes del Sena. Así lo hicieron. El sábado por la noche Pedro y Marcos conocieron bajo los puentes a un americano de Los Ángeles, desertor de la guerra del Vietnam, a un canadiense, a un inglés, a varias parejas francesas, la mayoría de ellos universitarios y menores de veinticinco años. Sólo retuvieron el nombre del americano, Harry; los demás fueron pronunciados rápidamente y resultó imposible acordarse, además de que la actitud de los interesados era indolente y nadie tenía interés en que sobresaliera su propia identidad.

Al parecer, Bernadette era querida por todos. Todos tuvieron una expresión de alegría al verla. Al saber que sus acompañantes eran españoles, el inglés exclamó: «¡Caramba, eso está bien! Probablemente, algunos de nosotros nos iremos a las islas Baleares: a Mallorca o Ibiza. ¿Creéis que las autoridades nos permitirán vivir allí?»

Pedro no supo qué contestar.

—No molestando a nadie, es posible. Si lleváis documentación, claro.

—¡Oh, por favor, nosotros no molestamos a nadie!

El aspecto de Pedro y Marcos era de tal avidez de saber que los *hippies*, por boca de Harry, se compadecieron de ellos y los pusieron un poco al tanto de lo que pretendían con su manera de hacer. Bernadette, si surgía alguna dificultad idiomática, ejercía de intérprete o aclaraba algún concepto.

Harry, como todos los demás, llevaba una mochila, un saco tubular que le servía de almohada y una rueda de flores colgada del cuello. Era todo su capital, de acuerdo con su tesis de reducir al mínimo las necesidades materiales. Tocante a sus normas de conducta, destacaban la de ser fiel a uno mismo por encima de todas las cosas; buscar la libertad como máximo bien; aceptar a los semejantes sin discriminaciones; odiar exclusivamente la guerra y respetar todas las cosas del Universo porque eran buenas.

Por el momento estaban repartidos en pequeñas colonias, en las grandes ciudades americanas y también en el campo. Estas últimas formaban las «comunidades agrícolas» y habían redescubierto el trabajo del campo, a la manera primitiva, al revés de lo que ocurría con la música, que tenía que ser estereofónica y lo más avanzada posible; con algún que otro instrumento romántico, como la guitarra o la flauta de caña, por supuesto. «Depende del momento y de las circunstancias, ¿comprendéis? La consigna es: "Haz lo que te parezca, cuando te parezca y donde te parezca". De modo que si a uno le apetece tocar la flauta de caña, allá él.»

Los primeros *hippies* habían salido, en su mayor parte, de familias acomodadas o de clase media. Convencidos de la injusticia que presidía el vivir de sus padres, abandonaron sus hogares y se plantaron en el centro de las grandes ciudades californianas, San Francisco primero, Los Ángeles después, etcétera. Luego llegaron avanzadillas a Nueva York y de allí pasaron a Europa, sobre todo, a Londres y París. Pero la telaraña —a veces, así la llamaban— se iba extendiendo y probablemente llegaría al Próximo Oriente y al Asia Central, siguiendo la ruta de las drogas.

—¿De las drogas?

—Sí, ya hablaremos de eso más tarde.

El adjetivo *hip* significaba, en su *argot*, «el que sabe, el que comprende, el que está iniciado o está dentro». Sus lemas eran el amor, el poder de las flores y el ejemplo. Harry entregó una flor a Pedro y otra a Marcos, los cuales no supieron qué hacer con ellas. Predicaban la no-violencia, la alegría infantil, la sinceridad, y amaban los pájaros, las campanillas —como las que aquella noche Bernadette llevaba en el cinturón—, las cuentas y los amuletos y los colores vivos.

Los *hippies* buscaban una mística que los liberara de la esclavitud del dinero, de suerte que a la aritmética la llamaban «el viaje deprimente». Harry, que era un mocetón como un sargento de película de Hollywood, inclinó hacia abajo el pulgar. En San Francisco alguien les dio a un grupo de ellos un billete de cien dólares. El grupo rompió a pedazos el billete y cada miembro se tragó simbólicamente un trocito de aquel papel moneda que consideraban denigrante. Sólo aceptaban el intercambio con cosas elaboradas por ellos mismos o lo necesario para, en un momento de apuro, ayudar a un compañero.

Los *hippies* habían dicho basta a la rutina, a la falta de imaginación. Significaban una ruptura de todas las barreras. Creían que el centro del egoísmo estaba en la sobreestimación del propio Yo, del Yo anterior a la «comunicación con los otros», a la hermandad y a la entrega a los demás, que era lo que perseguían. «Goza libremente de todo, excepto de aquello que pueda perjudicar a los demás.» Su gran «sacerdote» era el profesor Timothy Leary, que iba de un centro a otro predicando la buena nueva y cuya expresión de éxtasis se parecía a la del filósofo francés Lanza del Vasto. Harry ponía cara de niño y el canadiense escuchaba como cansado. Se interesaban por la figura de Buda, porque siendo de familia poderosa se fue, regresó con sólo un pensamiento y un tazón de arroz y predicaba la «liberación»; por Cristo, «un tipo formidable»; por San Francisco de Asís, que abandonó a su familia de ricos mercaderes italianos y vivió entre los pájaros y los animales; por Gandhi, debido a la no-violencia; y también les interesaba Aldous Huxley, que cantó las alabanzas de los alucinógenos, etcétera. En algunas de sus sesiones celebraban los funerales del Yo anterior. «Si algún día os decidís a ingresar en nuestro clan, celebraremos los funerales del Yo que os ha esclavizado hasta ahora. Los de Bernadette no los hemos podido celebrar aún, porque, ya os lo habrá dicho, es sólo una *hippie* de plástico.» Y se rieron.

Su lema por antonomasia era: «No fabricamos la guerra, sino el amor». Eran una clase ociosa. Su profeta lejano, Allen Ginsberg, había escrito: «El viaje hacia nuestro interior es la respuesta a la sociedad de consumo. Durante siglos los hombres han viajado hacia el exterior, como Colón; ahora la dirección ha sido invertida». «El primer deber del hombre es descubrirse a sí mismo.»

Una de las fórmulas más directas de conocerse a sí mismo era la respuesta a la pregunta que les hicieron anteriormente sobre el uso de las drogas. Los *hippies* se drogaban —no todos, claro está—, acto al que denominaban «irse de viaje» o «ponerse en órbita». Usaban muchas clases de droga; para empezar, la marihuana o grifa, que se pasaban unos a otros como la pipa de la paz y repitiendo las palabras del Génesis: «Que la hierba crezca del suelo»; pero también tomaban drogas fuertes, como, por ejemplo, el LSD. Ese tipo de alucinógeno, de ácido lisérgico, desarrollaba, al parecer, las facultades intelectuales y potenciaba los sentidos hasta un límite increíble. Se extraía de un hongo una de cuyas especies era ya conocida por los aztecas y los mayas, cuyos artistas seguramente lo mascaban, a juzgar por el carácter de sus obras, muy semejantes a las que salían de las manos de los que ahora trabajaban bajo su efecto. Los *hippies* consideraban que la nicotina y el alcohol eran estimulantes falsos.

De dichas drogas había nacido la cultura sicodélica, de la que probablemente habrían oído hablar y que el diccionario inglés Randoms House definía como «un estado mental de calma profunda, de trauma estético y de impulso creador». Si el bautizo de los *hippies* era el amor, bautizo que se realizaba con flores y no con agua, sus sacramentos eran las drogas, a las que llamaban eucaristía. A través de ellas perseguían la belleza y la fusión con el cosmos. A través de ellas rechazaban la idea de que existieran diferencias sustanciales entre el hombre, las estrellas, los animales, los vegetales y las piedras. En pleno «viaje», en pleno estado de trance, afirmaban que los gatos y las plantas les parecían hermanos y que la creación entera, con todas sus especies, estaba situada a un mismo nivel.

A Marcos le interesó especialmente que bajo los efectos del LSD se crearan obras artísticas comparables a las de los aztecas y los mayas, que él admiraba profundamente. Pedro preguntó:

—¿Y no existe el peligro del hábito y, en consecuencia, de la autodestrucción?

—¡Claro que existe! Pero eso es ya cuestión de cada *hippie*, de cada individuo en particular.

El inglés intervino de nuevo y se anticipó a otras posibles objeciones. Lo cierto era que el movimiento empezaba y que era un tanteo, una búsqueda en la oscuridad. Lo indudable era que los esquemas anteriores de vida habían fracasado y había que buscar algo nuevo; pero no estaban convencidos, ni mucho menos, de haber descubierto la verdad ni la solución del problema que suponía el hecho de existir. El tiempo les iría indicando lo que debían corregir. De momento, una estética, cierto quietismo, un tipo de contemplación parecido al hindú o al de la secta Zen, y el amor por los demás. Aquilatar la importancia de las pequeñas cosas creadas y la maravilla —era un ejemplo— de poder estar sentado bajo un árbol, que era una de las formas más bellas que podían encontrarse, junto con la de los ríos cuando discurrían en libertad. Desde luego, lo importante era haber roto con las cadenas que estrangulaban al hombre práctico, al consumidor y pagador de impuestos. ¿Utopía? También el futuro juzgaría si lo era o no. Las grandes revoluciones del mundo fueron siempre tildadas de utópicas, porque se avanzaban a los demás. Lo que no podía tolerarse era una sociedad de odio y de esclavos del poder y de la burocracia. Era un atentado contra la dignidad de la persona. Los *hippies* querían ser personas y no cosas. «No fabricamos la guerra, sino el amor.»

Pedro insistió en sus preguntas.

—Pero ¿verdaderamente sois partidarios del amor libre?

Esta vez fue Bernadette la encargada de contestar.

—¡Por supuesto! —y para demostrarlo, primero se acercó a Marcos y le dio un beso en la boca de forma que lo dejó turulato y luego hizo lo mismo con Pedro—. Y cuando queráis, puesto que por mi parte no existe repugnancia, lo hacemos de una manera completa.

El pasmo de Pedro y Marcos provocó la hilaridad general. Las chicas francesas que había allí, tendidas junto a sus mochilas, los miraban como si fueran monaguillos.

—Tenemos una habitación, una *chambre de bonne*, aquí cerca, en *rue Casettes*, que sirve para el caso.

Marcos se encalabrinó, mientras Pedro no salía de su asombro. De repente, este último se puso serio. Excepto lo de las drogas y lo del amor libre, que se le antojaba peligroso, el resto de la tesis *hippie* que había oído lo había impresionado hondamente, no sólo por la naturalidad con que fue expuesta sino porque saltaba a la vista que no era una mera especulación sino una certeza de «estar haciendo el bien», como ellos decían. Y significaba, ¡qué remedio!, un espaldarazo a su ansia de liberarse de sus padres, como el Concilio Vaticano II significó un espaldarazo a las teorías del padre Saumells.

No iban a hacerse *hippies* en una noche, porque eran dos seres pensantes, recién llegados, y les temían a los deslumbramientos como si tuvieran que cruzar de nuevo por la carretera de Malgrat y se les acercara en dirección contraria un camión lechero; pero no echarían en saco roto lo oído.

Marcos le dijo a Bernadette, con su amplia sonrisa y su pelo alborotado, de pintor de fosfenos:

—Oye, Bernadette... Estoy entusiasmado. Si no existe repugnancia —y te juro que por mi parte tampoco—, ¿cuándo podremos ir a esa habitación, a esa... *chambre de bonne* de que has hablado, y que está tan cerca?

—¡Oh, cuando quieras! Esta misma noche. Pero dentro de un rato, ¿no te parece? Se está bien aquí, junto al río, aunque el pobre no discurra con libertad.

Marcos puso cara seria, o cómica.

—Tú mandas. Por mí...

Bernadette sonrió. Y le preguntó a Pedro si él también querría ir. Y si querría ir con ella o con alguna de las compañeras que había bajo el puente.

Pedro miró a las campanillas que Bernadette llevaba en el cinturón.

—Hoy contigo, desde luego... Y a ser posible, antes que Marcos.

Bernadette soltó una carcajada.

—¡Ya salió el español!

Pedro se encogió de hombros.

—No lo puedo remediar...

Lo malo era que los grupos de *hippies* se sucedían como los viajeros en el Metro. Apenas si uno de ellos paraba quince días en París, o en el mismo lugar de la capital. Se dispersaban. A Bernadette no le importaba cambiar —¿dónde estaría Harry?—, porque si bien todos tenían sus rasgos peculiares, existían entre ellos denominadores comunes que estimaba válidos. Y según su teoría «no era un bien prolongar demasiado la intimidad en el plano personal». A Pedro y a Marcos les costaba algo más adaptarse a las nuevas caras, en las que registraban mayores diferencias que Bernadette. Se refugiaban en la muchacha, en su amistad constante, tan desinteresada. Sin embargo, ocurrió que Marcos demostró mayor entusiasmo, por lo que pronto Pedro empezó a dar marcha atrás, dejando de acostarse con ella, sin que por eso Bernadette se molestase.

Cabe decir que, al margen del fenómeno *hippie*, París los excitó. Era un mundo completo en sí, más estimulante que las descripciones que de él habían oído. En la Ciudad Universitaria convivían con jóvenes de todas las razas —muchas naciones tenían su pabellón particular—, y aquella mezcla era un encandilamiento. Un *Kremlin* elevado al cubo. La libertad cultural existente noqueó a Pedro, y a Marcos lo aupaban las tentativas pictóricas de toda suerte. El tiempo se les pasaba en un soplo y Bernadette les decía: «¿Por qué no os quedáis? Ya encontraríamos algo para que os ganarais el pan y el vaso de *rouge*...» Más de una vez estuvieron tentados de aceptar. Pensando en el regreso, Barcelona se les antojaba gris. Pero no querían caer en la trampa de los fáciles espejismos. En el fondo, las cosas solían ser lo que uno fuese por dentro. Y una determinación de ese tipo no podía tomarse al buen tuntún.

Pedro no escribió una sola línea, pese a que en una metrópoli como aquélla las «lacras sociales» saltaban también a la vista; en cambio, Marcos se sintió muy animado viendo lo que pintaban los demás. Se consideró capaz de alcanzar un nivel medio respetable, y más aún. Como fuere, se hinchó con los pinceles y la paleta. Casi podía decirse que salía a cuadro diario, muchos de los cuales se los guardaba Bernadette en el Hotel Catalogne. Y fue su afición a pintar lo que lo llevó a probar con timidez las drogas. Marihuana, nada más, que le espabiló la mente, pero sin pasar a mayores. Le dieron varias veces un pitillo diciendo lo del Génesis: «Que la hierba crezca del suelo». No se atrevió con el LSD, pero lo cierto era que ardía en deseos de probarlo. Un noruego al que conoció, bajo los efectos de la droga exhumaba su subconsciente y pintaba trallazos vertiginosos, o figuras extáticas con muchos brazos, o espirales verdiazules que tenían una fuerza extraordinaria. Y algo parecido podía decirse de un negro de Detroit. «Algún día lo probaré —decía Marcos—. Pero aquí, por las buenas, sin control médico, sin saber la dosis que me corresponde, no me atrevo.» Pedro le advertía: «Como me entere de que lo has probado, te meto en un vagón de carga y te devuelvo a Barcelona». «No hay para tanto», comentaba Bernadette, que todavía no se había «iniciado», pero que por las trazas no tardaría en hacerlo.

Sergio se manifestaba en contra de los *hippies*, como de todo lo que fuese ocio. «El hombre ha de trabajar para el bien de la comunidad.» En cambio, le satisfacía que las drogas proliferasen... «Que se pudran», exclamaba, lo mismo que Alejo al hablar de las orgías sexuales.

Pedro y Marcos almorzaron varias veces en el Hotel Catalogne, invitados. Y Chantal y Juan Ferrer se rieron recordando la estancia en París de los padres de Pedro y de los padres de Laureano y Susana. «Parecían chiquillos con zapatos nuevos. ¡Los maravilló hasta la torre Eiffel!» Advirtieron que los dos muchachos estaban algo inquietos y con mucho tacto los interrogaron sobre las posibles causas. Y ambos se confiaron a ellos, sobre todo Pedro, que les contó sin tapujos su problema familiar. «El tipo de vida que llevan mis padres... ¡Mi padre llegará a tener tanto dinero como Rotschild! Si no se interpone un infarto, claro.»

Juan Ferrer y Chantal se encontraron en una situación incómoda. No podían, en ausencia de Rogelio y de Rosy, criticar a éstos, pero tampoco ser hipócritas. «Claro, en España esas desigualdades y ese frenesí deben de ser corrientes...» «Pues sí —admitió Pedro—. Pero yo sufro en mi carne lo de mi propia casa.» No sabían qué decirle. Tal vez obrara cuerdamente independizándose. Sin embargo, mucho cuidado. «En París se ven muchos fracasos, ¿comprendes, Pedro? Antes tienes que medir muy bien tus propias fuerzas.»

Juan Ferrer opinaba que si Pedro se quedaba en España acabaría por perder el ánimo y claudicar, lo que en su caso equivaldría a ser desgraciado. Todo hacía presumir que las circunstancias del país no iban a cambiar en el futuro. «Tal vez te convinieran nuevas experiencias, como esa que estás viviendo en París.» Con la carrera que tenía, acaso pudiera solicitar irse de lector, o de profesor de español, a alguna universidad extranjera; quizá a los Estados Unidos. «Lo que no veo es que en Barcelona puedas hacer nada positivo. El ascetismo cansa, un día u otro, y entonces todo se viene abajo.» Pedro se descorazonó. No sabía por qué, pero en París había experimentado el aletazo del desplazamiento. Quién sabe si era menos frívolo que Marcos o si le faltaba una mujer —¿Susana?— que le hiciera compañía con garantía de continuidad.

—Lo más horrible es que a veces me parece que soy un cobarde... —confesó súbitamente.

Aquello desató a Chantal.

—¡No digas insensateces! —lo increpó—. Eres víctima de un determinado ambiente, nada más. Ya me di cuenta cuando el Congreso. Ni Maurice ni Bernadette tienen esas dificultades, ya lo ves... Y nosotros trabajamos, pero nunca seremos Rotschild ni nada que se le parezca. Te hablaré con franqueza, Pedro, puesto que tú has sido tan espontáneo: un muchacho de tu sensibilidad nunca podrá firmar un pacto con los hipnotizados por el dinero. De modo que repito lo de antes: mide tus fuerzas y actúa en consecuencia. No estoy segura de que tu solución sea marcharte al extranjero, por lo menos para un período muy largo. Es probable que en Barcelona encontraras tu campo de acción. Y en el peor de los casos, servirías de ejemplo... Desertar es en el fondo un poco cómodo, ¿no crees? ¡Y te lo dice la mujer de un exiliado que llora con sólo oír el nombre de su ciudad!

—La entiendo muy bien, Chantal.

—Me alegro mucho. Y perdona que haya hablado con tanta sinceridad...

Pedro marcó una pausa, y de repente se volvió hacia Juan Ferrer.

—¿Puedo hacerle una pregunta? —le dijo, en tono misterioso.

—Desde luego.

—Mi padre, en la cárcel... ¿fue valiente?

Juan Ferrer se rascó una ceja.

—Imagino que desearías que te dijera que no. Pero te mentiría. —Guardó breve silencio—. Tu padre, en la cárcel, demostró ser todo un hombre.

CAPÍTULO XXXIX

ANTES DE REGRESAR a Barcelona hablaron largamente con Sergio. Éste andaba a la sazón recopilando material para una película sobre «las atrocidades cometidas por los nacionales». En los archivos de París encontraba mucha cosa y estaba en contacto con una serie de embajadas de países del Este, especialmente la rusa, aunque encontraba muchas dificultades. Pedro y Marcos huyeron de ese asunto como de la peste, más que si estuviesen en España. «Allá tú, amiguito. A nosotros, el asunto de la guerra... —y añadieron, riendo—: Nosotros fabricamos el amor.»

Sergio estaba muy relacionado con exiliados del Partido y en París se lo veía más en su ambiente. Y aunque allí era uno de tantos, mientras que en Barcelona podía presumir, había algo en su manera de hacer que disgustaba a Pedro y a Marcos. Se le veía cada vez más obsesionado por su idea y capaz de cualquier cosa para llevarla a la práctica, sin el menor escrúpulo. Ello provocó en los dos muchachos cierta aversión hacia él, que en Barcelona no habían experimentado jamás.

De regreso a la Ciudad Condal se encontraron conque habían ocurrido algunas cosas. Entre ellas que, inesperadamente, el padre Saumells, conforme a las nuevas corrientes de la Iglesia, había sido nombrado director del Colegio de Jesús. Es decir, había pasado del casi ostracismo a la jerarquía máxima.

Su predecesor en el cargo, el padre Tovar, estuvo a punto de irse a misiones, pero el padre Saumells lo tranquilizó.

—No irá a suponer que me moverá espíritu de venganza... Lo único que haré será democratizar el Colegio, nada más.

Su nueva ocupación le impidió ir a San Adrián y delegó la misión en mosén Rafael, quien le destinaría el tiempo que pudiera. Mosén Rafael puso en práctica la idea del padre Saumells para el nuevo curso: instalar allí una Escuela Parroquial, puesto que muchos niños del barrio no tenían aula a la que asistir. Legalizó dicha escuela, contrató a varios maestros y el curso, mal que bien, empezó, inscribiéndose un centenar de alumnos, casi en su totalidad hijos de inmigrantes. Mosén Rafael confiaba en su buena voluntad, en la ayuda de Dios y en la ayuda del pequeño Miguel...

Carol había regresado encantada del viaje de boda y al parecer esperaba un bebé. «Eso es lo malo de tener hijos —comentó Rogelio—. Se expone uno a que lo hagan abuelo.» Carol también había pasado por París y también se había enterado de la existencia del fenómeno *hippie*, aunque ni ella ni Sebastián, su marido, sabían qué opinar. Los vieron y los confundieron con los *beatniks*. «¡Por Dios! —les dijo Pedro—. Que no tienen nada que ver...»

Pedro, fiel a su decisión, se instaló definitivamente en el *Kremlin*, que de hecho había ya dejado de ser el centro de reunión de la pandilla, pues la decoración había cambiado por completo y se habían producido una serie de deserciones, entre las que destacaban las de Laureano y Narciso Rubió. En el momento de notificar el traslado a sus padres se produjo una escena un tanto desagradable. En el fondo, ni Rogelio ni Rosy habían acabado de tomarse en serio la amenaza del muchacho de abandonar la avenida Pearson.

—¿Qué vamos a decirte? ¿Que cuando te canses de tu quijotada encontrarás abiertas las puertas de esta casa? Lo sabes de sobra... De todos modos, la humillación que nos haces pasar es de las que no se las salta un galgo.

—¿Humillación? No tengo ganas de discutir. De momento, me dedicaré a escribir y a dar clases particulares y pensaré algo para el futuro. El viaje a París me ha dado muchas ideas.

—¡Oh, claro, a nosotros también nos dio muchas! Por cierto, ¿comunicaste tu decisión a Juan Ferrer y a Chantal?

—Sólo a medias. Varias veces enfocamos el problema, pero son muy educados y prefirieron quedarse al margen del asunto. Ahora bien, predican con el ejemplo, dándole a Bernadette toda clase de libertad...

—¿La niña también se ha ido a vivir por su cuenta a un cuchitril?

—No, eso no. Pero es que la rodean de un ambiente que no le disgusta como el vuestro me disgusta a mí. Y por supuesto, hace lo que se le antoja. Y no creo que sea nada malo.

Rosy intervino.

—Nada tan relativo como el concepto de bueno y malo.

—Eso es verdad.

Rogelio tamboreó en la mesa y preguntó:

—¿Imprimirás unas tarjetas con tus nuevas señas?

Pedro acusó la ironía y respondió:

—No creo. De todos modos, vosotros las conocéis de memoria.

Marcos preparó su primera exposición. Con lo que pintó aquel otoño y con lo que se trajo de París —debidamente cribado—, pensaba inaugurarla por Navidad. Se retrasó un poco, pero no importaba. La exposición, en unas galerías de arte vanguardista, fue un éxito para el muchacho. No sólo las críticas lo pusieron por las nubes, sino que lo vendió casi todo. Entre sus clientes figuraba Héctor, que se dispuso a colocar algunos de los cuadros en locales de cuya decoración se ocupaba, ¡y Ricardo Marín!, que le compró seis telas en concepto de inversión. El banquero se olió que allí había calidad y ni corto ni perezoso fue señalando con el índice seis piezas de gran tamaño, que figuraban entre las más caras.

Los temas preferidos por Marcos eran los relacionados con los volcanes, y algún día pensaba llenar con ellos grandes murales. En su producción dominaba el rojo, lo que significaba que había superado el rechazo que, a raíz del accidente de Fany, sintió por dicho color. No se trataba de volcanes en erupción; más bien los incendios eran sugeridos por llamas restallantes que cruzaban los cuadros, por ríos de lava que avanzaban como un tumulto, por cráteres fríos, 'yertos, etcétera. Ni siquiera él sabía por qué ese tema le interesó. De repente, en París, viendo los cuadros del pintor noruego, pensó en la fuerza «volcánica» que emanaba de ellos y encadenó la idea. Por otra parte, era licenciado en Filosofía y Letras. Y entendía que la vida humana era eso, una sucesión de volcanes, que todo lo arrasaban y que luego se morían, quedaban sin vida. Los sentimientos, los pensamientos, los mismos sueños y deseos estaban hechos de una materia que el fuego, primero con su crepitar y luego convirtiéndose en ceniza, simbolizaba perfectamente. Algún crítico había intuido esa correlación, aunque por regla general hicieron excesiva literatura. Lo que a Marcos le interesaba era la pintura, la calidad pictórica y el grito o el silencio de sus colores. Tal vez en la próxima exposición se dedicara a paisajes lunares o al bullebulle del fondo del mar.

Su padre se mostró encantado con el resultado de la prueba y con la independencia económica que ello dio al muchacho. La pintura era un arte noble, un complemento de la arquitectura, a su modo de ver, y no estaba demostrado que para ser un excelente pintor la inteligencia fuera un obstáculo, como algunos pretendían. Marcos alquiló un estudio con mucha luz, un ático en la calle de Zaragoza, donde también instaló un diván por si se le antojaba quedarse a dormir allí. Cuchy lo ayudó. Cuchy estaba indignada con Laureano porque la tenía postergada —¡la *vedette* podía elegir a barullo!— y continuaba con su paradójico estribillo: «yo necesito un ídolo del que ser esclava, para ser libre en todo lo demás». Su ídolo actual era Marcos. También se acostaban juntos y también su acoplamiento era perfecto, aunque esta vez sin riesgos, pues Cuchy, después de la experiencia, se tomaba las debidas precauciones.

Marcos era muy generoso con sus telas y las regalaba sin pensárselo mucho. El padre Saumells tuvo pronto una en su despacho de director, que remozó de arriba abajo. El doctor

Beltrán, con buenas maneras, rechazó el obsequio. «¡Hijo mío! ¡Si todo lo que yo tengo son antiguallas! ¿Dónde quieres que meta esto? No pegaría en casa, hazte cargo.» Pedro, en el *Kremlin*, contó con tres «volcanes» de Marcos, por lo que el rincón donde los colocó fue llamado el *rincón vesubiano*, en el que el joven «asceta» podía calentar su espíritu. Cuchy llenó de cráteres su habitación y mucha lava corrió también por «Torre Ventura» y Can Abadal. Julián estaba entusiasmado con la pintura de Marcos y pensaba: «Ojalá a Laureano le hubiera dado por ahí».

Sin duda la influencia *hippie* había sido decisiva para el muchacho, que ardía en deseos de irse a Ibiza y Formentera —donde, en efecto, se habían instalado varias «colonias»—, y hacer la prueba con el LSD. ¡Si encontrara a Harry, el americano! ¡O al inglés! Y si no, pronto conectaría con otros, que serían como hermanos gemelos. Una de las ventajas de los *hippies* era que no exigían tarjeta de presentación.

—Cuchy, ¿querrás acompañarme? Lo pasaríamos bomba.

—Por mí... ¡figúrate! Pero no sé si mis padres querrán. Mi padre quiere enviarme una temporada a Inglaterra a perfeccionar el idioma, lo cual, dicho sea de paso, no sería mala idea.

—¡Si te vas a Inglaterra te enamorarás de un *hippie*! ¡Serás la esclava de otro dueño!

—¿Y a ti qué más te da? Tampoco me quieres de veras.

—Yo no quiero de veras más que a mis pinceles... y a mi hermano Rafael.

—¿Lo ves?

—Lo que ocurre es que a lo mejor le pido a Rafael que nos case...

—¡Fanfarrón, que no eres capaz!

—Por supuesto que no. Sin contar conque harías un mal negocio. Y que antes tengo que probar otras hierbas de las que el Señor hace crecer del suelo...

—Te ha picado lo de las drogas, ¿verdad?

—¡Te diré! Ni fu ni fa...

El calificativo que convenía al éxito de Laureano era el de «apoteósico». *Los Fanáticos* eran reclamados de todas partes. Ya no actuaban solamente en Barcelona sino que andaban de gira sin cesar, por Madrid, Bilbao, Valencia, ¡Granada!, etcétera. Ello sin contar las apariciones en televisión, las emisiones radiofónicas y las grabaciones de discos. Era un esfuerzo físico agotador y una prueba muy dura para el sistema nervioso.

Al compás de esa escalada Jaime Amades no paraba tampoco un momento y la propaganda que lanzaba al ruedo era un modelo de afinamiento. Lo último que se le había ocurrido era publicar unas pequeñas biografías en forma de folletos, que se vendían muy baratos y con los que inundó los quioscos de periódicos. La biografía de Laureano fue la primera que apareció y para ilustrarla el muchacho arrancó del álbum familiar fotos muy queridas. Cuando Margot se dio cuenta ya no estaban allí. «¡Pero, mamá! ¡La publicidad tiene sus exigencias!» En dichos folletos se contaban ínfimos pormenores de sus vidas, de sus cortas vidas, y cabe decir que Laureano cuidó muy bien de dejar constancia del amor y admiración que sentía por sus padres. «Pero la música es mi vida y cuando subo a un escenario me transformo.»

En el fondo, no debía de haber más que motivos para estar contentos. ¡Todo el mundo felicitaba a Julián y Margot! Los que no lo hacían eran excepción y Beatriz, al comprobarlo, se quedaba perpleja y le decía a Gloria, en la tienda de antigüedades: «Eso es un calcetín vuelto del revés». Una de las *fans* de Laureano era precisamente Merche. ¡Merche! Así que Jaime Amades marró al suponer que las amistades de los Vega considerarían poco «finolis» el camino emprendido por Laureano. Éste era invitado aquí y allá y se consideraba un honor que aceptara estar presente, aunque sólo fuera por unos minutos. Y en pocos meses conoció a un sinnúmero de personalidades, cuyas esposas solían estar gorditas. Merche decía: «Canta que es un primor y el conjunto suena que da gusto». Merche quería estar al día y su hija Cuchy le daba la razón.

En cambio, en honor a la verdad era preciso reconocer que las canciones de su repertorio iban siendo cada vez más triviales. Pero ello no ocurría porque sí, ni porque a Carlos Bozo se le hubiera acabado la inspiración; el «déspota» lo hacía a propósito. A Carlos Bozo, una vez conseguida la fama, le interesaba la mayor popularidad posible. De suerte que no tenía inconveniente en servir al público la mercancía que éste solicitase masivamente; y el público, cuanto más pegadiza o estridente fuera la música, tanto más le gustaba. «No preocuparse. De vez en cuando un número serio, para demostrar que hacéis simplemente lo que os pasa por las narices; por mis narices, quiero decir.»

Todo ello originaba que las liquidaciones a través de la Sociedad de Autores subiesen como la espuma. Por cierto, que la opinión de Carlos Bozo era que debían hacer ostentación de lo que ganaban. «Nada de inversiones anónimas ni de cajas de caudales. El público es muy sensible al exhibicionismo. En todo caso, más adelante puede pensarse en montar algún negocio, como los Beatles...»

Y entretanto, un descapotable rojo cada uno... y a vivir. Carlos Bozo les aconsejaba que de vez en cuando salieran los cuatro en fila, como para una carrera. Todo el mundo los reconocía. Javier Cabanes conducía de maravilla; Salvador Batalla, con torpeza, pese a lo cual siempre se las ingeniaba para pasar frente al restaurante en que en tiempos trabajó. Otras veces subían los cuatro a un solo vehículo y sus impresionantes melenas y su indumentaria obligaban a los transeúntes a volver la cabeza.

Habían alquilado un chalet silencioso en la calle de Modolell, no muy lejos del estudio de Carlos Bozo que al principio les sirvió para ensayar. Ya éste les había advertido que se lo cedía provisionalmente. Ahora disponían de algo propio, con todo lo necesario. De hecho, poco a poco aquello iba convirtiéndose en su vivienda, pues era espacioso y disponía incluso de pequeño jardín, ideal para aparcar. El chalet estaba bien amueblado y podían llegar a Barcelona a la hora que fuese y tenerlo a su disposición.

Lo bautizaron con el nombre del conjunto, *Los Fanáticos*. Y su posesión había de repercutir en la organización de la vida cotidiana en General Mitre. En efecto, murió repentinamente Dolores, la mujer que desde hacía tantos años cuidaba de Beatriz, y ésta se encontró sola en su piso oscuro de la calle del Bruch. Beatriz, además, sufría los achaques propios de su edad. En cuestión de poco tiempo había envejecido mucho, con sordera progresiva y varices. En resumen, parecía lo más conveniente trasladarla a vivir a General Mitre. ¡Laureano vio el cielo abierto! Aquél iba a ser el primer paso... Le ofreció su habitación. «Puedo trasladar parte de mis enseres al chalet de la calle de Modolell y aquí me reserváis una cama en el cuarto de Pablito. ¡Estoy tanto tiempo fuera! Y a lo mejor pronto iniciamos giras por el extranjero...»

La sugerencia, pese a lo que significaba, terminó por ser aceptada, si bien en el momento del traslado Margot se entristeció sobremanera. Tuvo la impresión de que lo que el padre Saumells había querido evitar, que perdieran definitivamente al muchacho, acababa de producirse. Los muebles sobrantes de Bruch fueron a parar a Can Abadal. Pablito rezongó: «¡No admitiría en mi cuarto a nadie más que a Laureano!» Éste, para el chico, continuaba siendo un dios. Junto con Amades, era su mejor propagandista y ciertamente en el Colegio de Jesús, cuya democratización era un hecho, enseñaba a sus compañeros los pupitres que Laureano ocupó.

Habían surgido, desde luego, algunas pegas. Una de ellas, la embriaguez de Laureano; o para ser más preciso, su engreimiento, que en los comienzos no lo afectó. Continuaba pidiendo que le señalaran los defectos, pero se sabía el alma del conjunto y este hecho le hizo perder pie, a semejanza de lo que le ocurrió a Rogelio al empezar a tener éxito. Influía también en ello la distancia intelectual que lo separaba de sus compañeros. La convivencia no era fácil. ¡A veces soltaban unos disparates! ¡Y las dedicatorias de los autógrafos! Laureano procuraba disimular, condescender, pero de pronto asomaba su protagonismo, que los demás aceptaban con menos buen talante que al principio. «¡Eh, que somos cuatro, no lo olvides!»

El más engallado, ¿quién pudo decirlo?, no era Narciso Rubió, sino Javier Cabanes, el de la cara de niña, que tocaba el órgano electrónico con auténtico arte.

Carlos Bozo no veía todavía motivo de alarma, pero estaba pendiente de todos los detalles. Más de un conjunto se había ido al traste por esas rencillas de apariencia insignificante. Nieves, su mujer, comentaba: «Eso va a ser una batalla difícil. ¡Laureano es tan superior a los demás!» Por fortuna, Jaime Amades tuvo buen cuidado de que en las biografías todos quedaran más o menos a la misma altura.

Claro que la primera víctima de ese cambio era el propio Laureano... La vanidad, de que ya les habló a sus padres al comunicarles su decisión... ¿Cómo podía, a su edad, resistir tanto halago? «Deberías contestarme todas esas cartas... —le decía a Cuchy—. Y enviar en mi nombre, dedicadas, todas esas fotografías.» Cuchy le respondía sacándole la lengua. «¡Allá tú con tus admiradoras! Yo lo paso bestialmente bien con Marcos, que está mucho más volcánico que tú.»

La vanidad había hecho presa en Laureano y no existía antídoto eficaz. ¡Ganaba más dinero que su padre, que Julián! ¡Y era infinitamente más conocido que él! Si no se quedaba afónico —había conseguido fumar menos— le esperaban unos años, muchos años, de estar en el candelero. Todo al alcance de la mano. No había festival que no se lo llevase por delante. ¡Hasta sus ex compañeros de la tuna le rindieron un homenaje! ¡Y otro que tal sus ex camaradas del campamento de Castillejos! Creyóse un personaje importante, pues además los periodistas le preguntaban su opinión sobre todo, sin olvidar nada, desde lo que sentía al cambiar de boquilla hasta el misterio de la Trinidad. Tenía que opinar sobre política internacional, ¡sobre la juventud!, sobre la felicidad, sobre la sociedad de consumo y la miseria, sobre las dificultades de llevar una vida íntima, sobre los *Rolling Stones* y sobre Beethoven y Mozart... En este último caso, se acordaba de su madre y rendía culto a la música clásica. ¡Pero mentía como un bellaco! ¡De un tiempo a esta parte no la podía soportar! Estaba convencido de que entre todos creaban sonidos nuevos y que en las salas de fiestas en que actuaban —por cierto que Ricardo Marín y Alejo azuzaban a Rogelio para que lo contratase—, estaban fraguando una auténtica revolución, más explosiva de lo que Sergio podía imaginar, o de lo que podía imaginar Giselle. Las letras, el texto, le importaban cada día menos. Su guitarra y su voz. Y su creciente dominio de las tablas. Y su educación de privilegio. Y su magnetismo personal, que hubiera permanecido ignorado de continuar con la arquitectura. ¡Si hubiera querido aceptar las propuestas de Amades para anunciar productos! Una camisa que se hubiera puesto en la «tele», y centenares de camisas idénticas vendidas al día siguiente. O una marca de licor o una loción. Y la vanidad era una carga pesada, por cuanto obligaba a mantener una *pose* constante y a soportarse a sí mismo.

Otra de las pegas que habían surgido era la ya conocida: el erotismo. Laureano exageraba. Pero con una particularidad desagradable: se estaba pervirtiendo. Lo normal lo fatigaba, lo encontraba rutinario, por lo que poco a poco iba deslizándose por una pendiente que sin duda hubiera merecido los plácemes más entusiastas de Alejo Espriu.

Por cierto, que donde más ocasión tenía de sacar partido de su palmito y de sus favorables condiciones era precisamente en Madrid, gracias a su tía Mari-Tere. Cada vez que iba a la capital, Mari-Tere lo ponía en contacto con el ambiente del cine y de los espectáculos, donde, como es lógico, se movían mujeres de gran apariencia, flanqueadas de prostitutas de tres al cuarto. Y tuvo más de un éxito sonado. Los periódicos le atribuían sin cesar noviazgos de postín, no sólo con conocidas *vedettes* sino incluso con muchachas poseedoras de título nobiliario. Su último *flirt*, que él creía que podía llegar a ser algo más, era una actriz inglesa, hija de un productor de cine más importante que Montoya, llamada Elizabeth Simpson. Laureano estaba loco por Elizabeth, que tenía mucha clase, y que tan pronto vestía pantalones vaqueros como se presentaba con un abrigo de visón blanco que barría el suelo. Era muy experta en cuestiones sexuales y tenía al muchacho absolutamente dominado. Aquello era un peligro contra el que ni siquiera

Carlos Bozo podía luchar. De momento, la pletórica juventud de Laureano podía con todo y aun cuando Narciso Rubió continuaba reclamándole cordura, lo cierto era que se recuperaba en seguida de los cansancios que le sobrevenían; pero todo aquello iba en contra de las normas de autodisciplina que todo profesional tenía que respetar.

A todo esto, Carlos Bozo les consiguió un contrato para actuar dos meses en varias repúblicas sudamericanas. Cruzaron el charco y cantaron allí. Cierto que tuvieron el mismo éxito que en todas partes, pero Carlos Bozo cuidó de que los corresponsales de prensa lo multiplicaran por ciento. Y a su regreso, en el aeropuerto de Barcelona, se organizó una verdadera manifestación, con centenares de *fans* que llevaban una gorrita con el nombre de *Los Fanáticos* y que agitaban banderas. Cuando los cuatro muchachos descendieron del avión, el cordón de guardias fue desbordado y se precipitaron sobre ellos y los estrujaron. Laureano, que al aparecer en lo alto de la escalerilla se había mostrado encantado, llegó a pasar momentos de verdadero pánico, hasta que se encontró a salvo en el interior de un coche que lo condujo al chalet de la calle de Modolell.

Ni que decir tiene que tal efervescencia contrastaba con la vida voluntariamente elegida por el que fue siempre su mejor amigo: Pedro. Curiosa trayectoria la de los dos muchachos. Durante muchos años, existencias paralelas; de pronto, la separación. El hijo de Rogelio, del magnate Rogelio Ventura, en una buhardilla y comiendo en modestos restaurantes de la calle de Tallers; Laureano, hijo de Julián Vega, quien un buen día subió con timidez la escalera de «Construcciones Ventura, S. A.», nadando en la opulencia. Pedro dedicado a escribir una monografía precisamente sobre la rebelión estudiantil en la universidad, sin la menor garantía ni siquiera de encontrar quien se la editase; Laureano cantando sus dos últimos éxitos: «Tú eres mi vida» y «Arriba, corazón», con los que iban acercándose a la conquista del «disco de oro».

Laureano a veces se acordaba de Pedro y notaba un cosquilleo muy particular. Desde su «globo» de vanidad estaba incapacitado para valorar debidamente la resolución adoptada por su amigo, que le parecía a todas luces exagerada; pero el afecto que sentía por él permanecía intacto, de suerte que, de pronto, poniéndose cualquier casquete y unas gafas oscuras para no ser reconocido por la calle, tomaba el camino del *Kremlin* e iba a visitarlo. A veces se encontraba allí con Susana y los diálogos no resultaban tampoco del todo fáciles. Susana estaba a punto de terminar su carrera y de momento su propósito era hacer una temporada de prácticas con algún famoso pediatra.

La tesis de Pedro era muy sencilla: quien exageraba era Laureano.

—Ya no voy a meterme en si hiciste bien o mal en abandonar la carrera; pero te mueves en un mundo que es artificial. Tus padres tenían razón al decir que el barro te llegaría a la cintura.

—Pero ¿por qué hablas así? No te entiendo.

—Prometiste que elevarías la canción ligera a un plano superior; pues bien, yo escucho todas vuestras producciones y lo que veo es que hacéis lo que todos: dar de comer a la masa... Por otra parte, leí tu biografía, la del folleto, y quedé asombrado. ¿Por qué contarle a la gente intimidades que sólo os pertenecían a vosotros? A esto, los que manejamos libros lo llamamos enajenación. No vives para ti; tus dueños son los demás.

—Son cosas de la profesión, ¿no crees? Tú no vives para los demás, cuando en principio parece lo aconsejable; te encierras en tu cápsula y ahí me las den todas. ¡Menudo disgusto el de tu familia! Con la diferencia de que yo he demostrado que estaba justificado; tú, no.

—Estás en un error. En primer lugar, nuestras familias no pueden compararse. Creo que yo nunca me hubiera ido de General Mitre; de la avenida Pearson es otro asunto. Tu madre se llama Margot y la mía Rosy, con que... Y tu padre es arquitecto y el mío tiene hasta *boîtes* de esas en las que vosotros berreáis y que huelen a marihuana. En segundo lugar, estás quemando las etapas, mientras que yo prefiero el ritmo lento. Me temo que cualquier día te encuentres conque se te acabó la curiosidad. Y entonces ¿qué? ¿Te acuerdas de nuestra salida... al «Molino» y a la casa de los espejos? Laureano... Mi querido Laureano... ¿Sabes lo que te digo? Que hay algo importante que se te ha escapado.

—¿De qué se trata?

—No te has dado cuenta de que el maniquí eres tú, de que sois vosotros, y no la mujer de Carlos Bozo.

—Sigo sin comprenderte.

—Sí, todo está perfectamente calculado y organizado. No es que vaya a discutir que habéis armado la marimorena, y no sólo entre la juventud; pero Sergio acertó, como tantas veces. El *manager* es vuestro dueño absoluto. Carlos Bozo y Jaime Amades os manejan como si fuerais títeres. Ya sólo falta que os obliguen a cortaros de una determinada manera las uñas de los pies.

Laureano se rió.

—¡Estás hablando como mi abuelita!

—No importa. Tu abuelita acostumbra a hablar muy bien. Te digo que Sergio acertó y que cuanto más subís, más esclavos sois de esa odiosa estrategia que me ha traído a mí a ese remanso de paz. ¿Quieres una prueba?

—Naturalmente. Anda...

—El recibimiento en el aeropuerto..., en gran parte fue organizado. Susana se enteró en la Facultad. Carlos Bozo en persona repartió las gorritas y alquiló unos autocares. ¡No, no, no..., no te sulfures! No quiero decir que no hubiera ido un montón de mecanógrafas a esperaros, entre otras razones porque era día de fiesta; pero de banderitas y de desmayos, nada. Todo calculado y organizado. ¿Te satisface esto?

Laureano se mordió el labio inferior. Pero disimuló.

—¡De acuerdo, de acuerdo! Todo eso forma parte del caldo. En ese terreno podría contarte yo más detalles todavía... ¿Qué voy a decirte? Ni me satisface ni me molesta, puesto que la espontaneidad brota por otros lados, sin que nuestros apoderados puedan intervenir para nada. ¿Pueden obligar a llenar a precios caros las salas donde actuamos y a las amas de casa a comprar discos? ¿A que no?

—Sí, con la publicidad. ¡Eh, cuidado, que no estoy negando que formáis un buen conjunto!; pero de todo vuestro repertorio apenas si se salvan media docenas de canciones. El resto pasará.

—Ni tú ni nadie puede afirmar que tal o cual música pasará. Sólo el tiempo determina lo que es clásico y lo que no lo es. Además...

Pedro lo interrumpió con un gesto. Por el ventanuco del *Kremlin* entraba una luz tamizada, de polvillo de oro, que hacía grata la estancia allí. ¿Adónde se fueron el columpio y la rueda de carro? Sólo quedaban la cabeza del negro y la máscara de Carnaval.

—Laureano, dime una cosa... ¿Estás realmente contento de ti mismo? Contéstame como me hubieras contestado aquella vez que fui a verte cuando tenías la gripe...

Laureano, que se había quitado el casquete y las gafas oscuras, tardó un rato en contestar.

—Estoy seguro de que no me vas a creer. Soy todo lo feliz que puede ser un hombre. Nunca disfruté tanto, ni siquiera cuando le pegaba puñetazos al padre Comellas ni cuando hacía excursiones en Can Abadal. Ahora bien, no soy tan idiota como para no pasar momentos de soledad. Pero eso nos ocurre a todos, cualquiera que haya sido nuestra opción. ¿No crees que el padre Saumells, que es un santo y que no canta «Arriba, corazón», pasa momentos de soledad?

—Desde luego. Pero los pasa... y a ti te irán trabajando por dentro. ¿No has notado, por ejemplo, que estás perdiendo la capacidad de afecto, que es lo que suele ocurrir a los que vivís tan de prisa?

—Creo que no... Lo que ocurre es que ahora quiero de otra manera...

—¿Y no le temes al posible hastío, producto del conflicto entre lo que has logrado y los sacrificios reales que has hecho para ello? Porque, si recapacitas un momento, verás que te has comido el pato en menos de cinco minutos. Entonces sobreviene lo que yo, desde mi celda, denomino «el tedio que produce lo inmerecido».

—Sé por dónde vas, pero la verdad es que no tengo tiempo para afinar tanto... Tengo que cuidar de mi melena, y de otras cosillas por el estilo, ¿comprendes? —e hizo un gesto y sonrió, dando a entender que en cuestión de análisis tan minuciosos se encontraba desentrenado.

—No te las des de cínico, que todavía no te va, ni de superficial, que te conozco demasiado. El día es largo y las noches también, sobre todo si, como tengo entendido, padeces de insomnio... En serio, Laureano, ¿adónde te diriges con un descapotable rojo a través de la opulencia, contra la que tanto habías despotricado? ¿Te acuerdas de aquellos versos sobre los perros que nos recitó Giselle? ¿Y qué hay al final de la autopista? Tienes veintidós años y cada día al levantarte te toca la lotería. ¡Sabes de sobra que la naturaleza humana no resiste tanto azar, tanto mimo! Digas lo que digas, me considero más afortunado que tú...

Laureano giró la vista en torno.

—Si mal no recuerdo, una de tus máximas preferidas es que el hombre tiene que ser libre, ¿no es así? Pues acordemos que somos afortunados los dos, y en paz...

—¡Quia! Hay diferencias otra vez. Lo mío irá a más, porque garrapateando palabras en un papel y pensando voy labrando mi estatua con material perdurable; lo tuyo irá a menos, y acabará como la moneda que teníamos dentro de la pecera —¿te acuerdas?—, símbolo del capitalismo que había de naufragar...

—No me llames capitalista, porque gasto todo lo que gano.

—¡Círculo vicioso!

—Exactamente.

—Reconoces que no se sabe dónde caerá la jabalina.

—Caerá donde yo quiera, pues si no tuviera buen pulso no podría tocar la guitarra. De momento, no dramatices, que no hay motivo. Te he dicho que soy feliz y no creo que con ello haga daño a nadie.

—A tus padres, a ti mismo...

—Con mis padres, simple incompatibilidad... Me empujaban en una dirección y yo he seguido otra. Respecto a mí mismo, ¡no hay nada que me desagrade positivamente!

Esa alusión a la frase que solía emplear el padre Tovar en el Colegio de Jesús tuvo la virtud de dar un vuelco a la conversación. De nuevo se sintieron como dos chavales que, con uniforme blanquiazul, se paseaban por los claustros, las manos en la espalda.

Pedro decidió seguir la corriente para no hacerse pesado.

—¿Sabes que al padre Saumells lo han nombrado director? —preguntó.

—¡No me digas!

—En serio. Y *el Pancho*, a sus órdenes...

—¡*El Pancho*! Entonces no me quería mucho; ahora, supongo que me habrá condenado...

—No era tan malo como parecía.

—Quizá no. Pero ocurre que el mundo da muchas vueltas...

Pedro miró con fijeza a su amigo.

—Demasiadas vueltas, Laureano...

Éste solía reaccionar en el momento más impensado.

—¡Bien, tengo que irme! A disfrazarme otra vez para pasar por la calle... y a ensayar.

—Vuelve cuando quieras. A estas horas estoy siempre aquí.

Se abrazaron.

—¡Adiós, querido sabio!

—Adiós, querido «fanático»...

Ojos húmedos. Luz tamizada que llegaba de fuera. Poco después, un gran silencio.

CAPÍTULO XL

La última «boîte» adquirida por la Agencia Cosmos se llamaba el «007» y estaba situada en la avenida de Sarriá, cerca de la Diagonal. Tuvieron que remozarla enteramente, y aun así les costó mucho levantarla, sacarla adelante, pues los antiguos dueños la habían desprestigiado por completo. Héctor la decoró a base de luces sicodélicas y mobiliario de colores violeta y negro. Había una vitrina con varias pistolas y muchos *posters* en las paredes. Casi siempre estaba en penumbra, excepto en algún momento en que la luz estallaba como un parto precipitado o como una rotura esquizofrénica. Disponía de un anfiteatro con unos cuantos palcos, de dos pistas, de un tablado para los músicos y de un camarín coquetón para éstos y los artistas. El bar quedaba en un rincón, rodeado de divanes. Funcionaba como todas las de la Agencia: el responsable directo, según una cláusula de los estatutos, era Rogelio; el administrador, Alejo.

Encontraron un sistema para darle un empujón definitivo: contratar por quince días a *Los Fanáticos*. Por fin se impuso el criterio de Ricardo Marín. Rogelio no tuvo más remedio que enfrentarse con Julián y Margot: «Ya lo veis. Estoy atado. El argumento que emplean es que hay que aplastar a la competencia y que el negocio es el negocio. Además, a estas alturas ¿qué más da?» Margot tuvo una sonrisa entre desanimada y despreciativa. Llevaba algún tiempo sonriendo así a veces, lo que en ella era nuevo.

Hicieron diana. Todas las noches el «007» se llenaba hasta los topes, en un ir y venir constante. Podían calcularse en unos trescientos jóvenes, chicos y chicas, los que desfilaban por allí, previo el pago de la entrada, doble de lo normal. En los palcos del anfiteatro se veían algunos matrimonios adultos, tipo Amades y Charito. Amades y Charito acudieron la primera noche para oír a Laureano. Charito rebosó de satisfacción. «¿No te dije que "adelante"? Ahí tienes al mocoso. Esas cosas me las huelo yo a la legua.»

Los Fanáticos llevaban ya una serie de días actuando y el entusiasmo no menguaba. Casi se hizo obligatorio pasar por el local a la salida de los espectáculos. Era un fenómeno de mimetismo de los que encantaban al doctor Beltrán.

Sin embargo, la visita más inesperada —y en cierto modo, la de más categoría—, los muchachos patroneados por Laureano la recibieron el viernes: hicieron acto de presencia no sólo Rogelio y Rosy, y Ricardo Marín y Merche, lo que hubiera podido considerarse normal, ¡sino los mismísimos Julián y Margot!

Fue una decisión imprevista, sugerida por Merche. Los tres matrimonios habían asistido juntos a un estreno cinematográfico en el Coliseum y, al encontrarse en la calle, y puesto que la temperatura era cálida, Merche propuso:

—¿Por qué no nos vamos al «007»? Aquello debe de estar a rebosar...

Julián y Margot supusieron que bromeaba y no le hicieron caso, pero he aquí que Ricardo Marín compartió la idea de su mujer.

—Desde luego, a mí me gustaría ver actuar a los muchachos... —Se dirigió a los padres de Laureano—. ¿Por qué no os animáis y le damos una sorpresa a vuestro hijo? Al fin y al cabo...

Margot, viendo que la propuesta iba en serio, se irritó.

—En todo caso, dádsela vosotros. Ni a Julián ni a mí se nos ha perdido nada en el «007»...

—Se os ha perdido Laureano... —insistió Merche—. ¿Os parece poco?

Fue un forcejeo lento y difícil, que tuvo lugar en plena calle, mientras los respectivos coches, inmóviles, parecían aguardar la decisión.

Lo cierto es que, inesperadamente, Julián empezó a chaquetear. El arquitecto había pensado muchas veces que tal vez les conviniera ver actuar a Laureano directamente en un escenario, sin necesidad de la televisión. En el fondo no es que esperase grandes revelaciones, porque había estado en varias *boîtes* y sabía a qué atenerse; pero por dentro lo picaba la curiosidad. Y aquella noche se encontraba en un estado de ánimo a propósito, sin saber por qué. Rosy remachó el clavo: «Yo, desde luego, si actuase Pedro no resistiría a la tentación».

Lo espinoso era convencer a Margot. Ésta se había cerrado en banda y mostraba su estupor ante el hecho de que Julián admitiese la posibilidad de aceptar. Finalmente el arquitecto, al que Rogelio estimulaba con miradas relampagueantes, atacó con fuerza:

—Margot, no creo que nuestra asistencia signifique complicidad. Sencillamente, veremos a nuestro hijo en su ambiente y luego le sueltas bonitamente lo que te parezca. La verdad es que hasta ahora sólo hemos hablado de oídas... y que la razón que ha dado Rosy me parece válida.

Margot tardó mucho en dar su brazo a torcer, pero tampoco quiso llevar hasta ese extremo su papel de aguafiestas. Por otra parte, ¡Laureano en su ambiente, en su propia salsa! ¿Qué cara pondría su hijo al verlos? ¿Y qué facha tendría sobre el podio, dominando a placer la sala? Acabó cediendo, bajo la condición de estar sólo un ratito y largarse.

Todos de acuerdo, los coches enfilaron lentamente la avenida de Sarriá. Había toda clase de vehículos delante de la *boîte*, y un trasiego incesante. Algunos gamberros hacían estallar petardos. Los números «007» parpadeaban en la fachada, punteando con picardía la noche.

Alejo, que andaba por la puerta de entrada blandiendo su bastón, al reconocerlos se quedó estupefacto. Pero disimuló y se limitó a decir, señalando la riada de muchachos y muchachas que iban pasando por taquilla: «Eso es el no va más».

Cruzaron el umbral en el momento en que Laureano se retorcía sobre el tablado, lanzando un gemido que estremeció de placer a Merche y que a Margot le llegó al alma. Ella permaneció quieta contemplando a su hijo, que sudaba a mares y que hacía temblar el podio. Julián estaba también muy impresionado y sus acompañantes no decían nada, respetando la reacción de cada cual.

De pronto, Margot giró la vista en torno a la *boîte*, excepcionalmente decorada aquellas noches. Colgaduras de plástico en todas partes y tiras de confetti cruzando el techo. Luces cambiantes, destacando los colores negro y violeta imaginados por Héctor y que conferían al local una extraña seriedad. ¡En la vitrina, las pistolas...! Pero lo que mayormente convulsionó a Margot fue lo que ocurría en las pistas, situadas a un nivel algo más bajo. En ellas muchas parejas se movían como sonámbulas, siguiendo el ritmo del conjunto, y también seres solitarios que bailaban por cuenta propia, casi en trance. La influencia *hippie* en la indumentaria era evidente. A Margot la invadió una tristeza inexpresable. Más que nunca se convenció de que aquello respondía a un primitivismo superficial, mezclado con un deseo confuso de evasión. En las mesas y divanes muchas parejas en actitudes relajadas o besándose sin entusiasmo. En los laterales, de pie, mucha gente esperando turno o mirando con cara inexpresiva o fuera del tiempo. Los camareros, de melena larguísima, hacían filigranas para llevar de un lado a otro las bandejas.

Al cabo, volvió a mirar a su hijo, que no cesaba de contonearse y de cantar, ahora con la guitarra en la mano. ¡Cuántos recuerdos afluyeron a su mente! Desde la primera vez que lo llevó al parvulario hasta el día en que les dijo: «Estaría dispuesto a marcharme de casa». Desde luego, podía negársele cualquier cosa menos que se daba en cuerpo y alma.

Los amigos de Margot estaban pendientes de lo que ella decidiera —Merche, a gusto se hubiera lanzado a la pista—, y entonces Margot les dio a entender por señas que el volumen de la música empezaba a dañarle los oídos. En efecto, el ruido era infernal. Se llevó los índices a los oídos como indicando: «esto es excesivo para mí». De hecho, a Rosy le ocurría lo mismo, aunque se había abstenido de confesarlo. Entonces Rogelio fue indicándoles que lo siguieran, al tiempo que conseguía hacer oír su voz:

—Vamos al camarín a esperar a que Laureano tenga un descanso...

Aceptaron, y se abrieron paso como pudieron. El camarín estaba situado detrás del tablado de los músicos —éstos no los vieron—, y al llegar allí Margot dio un suspiro de alivio. Los demás sonrieron, incluso Julián. En el fondo su actitud significaba: «no hay que tomarse las cosas a la tremenda». Alejo, que hacía los honores, abundaba en este parecer. Les señaló los sillones y taburetes que había y lo coquetón que era el saloncito, con muchas flores, espejos, varios instrumentos, un enorme cartel de los Beatles y una puerta que comunicaba directamente con el exterior. Por último, en gesto de anfitrión abrió una nevera situada en un rincón y dijo:

—¿Qué les sirvo a los señores?

Todos se acomodaron y pidieron el refresco que les apeteció. Y al encontrarse con el vaso en la mano se produjo un silencio, que nadie se atrevía a romper.

Por fin Rogelio, moviéndose incómodo en el taburete que le tocó en suerte dijo:

—Palabra que yo no entiendo a esa juventud. Son capaces de pasarse horas así, absolutamente entregados...

Margot, que había pedido una naranjada, intervino:

—¿Estáis seguros de que se divierten? Muchos dan la impresión de bailar por inercia, o de estar fatigados antes de empezar.

—Nada de eso —rectificó Merche—. Son ritmos nuevos, que los hacen vibrar de otra manera. Eso es todo. Para Yolanda, y para Pablito, ese mundo es el más natural.

Alejo, que había permanecido de pie, dijo súbitamente:

—Avisaré a Laureano de que estáis aquí —y salió.

El comentario de Merche: «para Yolanda, y para Pablito, ese mundo es el más natural», había interesado a todos y mataron la espera dándole vueltas a su significado. Realmente, los gustos cambiaban con una celeridad increíble y era preciso reconocer que la finalidad del baile había dejado de ser «el agarrao». Tratábase de dejarse ganar por la música, de fundirse con ella con la máxima intensidad. Había como una tendencia juvenil a convertirlo todo en rito, lo que en cierto sentido podía considerarse un atraso. Claro, era preciso tener en cuenta que las «parejas» disponían de muchísimas más facilidades y ocasiones que antes para desahogarse pasionalmente. «En el "007" pueden dedicarse tranquilamente al cultivo de la castidad.»

—Lo que sorprende es la falta de imaginación —machacó Margot—. De cada ciento que bailan sólo uno tiene cierto estilo. Los demás repiten siempre el mismo gesto, la misma figura y hala, venga y dale —y se tomó otro sorbo de naranjada.

—No es fácil tener estilo —apuntó Merche.

—Pues que se queden en casa —selló Margot.

En ese preciso momento ¡apareció Laureano! Y detrás de él Javier Cabanes, con más cara de niña que nunca. Los dos muchachos estaban empapados de arriba abajo y sin duda muy excitados. Narciso Rubió y Salvador Batalla se habían ido al bar, donde los aguardaban unos amigos.

En cuanto Laureano se había enterado, por Alejo, de que estaban allí sus padres, no dio crédito a lo que oía. Pero veía que era verdad.

—¡Qué alegría! —les dijo, mirándolos con expresión agradecida—. Perdonad que no os dé un beso, pero antes tendría que ducharme. ¿Qué ha pasado? —y sediento como estaba, se dirigió a la nevera, tomó una Coca Cola y abrió la botella con los dientes.

—No ha pasado nada —explicó Julián—. Salimos del cine y Merche propuso: «¿vamos al "007"?» Y aquí nos tienes...

Laureano se tomó de un sorbo la Coca Cola y tiró la botella vacía a un rincón. Daba la impresión de gran potencia y Merche se lo comía con los ojos. Aquella noche *Los Fanáticos* llevaban camisa blanca bordada, cinturón ancho, acharolado, y pantalones vaqueros muy estrechos. El muchacho sentóse en el único sillón que quedaba libre, relajándose.

Javier Cabanes había permanecido aislado, bebiéndose también su Coca Cola, y Laureano lo presentó.

—Os presento a Javier Cabanes, el mejor músico del conjunto. Javier, mis padres y unos amigos.

Javier inclinó la cabeza. En aquellos momentos, en la *boîte* sonaba una banda estereofónica y Laureano, después de escucharla un momento, hizo una mueca de desagrado.

—Bien... ¿Y qué os ha parecido esto? —reanudó el diálogo—. No es tan fiero el león como lo pintan, ¿verdad?

—Eso, según se mire... —contestó su madre.

—¡Bah! Hay mucha naturalidad en todo, mucha espontaneidad —continuó Laureano—. Todo el mundo se comporta como le da la gana y nadie se mete con nadie.

El muchacho no acababa de hacerse a la idea de que sus padres estuviesen allí y en cuanto los miraba estaba a punto de soltar una carcajada.

—¿Os dais cuenta? Todas las noches igual. No cabe un alfiler...

—Eso es bueno para todos —rubricó Rogelio.

Era difícil ordenar la conversación, pero Merche acudió en ayuda del muchacho. También ella era la primera vez que lo veía actuar en un escenario y se confirmó en lo que ya suponía.

—Tienes mucha clase, Laureano. Haces lo que quieres...

—Vamos adquiriendo oficio —admitió el muchacho, haciendo un gesto displicente.

Merche continuó con el tema, comparándolos con otros conjuntos, mientras Margot y Julián no cesaban de observar a su hijo. De nuevo los había invadido cierto malestar. Laureano estaba efectivamente engreído, como convencido de que lo que hacía era trascendental.

¿Puedo confesarte una cosa? —le dijo Margot—. Yo he podido resistir el volumen de la música unos cinco minutos, no más...

—¡Oh, claro! —admitió Laureano—. Al principio ocurre

eso. Pero cuando uno entra en ambiente... Es cuestión de acostumbrarse.

—Si tocamos más bajo la clientela se queja —intervino Javier Cabanes.

—Se trata de llegar al paroxismo, ¿no es eso? —incidió Julián.

—Más o menos —aceptó Laureano.

Continuaron charlando sincopadamente, hasta que el muchacho se enteró de que su madre les había hecho prometer que se largarían en seguida.

—¡Oh, no, de ninguna manera! —protestó, levantándose—. Por un día que has caído en la trampa... ¿Sabes lo que vamos a hacer? Ahora está bailando una gogó de diecisiete años, filipina... Nos asomamos un momento, quiero que la veas. Tendrás que aceptar que detrás de ese ritmo puede haber más de lo que supones...

Todos parecieron dispuestos a ver a la gogó, de modo que Margot no tuvo más remedio que inclinarse.

—De acuerdo. ¿Cuándo empieza?

—Te dije que ya está bailando. De modo que cuando quieras...

Todos se levantaron y cruzaron el camarín. Alejo, que los precedía, corrió el cortinaje y se encontraron en el mismo plano que el tablado, en cuyo podio una muchacha de movimientos felinos y cabellos negrísimos se movía con indiscutibles arte e intención.

—Es la mejor gogó de la ciudad —afirmó Laureano.

No pudieron añadir nada más. En aquel preciso instante se produjo lo que nadie pudo imaginar nunca. ¿Cómo era posible que Rosy no lo presintiera, que no hubiera visto un halo extraño en torno a la luna?

En uno de los palcos del anfiteatro dos chicos jugaban a tirarse el uno al otro las colillas encendidas. De pronto, una de dichas colillas se desvió y dio contra el plástico que recubría, decorándola, una de las columnas. Inesperadamente, brotó de ella una súbita llamarada. Al solo contacto con la colilla el plástico de la columna ardió, de suerte que varias mujeres que ocupaban la mesa vecina se pusieron en pie y lanzaron un grito de espanto. Inmediatamente dos caballeros, con mucha serenidad, al tiempo que reclamaban calma arramblaban con los tapetes de las mesas más cercanas y procuraban con ellos ahogar el fuego. Al no conseguirlo, probaron fortuna con una cortina que colgaba a su lado y que arrancaron de un tirón.

Pero fue inútil. ¿Qué materia era aquella que recubría la columna, que ardía como si se tratase de algodón empapado en gasolina? El revuelo en el palco fue fenomenal, pues la llama trepaba rápidamente hacia el techo, también de plástico e igualmente inflamable. En la penumbra del «007» los lengüetazos de fuego resultaban aparatosos y las vallas laterales habían empezado asimismo a arder, incluso las más próximas a la puerta de salida.

—¡Fuego! ¡Fuego!

En pocos segundos el terror recorrió la *boîte*, cuyo espectáculo contrastaba con el del baile sonambulesco que ofreciera hacía poco. Las llamas recorrían el techo y el plástico, al derretirse, goteaba un líquido pegajoso y espeso que empapaba a las personas y encharcaba el suelo. Los ocupantes del anfiteatro se lanzaron por la escalerilla, mientras los confetti ardían y algunos papeles volaban encendidos, como monigotes de mal agüero. El humo empezaba a hacer de las suyas y se apoderó del «007» lo peor, lo inevitable: la confusión. Un camarero apareció encima del bar con un extintor, pero tenía delante a todos los ocupantes de los divanes en torno, que se habían levantado y que, sin cesar de gritar, empezaban a empujarse para abrirse paso hacia la salida. «¡Fuego! ¡Fuego!» En efecto, todo el plástico era terriblemente inflamable, ardían algunas mesas y se desplomó una valla de no se sabía dónde. En el momento en que empezaron a apagarse algunas luces el pánico fue de tal calibre que Rogelio y sus acompañantes comprendieron que la puerta sería insuficiente para engullir aquella masa, que se atropellaba y se caía, los más fuertes abriéndose paso con brutalidad.

—¡Las puertas de emergencia! —gritaban Julián y Ricardo Marín.

Inútil. No sólo nadie los oía, sino que se veían al fondo grupos que aporreaban dichas puertas —había dos, cercanas al bar—, sin conseguir abrirlas. Inverosímilmente, no cedían. «¡Están claveteadas!», se oyeron algunas voces. «¿Cómo...?» Rogelio palideció, porque al instante se acordó de que el responsable era él. Alejo, la primera noche, le había dicho que muchos desaprensivos aprovechaban dichas puertas para colarse o para marcharse del bar sin pagar, y Rogelio, sin pensarlo un momento, le dijo: «ciérralas con candado». El sistema se evidenció vulnerable y entonces Rogelio dio la orden fatal: «Clavetéalas y se acabó». Alejo había cumplido la orden y ahora todos los que se encontraban en aquel sector de la *boîte* intentaban en vano acercarse a la puerta que daba a la calle.

El histerismo era absoluto. Gritos, ayes y el color rojo, no imaginado por Héctor, el dueño absoluto del «007». Alejo había acudido al camarín para llamar a los bomberos y a los servicios médicos de urgencia —por fortuna, la línea funcionó—, mientras Ricardo Marín y sus acompañantes, puesto que el lugar que ocupaban quedaba por el momento a salvo y en el camarín había una puerta por la que se podía escapar, procuraban dar a entender a los grupos vecinos que existía esa posibilidad.

Gracias a este descubrimiento se produjo la gran bifurcación, que permitió que buen número de afortunados pudieran ganar la calle.

Laureano intentó por todos los medios localizar el paradero de Narciso Rubió y Salvador Batalla, pero el humo obturaba toda visión. Tampoco estaba seguro de si Carlos Bozo se encontraba o no en el local. Alejo fue llevado a empellones hasta el exterior, lo mismo que Rogelio y que todos sus amigos —Margot tosía aparatosamente— y que la gogó filipina. Rogelio se preguntó por un momento si no le valdría más permanecer dentro. Javier Cabanes consiguió no apartarse hasta después de haber visto cómo una llama se apoderaba del órgano electrónico, lamiendo vorazmente las teclas. Laureano no se acordó siquiera de su guitarra eléctrica, que caracoleó al encenderse, que fue encogiéndose y retorciéndose como bailando para sí misma su adiós.

Pronto el incendio fue tan colosal —gigantesca ampliación de la colilla— que por desgracia los bomberos no iban a llegar a tiempo, excepto para evitar que se propagase a los locales vecinos. El «007» estaba condenado a la catástrofe. Iban saliendo a la calle personas con síntomas de asfixia, con quemaduras y con magulladuras graves o leves. Y en tanto muchos de los que estaban a salvo se alejaban de la *boîte* y formaban a distancia un semicírculo, contemplando el espectáculo, más cruel que un cuadro vesubiano de Marcos, otros ofrecían sus coches particulares para llevar al hospital a los heridos.

Oyéronse las sirenas de los bomberos acribillando la noche. Todo el barrio se alertó. También llegaron las ambulancias. Unos y otras actuaron con rapidez. Sin embargo, la gente sólo pensaba en los que se habían quedado dentro. Imposible hacer un cálculo. Por descontado, los más expuestos habrían sido los que se encontraban por el lado del bar, adonde se habían ido precisamente el «batería» y el «guitarrista-flautista» de *Los Fanáticos*.

Algunos bomberos habían intentado entrar para salvar alguna vida, pero las llamas los rechazaron. No había más remedio que extinguir totalmente el fuego y ver luego la magnitud de lo ocurrido. Tardaron una buena media hora en conseguirlo. En cuanto se apagó la última llama, el humo continuaba surgiendo espeso de los rescoldos. Los bomberos entraron: bastantes cadáveres. Fuera, la gente se mordía los puños, ya que quien no tenía al lado al ser querido no sabía si éste se había salvado o no. Los vehículos que continuaban aparcados eran espectadores de excepción.

Oyéronse las sirenas de la policía. Rogelio sintió una opresión en la zona cardiaca, aunque de momento no parecía demasiado fuerte. Alejo estaba allí: con el tumulto, había perdido su bastón.

Mientras los bomberos trabajaban dentro como podían —el techo parecía resistir—, los policías interrogaban a los testigos presenciales. Éstos, unánimemente, hacían referencia especial a la rapidez con que prendieron las llamas y a las puertas de emergencia, claveteadas. Los policías preguntaron por el encargado o responsable de la *boîte*. Fue el momento decisivo. Alejo, pero también Rogelio y Ricardo Marín, no tuvieron más remedio que presentarse. Los policías los protegieron contra cualquier reacción súbita de la muchedumbre, mientras Rosy, Merche y Margot, situadas junto a sus coches, estaban muertas de pánico.

—¿Por qué estaban claveteadas las puertas?

Alejo titubeó. Comprendió que se lo jugaba todo. Pero no tuvo más remedio que declarar la verdad: dichas puertas eran aprovechadas para entrar sin pasar por taquilla y para salir del bar sin abonar la consumición, y se había decidido ponerles candado, pero el sistema se reveló ineficaz. Entonces, y mientras durara la actuación de *Los Fanáticos*, se decidió clavetearlas.

—Pues sí que fue una idea...

Alejo no quería delatar a Rogelio, pero los policías llamaron al comisario y éste llegó y apretó el cerco. Pronto quedó claro que el «007» pertenecía a la Agencia Cosmos, que era una Sociedad Anónima, pero que el responsable de la *boîte*, a todos los efectos, así como del resto de las que poseía la Sociedad, era Rogelio. Quedó claro que una decoración a base de un plástico de tal modo inflamable no era la más idónea para un local de ese tipo. Y sobre todo, estaba lo de las puertas de emergencia.

El comisario se dirigió a Alejo.

—¿Quién le dio a usted la orden de clavetearlas?

Alejo titubeó de nuevo, pero por fin pronunció el nombre otra vez:

—Don Rogelio Ventura.

Rosy se llevó las manos a la cara. Estaba visto que los máximos cargos recaían sobre el constructor, cuyo aspecto inspiraba lástima. La situación no podía ser más tensa, pues Ricardo Marín y las mujeres, al enterarse de que Rogelio, para salvar unas miserables perras, fue capaz de dar una orden semejante, sin poderlo evitar sintieron una mezcla de desprecio y de asco. «Pero ¿es posible?» «Pero...» Rogelio no decía nada. Jamás se le ocurrió pensar a lo que se exponía.

El comisario se dirigió a Rogelio, a Ricardo Marín y a Alejo.

—No tengo más remedio que rogarles que se vengan conmigo a Jefatura. Hay que aclarar algunos puntos. —Dirigióse a los acompañantes—. Si ustedes quieren ir también, tendrán que permanecer fuera del despacho mientras se levanta el atestado.

Rosy y Merche, naturalmente, se mostraron dispuestas a ir. Y también Julián y Margot, pues Laureano les dijo que no los necesitaba. Laureano, junto con Javier Cabanes, permanecería allí, aguardando la confirmación de lo que casi podía darse como seguro: que Narciso Rubió y Salvador Batalla figuraban entre las víctimas.

Los policías se llevaron a los tres presuntos detenidos y sus acompañantes los siguieron en sus respectivos coches, mientras las ambulancias continuaban haciendo sonar sus estridentes sirenas.

En Jefatura el interrogatorio fue muy laborioso —las mujeres y Julián aguardaban en el vestíbulo—, y el comisario estaba en contacto continuo con las patrullas apostadas junto a la *boîte*. De momento, podía asegurarse que el número de víctimas rebasaría la docena. Una vez levantado el atestado, el comisario se dirigió a los interrogados y les comunicó:

—Ahora serán conducidos ustedes ante el juez de guardia, y el juez dictaminará lo que estime más procedente.

Nuevo traslado, otra vez los coches de los acompañantes siguiendo al de los detenidos.

El juez se hizo rápidamente cargo de la situación, que con

toda evidencia era grave. Y previas algunas consultas tomó su decisión. Ricardo Marín podía irse a su casa cuando quisiera; Rogelio y Alejo quedaban procesados por supuesto delito de «imprudencia punible» e ingresarían inmediatamente en la cárcel.

Rogelio estaba abrumado. Sin embargo, tuvo fuerzas para preguntar:

—¿La Modelo?

—Sí.

Esta palabra lo vapuleó más aún. Esta vez no tendría allí a ningún Juan Ferrer dispuesto a protegerlo.

Alejo pensó que la cárcel Modelo no se parecería en nada al Ritz, y su máxima preocupación era calcular el margen de responsabilidad que podía corresponderle. «Al fin y al cabo, yo sólo obedecí la orden.»

Ricardo Marín salió del despacho del juez y fue el encargado de transmitir la noticia. Rosy volvió a llevarse las manos a la cara. «No podréis verlos. Los han retenido dentro y los trasladarán cuando quieran.» En el fondo, tal vez fue mejor cancelar aquello sin que mediara la despedida. El cruce de miradas hubiera sido duro. Merche estaba horrorizada, igual que los demás.

—Desde luego —comentó Ricardo Marín—, les enviaré inmediatamente el mejor abogado para defenderlos.

Al amanecer se supo la verdad. Los bomberos habían ido aislando los cuerpos, que pudieron ser identificados casi en su totalidad, gracias a que, además de los amigos, se movilizaron las familias, fue revisada la documentación de coches que nadie reclamaba y se estaba en contacto con los hospitales.

Las víctimas eran, exactamente, dieciséis, la mayoría de ellas por asfixia. Sólo cuatro cuerpos aparecían completamente carbonizados y no se sabía a qué nombre correspondían. Murieron, efectivamente, Narciso Rubió y Salvador Batalla, de suerte que *Los Fanáticos* quedaban reducidos a la mitad. También había muerto Andrés Puig, quien había acudido por su cuenta, solo. ¡Andrés Puig! ¿Quién pudo imaginarlo? Siempre habían pronosticado que moriría estrellado contra un árbol con su coche; y había muerto estrellado contra una puerta de emergencia que no se podía abrir. Asimismo pereció la hija mayor de un directivo del Club de Fútbol Barcelona, a la que el fuego sorprendió en los lavabos. El resto eran muchachos y muchachas que contaban entre los dieciséis y los veinticinco años. Cuchy había estado a punto de ir, pero a última hora le entró sueño y desistió.

Laureano estaba aterrado, lo mismo que Javier Cabanes. Laureano lo estaba doblemente porque en el acto se dio cuenta de que su sentimiento por la pérdida de sus compañeros era más bien escaso; lo que le dolía era lo que aquello significaba para el conjunto musical. Esto le dio idea de que su corazón se le había enfriado, como iban enfriándose los rescoldos de la *boîte*. Algo parecido podía decirse de Carlos Bozo —aquella noche se había quedado en casa y fue alertado al instante— y de Jaime Amades. Javier, en cambio, lloraba a moco tendido. Quería mucho a Narciso Rubió y a Salvador. «¡Es espantoso! —se repetía una y otra vez—. ¡Es espantoso!» El relente de la madrugada y la fatiga infinita les aconsejaban alejarse del lugar e irse al chalet de la calle de Modolell; pero estaban al llegar los padres de Narciso y Salvador, a los que habían llamado por teléfono, y tenían que esperarlos. Y entretanto, Laureano pensaba: «Si Alejo no me hubiera avisado que mis padres me esperaban en el camarín...» Su intención era también ir al bar.

La noticia había corrido por la ciudad y empezaba a llegar la gente más inesperada. Entre ella, Aurelio Subirachs y Marcos. Éste había dado un suspiro de alivio al saber que Cuchy no había acudido a la *boîte*. En cuanto a Aurelio Subirachs, después de oír los consabidos datos referentes a la facilidad con que el plástico ardió, lamentó —y no era la primera vez— que Agencia Cosmos confiara tanto en Héctor, el decorador. ¿A quién podía ocurrírsele colocar en una *boîte* nocturna semejante material? Mientras se acariciaba los bigotes de foca, vieron aparecer a Marilín, la secretaria de la Constructora, pálida como un espectro. No hubo más remedio que contarle la verdad sobre su jefe y la chica se deshizo en un llanto sin consuelo.

Mientras tanto, las escenas entre los parientes de las víctimas eran desgarradoras. Ya lo habían sido en el momento en que se les permitió entrar en el local para la identificación. Los dieciséis cuerpos —cuatro de ellos, reducidos a ceniza— yacían alineados, cubiertos cada uno con la correspondiente sábana. Eran dieciséis manchas blancas ocultando a la muerte. En ocasiones, nada más entrar los parientes atisbaban ya un pedazo de ropa en el suelo, un zapato, un brazalete o cualquier insignificante objeto personal. Luego se habían retirado, pero en su gran mayoría montaban la guardia allí, esperando no sabían qué.

Acababan de llegar los ataúdes. Dieciséis ataúdes. La intención era colocar los cuerpos dentro y trasladarlos luego a la parroquia del barrio, donde se instalaría la capilla ardiente. Los parientes de los muertos, al ver los ataúdes, sufrieron nuevas crisis de dolor y querían acercarse a ellos, pero los policías se lo impidieron. Podrían hacerlo más tarde, en la parroquia. Lo malo iba a ser lo que ocurriría con los cuatro carbonizados. Nadie estaría seguro de que aquél era realmente el cadáver del ser querido. El directivo del Club de Fútbol Barcelona se encontraba en esta situación y permanecía reclinado en una pared de la calle, como alelado.

La entrada de Rogelio Ventura y de Alejo en la cárcel tuvo lugar a primera hora de la mañana y fue espectacular. Rogelio llevaba la corbata torcida, Alejo se esforzaba por mantener su aire de *gentleman*.

En la cárcel había heterogeneidad de presos. De momento, los destinaron a una celda aparte. La tensión entre ambos era muy grande, ya que Rogelio entendía que Alejo no tenía ninguna necesidad de haberlo delatado.

—¿Pues qué querías? ¿Que cargara yo con toda la culpa y me cortaran el pescuezo?

Los detenidos de las celdas vecinas los vieron y dos de ellos reconocieron en el acto a Rogelio: eran el capataz y el aparejador de aquel edificio que tiempo atrás se construía en la Meridiana y que se derrumbó. Su alegría fue muy grande, pues, aun sabiéndose responsables, siempre creyeron que el constructor atacó duro contra ellos y que si personalmente se salvó fue sin duda con argucias, como todos los constructores. Al enterarse de los motivos de la detención exclamaron: «¡Menuda!»

También había presos políticos, entre ellos jóvenes estudiantes.

—¿Ha venido sin esmoquin? ¡La sociedad de consumo! ¡Qué raro!

—¡A callarse! —gritaban los vigilantes.

Uno de los muchachos hizo bocina con la boca:

—¡Aquí hay puertas de emergencia siempre abiertas! ¡De modo que podréis salir cuando queráis!

El abatimiento de los dos ingresados era absoluto. No acertaban a hablarse. ¡Cuando salieran los periódicos de la tarde! Seguro que sus fotografías aparecerían en primera página y que darían toda clase de detalles. Seguro también que Ricardo Marín y el conde de Vilalta se las arreglarían para que sus nombres no figuraran impresos ni una sola vez. «¡Canallas!», barbotó Rogelio, que se hacía un lío con sus pensamientos. Acto seguido se dijo que sus socios no los abandonarían y que a lo mejor, pese a todo, encontrarían el modo de salvarse.

¿De salvar qué? ¿El pellejo? ¿La Constructora? ¿La Agencia Cosmos? ¿Y quién salvaba a los dieciséis muertos?

Rogelio se acordó de pronto de que Alejo era abogado y le preguntó:

—¿Cuál es tu opinión?

Alejo le dijo que, muy probablemente, y dado que la instrucción del sumario iba a durar mucho tiempo, en cuestión de unos pocos días podrían conseguir la libertad bajo fianza.

Al salir del juzgado, Ricardo Marín y Merche regresaron a su casa y Julián y Margot fueron los encargados de acompañar a Rosy a la avenida Pearson. Hubieran querido que se fuera con ellos a General Mitre, pero Rosy se negó. Y durante el trayecto sólo dijo:

—¡Ya lo veis! Estuvimos en el Coliseum, en plan de estreno, y luego la hecatombe...

Al llegar a la avenida Pearson, Rosy hizo dos cosas. Llamar a su hija, Carol, y a Sebastián, para enterarlos de lo ocurrido; y luego irse al lavabo y maquillarse. Sin embargo, estaba deshecha y el maquillaje no significó la menor solución.

Julián y Margot no se atrevían a comentar por menudo lo sucedido. Simplemente estaban allí para hacerle compañía y por si necesitaba algo.

—Sí, necesitaría un marido que de repente no se convirtiera en Nerón.

Los Vega no sabían qué decir. Margot, finalmente, habló, ya que Rosy tendría que afrontar a toda costa la situación.

—Esto va a ser un poco fuerte para él... y para ti. Sólo queríamos decirte que estaremos a tu lado siempre, pase lo que pase.

Rosy se emocionó lo que le permitían las circunstancias.

—Ya lo sabía. De vosotros ya lo sabía. Pero el bochorno va a ser tan espantoso que mucha gente me retirará el saludo incluso a mí. ¿Cómo me presento ante las amistades? Rogelio se lo tenía merecido, pero ¿yo? —Apretó los puños y, por un momento, los dientes. Luego agregó—: ¿Cómo se me ocurrió casarme con él?

Margot no podía fingir. Era su gran defecto o su gran virtud.

—Lo grave no fue casarte con él, sino el camino que ambos emprendisteis luego. No podía conducir a nada bueno. No sabía por dónde explotaría la cosa, pero estaba segura de que explotaría.

Rosy se había tomado ya varias copas para reanimarse y se tomó otra.

—Sí, conozco tu teoría. ¡Ay, Margot! Es fácil hablar, sobre todo cuando las cosas ya no tienen remedio. A veces me dejé llevar... por el cansancio. Por el escepticismo. En estos momentos lo que siento es asco, nada más. Con Rogelio no había absolutamente nada que hacer, como no fuera separarse de él y buscar consuelo en otra parte.

Intervino Julián.

—Y a todo eso..., Ricardo Marín y el conde exentos de toda culpa...

—Bueno, eso es natural. El responsable de las *boîtes* era exclusivamente Rogelio. ¡Siempre con sus ganas de presumir! Pasándose de listo...

—Eso no cuenta para el caso. Nadie podía sospechar un accidente así.

Rosy parecía no escuchar y hablar para sí misma.

—Y siempre rodeándose de consejeros, por ejemplo, Alejo, capaces de adularlo y de hacerle elegir sistemáticamente lo peor. Sí, la cosa está clara, porque tiene muchos enemigos. Ahora saldrán a relucir cosas horribles, y todas recaerán sobre Rogelio. Me di cuenta viendo la reacción de Merche. Merche es una amiga excelente... a condición de que nada sucio la salpique. Y esta vez hay muertos de por medio, y la reacción popular será incontenible.

No había nada que objetar. Rosy miró a Margot de frente y le dijo:

—Y ahora tengo que ir a ver a Pedro. Sin falta. ¡La escena será de aúpa! De golpe y porrazo le hemos dado la razón. —Hizo un ademán de impotencia... ¡y, con la copa en la mano, eructó!—. La vida es un engaño absurdo, una inmensa broma y en cualquier esquina, te portes como te portes, te espera el golpe fatal.

—¿Por qué dices eso?

—Porque vosotros no caisteis en ninguna de nuestras trampas, y ahí tenéis a Laureano...

Margot prefirió no dar esto por oído y acercándose a su amiga la rodeó con un brazo y le dio un beso en la frente.

—¿Quieres que te acompañemos al *Kremlin*?

Rosy iba a contestar que no, pero en ese momento se oyó

el llavín de la puerta de entrada y ésta se abrió. Acababan de llegar Carol y su marido, Sebastián Oriol.

Carol, pese a estar encinta y encontrarse muy mal, echó a correr en dirección a su madre y se colgó en sus brazos.

—¡Mamá, mamá! ¡Qué horror!

Sebastián Oriol no sabía qué hacer. Era de natural extraordinariamente optimista y le costaba mucho tomarse los hechos por su lado feo. Siempre le parecía que cabría una solución. Pero en aquel caso...

Carol se dirigió a Julián y Margot.

—Os agradezco mucho que estéis aquí, haciéndole compañía a mamá.

Rosy les explicó detalladamente todo lo ocurrido, terminando con la sentencia del juez.

—A estas horas tu padre habrá ingresado ya en la cárcel, hija... Con su trajecito nuevo... y con Alejo.

—¿Puede preverse lo que ocurrirá?

Sebastián Oriol opinó:

—Tal vez se encuentren atenuantes... No hubo intención expresa de dañar.

Julián movió la cabeza.

—El juez decretó procesamiento por imprudencia punible y también oí hablar de homicidio doloso, que me sonó peor. Además, tú no viste a los parientes de las víctimas montando la guardia delante de la *boîte*... Pedirán lo que sea... y es muy natural.

Carol y Sebastián se enteraron de que Rosy se disponía a ir al *Kremlin* y se ofrecieron también para acompañarla. Pero Rosy se negó.

—Es una situación que he de afrontar yo sola. Yo sola quiero hablar con Pedro. Quiero ver si mi hijo es de carne y hueso... o un monigote de nieve sin reflejos.

Esta vez quien movió la cabeza fue Margot.

—Mejor que no te ilusiones, Rosy... Tú misma dijiste antes que de golpe y porrazo le habéis dado la razón.

Rosy, repentinamente decidida, se mostró dispuesta a cancelar la situación.

—¿Quién me lleva en coche? Eso sí lo necesito.

Acordaron que la llevarían Sebastián y Carol. Y Julián y Margot se despidieron —«hasta muy pronto...»— y se fueron a General Mitre.

La luz en la calle era ya intensa, pues el sol iba ascendiendo. Se veían las siluetas clásicas de las primeras horas del día: obreros al trabajo, entrando en el Metro; basureros; camionetas que se preparaban para el reparto; zonas solitarias; talleres que levantaban sus puertas metálicas...

—Y la vida continúa, ¿verdad? —comentó Margot.

Julián asintió.

—Hasta tal punto, que dentro de nada verás que el «007» vuelve a funcionar...

La escena en el *Kremlin* fue compleja. Pedro acababa de lavarse en una jofaina y, torso desnudo, se estaba secando con una toalla no muy limpia. Rosy se lo contó todo, sin paliar nada, y la primera reacción del muchacho fue brutal. «¡De modo que mi padre dio la orden...!» Estuvo a punto de romper algo de la buhardilla, cualquier cosa. Mientras iba vistiéndose, de prisa, sin prestar atención, contempló a su madre. La vio tan ojerosa y exhausta, esforzándose tanto por mantenerse dignamente erguida, que sintió lástima. «¿Te preparo un poco de café?» «No, gracias. He tomado mucho coñac en casa.» Menos mal que Laureano se había salvado, y que se habían salvado Marcos y Cuchy; pero Pedro se quedó anonadado al enterarse de lo de Narciso Rubió y Andrés Puig. ¡Narciso Rubió, que tantas horas se había pasado ensayando allí mismo, en el *Kremlin* —escupiendo a menudo—, y tan feliz el hombre con su triunfo! ¡Andrés Puig, con su eterno desasosiego, roto por dentro desde la niñez, que sin duda habría acudido a la *boîte* impelido por su obsesión por las mujeres! A Salvador Batalla apenas si lo conocía, aunque había leído el folleto biográfico que publicó sobre él Jaime Amades.

Pedro se dispuso a prepararse café para él. Necesitaba algo caliente. Pero en ese momento vio que Rosy se sentaba en un taburete, sollozando. Entonces lo dejó todo y se le acercó y la abrazó como llevaba mucho tiempo sin hacerlo. Y repitió más o menos las palabras de Margot. «Mamá, algo así tenía que ocurrir un día u otro. No se puede jugar sucio.» «Por favor —replicó Rosy—, no me vengas ahora con reproches. No puedo más.» Rosy había hecho acopio de entereza para enfrentarse con su hijo y ahora que lo tenía delante desfallecía.

Éste fue el toque de atención para Pedro. Continuó consolando a su madre como pudo, y en cuanto vio que empezaba a recuperarse volvió a la carga, porque tampoco sabía fingir. No es que se comportara como un monigote de nieve sin reflejos, pero se mostró duro y tajante.

—No voy a aprovecharme de la ocasión, mamá —le dijo, en tono mesurado—, para repasar la trayectoria que os ha llevado a esta situación y para justificar las decisiones que yo tomé con respecto a vosotros; pero repito que lo que ha sucedido, o algo similar, era inevitable. Mi padre llevaba mucho tiempo corrompido por el maldito dinero, con una inconsciencia que nunca conseguí explicarme. Cuando la angina de pecho tuve la esperanza de que cambiaría, pero me equivoqué. A veces ni siquiera las advertencias del corazón sirven para nada. ¡Ahora en la cárcel, con su inseparable Alejo! Y decía que era yo, con mis escritos, quien desprestigiaba el apellido familiar... No entiendo nada de leyes, pero sospecho, mamá, que has de prepararte para lo peor. No creo que esta vez el coronel Rivero pueda serle de ninguna utilidad. Y ahora se dará cuenta de que muchos de sus amigos lo eran por interés, porque era un vencedor; detrás de las rejas, le volverán la espalda. Es el precio que se paga por la autosuficiencia y por el «abrirse paso a codazos» y el «cueste lo que cueste»...

Rosy, que continuaba sentada en el taburete, se irguió en él como pudo.

—Dijiste que no aprovecharías la ocasión, y lo estás haciendo a modo. No he venido a verte para que me machaques todavía más. Se trata de pensar lo que se puede hacer en estas circunstancias. Puedo contar, desde luego, con Julián y Margot. También con Ricardo Marín y con Aurelio Subirachs.

Pero tú eres el hijo de ese hombre que está entre rejas, y a ti te corresponde actuar.

—¿Actuar...? ¿Qué es lo que puedo hacer, mamá? Dieciséis muertos...

—Hacerme compañía. Mejor dicho, estar a mi lado. Eso es lo único que te pido.

Pedro se paseaba por la buhardilla mesándose la negra barba que se había dejado crecer.

—¿Me estás pidiendo que regrese a casa?

—Te estoy pidiendo muchas cosas. La primera, que el día de la visita general a la cárcel, que es cuando dan permiso para hablar con los detenidos, vayas a ver a tu padre... ¡Bien, bien, me alegro de que estés dispuesto a ello! Esperaba eso de ti. Luego, que te abstengas de comentar nada con las amistades... con la dureza con que sueles hacerlo. Ya se cuidarán los buitres de lanzarse sobre la presa, como tú mismo has indicado. Y por último, sí, sería para mí el mejor consuelo que te instalaras de nuevo en la avenida Pearson, ya que Carol se casó y estoy completamente sola, con las doncellas y con *Dog*. ¡Claro, ya sé que es pedir mucho! Pero, si no puedes llegar a tanto, por lo menos establece un puente. Vente a comer algunos días, y algunas noches quédate a dormir. Que no tenga yo la sensación de que me has desamparado...

Pedro se plantó ante su madre, cuyo tono de voz había vuelto a ser normal.

—De acuerdo en todo, mamá, excepto en lo de volver a la avenida Pearson... Abandonar este refugio —y giró la vista en torno—, ahora menos que nunca. Ésta es mi balsa de salvación. En cambio puedo, ¡no faltaría más!, ir a verte a menudo. En estos últimos tiempos no lo hacía... porque tenías con quién hablar. Iré. Pero no creas que el amor que siento por ti, que he sentido siempre, me impide ver las cosas claras. Perdona que te hable con tanta franqueza, pero la ocasión se lo vale, si no estoy equivocado. Tú eres en buena parte responsable de lo que ha ocurrido. Si desde el primer día hubieras aconsejado a mi padre de otra manera... Pero eras la primera en dejarte deslumbrar, ¡hemos hablado tantísimas veces de ello!, por esa carrera sin fin de las comodidades y la riqueza... Rosy se encalabrinó.

—¡Ya salió el sonsonete! ¡Y no eres el único que me reprocha esto! ¡Si con tu padre no hubo nunca nada que hacer! ¿Quieres que te diga cuál hubiera sido su reacción si yo hubiera empezado con sermoncitos? Dejarme plantada, pasarme una pensión e irse a vivir con otra. Así. Por lo menos, de ese modo hemos mantenido las apariencias. ¡Con lo cual no quiero decir que a mí no me hayan gustado las comodidades y las riquezas! Ya conoces mis teorías al respecto.

—¿Entonces, de qué te quejas ahora?

—De mi mala suerte, Pedro... Muchas mujeres obran como yo, sus maridos son como tu padre, o peores, y no se produce ningún incendio ni en su casa ni en ninguna parte.

—¿Debo entender que ni siquiera ahora te arrepientes de nada?

—Si empezamos a hablar de arrepentimientos... ¿Has sido tú un santo, Pedro? ¿No tienes de qué acusarte, pese a ser un chiquillo aún? Estás muy satisfecho de tu decisión... —esta vez fue Rosy quien giró la vista en torno al *Kremlin*—, pero quizá en el fondo has elegido lo más cómodo. Tal vez tu deber hubiera sido continuar a nuestro lado... y soportarnos. Personalmente, he de decirte que con tu ruptura me hiciste mucho daño. Y supongo que a tu padre lo mismo...

—¿No irás ahora a declararme responsable a mí?

—Responsable, no. Pero, desde luego, con nosotros has pecado de soberbia. A veces puede más una palabra dulce que cien desplantes.

—Tú misma dijiste que con mi padre era perder el tiempo.

—Tratándose de mí, desde luego; contigo hubiera sido muy distinto.

Llegados aquí, ambos se dieron cuenta de que se habían desviado, de que por ese camino no llegarían a ninguna parte. Se habían olvidado de la cárcel, del proceso que se les venía encima, del escándalo popular, de la soledad de Rosy...

Ésta se calló, y dio la impresión de estar a punto de sollozar de nuevo. Entonces Pedro no supo lo que le ocurrió.

¡Sus sentimientos eran tan contrapuestos! Pensó en el «007», en las puertas de emergencia —«clavetéalas y se acabó»— y en lo amargo que había sido su despertar aquel día.

—Tal vez cupiera una solución —dijo, procurando dulcificar su voz—. Podríais vender la casa de la avenida Pearson y tú irte a vivir con Carol, ahora que mi hermana va a darte un nieto dentro de poco...

Rosy negó con la cabeza.

—¿Yo con Carol? Ni hablar, chico. No hay diálogo con mi hija. Una lástima, pero es así.

Pedro dio la impresión de que esperaba esa respuesta.

—Pues si eso no te convence, ni te convence «Torre Ventura», ni irte a Arenys con los abuelos, ¿por qué no desafías en serio a los buitres de que antes hablaste? Creo que habría un medio, y conste que no estoy bromeando.

—¿Cuál?

—Venirte a vivir aquí conmigo... Aquí hay sosiego... y paz.

Rosy miró a su hijo con expresión indefinible. Por un momento le pareció que lo odiaba, aunque estaba harta de odio y lo que necesitaba era lo contrario.

—Estás completamente equivocado, Pedro —dijo, por fin—. ¡Estaría bueno! —Señaló la máscara de Carnaval—. Venir yo aquí... ¿Crees de veras que en este cuchitril encontraría el sosiego y la paz?

Pedro se encogió de hombros. Hacía lo posible para no parecer un cínico.

—¿Por qué no? A condición, claro, de adecentarlo un poco..., y de que cambiases completamente de mentalidad.

—Ya... Convertirme en un asceta, ¿no es eso? La teoría del autodominio y esas cosas. —Guardó silencio—. ¿Crees que en un momento pueden tirarse por la borda años y años de determinada manera de vivir?

—A mi padre le habrá ocurrido eso, supongo... Y tendrá que aguantarse.

—A la fuerza, pero no por propia voluntad, que es lo que tú me pides... —Miró con fijeza a su hijo y añadió—: ¡Es curioso! Vine a pedirte que regresaras tú a la avenida Pearson; y tú le das la vuelta al argumento y me propones lo contrario... En el fondo, eso es lo que sueles hacer siempre, si la memoria no me falla.

Pedro volvió a encogerse de hombros. Había hablado completamente en serio y con la máxima naturalidad.

—Entonces... ¿cuál va a ser tu decisión?

Rosy mudó de expresión, sacando fuerzas de flaqueza.

—Continuar viviendo yo sola en la avenida Pearson... y haciendo como si no hubiera pasado nada. ¡Aguantar el tipo! Tu madre aguantará el tipo, Pedro... Sin taburetes... y sin sollozar.

Dicho esto, se levantó. De su actitud emanaba cierta dignidad, que no pasó inadvertida para Pedro. Sin embargo, éste comprendió que sus mundos eran absolutamente distintos y que jamás, ni siquiera en momentos como aquéllos, se establecería comunicación.

—Mamá, te agradezco que hayas venido, porque sé lo que esto significa para ti... Y lamento que no hayamos llegado a un acuerdo en lo principal.

Rosy asintió repetidamente con la cabeza.

—Yo también lo lamento de veras... En el trayecto, mientras iba acercándome, me había creado ciertas ilusiones. Había olvidado por completo que estás por encima del bien y del mal...

—No hables así, te lo ruego... Sabes que no se trata de eso.

—No, no se trata de eso... Pero le falta poco. —Rosy abrió el bolso para empolvarse—. De todos modos, no te preocupes. Ya me las arreglaré.

Se produjo un silencio embarazoso y Pedro se asía desesperadamente a alguna posible solución que no se le hubiese ocurrido.

Por fin se declaró vencido y lo aceptó. Y mudando de expresión a su vez preguntó:

—¿Qué día puedo ir a la Modelo?

—El primer día de visita es el jueves... —Rosy cerró el

bolso y esbozó una sonrisa, que le salió forzada—. ¡Bien, aquí te dejo, en tu celda bendita!

—¿Quieres que vaya a por un taxi y te acompañe a casa? Estás muy fatigada...

—Nada de eso, hombrecito... Quédate con tus cosas, y prepárate tu café caliente, que te está haciendo mucha falta. —Ya en la puerta, volvió a mirar con fijeza al muchacho y añadió—: ¡Y no te instales teléfono, para que no podamos molestarte!

Pedro hizo un ademán de impotencia.

—Mamá..., que quede bien claro que no he querido ofenderte...

Poco después Pedro se fue al «007». Había llamado a Susana y quedaron en encontrarse allí. Su intención era ver a Laureano, pero éste ya no estaba. Susana le dijo que después de hablar con los padres de Narciso Rubió y de Salvador Batalla las fuerzas le fallaron y el muchacho se había ido a descansar al chalet de la calle de Modolell.

—No podía con su alma...

Pedro se encontró con Susana frente a la *boîte*, es decir, a una distancia de unos cien metros, pues el local continuaba vigilado por los guardias. Había multitud de curiosos. De toda la ciudad acudía gente y los comentarios se parecían como gotas de agua. Aparte de la indignación general, los padres aprovechaban para despotricar contra los locales como el «007», «expuestos siempre a toda clase de peligros». Los hijos decían: «Ha sido un accidente. Igual pudo haber ocurrido en un hotel o en un cine de lujo». Abundaban los jóvenes hinchas de *Los Fanáticos*. Todos mostraban su desconsuelo. ¿Dónde estaban las gorritas y las banderas con que fueron a esperarlos al aeropuerto? Los nombres de Narciso Rubió y Salvador Batalla, que tenían sus partidarios, corrían de boca en boca.

Pedro y Susana se enteraron de que la capilla ardiente había sido ya instalada en la parroquia y se dirigieron allá, pues la *boîte* no era más que un montón de escombros. En el último momento Pedro oyó vociferar a un hombre que había perdido a su hijo. Decía que si lo dejaban acercarse a ese tal «señor Ventura», lo estrangulaba con sus propias manos.

En la parroquia, el panorama era de intenso dramatismo. Los dieciséis féretros ocupaban la nave central —los bancos fueron arrinconados—, y al lado de cada uno de ellos había varias personas quietas, llorando. Algunas se habían arrodillado. Al parecer, de los cuatro cadáveres carbonizados sólo dos pudieron ser identificados con toda certeza, gracias a una prenda personal; los dos restantes, no se sabía a quiénes correspondían y aquello creaba entre los deudos una incertidumbre, una trágica confusión.

La pareja se dirigió a los féretros de Narciso Rubió y Salvador Batalla, rodeados de gente. Susana propuso rezar en voz baja un padrenuestro y Pedro asintió con la cabeza. Así lo hicieron y Pedro se dio cuenta de hasta qué punto le resultaba raro rezar. Había perdido por completo la costumbre. Sin embargo, en una ocasión como aquélla, los templos se le antojaban completamente justificados.

En medio de todo, reinaba un gran silencio. Nadie tocaba la batería, ni la flauta, ni lanzaba gemidos sicodélicos. Nadie cantaba tampoco «Arriba, corazón». Los corazones de los que entraban y salían se deslizaban por el suelo o andaban como de puntillas para no hacer ruido.

Abandonaron la iglesia, y a la salida se tropezaron nada menos que con mosén Rafael, que llegaba, como ellos mismos, del «007». Se había enterado a primera hora, pero estuvo ocupado hasta aquel instante. A Pedro le dijo: «No sé qué decirte. Todo esto es increíble... —Dirigióse a Susana—: ¡Menos mal que Laureano se ha salvado!»

El sacerdote renunció a entrar en seguida en la iglesia y los acompañó un rato, deambulando por el lugar.

—No os importa, ¿verdad?

—¡Qué va! Al contrario...

Mosén Rafael le dijo a Pedro que necesitaría mucho valor. Estuvo en contacto con el padre Saumells y éste le garantizó que los dos detenidos podrían salir en libertad bajo fianza.

Y entonces empezaría el verdadero calvario, pues todo el mundo los miraría como a dos marginados de la sociedad. Y tendrían pendiente siempre sobre sus cabezas la sentencia de última hora, que en el caso del padre de Pedro por fuerza iba a ser muy dura. «Ha de ser muy ingrato vivir en libertad sabiendo que al término del proceso el reingreso en la cárcel, quizá por unos cuantos años, es seguro.»

Pedro miró al sacerdote. ¿Qué pretendía? Lo conocía demasiado para suponer que quería ensañarse con él. ¿Responsabilizarlo? Tal vez.

—¿Por qué me cuentas todo eso? —le preguntó.

—Porque ahora te conviertes en la pieza clave de la familia. Porque ahora vas a tener ocasión de demostrar que dentro de la nueva juventud hay valores de primer orden. No voy a pedirte que ayudes a tu padre en los negocios; pero sí que, cuando salga con libertad provisional, olvides todos los rencores y cuides de él.

Pedro se detuvo en la acera.

—¿Y cómo se hace eso, si aquí dentro no se siente nada, sólo repugnancia? —y se tocó el pecho.

—Venciendo esa repugnancia —mosén Rafael se pasó el índice entre el alzacuellos y la piel—. Si no, ¿de qué sirve vivir como un ermitaño?

Susana se puso de parte del vicario.

—Es verdad, Pedro. Mosén Rafael tiene razón. Es la gran ocasión para ti de demostrar que los jóvenes servimos para algo. Si el movimiento se demuestra andando, a partir de ahora tu movimiento ha de ser el del perdón.

Pedro negó con la cabeza.

—Es muy fuerte lo que voy a deciros, pero mi padre tiene lo que se merece. Nada más. Y mi madre también. Mi madre ha estado en el *Kremlin* hace un rato. Ha sollozado, se ha mostrado orgullosa, me ha pedido muchas cosas... Ha hablado de todo excepto de esos dieciséis féretros que están alineados ahí... —y se volvió hacia la iglesia—. Los domina el egoísmo y a cualquier gesto de tenderles la mano a la larga lo llamarían pusilanimidad.

Mosén Rafael porfió.

—Hay que obrar el bien prescindiendo de si los beneficiarios lo comprenderán o no, lo agradecerán o no. En el Evangelio eso está muy claro. Y tratándose de los padres, no digamos. Te repito, Pedro, que vas a ser la persona clave... Para ellos y para Laureano.

—¿Para Laureano?

—¡Toma! ¿No te das cuenta? Pasará una crisis horrible, y sólo tú podrás ayudarlo.

—Laureano saldrá adelante por su cuenta...

—Eso crees. No ha perdido la sensibilidad. Querrán hacerlo actuar otra vez, y pronto, en cuanto los periódicos hayan dejado de hablar del «007», y algo en él se resistirá a hacerlo. Necesitará un amigo, y ese amigo has de ser tú. No irás a suponer que la perfección consiste en escribir sobre los minusválidos... y entretanto encerrarse en una torre de marfil.

Aquellas palabras se parecían a las que Rosy había pronunciado en el *Kremlin*.

—También a mí me preocupa mucho Laureano —dijo Susana—. ¡Vivía en las nubes! Ahora habrá visto que son de plástico y no sé lo que será de él...

Mosén Rafael apostilló:

—Si no le echáis una mano, también por ese lado puede llegar lo peor... ¡Y bien sabéis que yo había defendido siempre su derecho a elegir!

Pedro le preguntó:

—Entonces ¿qué es lo que te ha hecho cambiar de opinión?

El vicario se mordió el labio inferior.

—Mi experiencia de sacerdote me dice que últimamente Laureano se había dejado ganar por la concupiscencia... Y en eso estoy de acuerdo con mosén Castelló: o se corta por lo sano, o se está perdido.

Aquí terminó la conversación entre los tres. Mosén Rafael añadió que tenía que regresar a la parroquia, pero que antes deseaba «rezar un padrenuestro» junto a los féretros, junto a la capilla ardiente.

—Así que, adiós. Hasta otro día. Mucha suerte...

—Adiós, mosén Rafael.

—Y no olvides lo que hemos hablado, Pedro...

El vicario se fue. Quedaron juntos, solos, Susana y el muchacho. Se miraron. No supieron lo que les ocurría. ¡Cuántas sensaciones! ¡Y qué tiempos los esperaban!

Pedro notó que se estremecía. Se disponía a decir algo y advirtió que le costaba esfuerzo hablar, que se le hacía un nudo en la garganta. Recordó el vozarrón de aquel hombre que perdió a su hijo y que quería «estrangular con sus propias manos a ese tal señor Ventura».

—¿Sabes, Susana? —dijo, por fin—. Creo que yo también voy a necesitarte a ti...

La calle se convirtió en temblor, lo mismo que las miradas y que el cuerpo y el espíritu de Susana. Pedro había utilizado un tono completamente distinto del de siempre.

—Ya sabes que puedes contar conmigo...

Las palabras se acabaron ahí. Sin darse cuenta, se cogieron de las manos. Apretaron fuerte. Nunca se habían apretado tan fuerte las manos. La costra se había roto en mil pedazos y un nuevo sentimiento acababa de nacer, intenso, muy intenso. Tanto que, pese a las circunstancias, sintieron el aletazo de la felicidad.

CAPÍTULO XLI

Los periódicos de la tarde anticiparon su salida y, tal como estaba previsto, se mostraron implacables. Efectivamente, no mencionaban ni una sola vez los nombres de Ricardo Marín y del conde de Vilalta; en cambio, ¡Rogelio y Alejo! Sus fotografías en primera página, y todos los detalles... «Las puertas de emergencia, claveteadas», «las puertas de emergencia, claveteadas». Era el estribillo, semejante a los de las canciones de *Los Fanáticos*.

Cada párrafo era pasto de la curiosidad popular. A Deogracias, el antiguo barbero de Rogelio, se le saltaban las lágrimas: «¡Perra suerte, perra suerte!» Aresti, en cambio, su barbero actual, se abstuvo de participar en los debates que sobre el tema se suscitaron en su establecimiento de lujo. No decía nunca nada que pudiera dañar a ninguno de sus clientes, y aunque a veces simulaba hacer confidencias, bien desmenuzado el asunto resultaba que sus comentarios habían sido neutros. Los empleados de la Constructora y de la Agencia Cosmos devoraron las noticias. Sobre todo los primeros, que dependían exclusivamente de Rogelio, vieron su porvenir en el aire. La mayoría de ellos, además de sentirse abrumados porque querían a la Constructora como si fuera algo propio, que con su esfuerzo habían ayudado a levantar, tuvieron lástima de su jefe y dijeron: «También es una gamberrada lo de las colillas. ¿Y no han detenido a esos jóvenes granujas?» Muy pocos se atrevieron a insinuar: «La avaricia rompe el saco». Pero

¿de qué avaricia estaban hablando, si Rogelio se comportaba con ellos como un padre? Montserrat, en Cosmos Viajes, tuvo un disgusto atroz. Se atrevió a llamar a Julián, entre otras razones porque llevaba bastantes días sin verle el pelo. Por teléfono no se atrevía a tutearlo. «¿Qué puede pasar, señor Vega? Hay que esperar lo peor, ¿verdad?» «Desde luego, Montserrat... Pero descuide usted. En cuanto sepa algo concreto, pasaré por ahí a informarla...»

Ricardo Marín, que pensando en el *meublé* «La Gaviota» —siempre la espada flotante—, no quería de ningún modo que Alejo pudiera pensar que los abandonaba y que en represalia le contara a Rogelio lo suyo y lo de Rosy, no perdió un minuto y envió en seguida a la cárcel, para que se entrevistara con ellos, al mejor abogado de la Agencia, que se llamaba Eusebio Comas y se había especializado en Derecho Penal. Eusebio Comas, que tenía la manía de usar perfumes caros, lo que en la cárcel era un contrasentido, encontró más abatido a Rogelio que a Alejo, lo que no dejaba de ser lógico. Les comunicó que su primera diligencia consistiría en conseguir la libertad bajo fianza —cuestión de unos quince días—, y que luego buscaría las atenuantes posibles, que por desgracia no eran muchas. De todos modos, tal vez se encontrara la forma de ir alargando el proceso... Rogelio lo interrumpió: «¿No podría cambiarme de ropa?» «Hasta la visita general, no.» «¿Y tabaco? ¿Unas cajas de puros?» «Eso... procuraré conseguirlo.» Eusebio Comas pensó que era chocante que no le bastara a Rogelio con el humo que salió del «007».

En cuanto se fue el abogado, Rogelio y Alejo volvieron a la carga. Su convivencia iba a resultar difícil en la celda, que era muy pequeña, con dos camastros y una ventana de barrotes muy sólidos. Alejo procuraba, lo mismo que Rosy, aguantar el tipo y el ambiente de la cárcel, y la proximidad de las otras celdas, con delincuentes comunes y de toda clase, le procuraba un extraño placer. Viendo a Rogelio tan hundido, se preguntó qué sentía por él. Se dio cuenta de que, desde el punto de vista afectivo, poca cosa. ¡Qué raro! Gratitud, sí. Y lo admiraba y lo encontraba divertido... siempre y cuando tuviera en la mano cartas ganadoras; pero ahora que había cometido un fallo garrafal... le inspiró compasión. No hacía más que orinar. Rogelio tenía continuamente ganas de orinar. «Como continúes así, pierdes diez quilos en una semana.» «No dices más que sandeces», barbotaba Rogelio, que siempre se olvidaba de abrocharse algún botón de la bragueta.

En Llavaneras se enteraron de lo ocurrido por los periódicos de la tarde y la madre y los hermanos de Rogelio quedaron estupefactos. La madre guardó silencio, los hermanos dijeron: «Tenía que acabar así...»

Los de Arenys de Mar, en cambio, habían llegado puntualmente, a media mañana, a la avenida Pearson, advertidos por Rosy. La madre de ésta, Vicenta, la de las pirámides de caramelos, no hacía más que exclamar: «¡Pobre Rogelio!» Ella continuaba queriendo igual que antes a su yerno, del que estuvo orgullosa siempre. Y también quería a su hermano, a Alejo, aunque de ése no le extrañó que acabara con sus casi visibles huesos en la cárcel. El doctor Vidal, en cambio, soltó todo lo que llevaba dentro. Rosy lo atajó. «Por favor, papá, que no necesito que remaches el clavo. Todo me lo sé de memoria...»

El doctor Vidal, pese a todo, no se olvidó de su profesión y se puso en contacto con el doctor Beltrán, ya que existía el peligro de que a Rogelio le sobreviniera en la cárcel otra angina de pecho, o algo más grave aún.

El doctor Beltrán, que no se había perdido un dato de lo sucedido, previos los trámites necesarios consiguió que les permitieran entrevistarse con el médico de la Modelo, al que pusieron al corriente de la situación. «De momento —declaró el hombre—, el detenido no se queja de nada.» «Ya, ya. Pero puede darle cuando menos lo piense.» El médico asintió con la cabeza. «Conforme. Estaré al cuidado. Pero, por si la crisis fuera grave y aquí no pudiéramos atenderlo debidamente, denme, por favor, el nombre de la clínica donde lo trataron la otra vez.» «Clínica San Damián.» «Está bien. Tomo nota.»

Los doctores Vidal y Beltrán abandonaron la Modelo. Les hubiera gustado ver a Rogelio y Alejo, pero el reglamento lo prohibía. Sintieron ganas de charlar un rato y lo hicieron en el interior del modesto coche del padre de Rosy.

El doctor Vidal opinó:

—Yo más bien le temo al momento en que lo dejen en libertad... Cuando cese la tensión actual y lo abandonen las autodefensas que lo estarán sosteniendo ahora...

—La verdad, yo no me atrevo a pronosticar nada... —contestó el doctor Beltrán.

Éste añadió luego que la ciudad creaba ese tipo de hombre que iba autodestruyéndose en medio de colchones de plumas. «Si su yerno de usted se hubiera quedado en el campo, en Llavaneras, ahora estaría libre y, en la medida en que esto es posible, en paz consigo mismo.»

—Yo echo bastante la culpa a mi hija —acusó el doctor Vidal—. Hija única, ya sabe usted... En mi opinión, todo lo ha hecho al revés.

El doctor Beltrán, después de asentir con la cabeza añadió:

—Por cierto, que la última vez que la vi la encontré muy desmejorada... Tal vez sería conveniente vigilarla también de cerca.

—Hágalo usted, por favor, doctor Beltrán... A mí no me hace caso. Hoy, cuando llegué de Arenys de Mar, me ha dado auténtica pena. Bebe mucho, aparte de que está en una mala edad. Tengo miedo de que caiga en una depresión nerviosa... ¡Quiere desafiar a las circunstancias! Y eso es tremendo. Sobre todo teniendo en cuenta que Pedro, al parecer, no tuerce su brazo y que Carol es una bendita que sólo sirve para ser cariñosa y para esperar un bebé...

—Tal vez el nacimiento del nieto sea un consuelo... O una distracción.

—Tal vez. Pero no es inminente.

El doctor Beltrán conocía a los consuegros de Rogelio y de Rosy, a los padres de Sebastián Oriol. Eran «personas respetabilísimas» y todo aquello les habría sentado como un tiro.

—Acaso por ese lado haya también dificultades...

—Sería el colmo. Pero tengo entendido que el marido de Carol es un santurrón, que todo lo ve de color de rosa y que sólo se interesa de veras por las lonas que fabrica y por el ping pong.

—¿El ping pong?

—Sí. Es su manía. Inofensivo, ¿no? A mí me gusta, en Arenys, contemplar las estrellas y jugar al tute.

—A mí me gustan los relojes de pared.

—Y analizar a la gente.

—También, pero lo disimulo... ¿Querrá creer que duermo con antifaz? Si entra una rendija de luz, me desvela.

—Todos los médicos hemos de ponernos un antifaz a veces.

Una vez enterrados los muertos —dramática manifestación de duelo—, Laureano se enfrentó consigo mismo. Estaba desmoralizado y de un humor de perros, confirmándose con ello las previsiones de mosén Rafael. En el chalet de la calle de Modolell no hacía más que discutir con Javier Cabanes por cualquier nimiedad. Se pasaba horas y horas en la cama, tumbado, pero sin poder dormir, estrujando la almohada y fumando. Javier Cabanes tenía cuerda para salir y dar una vuelta, pero Laureano no. Y quien se cuidó de devolver a las respectivas familias todos los objetos pertenecientes a Narciso Rubió y a Salvador, fue Javier. De pronto Laureano reaccionaba extrañamente, negándose a comer o empeñándose en comprar décimos de lotería. Se desahogaba con caprichos, lo que molestaba a su compañero.

—Algún día resucitarás, supongo...

—Supongo. Pero no sé cuándo será.

La prensa, sin necesidad de que nadie la orquestara, se lanzó a una campaña desenfrenada a raíz del accidente. ¿Desaparecerían *Los Fanáticos*? ¿No desaparecerían? Los periodistas rondaban la calle de Modolell, pero Laureano no quería ver a ninguno y mucho menos permitir que le sacasen fotografías.

—No tenemos nada decidido todavía. Ya se verá.

Esto lo declaraba Javier. Porque Laureano, a decir verdad, de momento no hubiera podido cantar. Parecía como si, hasta nuevo aviso, aquello se hubiese terminado para él. En cierto modo, su actitud recordaba la del conde de Vilalta, que le vendió a Ricardo Marín todas sus acciones de las salas de fiestas, negocio que nunca acabó de ser de su agrado. «Usted haga lo que quiera, Marín, pero yo, de esto, me retiro.» Ricardo Marín tenía la sospecha de que influyó en ello la alergia que el conde sentía por Héctor, el decorador, que insensatamente recubrió de plástico el «007».

Laureano topó muy pronto con la realidad, que en este caso se llamaba Carlos Bozo y Jaime Amades. Apenas transcurrida una semana éstos fueron a verlo y le plantearon a lo vivo la cuestión. Lo ocurrido era de lamentar, pero irreparable. Y lo que debían hacer era aprovecharse de la propaganda que les estaban haciendo gracias al suceso y dar otro golpe inesperado: recomenzar. *Los Fanáticos* no podían abdicar de su misión, puesto que se había salvado su pieza principal, que era Laureano. Y no podían tardar mucho en decidirse, porque otros conjuntos empujaban y los gustos de la gente eran volubles.

—Además, ¿qué vas a hacer, Laureano? ¿Estudiar arquitectura otra vez? ¿Quedarte tumbado en la cama toda la vida?

El muchacho experimentó intensa repulsión —se aprovechaban de los cadáveres para la publicidad— y les contestó destempladamente.

—Por favor, marchaos de aquí y dejadme tranquilo. Si tengo alguna noticia que daros ya os avisaré.

Al otro lado, lo zarandeaban las voces de la cordura. En primer lugar, su propia sensibilidad, de la que también había hablado mosén Rafael. En segundo lugar, la aureola de serenidad que emanaba de Pedro y Susana: Laureano se quedó asombrado al enterarse de la formalización de sus relaciones. Por último, el desconsuelo de sus padres y de su abuela, Beatriz. Había ido a almorzar varias veces a General Mitre y siempre le ocurrió lo mismo. A Julián se lo veía avejentado y padecía de serios trastornos digestivos, de suerte que, por lo pronto, le habían prohibido incluso fumar en pipa. Margot distaba mucho de ser la mujer que en Can Abadal se iba de excursión por los montes de los alrededores. Hacía de tripas corazón y le preparaba a Laureano con amor los platos que sabía que más le gustaban; pero había adelgazado mucho, las canas se habían adueñado de su cabeza y el piano permanecía mudo, lo que era ciento por ciento elocuente. En cuanto a Beatriz, cada día estaba más sorda y más suspicaz. Siempre sospechaba que murmuraban de ella y miraba a Laureano como desafiándolo, con dos ojos que parecían bombas de mano. Por si fuera poco, Pablito tenía muchos discos de otros conjuntos que no eran *Los Fanáticos* y los escuchaba con auténtica devoción.

La familia... La familia, de la que Laureano casi se había olvidado y que de nuevo se le plantaba delante, porque en el fondo todos habían visto la posibilidad de rescatarlo... ¿Y si lo invitaban a permanecer unos días en Can Abadal, a respirar aire puro? Desde el accidente del «007» Laureano lo había hecho todo excepto buscar un ambiente a propósito para meditar y hacer balance. Se encerró en aquella guarida de Modolell, quizá demasiado cargada de recuerdos, y cultivaba un masoquismo que lo perjudicaba decisivamente.

Y Laureano no quería oír nada de Can Abadal. También aquello estaba lleno de recuerdos, de recuerdos de la infancia, de una época que se le hacía difícil admitir que quien la vivió fue él mismo. Cuando los perros, y la muerte, le daban miedo y su madre era una diosa única. Ahora no le daban miedo ni la muerte ni los perros y su madre se le había alejado del pensamiento, no por culpa de nadie, sino de la propia vida, que reclamaba cada día su ración distinta de júbilo, de amores y de llanto.

—¿Por qué dices que la muerte no te da miedo? —le preguntó Pedro.

—Porque es la verdad. Por lo menos, en esta etapa que estoy trampeando. Al fin y al cabo...

—¿Al fin y al cabo qué? —indagó Susana, intrigada.

—No te preocupes, mujer. No pasa nada. Quiero decir que hay momentos en que lo mismo da. —Guardó silencio—. Te prometo, Pedro, que si a mí me ocurre lo que a tu padre me pego un tiro.

—¿Te das cuenta, Laureano, de hasta qué punto necesitas descansar? Es tu mente la que lo necesita. La existencia, pese a todo, es hermosa y siempre es tiempo de entonar el *mea culpa* y recomenzar. ¿Por qué no hablas un rato con el padre Saumells? Ya sabes que es un gran hombre y que te quiere mucho. A lo mejor ordena un poco tus ideas y te señala el camino que te conviene... y que nosotros creemos también que es el de Can Abadal.

—No me hables de curas, por favor, aunque vistan de *clergyman*. No estoy en condiciones. El que salmodió cuando los dieciséis féretros actuó con una rutina indignante. Como un burócrata. Y la ocasión era para tomársela un poco en serio, ¿no?

—No tienes ningún derecho a hablar así, pues sabes muy bien que el padre Saumells no es de esa clase. Y mosén Rafael tampoco.

Laureano tuvo un gesto de cansancio.

—Os empeñáis en que sea feliz... y eso no se compra ni se vende. Cuando fui al *Kremlin* a visitarte lo era por completo, Pedro, aunque tú no lo creías. Luego pasó lo que pasó y ahora no es cuestión de arreglarlo con parches, ni con aire del campo, ni con psicoterapia clerical. —Mudó el semblante, que volvió a ser enérgico—. ¡Lo que yo quiero es volverlo a pasar bomba y alejar esos estúpidos fantasmas! —De pronto, miró a Susana y su tono se hizo cariñoso—: Y que la felicidad que los dos sentís desde que os sobrevino el rapto os dure toda la vida.

Susana se acarició el pelo.

—Tal vez el secreto estribe en estar preparado para cuando un acontecimiento así se produzca. Si Pedro y yo nos hubiéramos emborrachado todos los días, pongo por caso, a lo mejor ese rapto no hubiera llegado nunca.

Laureano asintió repetidamente con la cabeza.

—De acuerdo, de acuerdo, querida hermana... Acabaréis siendo perfectos, y eso tampoco sé si se puede resistir.

Tenía que optar entre la propuesta de Carlos Bozo y Jaime Amades y la que su familia representaba. No era fácil elegir.

Laureano continuaba de mal café y sumido en la mayor confusión. Por lo demás, sabía que remozar *Los Fanáticos* implicaba sustituir con otros dos músicos a Narciso Rubió y a Salvador; y con sólo pensarlo se le ponía carne de gallina y se daba cuenta de que echaba de menos a los dos desaparecidos mucho más de lo que en un principio supuso. A todo ello se añadió una circunstancia que agravó sensiblemente su estado de ánimo: su gran *flirt* de Madrid, o su gran amor, Elizabeth Simpson, la hija del productor de cine inglés, se marchó a su tierra y se limitó a mandarle unas letras de despedida, mucho menos doloridas que su guitarra cuando ardió en el «007» y que se retorció casi gimiendo para decirle adiós. La frialdad de la muchacha indignó a Laureano y lo desmoralizó todavía más. ¡De modo que no le había impreso ninguna huella profunda...! ¡Con las horas que habían pasado juntos, sobre todo, de frenesí sexual! Entonces, como siempre en parecidas circunstancias, surgió a su lado Cuchy. Cuchy daba la impresión de estar aguardando un gesto de Laureano para decirle «aquí estoy». No porque hubiese regañado con Marcos, pero sintió que Laureano la necesitaba.

—No seas mentecato. La elección está clara: cantar. ¡Si eres el número uno! ¡Si todo el mundo lo está esperando! Ya sé lo que te pasa: crees que no es por ti, sino porque la gente disfruta morbosamente cuando ocurre una desgracia. ¡Eso en tu caso no vale! Antes de que se incendiara la *boîte* ya eras el amo. Lo que me pregunto es por qué me preocupo tanto, cuando lo que debiera hacer es cerrarte también todas las puertas. ¡Como un guarro te has portado conmigo! Peor que Sergio. Pero ¡qué quieres! Soy débil y lo seré hasta que me muera. Conque la inglesita te dio el plantón, ¿eh? ¡No, no, no me lo ha dicho Marcos, ni ningún pajarito! Lo he leído en la prensa, que es peor.

Otro que aconsejó a Laureano lo mismo que Cuchy fue, inesperadamente, Claudio Roig, el aparejador. Tuvo que ir al chalet de la calle de Modolell, porque se precisaban unas reparaciones, y al ver a Laureano en la cama rodeado de colillas y con las sábanas llenas de quemaduras le dijo:

—A cantar, Laureano... Y te lo digo aprovechando que tu padre no nos oye. Es lo tuyo. ¿Sabes? Yo me arrepiento ahora de mi discreción, de situarme siempre en un segundo plano, de haberme ido sacrificando anónimamente por los demás. ¡Triunfaste en toda la línea! Pues adelante a toda vela. Ojalá tuviera yo tu edad y tus facultades. No lo pensaba ni un segundo.

Javier Cabanes dio el golpe decisivo:

—Veinticuatro horas para decidirte. Si no, me voy...

Laureano pasó la noche en vela, estrujando la almohada —el insomnio continuaba siendo su gusanillo, pese a las crecientes dosis de somníferos que se tomaba— y al día siguiente eligió volver a cantar.

Llamó a Carlos Bozo y éste pegó un salto alborozado, al revés que su mujer, Nieves, a la que Laureano había olvidado y que deseaba que el muchacho se hundiera.

Jaime Amades quería celebrarlo y abrazó a Charito con más fuerza que cuando ésta le anunció que iban a tener un hijo. Charito se encogió de hombros. «Pero ¿es que pensabas que decidiría otra cosa? Los aplausos son los aplausos... ¡A mí todavía me suenan en los oídos y me vuelven tarumba!»

Pleito resuelto, Carlos Bozo demostró que había estado esperando aquel momento. Todo preparado. Por lo visto el compositor tenía, en vez de corazón, una clave de sol y una clave de fa. Apenas transcurridas cuarenta y ocho horas le presentó a dos músicos del conjunto *Los Truhanes*, muy buenos, que en principio estaban dispuestos a fichar por *Los Fanáticos*. El sustituto de Salvador se llamaba Francisco Campos y el «batería» se llamaba Juan Luis Orozco, también de procedencia universitaria. Había colgado la carrera de Ingeniero de Caminos y era un auténtico profesional.

Laureano comprendió que tenía que desperezarse. Acudió al primer ensayo como quien acude a trabajos forzados. Y no había manera de que cantara con entusiasmo, por lo que en seguida se produjo la fricción. Los recién incorporados no eran unos novatos y no estaban dispuestos en absoluto a soportar el *vedettismo* del cantante. Y Juan Luis Orozco, sin saber por qué, le cayó mal a Laureano. Éste estaba acostumbrado a Narciso Rubió y decía que no se adaptaba al ritmo del nuevo «batería», pese a que objetivamente hablando —Carlos Bozo se desgañitaba afirmándolo— era mejor que aquél.

—Claro, a ti lo que te gustaba era el caramelo y yo le doy fuerte, como tiene que ser.

Poco a poco Laureano fue reencontrando su antiguo estado de ánimo, hasta el punto que se atrevieron a grabar un disco pequeño. Pero ocurrió que tuvo poca salida, en tanto que los discos anteriores, desde el incendio de la *boîte* se vendían más que nunca, como rosquillas.

Pero eso no significaba ningún fracaso. En compensación los contrataron, en condiciones óptimas, en el «Bolero» —el «Bolero» otra vez— y tuvieron un éxito fenomenal. El día del debut la expectación era enorme —Charito estaba allí— y el local se llenó de bote en bote. El conjunto sonó ¡y de qué forma! Por unos instantes Laureano se olvidó de su mal café y lo dio todo, como si quisiera vengarse de su amargura interior. Y Francisco Campos y Juan Luis Orozco estuvieron a su altura y los críticos al día siguiente dijeron más o menos: «Con perdón de los muertos, pero el conjunto ha mejorado».

Todo el mundo estaba convencido y contento, excepto Laureano. Éste, pese a las palabras de Cuchy, continuaba creyendo que gran parte del éxito se debía a la morbosidad de la gente. Carlos Bozo, astuto, le sopló al oído:

—Te equivocas. Y te hablaré con franqueza. No sólo ha mejorado el conjunto, sino también tu voz. Tu voz es ahora más dramática... Y eso, si el oficio no me engaña, es siempre calidad.

¿Calidad? Tal vez. Por lo menos, eso era lo que creía Montoya, el marido de su tía Mari-Tere, productor de cine en Madrid. Les oyó cantar en un viaje rápido que hizo a Barcelona y acto seguido reiteró su propósito de filmar una película basada en el conjunto. ¡Ahora podía escribirse un guión fascinante, con un gancho irresistible!: el mundo de la juventud y del cante *pop*... y al final el incendio de una *boîte*, con un número de muertes muy superior al que hubo en la realidad.

—Una secuencia apasionante, de las que hacen época. ¿Eh, qué opinas, Laureano?

Laureano opinó... que sentía asco otra vez. Otra vez la repulsión, otra vez aprovechándose de los muertos. Le dijo a Montoya todo lo que pensaba, pero éste no se dio por vencido, no cejó. Habló con Carlos Bozo y con Jaime Amades. Carlos Bozo, esta vez, se entusiasmó. «La idea es genial.» Formaron un cerco en torno al muchacho, utilizando toda clase de argumentos, el más contundente de los cuales —lo empleó, por teléfono, la mismísima Mari-Tere— era que en la vida todas las tragedias acababan convirtiéndose en materia artística.

—En tu propia cesta tienes el ejemplo —le dijo—. La guerra del Vietnam, para *Los Fanáticos*, se convirtió en una canción.

Laureano no chaqueteó. Aquello le tocaba mucho más de cerca. «No habrá película.» Sin embargo, Montoya organizó un tinglado publicitario basado en su pretensión. La prensa habló del asunto «como rumor», como «noticia procedente de fuentes bien informadas». Y se armó un alboroto de consideración, acaso porque aquello coincidió con la puesta en libertad bajo fianza de Rogelio y de Alejo. Los primeros en protestar fueron los parientes de las víctimas, si bien algunos de ellos andaban muy atareados haciendo números sobre la posible indemnización. «¡Como se atrevan a explotar un asunto así!»

Sin embargo, y puesto que la inestabilidad del muchacho era un hecho, Laureano empezó a dudar. «En tu propia cesta tienes el ejemplo. La guerra del Vietnam, para *Los Fanáticos*, se convirtió en una canción.» Sí, empezó a tentarlo aquella aventura, que además de cantar le ofrecía otros muchos alicientes. ¡El cine! Salieron muchos defensores del proyecto. «El cine tiene la obligación de reflejar la vida y de hecho se han filmado millares de películas basadas en la realidad.» Los tres restantes componentes del conjunto estaban decididos desde el primer día y no comprendían la actitud de Laureano. El propio Javier, que fue testigo de la tragedia, no veía en aquello nada fuera de lo normal.

Laureano tuvo uno de sus prontos y una mañana se levantó diciendo que aceptaba. Lamentación entre los detractores, alegría de Montoya, Carlos Bozo y demás, publicidad. La película se rodaría en Barcelona... ¡Laureano se enteró con sorpresa de que mientras él dudaba habían escrito el guión! Su pareja sería una bailarina de flamenco muy joven, Olga Baeza, que se pasaría todo el rato persiguiéndolo y que al final moriría carbonizada. Era una muchacha bellísima, con unos ojos como sacados de un lago nórdico, e inmóvil. Laureano la había conocido en un cóctel en Madrid y le habían dicho: «No te hagas ilusiones. Es de lo más decente que hay».

¡Eso ya se vería! Laureano había vuelto a dar la razón a mosén Rafael: a partir del debut en «Bolero» retornó a la concupiscencia... En este sentido se estaba convirtiendo en un obseso, y sus últimas tendencias perversas, después de la vigilia se le habían acentuado, hasta el extremo que Cuchy tuvo que pararle los pies. «¡No, eso no, hijito!» Y Laureano ni siquiera chistó.

En definitiva, llegó a Barcelona todo el material necesario, junto con el director. El director se llamaba Gabriel Llorca y era íntimo de Carlos Bozo. También llevaba barbita de chivo. El rodaje duraría unos dos meses, salvo imprevistos. Montoya y Mari-Tere se habían anticipado para firmar el contrato —Laureano, al leer la cifra que le correspondía casi se tambaleó—, y Margot, que invitó a su cuñada y al productor, se hacía cruces de que Mari-Tere fuera la misma persona que se deshizo en lágrimas porque Julián no le quiso buscar trabajo en Barcelona. Margot iba de decepción en decepción. Y Julián, que por un momento había creído que Laureano no haría la película, continuaba con sus trastornos digestivos y sin poder fumar en pipa, empleando como sucedáneo los caramelos de malvavisco del padre Saumells.

Los imprevistos surgieron. ¡Uno de ellos fue Sergio! Sergio llegó de París... y al enterarse de que en la película la pareja de Laureano era una «bailaora» de flamenco se acarició su cabeza, otra vez rapada, y le dijo al muchacho: «Nunca pensé que te prestaras a semejante humillación». Sergio estaba de mal humor, porque también lo habían humillado a él. Giselle lo abandonó de sopetón, sin apenas explicaciones, y se fue con uno de los *hippies* canadienses amigos de Bernadette, que se cansaron de dormir bajo los puentes del Sena y se marcharon a la isla de Ibiza a llevar una vida muy poco acorde con las teorías marxistas sobre la producción y el trabajo.

Otro imprevisto: por más que hizo Laureano no consiguió arrancar de la joven Olga Baeza ni un beso siquiera, a no ser los que figuraban en el guión. «¡Eh, chico! ¿Qué te has creído?» Laureano no estaba acostumbrado a los fracasos de ese tipo y se quedó viendo visiones.

También lo molestó darse cuenta de que sólo servía para cantar. El resto, un desastre. No sabía moverse ante las cámaras. Hubiérase dicho que estaba paralizado, que le sobraban los brazos, las piernas, y no acertaba a sonreír. Ello obligó a modificar una serie de escenas: más canciones y acortar la historieta y los diálogos. «Pero ¿cómo es posible? ¡Si con el micrófono en la mano haces lo que te da la gana!» Olga, en cambio, que había hecho películas desde niña, se encontraba en su elemento y ponía cara de infinita paciencia repitiendo una y otra vez, por culpa de Laureano, las secuencias. Y con todo, lo peor fue el incendio de la *boîte*. Cinematográficamente salió perfecto. Calcado lo que ocurrió. Laureano revivió aquellos momentos trágicos con una intensidad que le arañó las entrañas, sobre todo porque Francisco Campos y Juan Luis Orozco, que morían cerca del bar —Olga Baeza aporreando las puertas de emergencia—, demostraron, en sus papeles respectivos, ser consumados artistas. Un poco caracterizados, casi llegaron a parecerse a Narciso Rubió y a Salvador. Laureano sufrió tanto que en varias ocasiones estuvo a punto de decir: «¡basta!» Pero temió que lo llamaran timorato y aguantó.

Aguantó hasta el final de la película, pese a que el ambiente era raro alrededor. Y el día del estreno, que fue multitudinario, pasó una vergüenza loca. Aparte de que al verse no se gustó ni pizca, era evidente —resultó evidente para todo el mundo— que Olga Baeza lo borraba de la pantalla, excepto en un par de números *pop*. El muchacho se irritó sobremanera y se preguntó si no habría dado un mal paso. La ocasión fue que ni pintada para Sergio, que casi soltó una carcajada —no se reía jamás—, y también para la mujer de Carlos Bozo. «Para que veas. A lo tuyo... y de ahí no pasas.»

Luego la película fue a provincias y en los pueblos gustó mucho más. ¡Tanto peor! El nerviosismo elevado al cubo. Y la fatiga. Porque el rodaje tuvo que simultanearlo con las actuaciones y apenas llegados al final empezaron las giras otra vez, sin parar, de una a otra población, de una a otra sala de fiestas, durmiendo en el coche, en el tren o en el avión y acosado por la creciente popularidad. Muchas veces no sabía en qué localidad se encontraban. A tanto llegó el cansancio de Laureano, que perdió varios quilos en pocas semanas y su carácter se tornó insoportable.

Por otra parte, le entró un miedo absurdo e injustificado: miedo a perder la voz. Si al levantarse se notaba un poco afónico se descomponía y se pasaba una hora haciendo gárgaras. ¡Había oído hablar tantas veces de que aquello podía ocurrir! Visitó a un par de médicos especialistas y ambos lo tranquilizaron, pero no le bastó. La duda la llevaba dentro y se pasaba el día tarareando y escuchándose, por si advertía algún fallo. Se puso un pañuelo al cuello y tenía sueños fantásticos, en los que era frecuente que se quedase mudo de repente. Empezó a fijarse en las personas mudas y sentía por ellas una compasión especial.

Todo ese desequilibrio había de tener un desenlace consecuente. Y así fue. De regreso a Barcelona, una noche, en el chalet de la calle de Modolell, apuntaba el alba y no había conseguido pegar ojo. Y gente muda lo perseguía por todas partes. Entonces cogió un tubo de Luminal e ingirió todas las pastillas que quedaban, sin tomarse la molestia de contarlas, pues por culpa del hábito le hacían poco efecto. Y se durmió en el acto. Al cabo de un par de horas Javier Cabanes tuvo que entrar en su cuarto y al ver el aspecto de Laureano y el tubo vacío a sus pies lanzó un grito. «¡Maldita sea!» Laureano tenía la tez amoratada. Javier comprobó que, por fortuna, la respiración y el pulso eran normales, pero en cambio la inmovilidad del muchacho era extraña y sus miembros se le caían, inertes. Javier, temblando de pies a cabeza, llamó por teléfono al doctor Beltrán. «¡Venga en seguida! ¡Rápido!» El doctor acudió con toda la celeridad posible y puso manos a la obra. «¡Insensato!», no cesaba de repetir. Le hizo un intenso lavado de estómago y le inyectó un antídoto. La terapéutica se mostró eficaz y al cabo de unas horas Laureano estaba recuperado. «La dosis que se tomó no era mortal, pero...», comentó el doctor Beltrán.

Juan Luis Orozco, que continuaba mirando esquinadamente a Laureano, cuidó de que la noticia se filtrase, a pesar de las advertencias del doctor Beltrán. Y se formó la bola de nieve, saltando al ruedo —saltando incluso a la prensa— la palabra *suicidio*... Laureano estaba tan deshecho que no se tomaba la molestia de desmentirlo con energía. «¿Qué suicidio ni qué ocho cuartos? No podía dormir y me tragué todo lo que había en el tubo, nada más.»

Difícil contener el alud. El sensacionalismo hizo de las suyas y para el gran público quedó flotando la duda, ante el regocijo de Carlos Bozo, pues también aquello era publicidad. Cuchy se hartó de defender al muchacho, pero fue inútil. Sólo su madre, Merche, le dio crédito; su padre, Ricardo Marín, sólo a medias... «Se ve que lo de la película le sentó como un tiro.» Algún crítico se atrevió a escribir: «Olga Baeza le dio un baño y el gran Laureano no pudo soportarlo».

Naturalmente, Julián y Margot también dudaron... El aspecto del muchacho era poco estimulante y daba pábulo a cualquier tipo de suposición. Entonces ocurrió que el doctor Beltrán le ordenó, previsoramente, un reposo un poco largo. ¡Ahora ya no había excusa! Can Adabal. Carlos Bozo dio su consentimiento, pero a condición de que Laureano hiciera antes una fugaz aparición en televisión, para que la masa —los *fans*— se convencieran de que estaba vivo y de que no había pasado nada. Laureano no tuvo más remedio que acceder, y fue lo curioso que cantó como nunca.

Se trasladaron a Can Abadal. En esta ocasión Julián lo abandonó todo, incluso a Rogelio, pese a que éste, en la avenida Pearson —¡y en la Constructora, adonde había vuelto haciendo chascar los tirantes!— lo necesitaba a su lado. Aunque quien más los echaría de menos sería Rosy, ya que la compañía de Margot, que se multiplicaba para atender a unos y a otros, era insustituible.

En Can Abadal la naturaleza estaba haciendo de las suyas. Era primavera y los campos y las vaguadas se habían puesto hermosos, como para celebrar la salvación de una vida. Los cipreses montaban la guardia a la entrada, el sauce llorón estaba al servicio de quien pasase a su vera y en el pórtico el aire fresco circulaba que era una bendición de Dios. Rosario, la sirvienta, decía: «Aquí el señorito Laureano se repone en tres días». Lo contrario de lo que pensaban los porteros de General Mitre, Anselmo y Felisa, quienes leyeron en los ojos del muchacho que aquello no iba a ser tan fácil.

Julián invitó a Pedro, que también lo abandonó todo —el *Kremlin*— y se fue a la masía. Susana no estaría presente porque, habiendo terminado la carrera, trabajaba en la consulta de un pediatra y no podía permitirse el lujo de ceder a los sentimentalismos.

Can Abadal era el sosiego, la paz, y a Laureano le dio por llorar. Sin saber por qué, de pronto se ponía a llorar como cuando era niño —y no a causa de los recuerdos— y nadie se atrevía a consolarlo. «Que se desahogue —decía Margot—. Eso es bueno.» ¿Bueno? Beatriz no era de esa opinión. «Los hombres no lloran.» Su marido, el notario Abadal, no había llorado jamás. Claro que tampoco tuvo jamás motivos análogos para desahogarse.

Margot, pasadas las primeras cuarenta y ocho horas, sentóse al lado de Laureano, junto a la piscina, y le dijo:

—Hijo, no quiero sermonearte. Simplemente quería preguntarte si admites ahora que lo que te anuncié el primer día, cuando nos comunicaste que abandonabas la carrera y querías cantar, era verdad o no.

Laureano, todavía con las huellas de lo que le había ocurrido, negó, como siempre, con la cabeza.

—De ningún modo, mamá. Una mala racha. Eso nos sucede a todos. A lo mejor un día a papá se le cae una casa y tampoco puede dormir.

Margot marcó una pausa y con la punta de la zapatilla trazó un signo en el suelo.

—Entonces ¿no te ha pasado por la imaginación que a lo mejor te equivocaste y que podrías recomenzar tu vida de antes?

—¿Quieres decir volver a estudiar?

—Exactamente.

—Sí, lo he pensado. ¡Cuando no se duerme se piensan tantas cosas! Me siento tan lejos de los libros de arquitectura como Carol de abandonar el bebé que acaba de tener...

—Es una lástima... —comentó Margot—. Sería un camino más seguro, menos peligroso.

—¿Y de dónde has sacado que me gusta la seguridad y que me molesta el peligro?

—No fanfarronees conmigo, Laureano. Soy tu madre y te conozco. En el fondo eres débil, mucho más débil que Susana... y que Cuchy. Pablito es más fuerte que tú. Pablito está convencido de que te tomaste las pastillas en serio, aunque no por lo de la película, sino porque te dan miedo los otros conjuntos que andan pisándote los talones.

—Pablito es un gili y le pegaré un par de tortas. En cuanto a ser débil o fuerte, ¿con qué se come eso? ¿Quién lo es y quién no lo es? ¿Qué es papá? Constantemente se acaricia la mejilla derecha... Y «tío» Rogelio —es curioso que ahora me moleste tanto llamarlo «tío»— ¿qué es? Tal vez Alejo sea fuerte, puesto que es partidario de volver a levantar el «007».

Las zapatillas de Margot borraron los signos que habían trazado en el suelo.

—Es lástima que no te hayas enamorado de una muchacha formal. Eso me bastaría para estar tranquila. Pero me consta que buscas lo fácil, o lo que pueda darte popularidad. Es decir, en todos los terrenos huyes de lo sólido, de lo que tiene cimientos firmes.

—Según Pedro y Susana, eso de enamorarse es un rapto. No es culpa mía si no me han raptado aún.

—Tienes los ojos turbios, Laureano. Y ésa no es la predisposición adecuada.

—Es el tributo que se paga por el éxito. Porque... he tenido éxito, ¿no, mamá? ¿O es que vas a negarlo?

—¿Cómo voy a negarlo yo si te lo pronostiqué desde el primer día? Pero lo que cuenta es tener éxito con el espejo. ¿Te gustas cuando te miras al espejo?

—Como todo el mundo. A veces sí, a veces no. Y depende del espejo.

—Yo sé que no te gustas. Y te has engreído tanto que no soportas un «no». Y la vida es una cadena de «noes». ¡Fíjate en el que tú nos has lanzado al rostro a tu padre y a mí! —Margot hizo una pausa y de repente añadió—: Pero vamos a darte una sorpresa, ¿sabes? Ésta es la última prueba. Si después de este reposo continúas destruyéndote a ti mismo... allá tú. No dejaremos de quererte por eso, pero no vamos a sentarnos en un rincón y morirnos de pena. Tenemos derecho a continuar viviendo, y viviremos...

Fue una salida inesperada. Laureano se quedó asombrado y hubiera jurado que el agua de la piscina cambiaba de color y que el sauce llorón levantaba sus ramas en señal de protesta.

—¿Qué significa esto? ¿Es un desafío?

—Tómalo como quieras.

Laureano se dio cuenta de que estaba en falso. Acababa de descubrir que en el fondo le gustaba que los demás sufrieran por él, y a lo mejor por eso echaba tanto de menos a Narciso Rubió. O estaba tan seguro de la fidelidad de sus padres, que la posibilidad de que le dijeran: «allá tú...», en vez de suponer un alivio lo desazonaba. «Soy un ser vampiresco», se dijo por dentro, aunque disimuló.

—Ya sería hora de que me dejarais en paz.

—¡Cómo! ¡Esto es el colmo! Has hecho lo que te ha dado la gana. Nos hemos limitado a obedecer las órdenes del doctor Beltrán. Él te salvó la vida —según tú, es lo que deseabas— y nos dijo que te trajéramos a descansar. Hemos cumplido con nuestro deber y sanseacabó.

Acercóse Julián, que se había ido por los atajos a dar una vuelta.

—¿De qué estáis hablando? —y sin transición el arquitecto agregó—: El campo está hermoso... ¡Sí, lo está! A lo mejor me dedico a la arquitectura bucólica...

Laureano tenía una brizna de hierba en los labios.

—Nada... —contestó—. Hemos estado hablando de cimientos firmes..., y del derecho a continuar viviendo... Y también de la imagen que nos devuelve el espejo.

CAPÍTULO XLII

A LAS TRES SEMANAS JUSTAS de ingresar en la cárcel, Rogelio y Alejo salieron en libertad bajo fianza. Fianza de cuantía importante, pero que para la Agencia Cosmos era una ridiculez. Imposible pedir más diligencia por parte del abogado defensor, Eusebio Comas, quien una vez más demostró sus exhaustivos conocimientos profesionales, tal como Ricardo Marín había previsto.

Rogelio, en la Modelo, recibió muchas más visitas que Alejo, pero ello no le ayudó a levantar cabeza. De repente se acordaba de los muertos —Alejo, jamás— y estaba perdido. No es que sintiera pena por ellos, pero el delito le parecía monstruoso. Comía muy poco —el rancho colectivo le daba náuseas—, y continuaba con incesantes ganas de orinar. Resultado, que adelgazó sensiblemente, lo que en cierto modo mejoraba su aspecto. «Has perdido la alegría y la tripa», se mofaba Alejo, que lo que mayormente echaba de menos era el bastón.

Alejo confiaba mucho en Eusebio Comas..., en el prestigio y en el dinero. Creía que el abogado —colega suyo, no cabía olvidarlo—, una vez se encontraran en la calle echaría mano de mil triquiñuelas para alargar indefinidamente el proceso y conseguir que, a la postre, la pena fuera lo más reducida posible. No porque viera la posibilidad de sobornar a la justicia; simplemente, los intereses creados y aplacar la cólera de los parientes de las víctimas, a base de ofrecimientos generosos para las indemnizaciones.

—¿Qué sacarás con hacerte mala sangre? Acuérdate de la angina de pecho. Mucha calma, confianza en tu nombre... y en la suerte. ¿No me habías predicado mil veces que creías en la suerte? Pues demuéstralo.

El gran alivio del constructor, y al propio tiempo su gran pesadilla, era dormir. Dormía —y roncaba— horas y horas. Y tenía sueños absurdos, aunque de signo distinto a los de Laureano. No soñaba con que se quedaba mudo y con que los mudos lo perseguían; soñaba con que se quedaba ciego. Las sortijas de Rosy brillaban tanto que de pronto le quemaban las pupilas y se quedaba ciego. Entonces acudía Marilín que lo acariciaba e intentaba consolarlo, y le daba a beber un vaso de bicarbonato. También soñaba con que lo condenaban a fregar el piso de todas las habitaciones de todos los hoteles de la Agencia Cosmos. Se veía con delantal, arrodillado y fregoteando, en Lloret de Mar, en Mallorca, en Torremolinos. Al despertar, pegaba un brinco en el camastro y se encontraba siempre con el mismo espectáculo: la luz incierta del amanecer al otro lado de los sólidos barrotes.

A la salida de la cárcel no lo esperaba su Chevrolet, sino, por discreción, un taxi, en el que iban Rosy y Julián. El taxi depositó primero en el Ritz a Alejo —éste se dirigió a pedir la llave como si llegara de un crucero por el Caribe—, y luego continuó camino hasta la avenida Pearson, donde *Dog* pegó, en el patio, unos saltos jubilosos que Rogelio le agradeció sobremanera. El jardinero, Serafín, se quitó la gorra y le dio los buenos días, nada más. Las doncellas aguardaban aturulladas y el resto de la casa... parecía repleto de *whisky*. Rosy mandó traer botellas de *whisky* de distintas marcas, aun sin saber si a Rogelio le apetecía y si le sentaría bien. Fue una suerte que Julián estuviera presente, pues la pareja, a solas, no hubiera sabido cómo resolver la situación.

Rogelio no podía con su alma. La libertad lo impresionó menos de lo que esperaba... porque sabía que era provisional. Rosy, al darse cuenta de este hecho, reaccionó con energía. Se le hacía raro ver a Rogelio tan delgado y poder hablarle de tú a tú, sin rejas de por medio, sin el horrible locutorio en el que, para dialogar con los demás detenidos, unos vecinos vociferaban a pleno pulmón, mientras otros parecían estar en un confesonario.

—Por favor, Rogelio, es la hora de la verdad... No chaquetees ahora. Yo me he mantenido en mi puesto todo ese tiempo y tú debes hacer lo mismo. Los dos a solas no podemos mentirnos, porque de nuestro amor no quedan ni las cenizas, dicho sea sin metáfora; pero de puertas afuera, más unidos que antes. Y tú, firme en tu puesto, en la Constructora, en la Agencia, en los clubs... Ir a todas partes —a los estrenos de gala—, como si nada hubiera pasado. Si te echas para atrás y te descubren acomplejado, te aplastarán como a una chinche.

—No es fácil lo que me pides —replicó Rogelio—. En mis condiciones enfrentarse con la sociedad no es comer gambas a la plancha. Todo el mundo sabe lo que pesa sobre mis espaldas, que tengo que presentarme a la policía los días uno y quince de cada mes y que no puedo ausentarme de Barcelona sin pedir permiso.

—Deja que los demás piensen lo que quieran. Tienen razón, por supuesto, pero tú ya no lo puedes remediar. Se trata de salvarte a ti mismo, de no andar mendigando por ahí un saludo o que te encarguen la construcción de una casa de dos pisos.

Intervino Julián.

—Además, la prueba te servirá para saber quiénes eran amigos tuyos de verdad y quiénes lo eran por conveniencia o frívolamente.

—Claro, claro —admitió Rogelio—. Cuando hay tempestad es cuando sabemos qué techo nos cobija. Pero por más esfuerzos que hago no soy el de antes. A lo mejor logro superar el bache, como Alejo, y adaptarme a la idea de que si no lo hago así estoy perdido, como dice Rosy.

—¡Cómo! Y te lo repetiré hasta la saciedad. —La mujer agregó—: Y piensa que los que más te criticarán son los que tienen las manos igualmente sucias, con la salvedad de que las órdenes que han dado no han acarreado ninguna desgracia. —Rosy era la que más bebía y añadió—: Aquí, desde luego, el que tiene razón es Marcos: el mundo entero está podrido, y no tú solamente. Las excepciones se cuentan con los dedos de una mano. Eso tiene que consolarte y darte ánimo.

Julián no compartía este punto de vista ni coincidía con las directrices del diálogo, pero sí con la finalidad de que Rogelio no se quedara encerrado en casa como si siguiera en la Modelo.

—En esas tres semanas Aurelio y yo, con la ayuda de Marilín, hemos procurado que en la Constructora tu ausencia se notara lo menos posible. Tengo entendido que Ricardo Marín y Montserrat han hecho lo mismo en la Agencia Cosmos y que los hoteles y demás funcionan como siempre. Rosy te ha estado hablando de simular, de puertas afuera, que estáis unidos... ¡A lo mejor os embaláis y esto os sirve para esa reconciliación en regla que todos estamos esperando! A veces las grandes aflicciones obran milagros y ése sería el mejor que podría lloveros del cielo. —Julián, mirándolos a los dos, recordando los muchos años que hacía que los trataba, se emocionó un poquitín—: La verdad es que daría cualquier cosa para que de las cenizas que Rosy ha citado renaciera entre vosotros un poco de amor...

Rosy se envaró. Llevaba un collar de perlas y tiró de él lo justo para no romperlo.

—Muchas gracias, Julián... Pero conseguir amor bajo fianza es entre nosotros más difícil que conseguir la libertad.

Rogelio opinaba lo mismo... pero con harto dolor. En la cárcel había meditado mucho sobre el particular. Y aun cuando culpó a Rosy, en gran parte, del camino que emprendió y en consecuencia de los resultados —incluso con respecto a los hijos—, se dijo que su error más grave fue no cuidar del matrimonio como cuidó de los negocios. Su gran fracaso fue ése. Por eso las palabras que había pronunciado Julián le hicieron mella de un modo especial. Por eso el día en que el arquitecto y Margot fueron a verlo al locutorio, al observar que sin darse cuenta iban cogidos de la mano, experimentó una sacudida y una ráfaga de celos que aquella noche incidieron en sus sueños sobre la ceguera. Ciego se necesitaba estar para no advertir que Rosy era más importante que la Constructora y que cualquier operación destinada a conseguir dinero. Pero sin duda era tarde para volver a empezar, y por desgracia él no creía en los milagros...

—Vamos a dar tiempo al tiempo —declaró, en un tono de voz más enérgico—. Por lo pronto, estaré muy ocupado poniéndome una máscara cada mañana y saliendo por ahí...

En la Constructora no hubo problema. Hizo chascar los tirantes, encendió un cigarro habano y todo el mundo en su puesto, empezando por Marilín, a la que hizo un obsequio en premio a su reconocida fidelidad. Rogelio se enteró, aparte de lo que le contó Julián, de que su secretaria se había ido al «007» de madrugada y que su tez era espectral y su llanto sin consuelo.

Los funcionarios de la empresa procuraban no mirarle a los ojos, nada más. No se atrevían. O no querían patentizar lo que sentían o tenían miedo de que «don» Rogelio no fuera el mismo. El encargado de la correspondencia le entregó varios anónimos que se habían recibido y que contenían amenazas. Rogelio los leyó, fingió no afectarse y dijo: «¡Basura! A la papelera».

Donde hubo problema fue precisamente en el Club de bridge. Su entrada en él, del brazo de Rosy, fue espectacular. Merche se volvió ostensiblemente de espaldas. Hubo carraspeos, tos, espirales de humo de cigarrillo que volaron hacia el techo. Pero la mayoría lo saludaron y manifestaron alegrarse de verlo otra vez. El conde de Vilalta se mostró casi tan duro como Merche. Le dijo que deseaba hablar con él y se fueron al reservado en el que solían fabricarse los adulterios. Allí le cantó las cuarenta. Lo que había hecho no tenía nombre, no existía la menor excusa. Le suponía enterado de que había vendido a Ricardo Marín las acciones de las salas de fiestas y si no hizo lo mismo con las restantes de la Agencia Cosmos fue en atención al banquero y porque en los hoteles se jugaba limpio. «Hay cosas que un caballero como yo no puede dejar pasar.» Rogelio se contuvo, consultó sin disimulo su reloj, como si tuviera prisa, y declaró: «Es usted muy dueño, señor conde»; y se levantó y regresó al salón, donde tenía lugar un reñido campeonato.

También hubo problema en Arenys de Mar. Lo peor fue el encuentro con su suegro, el doctor Vidal. El doctor Vidal se calló lo de su visita a la Modelo, pero quiso dejar bien sentado que, de saber con quién se la había, no le hubiera concedido la mano de su hija.

—No exageres, Fernando —terció Vicenta—. Un mal paso lo da cualquiera.

Rogelio, consciente de que ni en los días triunfales su suegro lo miraba con simpatía, no intentó siquiera defenderse. Aguantó como pudo el chaparrón. Hubiera dado lo que fuere para recibir la visita de su madre, que seguro que lo hubiera tratado con el cariño austero de siempre; pero para verla y para ver a sus hermanos tuvo que ir él al plantío de Llavaneras, donde la escena fue todavía más tensa que de ordinario.

Una sonrisa en medio de ese círculo adverso: el nacimiento del nieto, del hijo de Carol. Era varón y se llamó Antonio, Antoñito para la familia. Cierto que los consuegros no disimularon sus sentimientos de hostilidad cerca de Rogelio, ni el primer día ni el día del bautizo; pero el nieto... El nieto era una bendición, y a Rogelio con sólo mirarlo se le humedecían los ojos. Experimentaba una sensación dulce, como hacía tiempo que no recordaba otra igual. «¡Se parece a mí! ¡Es igual que Carol!» Sebastián, el padre de la criatura, aficionado a las lonas y al ping pong, admitió que era cierto. Era un muchacho que, a fuerza de no tener complejos, vivía en un mundo bastante real, sin inventarse nunca gratuitos eufemismos.

Antoñito había de ser la nota alegre y cristalina en la vida de Rogelio, quien en cuanto podía hacía una escapada y se iba a verlo. Carol lo recibía de buen talante. Y el crío lo miraba sin acusarlo absolutamente de nada, lo que para el constructor era una recompensa inapreciable. Si alguna vez sonreía, el contento del abuelo era tal que no podía describirse.

Duras las relaciones con Pedro, con su hijo. Rogelio esperaba que éste lo aguardaría en el taxi, a la salida de la cárcel. Al no verlo sufrió una decepción. En cambio, el muchacho almorzó al día siguiente con ellos en la avenida Pearson, y cabe decir que repitió el gesto muy a menudo, mucho más a menudo que antes. Pero ocurría que no había diálogo posible, que no encontraban motivo de conversación.

Pedro no quería tocar el tema del «007» ni valerse de ello para reforzar su postura. Lo hizo con su madre y bastaba. Entonces ¿de qué hablar? Rogelio a veces se mostraba ocurrente y contaba anécdotas de su vida pasada, que llenaban los minutos; otras veces cometía la torpeza de aludir a incidencias de su estancia en la cárcel y entonces la atmósfera se hacía espesa. Menos mal que de tarde en tarde se le ocurría preguntarle a Pedro por lo que estaba haciendo. Entonces el muchacho se animaba y le contaba que seguía escribiendo su ensayo sobre la «rebelión estudiantil en la Universidad», analizando las causas, las causas por las cuales eran precisamente los universitarios los que, en aquel asalto a los valores establecidos, llevaban la voz cantante. Rogelio lo escuchaba ahora con mucha atención. Porque, al parecer, aquello ocurría lo mismo en España, que en Francia, que en Estados Unidos, que en el Japón. En otras circunstancias el constructor hubiera pegado un puñetazo en la mesa... o hubiera eructado; entonces, no. Se interesaba por detalles del esfuerzo que Pedro llevaba a cabo... y le deseaba mucha suerte.

Lo cual no significaba que Pedro estuviese contento de sí mismo. Tenía muy presentes las palabras de mosén Rafael —«tienes que estar al lado de tu padre»— y al ver que no conseguía cumplir su promesa se sentía culpable. ¡Con lo que Rogelio lo necesitaba! Porque la lucha del constructor era realmente titánica, atizado por Rosy, que fiel a su consigna quería hacerlo aparecer en público como si ninguna mancha oscureciese su vida. Y eso era imposible. En el gremio recibía muchos desplantes —y los recibía de personas como Gloria—, como le ocurría a la propia Rosy en la peluquería, en las *boutiques*, en los lugares más impensados. Tuvo que dimitir de directivo del Barça, por la muerte, en el «007», de la hija mayor del que actuaba de tesorero. Aunque lo peor eran los periódicos. Continuamente publicaban noticias referentes al proceso que se seguía, y casi siempre cargando la nota con mala intención. Entonces Rogelio a gusto hubiera permanecido oculto en la avenida Pearson. Cabe decir que por lo general conseguía dominarse; sin embargo, muy a menudo se auscultaba el corazón, porque temía que también éste en cualquier momento le jugara una mala pasada.

Lo que lo impresionaba era oír a *Los Fanáticos*. Cuando cantaban por radio, o salían en la televisión, o veía alguno de sus *posters* por la calle —sin Narciso Rubió y sin Salvador—, se arrebolaban sus mejillas, entre otras razones porque había vuelto a engordar. ¡Y con motivo de la película! Durante varias semanas no se habló de otra cosa. Entonces el incendio del «007» se instalaba en su mente y se ponía nerviosísimo. Menos mal que Carol no estaba en casa con sus eternos discos *pop* y que Margot los invitaba con frecuencia a General Mitre, donde, si bien Beatriz lo miraba de mala manera, Margot los obsequiaba con su sonrisa de siempre. ¡Ay, los esfuerzos de Margot! Eran también de padre y muy señor mío. Había retado a Laureano y debía hacer honor a ese reto; pero además, Rogelio la repugnaba —todos sus pronósticos se habían cumplido— y sólo el sentimiento cristiano y los ruegos de Julián podían lograr que disimulase. Cuando pensaba que Laureano pudo ser una de las víctimas en la *boîte* le daba una especie de mareo que a duras penas conseguía vencer.

Los Fanáticos eran una obsesión para Rogelio, porque se encontraba con su efigie por todas partes, como se encontraba con algunos edificios levantados por la Constructora o con el monigote regordete y sonriente, que ahora se le antojaba una alusión cáustica. ¡Y Amades se empeñaba en torturarlo hablándole de sus éxitos! Rogelio miraba al ex asmático y estaba seguro de que también pararía en la cárcel, lo mismo que Carlos Bozo. Si alguien podía calibrar hasta qué punto la pareja estaba materializada y explotaba a «Laureano y sus muchachos», ese alguien era Rogelio. ¡Rosy tenía razón! Aquello era también una estafa —se quedaban con una buena tajada de los ingresos— y nadie ponía por ello el grito en el cielo.

Lo malo para Rogelio era que continuaba con las mismas aversiones, con los mismos miedos. Más que nunca lo hubiera asustado subir a un avión; y más que nunca —puesto que continuaba recibiendo anónimos— seguía asustándolo quedarse solo... Antes, Amades lo acompañaba a todas partes; pero ahora... No tuvo más remedio que acudir a Alejo, aunque sus relaciones con éste se habían complicado lo suyo. Alejo, que exhibía ya otro bastón con puño de plata, a menudo se excusaba —tenía mucho trabajo y estaba mucho más tranquilo que Rogelio—, pero frecuentemente lo acompañaba, y hasta se avenía a jugar a las cartas con él en la avenida Pearson, lo mismo que en la Modelo, aun a sabiendas de que en este terreno con el constructor no tenía nada que hacer.

A todo esto, le llegó a Rogelio, por el ángulo más inesperado, otra complicación: los *meublés*. Uno de los periodistas fisgones, amigo de Sergio, aprovechándose de que a raíz del sumario instruido contra Rogelio se exhumaba la vida de éste en todos los terrenos, se enteró de que el hombre era propietario de cinco *meublés*, entre los cuales figuraba «La Gaviota». En el periódico apareció una noticia redactada de forma sibilina y equívoca, que dio pie a toda clase de interpretaciones. Total, que el asunto, al pasar de boca en boca, fue desvirtuándose de forma alarmante. Pronto resultó que Rogelio no sólo tenía *meublés* sino una red de casas de prostitución y que muchas *vedettes* del «Molino» estaban a sueldo suyo, como lo estaba la gogó filipina del «007».

Complicación... Todos cuantos se enteraron de aquello sintieron un repeluzno difícil de dominar. El conde de Vilalta exclamó: «¡No me extraña absolutamente nada!» Margot se mordió las uñas y en un arranque poco habitual en ella afirmó que hasta nuevo aviso Rogelio no volvería a entrar en General Mitre. También Julián se indignó —a veces se preguntaba por qué defendía con tanto ahínco al constructor— y Aurelio Subirachs lanzó seis flechas seguidas a la diana de la pared de su despacho. En cuanto a Carol, no supo qué decir —casi quería esconder a Antoñito para que Rogelio no lo viera—, y Pedro, muy a pesar suyo, se enfrentó de nuevo con su padre en términos de una dureza extraordinaria.

Rogelio se defendió como un león. Negó que aquello fuera verdad. «Esto es una infamia. Ahora todo son calumnias y van a colgarme hasta atracos a las joyerías y asesinatos de guardia civiles.» Hablaba con tal convicción que algunas personas dudaron, pues era cierto que todo el mundo se atrevía con los árboles caídos. Además, ¿de dónde había salido la noticia? ¿De un periodista? ¿De Sergio? Sabido era que los periodistas inventaban cualquier cosa; y en cuanto a Sergio, sus ideas eran harto conocidas y siempre apuntaba en la misma dirección.

Ricardo Marín, al oír el nombre de «La Gaviota», tembló de pies a cabeza, pues se acordó, naturalmente, del chantaje de Alejo. ¿Y si Alejo le había contado a Rogelio «lo suyo y lo de Rosy»? ¿Y si Rogelio utilizaba también «el mirador»?

Como siempre en esos casos, optó por la audacia, por jugárselo todo a una carta y llamando a Rogelio lo increpó.

—¡De modo que cuando fui a consultarte lo del chantaje que me estaba haciendo Alejo, el propietario del *meublé* de marras eras tú! ¡Y tú sin soltar prenda! ¡Y Alejo fisgoneando, inspeccionando, para ti, en ese sucio negocio! Rogelio, te ruego que me des ahora mismo una explicación, si es que la explicación existe; de lo contrario, tendré que hablarte como nunca lo he hecho hasta ahora...

Ricardo Marín no cesaba de tragar saliva. Le temía a la reacción de Rogelio más que a una bayoneta. ¡Si Rogelio estaba enterado! Pero al instante se dio cuenta de que no era así. Rogelio se deshizo en explicaciones.

—Si en aquel momento te hubiera confesado que yo era el dueño de «La Gaviota», hubieras podido sospechar que también estaba al corriente de quiénes entraban y salían, lo cual no era cierto. Eso era privativo de Alejo, que, como sabes, es un pervertido. Por eso me callé. Luego ya no hubo ocasión de volver a tocar el tema y bastante hice con contribuir a que Alejo cumpliera su palabra de no delatarte, de no comunicar a nadie la identidad de la mujer que te acompañaba...

Ricardo Marín recobró la respiración. Tan eufórico se sintió, que tuvo arrestos para atacar nuevamente a Rogelio por lo de los *meublés*; lo de las casas de prostitución no se lo creyó jamás.

—Realmente, has sido un tipo incansable —le dijo—. No te ha importado de dónde ni cómo llegaba el dinero a tus manos. ¿Qué necesidad tenías de embarcarte en un asunto así?

Rogelio se acordó de las palabras de Rosy: el mundo está podrido.

—¿En serio crees que un *meublé* es algo más inmoral que un banco, que el Banco Industrial Mediterráneo? Ricardo, eres demasiado inteligente para afirmar una cosa así.

Ricardo Marín sonrió. No podía evitar sentir simpatía por el constructor.

La otra persona que supo, por boca de Rogelio, que lo de los *meublés* era verdad, fue Rosy. A Rosy no podía engañarla —la mujer le leía los ojos, los pensamientos, la medula de los huesos— y le confesó: «Pues sí. ¿Qué más da una cosa que otra? Además, es un asunto que está legalizado, permitido por la ley. Las casas de prostitución, no, pero los *meublés*, sí. Alejo me lo sugirió y acepté».

Rosy, enterada también de que entre los que le pertenecían figuraba «La Gaviota», no tembló como Ricardo, porque ignoraba lo de que en la entrada existiera «un mirador» y porque Rogelio, caso de conocer su infidelidad, la hubiera estrangulado o poco menos. Pero el desprecio que sentía por su hombre se acrecentó más aún.

—Realmente, eres un cerdo, Rogelio... Dicho sea sin perdón. Dondequiera que haya cochambre, estiércol, allí estás tú.

Rogelio no quería prolongar aquella conversación. Pero se dio cuenta de que el odio de su mujer se había duplicado. Y a partir de ese día advirtió que en todas partes era recibido con mucho más recelo que al salir de la cárcel. Por lo visto lo de los *meublés*, pese a estar legalizados, causaba una impresión terriblemente desagradable.

No sabía qué hacer. Poco a poco iba adentrándose en un callejón sin salida. Por otro lado, el abogado, Eusebio Comas, se mostraba escasamente optimista. Le daba esperanzas con respecto a la duración del proceso, pero era muy realista en la cuestión de las indemnizaciones y, sobre todo, en cuanto a los años de cárcel que el fiscal pediría para él —con Alejo sería mucho más indulgente—, y que no tendría más remedio que cumplir.

Rogelio se amilanó. La carga del desprestigio le pesaba ya mucho, y ponerse la máscara todos los días aún más... Pero la perspectiva de unos años de cárcel era superior a sus fuerzas.

Así las cosas, inesperadamente, y gracias a Alejo, se le abrió una perspectiva inédita. Una mañana en que salían ambos de declarar en el juzgado, Alejo lo detuvo en la acera y le dijo:

—¿Sabes lo que he pensado? Yo, en tu lugar, me largaría...

Rogelio se quedó inmóvil y lo miró, parpadeando.

—No te entiendo. ¿Qué quieres decir?

—Lo que he dicho. Que me largaría al extranjero... Situaría allí todos los fondos que pudiera y a vivir. —Se volvió hacia el edificio que acababan de abandonar y haciendo un gesto añadió—: Adiós, muy buenas.

La primera reacción de Rogelio fue tacharlo de chalado y delirante. ¡Menuda solución! ¿Adónde se iría? Si tuviera treinta años, cuarenta... y le fuera factible volver a empezar... ¡En el extranjero no conocía más que a Juan Ferrer y lo tildaría de cobarde! Además, ¿y Rosy? ¿Qué haría con ella? ¿Y aceptaría Rosy irse con él? ¿Y de dónde sacar los arrestos para pegar un salto así?

Alejo no se tomó la molestia de entrar en detalles. «Piénsalo...», le dijo. Subieron a un taxi y le preguntó: «¿Te dejo en la Constructora?»

Rogelio estaba un poco aturdido y contestó:

—Pues sí.

Así lo hicieron. Alejo siguió viaje hacia el Ritz y Rogelio subió a su despacho y se encerró en él. No era hora de oficina y estaba solo. De las paredes habían desaparecido incluso las mujeres en bañador. De pronto Rogelio empezó a acariciarse la papada, tirando de la piel colgante. ¿Y si Alejo tenía razón?

Fueron unos minutos alucinantes, durante los cuales sus ojos brillaron más que los chismes de oro que llevaba en la muñeca y en la corbata. Realmente, tal vez no estuviera mal pensado... «¡Adiós, muy buenas!» El problema de situar buena parte de sus fondos al otro lado de la frontera no era grave, lo mismo si podía contar con Ricardo Marín como si no. Tampoco veía imposible convencer a Rosy, pues la pobre se estaba cansando también de dar la cara y envejecía por días en aquel ambiente hostil. Cierto que él carecía de pasaporte y necesitaba permiso hasta para irse a «Torre Ventura»; pero eso se solucionaba con facilidad. Sencillamente, pagando a algún pescador de Arenys de Mar para que, con una barca motora, en una noche loca o cuerda —¿cómo saberlo?— los acompañara a la costa francesa.

Lo invadió una extraña calma, encendió un veguero y repensó la cuestión. Y no vio otra salida. Al fin y al cabo lo había perdido todo, excepto la fortuna, y sólo de ésta se podía valer. La cárcel era esquizofrénica, sus hijos lo habían abandonado, por lo menos espiritualmente. Le quedaban algunos amigos, ¡el nieto!, pero poco podían hacer por él. Y tal vez en el extranjero —París, Méjico...— Rosy cambiara de actitud y firmara con él un tratado de paz, o por lo menos estuviera dispuesta a mostrarse más tolerante.

No tomó ninguna decisión, porque lo último que hubiera pensado aquella mañana al levantarse era eso. No obstante, se fue a la avenida Pearson con esa idea en la cabeza. Y durante el almuerzo se la soltó a Rosy, absteniéndose, sin embargo, de decirle que la sugerencia era de Alejo.

Rosy también se quedó pasmada, sosteniendo en alto el tenedor. La invadió una ráfaga de sentimientos contrarios. Marcharse ella... ¡ni hablar! «A los treinta años, a los cuarenta, sí; pero ahora...» En principio, en cambio, no le parecía mal que se marchase Rogelio, siempre y cuando le dejara a ella las cosas en regla. ¡Por fin se liberaría de él!

—¿Sabes que es una cosa para pensarla? —le dijo—. Confieso que no se me había ocurrido.

Rogelio se animó.

—¿De veras te parece... digamos razonable? ¿O factible?

Rosy cambió de expresión. ¡Ojo! No quería equívocos.

—De entrada, me parece factible..., y razonable, que te marches tú... Marcharme yo es otro cantar.

Rogelio se hundió.

—Pero... ¡Rosy!

—Sí —le interrumpió la mujer—. Comprendo lo que vas a decir. Pero, de momento, no veo por qué he de seguirte... Eres tú quien ha de ir a la cárcel, ¿no es así? —Marcó una pausa—. ¡Oh, no me hagas caso! ¡Me ha pillado tan de improviso! Estoy como borracha. Es cuestión de reflexionar.

Rogelio se sentía humillado. Que Rosy admitiera la posibilidad de que se marchara él solo se le antojaba una afrenta. En esas condiciones, desde luego, no valía la pena proseguir el diálogo.

Rosy leyó, como siempre, su pensamiento y dio un astuto giro a la conversación.

—Por supuesto —añadió—, mi papel aquí, sola, no sería tampoco muy lucido... ¡Lo mejor es lo que te dije antes!: déjame reflexionar...

Rogelio quiso dejar bien sentado que él solo no se iría y de momento el peloteo se aplazó.

CAPÍTULO XLIII

Marcos recibió una carta de Bernadette comunicándole que había decidido pasar en Ibiza el mes de vacaciones que le correspondía, con los *hippies* que conoció en París. Del uno al treinta de agosto. «¿Por qué no vas tú también? Estaré en la playa de Santa Eulalia... Lo pasaríamos estupendamente. Yo te recuerdo mucho. Y si Pedro quiere ir también, tanto mejor.»

El muchacho se quedó pensativo. En Ibiza estaba también Giselle. ¡Era tentador! Se había quedado con las ganas de prolongar aquella experiencia y de decirles «ni fu ni fa» a las drogas sicodélicas. Por descontado, él era libre y podía ir; Pedro, ni hablar. Ni siquiera se atrevería a proponérselo.

Entonces pensó en Laureano. ¿Por qué no hablarle del asunto? Un mes, imposible, debido a los compromisos, a los contratos; pero una semana... Precisamente a Laureano, según rumores, le habían ordenado descansos periódicos y él había prometido obedecer.

Marcos se agarró a esta idea porque quería mucho a Laureano y estaba preocupado por él como todo el mundo, como su familia, como todos sus amigos, como el doctor Beltrán. Y se dijo que tal vez conocer el mundo *hippie* lo obligara a reflexionar. La libertad, el desarraigo, la falta de apetencias... ¡Quién sabe! Podría cantar para ellos, en la playa de Santa Eulalia, cerca de los árboles y cerca del mar, y no lo pagarían con dinero por la actuación, pero sonreirían beatíficamente y le corresponderían con sus propias canciones, a su manera y tocando los instrumentos quizá ingenuos de que dispusiesen. ¡Si estuviera Harry, el americano! ¿Por qué una flauta de caña y una vida primitiva y unos rostros nobles no podían hacerle un bien a Laureano?

El hijo de Aurelio Subirachs, pintor por vocación y bohemio por instinto, escéptico y a la vez enamorado de la vida, aguardó turno para poder hablar con su amigo, que después de Can Abadal había vuelto a sus actuaciones en cadena y tan pronto cantaba en Valencia como en Zaragoza, y que era verdaderamente un esclavo. Por fin lo consiguió en el chalet de la calle de Modolell.

Laureano tenía tan buen aspecto y lo recibió tan efusivamente, que Marcos pensó: «Me mandará a hacer gárgaras. ¡Hablarle de reposo! Me equivoqué de puerta». Pero le expuso su idea y, ante su asombro, Laureano se tomó de un sorbo una Coca Cola, como la noche del incendio del «007» y le dijo, tirando también la botella vacía a un rincón:

—¿Sabes que tu propuesta no es ninguna tontería? Exactamente tengo que descansar cinco días al mes, pero cinco días seguidos... ¿Tú cuándo te vas?

—El día uno de agosto quiero estar allí. ¡Ah, si conocieras a Bernadette! Saldrías ahora mismo... Y Giselle no está nada mal, ¿verdad?

—Giselle... —murmuró Laureano—. ¿Sabes que han metido a Sergio en la cárcel?

—¿Cómo? No... No sabía nada. ¿Cuándo?

—Ayer. Su padre está desesperado. Aparte del cine subversivo que estaba preparando en París, aquí le han descubierto una tonelada de octavillas de no te menees.

—Está visto que la cárcel es un lugar tentador...

—A mí me tienta más Ibiza... —dijo Laureano, estirando los brazos—. Me revienta no saber nada de los *hippies*, sólo lo que he leído y oído. Les gusta mucho el *pop*... A lo mejor me harían un monumento.

—No lo creas. Los que yo conocí, son partidarios de la inmovilidad. Lo cual no significa que sean insensibles. Probablemente se concentrarían más que tus *fans*, pero no te halagarían en absoluto. Todo lo bello les parece de lo más natural.

—...Ya —Laureano siguió meditando y de repente añadió—: Hablaré con Bozo y con mis compañeros y mañana te daré una respuesta. ¿A qué día estamos de julio?

—A veinticuatro.

Laureano volvió a estirar los brazos.

—¡Huy, las francesas...! Y Giselle... Supongo que hacen locuras.

Marcos se rió.

—Casi te lo puedo garantizar.

Carlos Bozo le dijo que podía disponer del ocho al catorce de agosto y Laureano se decidió. Se puso de acuerdo con Marcos y en la fecha prevista se reunió con él en Ibiza. Allí estaban, efectivamente, Bernadette y Giselle.

El grupo no era muy numeroso —unos treinta o cuarenta— y vivían en la playa, algunos en pequeñas tiendas de campaña. La primera sorpresa que se llevó Laureano fue que, excepto las dos muchachas, nadie más había oído hablar de él. Lo tomaron por uno de tantos curiosos que asomaban la nariz por el campamento. Cuando Bernadette los informó de que era un cantante muy famoso y que deseaba quedarse unos días con ellos, contestaron que «bueno».

El ambiente era idílico. Elaboraban variedad de bagatelas y amuletos —collares de concha, de semillas, brazaletes, sandalias, artesanía de influencia árabe o india, etcétera—, y cada día algunos se destacaban por los alrededores, intentando colocar la mercancía o intercambiarla por lo indispensable para comer. No faltaban los competidores de Marcos —éste se había traído sus bártulos— que pintaban a dibujaban. Comían sobre todo fruta. Laureano se preguntó cómo hubieran reaccionado de haberse presentado allí con su descapotable rojo. No le hubieran hecho caso, o quizá lo hubieran tirado al mar.

Laureano no quiso comunicarle a Giselle que Sergio estaba en la cárcel, para no crear complicaciones. Giselle iba con un canadiense, aunque parecía dispuesta al intercambio. Cuando

Marcos la interrogó sobre los motivos de su trueque de vida —del mundo marxista al mundo *hippie* había un buen trecho—, ella dijo sencillamente que se había cansado de la tensión constante, de luchar, y que Sergio y los suyos terminaron por parecerle utópicos. «Claro que a lo mejor ahora he caído en una utopía mayor aún, pero por lo menos aquí me permiten descansar.»

¡Por supuesto! Bernadette decía: «En la UNESCO no paro de trabajar. Cuando estoy aquí me pregunto por qué». Tanto era el descanso, tanta la quietud, que Laureano comprendió en seguida que no lo resistiría. Y ya la primera noche les pidió prestada una guitarra y, aunque sonaba horriblemente, los obsequió con un recital.

Entonces se produjo su segunda sorpresa. La mitad del grupo se limitó a leves aplausos, pero la otra mitad se excitó. Se pusieron a bailar en la playa con un sentido del ritmo y un respeto que era difícil encontrar en las *boîtes*. Puede decirse que cayeron en trance y no le permitían a Laureano que se tomara un respiro. Cabe decir que él les correspondió gustosamente; entre canción y canción, se oían comentarios en diversos idiomas y el rumor de las olas. Bernadette se le acercó y le dijo: «¡Eres *épatant*!»

Al término del recital los que habían bailado se bañaron desnudos; los demás daban la impresión de no sentir nunca la necesidad de lavarse. Pero no formaban dos comunidades separadas, sino que volvieron a mezclarse como antes.

Marcos se acostó con Bernadette, rememorando su temporada de París, y Laureano con Giselle. Al muchacho le sorprendió que Giselle se comportase como una novata y ella le dijo: «Sergio daba poca importancia a esto y la verdad es que hasta ahora a mí me ocurría lo mismo». Laureano no supo si indignarse o si considerar que aquello podía ser también un aliciente.

El día siguiente fue el día de las preguntas. Laureano se llevó otra sorpresa: no faltaban quienes habían olvidado que fue él quien actuó la víspera. Y en muchos casos le costó arrancar confidencias; menos mal que Marcos y Bernadette le ayudaron. En principio él creyó que todos los que estaban allí se habrían peleado con sus padres, y no era así. Cierto que en la mayoría de los casos se habían producido fricciones, por estar en desacuerdo con el tipo de vida que las familias llevaban; pero abundaban los que respetaban a sus progenitores y los excusaban diciendo que «habían heredado aquel tipo de educación y que era lógico que fueran como eran». Sus convicciones eran, por lo general, profundas, pero sin rencor: novedad para Giselle... y para Laureano. No se sabía adónde iría a parar todo aquello, pero el presente era de por sí importante y un hecho incontrovertible.

—¿Qué opinas de la guerra?

—Una porquería.

—¿Y tú?

—Que me maten; yo no dispararé jamás.

—¿Y tú?

—¡Guerra, guerra! Ninguna guerra ha sido nunca justa. La guerra es la crueldad.

—¿Y tú?

—Las medallas del héroe son el símbolo de la traición a la humanidad.

Laureano insistió:

—¿Cómo definirías al *hippie*?

—No lo sé. Ser *hippie* es algo que se siente.

—¿Y tú?

—El *hippie* elimina, elimina y se queda con lo que le duele o le hace feliz y con el amor por los demás.

—¿Y tú?

—Ser *hippie* es creer en uno mismo y en que las propias posibilidades son ilimitadas si uno llega a encontrarse.

La mayoría de ellos hicieron su clásico canto a la naturaleza en general —«lo que nos rodea es una lección constante»—; elogiaron a las flores —«viven sencillamente, para alegría de nuestros ojos»— e incluso a las espinas —«hacen daño, pero nosotros estamos acostumbrados a dar sangre»—. Andaban descalzos para «identificarse más con lo natural». «Me siento más libre viviendo bajo el cielo estrellado que en casa de mis padres.» «Tengo un árbol que parece un palacio; creo que no me lo merezco.» «Durmiendo en el campo el paso del tiempo se advierte a ritmo de corazón. En el firmamento lees tu propio nombre hasta que te duermes y parece como si hasta los bichitos fueran diciéndote: tú también tienes derecho a estar aquí.» Aquella comunidad había recogido a una serie de perros enfermos, que nadie quería, y los cuidaba con verdadero amor.

Celebraban sus fiestas, sobre todo, cuando había luna llena. Bajo la luna llena se pasaban la noche en vigilia, en un extraño silencio, casi religioso, en torno a unas fogatas, hasta que al amanecer estallaban en gritos y cantos de alegría y mientras unos se bañaban los otros se ponían a bailar. En otras fiestas se tatuaban de arriba abajo. Una de las chicas, amiga de Bernadette, estaba convencida de que el mejor medio para conocer a los demás era mirarlos a los ojos. «Los ojos lo delatan todo. Con sólo mirar a los ojos de las personas sé si pueden ser amigas o si tengo que huir de ellas.» Laureano hubiera querido cerrar los suyos, porque de un tiempo a esta parte todo el mundo le decía que su mirada no era la misma de antes. «Ya sabemos que hay quien nos considera unos vagos, pero otros nos defienden afirmando que no hacemos daño a nadie.»

—¿Y cuando tenéis hijos?

Había un par de niños pequeños en la comunidad, y daban un poco de pena. Vestían estrafalariamente, como los mayores, y daban la impresión de estar un poco abandonados.

—Solemos enviarlos a nuestras familias.

—¡Eso no es jugar limpio!

—Quizá no. Pero cada cual hace lo que quiere.

La mayoría sentían curiosidad, aunque sin profundizar, por las religiones orientales, especialmente por el Zen, el taoísmo y los vedas, y muchos pensaban proseguir viaje hacia Marruecos —lo árabe los atraía— y luego irse hacia la India y el Nepal. Por descontado, prácticamente todos creían en Dios y hablaban de ello casi con exaltación.

—Dios es la vida.

—Cada día doy gracias a Dios por conservarme la vida.

—Si pensara que Dios no existe, ya me habría suicidado.

Muchos creían también en la telepatía y, algo menos, en la astrología.

Laureano se impresionó un tanto ante esas afirmaciones religiosas, pues por su parte había dejado de pensar en ello desde hacía mucho tiempo. Dios... ¡qué extraña lejanía! Casi tan lejano como el Colegio de Jesús. Y pensando que Dios existía, ¿cómo concebir que se incendiaran las *boîtes* y muriesen dieciséis jóvenes? Pero no se trataba de impugnaciones apologéticas, sino de que aquella comunidad, que se bebía a sí misma y contemplaba en vez de diluirse en la acción, creía en Dios y en su contacto personal y directo con los hombres. No dejaba de ser curioso y otro motivo de reflexión... para quien tuviera tiempo y querencia —quizá Marcos— de reflexionar.

¡Las drogas! Casi todos fumaban o tomaban drogas. Eso se veía porque se pasaban unos a otros los pitillos, porque utilizaban las jeringas y porque lo confesaban sin ambages. Aunque existían muchas diferencias a la hora de elegir y las reacciones eran muy diversas. No era lo mismo tomar marihuana que anfetaminas, o tranquilizantes —¡barbitúricos!— que opio o heroína, o que alucinógenos como el LSD. Giselle, por ejemplo, no había pasado de fumar hachís —un desertor de la Legión trajo cierta cantidad— y tuvo la sensación de que flotaba, y le dio un ataque de risa. Bernadette había probado varias —ninguna alucinógena— y se había sentido «más sincera», «como liberada», «con deseos de expansionarse», pero sin muchas ganas de repetir la prueba. Y el acto sexual, bajo el efecto de la droga, no le procuró mayor placer. Marcos, en los días que llevaba allí, sólo había hecho «un viaje», con una cantidad ínfima de LSD. Se negó a contarle a Laureano lo que experimentó, puesto que el tema no le gustaba. Se limitó a decirle que su percepción aumentó, que vio colores preciosos, que la música le pareció más bella y que en todo cuanto veía aparecían calidades desconocidas; aunque luego el abatimiento que le sobrevino, la abulia, lo asustaron.

Laureano quiso hacer honor al diagnóstico del doctor Beltrán —«el muchacho busca sensaciones nuevas»—, y puesto que disponía de poco tiempo, ya que los cinco días se le irían en un soplo, pidió probar, sin más dilación, una cantidad también pequeña de LSD.

Nadie se opuso. Bernadette lo presentó a un drogadicto, que por su larguísima melena, su laxitud, su túnica azul celeste y el encogimiento de su pecho hubiera podido muy bien tomarse por el *guru*, por el guía o el alma de la comunidad, aunque en realidad no era así, sino el más solitario de todos sus componentes. Nadie sabía de dónde sacaba el LSD, pero no le faltaba jamás y lo suministraba a precio módico, en terrones de azúcar que empapaba previamente. Se llamaba Edward, era inglés, pero chapurraba el español. Llevaba ya una temporada en Ibiza, pero le molestaba que dos de las muchachas estuvieran embarazadas y tenía la intención de trasladarse a Formentera.

—Te daré un terrón de azúcar con doscientos microgramos. Eso bastará para tu primera experiencia. Y te garantizo que la droga es auténtica.

Laureano se sentó en la arena, a la hora del amanecer, en mangas de camisa, e ingirió el terrón de azúcar. A los pocos segundos experimentó una suave náusea y una cierta rigidez en el cuello. Minutos después sintió la irreprimible necesidad de defecar, de modo que mirando a Edward le pidió perdón —éste asintió— y bajándose los pantalones defecó, aunque en pequeña cantidad.

Ello pareció proporcionarle una sensación de descanso, hasta que se repitieron las náuseas. Y de pronto volvió a mirar a Edward, imaginando que era el maestro que lo conduciría por caminos jamás hollados y vio que su rostro se transformaba, alternativamente, en el de Cristo y en el de un sátiro, para volver a la primera expresión.

En ese momento Laureano se sintió invadido por una «nueva conciencia», relacionándolo enteramente todo con lo sagrado. Los que lo rodeaban, Marcos, Bernadette, Giselle y una pareja de daneses, cogidos de la mano, eran sacerdotes y sacerdotisas. Todo lo que había en la playa era sagrado: la tienda de campaña de Edward, el altar; los utensilios, cálices;

las botellas, lo mismo; una bolsa de plástico era una hostia y todo aparecía tocado por el dedo de la consagración. Laureano adoró sobre todo una de las botellas, verdes, que comenzó a irradiar una luz sobrenatural, hasta que de pronto se trocó en una imagen obscena, fálica.

Edward le preguntó:

—¿Qué ves y qué sientes ahora?

Laureano entendió perfectamente las palabras, aunque le parecieron llegar de muy lejos.

—Ahora oigo música pornográfica, y ello me llena de indignación, porque los cálices que hay aquí me van a despreciar.

Poco después Laureano cerró los ojos. Sus manos tocaban la arena de la playa y le pareció que la arena quemaba. Entonces tuvo una visión de lo futuro y oyó voces, pero las oyó sólo en el interior de su cerebro, como en una caverna. Se encontraba, como el resto de la Humanidad, sobre las cumbres montañosas de la Tierra, escuchando el discurso que les dirigían dos figuras a muchos centenares de quilómetros de altura. A pesar de su altitud, podían divisarlas perfectamente. Les dijeron que eran los ancianos de aquella parte del Cosmos y habían perdido ya la paciencia con las criaturas terrestres. La recalcitrante, egoísta, avarienta, bélica y bárbara Humanidad se había excedido a sí misma, y ahora que había sido descubierto el poder nuclear, la ultrajante raza que se estaba desarrollando en nuestro planeta podía intentar subvertir todo el orden cósmico. Por tanto, el «Consejo de ancianos» había decidido que, a menos que la Humanidad hallase algo en sus creaciones con lo que justificarse a sí misma, sería aniquilada.

Tras de haber escuchado este mensaje, los terrestres se diseminaron, Laureano en cabeza, escudriñando en sus bibliotecas, museos, historias y parlamentos en busca de algún invento o descubrimiento que pudiera ser la justificación de toda la Humanidad. Exhibieron las grandes joyas del Arte: los Leonardo da Vinci, los Miguel Ángel, los Praxíteles. Pero los ancianos sacudieron la cabeza y exclamaron al unísono:

—No es suficiente.

Entonces mostraron las grandes obras de la literatura, pero

resultaron igualmente insuficientes. Buscaron las obras de los místicos; tampoco. Les ofrecieron las figuras de los genios de la religión: Jesús, Buda, Moisés, San Francisco, pero los ancianos se echaron a reír exclamando:

—No nos basta.

Fue entonces, cuando la destrucción parecía inminente y ya todo el mundo se había abandonado a su destino, cuando Laureano pidió una guitarra, alguien se la dio y se puso a interpretar a Juan Sebastián Bach.

Los ancianos escucharon aquellas melodías y grandes lágrimas plateadas, de increíble resplandor, resbalaron por sus luminosos cuerpos, cayendo en medio de un silencio sepulcral. Este silencio se fue propagando hasta que ellos mismos lo rompieron para decir:

—Es suficiente. Uno que justifica la tierra.

Laureano se tumbó en la arena. Su cuerpo era una serpiente o un cocodrilo que evolucionaba hacia la forma humana. No sabía qué edad tenía, si era un niño o un viejo, y oyó un nombre: Beatriz. Aunque la zeta se repetía y parecía un silbido. Su cuerpo empezó a pesarle, lo que le produjo una enorme sensación de fatiga. Cada extremidad le pesaba toneladas y el cerebro debía de pesar como la Tierra entrevista anteriormente con los ancianos. Sus sensaciones táctiles —tenía la guitarra en la mano— eran variadísimas, del hueco del instrumento salían gnomos y si abría los ojos no sabía si lo estaba contemplando sólo Edward —con cara de Cristo o de sátiro— o una multitud, y si la multitud estaba quieta o bailaba *rock*. Alguien lo aplaudió, pero él quería bailar y no podía: su cuerpo era de plomo. Quería cantar y no se atrevió: le hubiera salido un chorro de voz que hubiera destrozado el Universo. Vio ante sí un gato que le pareció él mismo y también que era como un piano de cola, con teclado en vez de dientes. Luego el aire se llenó del olor amoniacal de la muerte. Olor a amoníaco, a pis, como en el taller de su padre, en el cuarto donde sacaban copias de los planos. Él y el gato estaban matando a mucha gente; a todo el mundo, excepto a Edward. Y por fin tuvo una sensación de agonía, experimentó un sufrimiento inexplicable y sintió ganas de coger la botella verde, que disponía de gatillo, y de pegarse con ella un pistoletazo en la sien.

Poco después abrió los ojos. No estaba tumbado, sino que continuaba sentado. Notaba la boca seca y la lengua espesa. Recobró consciencia y reconoció a los que lo rodeaban.

—Hola...

—Hola...

Vio a su lado el montón de excremento.

—Es mío, ¿verdad?

—Sí.

Lo sepultó con la arena y luego con la manga de la camisa se secó el sudor.

—No me acuerdo de nada, pero creo que lo he pasado fatal.

Hubo un silencio.

—¿No te acuerdas de nada? ¿De nada absolutamente? —le preguntó Bernadette.

—Sólo oigo... un poco de música y sé que me quería suicidar... —Mudó la expresión y añadió—: ¡Y que no podía moverme!

Pegó un salto y se puso en pie, aunque tambaleándose, como para demostrarse a sí mismo que aquello fue una pesadilla.

Edward le dijo que lo mismo podía tener una amnesia total sobre lo que había visto y vivido, como poco a poco ir recordándolo todo con nitidez, en sus mínimos detalles.

—Pero ¿tienes la sensación de que algo tuyo, de muy adentro, se ha enriquecido, o no tienes esa sensación?

Laureano, que había vuelto a sentarse, y que sepultó un poco más los excrementos, titubeó:

—Creo que sí... Aunque no sé en qué puede consistir dicho enriquecimiento.

Edward, más aureolado que nunca, más decrépito que nunca, sonrió y a Laureano le pareció que le veía en la boca el teclado de un piano.

—La clave está ahí —dijo el inglés—. Estas experiencias no se pueden hacer así; y ahora apenas si se dispone de medios para hacerlas de otra manera. Pero día llegará en que esas drogas se controlarán a placer, las dosis convenientes, la forma de tomarlas, el momento exacto, y entonces el hombre dará un salto gigantesco en su propia evolución. Tal como vivimos ahora somos parásitos, no avanzamos, no utilizamos el increíble potencial latente en nuestra biología. El mundo del futuro son las drogas. El mundo del futuro es la bioquímica.

Giselle sonrió. Estaba fumándose un pitillo de marihuana y se lo pasó a Bernadette diciendo:

—Que la hierba crezca sobre el suelo.

Bernadette dio una chupada y pasó el pitillo a Marcos. Marcos repitió la frase y luego añadió: «La marihuana no es nada. Es ni fu ni fa».

Al día siguiente Laureano recordó pe a pa todo lo que había vivido en el transcurso de la experiencia. Con perfecta claridad. Pero le ocurrió que le resultó imposible sacar la menor conclusión. ¿Qué simbolizaba el «Coro de ancianos» que quería aniquilar la Tierra? ¿Los vicios eran una réplica del Apocalipsis? ¿Y por qué la forma de serpiente o cocodrilo evolucionando hacia la persona humana? ¿Y la pesadez del cuerpo y el gatillo en la botella verde?

Le costaba admitir que aquello fuera idéntico a cualquier sueño o pesadilla tenido cualquier noche, sin necesidad de drogarse. Y Edward le afirmó rotundamente que las diferencias eran radicales. «Son alegorías hondas, alegorías muy hondas, que responden a algo verdadero del pasado o del futuro. Si repitieras el viaje otras muchas veces te darías cuenta de que lo de la *nueva conciencia* es un hecho, con sólo doscientos microgramos en un terrón de azúcar.»

Laureano no tenía intención de repetir la prueba. Se lo impedía su temperamento espasmódico y que se cansaba de todo, costándole llevar algo, metódicamente, hasta el final.

—Iré pensando en lo que me has dicho, Edward... Es posible que tengas razón y que algún día descubra ese ignoto significado.

La vivencia *hippie* le aportó poca cosa más. Aparte de su actitud, que de repente se tornaba glacial, dicha vivencia iba a ser demasiado corta. Preguntó algunas cosas más: cómo compaginar aquella vida con el progreso, indispensable; con la necesidad del trabajo o producción; hasta cuándo resistirían aquella marginación de la sociedad, etcétera. Las respuestas fueron diversas, vagas o consistieron en otras tantas preguntas: qué entendía él por progreso, por trabajo o producción, por sociedad... Estaban contribuyendo a mejorar el mundo, aunque en muy pequeña escala, pues el mundo era inmenso, pero por encima de todo les bastaba con no participar en absoluto en las insensateces que cometían sin cesar los gobernantes, las jerarquías, etcétera. «Los *hippies* son el porvenir.» «Mañana todo el Occidente será *Hip*.» «El movimiento *hippie* es la más fantástica aventura moderna de la juventud.» «No aportamos nada nuevo, sólo ser mejores.»

Nada de aquello le bastó a Laureano, ni introdujo en sus galerías interiores la más leve conmoción escrupulosa con respecto a la vida opulenta que él llevaba. Ahora casi le dolía no haberse presentado allí con el descapotable rojo. De modo que las buenas intenciones de Marcos —enfrentarlo con el desarraigo, con la falta de apetencias y demás— fracasaron, como antes, en el *Kremlin*, habían fracasado las especulaciones de Pedro. Laureano volvía a estar seguro de sí mismo, y a no ser porque a través del LSD la playa —y lo restante— le pareció sagrada, hubiera llegado a la conclusión de que aquel fenómeno espiritual colindaba, entre los que se lo tomaban en serio, con la paranoia.

Marcos iba a quedarse en Santa Eulalia, en la isla, todo el mes de agosto, con Bernadette y con sus cuadros. Había vuelto a pintar, estimulado por el éxito de la exposición que hizo al regreso de París. Laureano advirtió que dichos cuadros acusaban a la sazón influencias sicodélicas, pues se habían acabado los volcanes y aparecían por todas partes ojos, narices, orejas, corazones, formas obscenas, una especie de sublimación del cuerpo humano, del organismo en plenitud. El mundo sensorial, «el aumento de la percepción», atributos cenestésicos. A su modo de ver, eran menos originales que los anteriores, más entroncados con el conocido surrealismo. Bernadette estuvo de acuerdo con Laureano. «Sí, es curioso. La droga es una arma de dos filos. Puede llevar a la cumbre, pero también puede mutilar la inspiración.»

El catorce de agosto, tal como estaba programado, Laureano se encontraba en Barcelona, en el chalet de la calle de Modolell. Carlos Bozo lo estaba esperando, no sólo para darle el parte de las futuras actuaciones, sino para anunciarle que se había decidido que *Los Fanáticos* se presentasen al I Festival, que se celebraría en Roma, de la Canción Mediterránea. «Será a finales de octubre. Habrá que prepararse a fondo. Ya tengo medio escrita la canción. Y a ver si tú y Orozco conseguís de una vez dejar de reñir.»

¡Roma, Festival Internacional...! Aquello le sonó a gloria, a «música de Juan Sebastián Bach». La sola participación justificaba muchas cosas. Y quién sabe si se mostrarían capaces de dar la campanada.

—¿Cuándo inicias la campaña de prensa?

—A primeros de septiembre.

—¿Así que mañana al «Buena Sombra»?

—Exacto.

—¿Dónde está Javier?

—Por ahí anda, leyendo tebeos.

—¿Amades?

—Acatarrado.

Jaime Amades pretendía que Carlos Bozo y Laureano acabarían hablándose en monosílabos, o por señas. Se conocían ya tanto y trataban siempre tan exclusivamente los mismos temas, que poquísimas palabras les bastaban para entenderse.

Actuaron en el «Buena Sombra» una semana seguida. Una semana durante la cual ni siquiera llamó a su familia. Tampoco ésta lo llamó a él y se dio cuenta de que odiaba a Rogelio —a «tío» Rogelio— más que Merche. Cada vez que leía algo de él lo llamaba «asesino», como los jóvenes de la Modelo detenidos por motivos políticos. Esto último Laureano lo supo porque fue a ver a Sergio al locutorio de la cárcel y

Sergio se lo contó. Por cierto, que el hijo de Amades en el fondo estaba contento de pasarse una temporada en chirona. Allá dentro podía hacer una gran labor de proselitismo y leer mucho. «Se estaba captando muchos adeptos, puesto que el peor enemigo del país seguía siendo la ignorancia y en cuanto se abría un poco los ojos de la gente ésta respondía con entusiasmo e incluso con gratitud.»

Laureano, en esa visita, dio una muestra más de crueldad. Le puso al corriente a Sergio de que estuvo en Ibiza... con Giselle. «La chica parecía feliz con el canadiense, hasta que llegué yo y lo suplanté. ¿Sabes que no le enseñaste absolutamente nada? Sólo estaba preparada para hacer la primera comunión.»

Sergio, rapada la cabeza, se clavó las uñas.

—Le enseñé lo que era el marxismo... Se cansó y prefirió la vagancia; allá ella. Mi pronóstico es que tendrá un final más bien triste...

—¿Más triste que el tuyo?

—Desde luego. —Sergio agregó—: Pero menos que el tuyo.

Tres días después, Laureano estuvo a punto de darle la razón al hijo de Jaime Amades. Le ocurrió lo que nunca pudo sospechar. Despertó a eso de las doce y al ir a orinar notó un intenso dolor... y que segregaba pus. Inmediatamente supo de qué se trataba: blenorragia. Era la primera vez que contraía una enfermedad venérea, pero había oído hablar tanto de ello que estaba archienterado. En las últimas semanas no había ido más que con Giselle, de modo que fue Giselle, con toda seguridad, quien se la contagió. La maldijo con toda su alma y la metáfora de la primera comunión se le antojó fuera de órbita.

Empezó a sentirse mal y tuvo fiebre. Se metió en la cama y meditó lo que debía hacer. Y la fiebre le subió. No quedaba otra solución que avisar al médico y advertir a sus compañeros —y a Carlos Bozo— de lo que le sucedía. En un estado de súbita desesperación llamó a Javier, quien abandonó por unos instantes sus tebeos, y le comunicó la noticia. Javier lo insultó.

—¡Eres un mentecato! ¡Ni un niño de teta caería ya en esas trampas! Ahora se cura fácilmente, pero de momento no podremos actuar. ¡Bonito cartel!: «Suspendido por blenorragia de Laureano Vega».

Juan Luis Orozco se mofó de él.

—Realmente, se necesita ser ingenuo... ¡Buen recuerdo de Ibiza! Vivan los *hippies* y viva la salvación universal...

Carlos Bozo se indignó también y fue avisado un especialista, el doctor Cremades, que lo trató con penicilina. Sin embargo, cuatro o cinco días no se los quitaba nadie. Amades, ya curado del catarro, fue a verlo y Laureano, en su único gesto de humildad, le pidió que no le dijera nada a Charito...

En cuanto a su familia, los llamó por teléfono y les dijo que tenía la gripe. «No es nada. Un poco de fiebre.» Margot sintió deseos de ir a verle, pero se contuvo. «Bien, hijo. Tennos al corriente... y que te mejores.»

Laureano, obligado a guardar cama, volvió a padecer de insomnio y a disponer de mucho tiempo para pensar. Y se dio cuenta de que odiaba a mucha gente, además de a «tío» Rogelio. Y de que amaba a poquísima. Otros, como «tía» Rosy, quedaban en una zona intermedia. Tan pronto sentía cierta ternura por ellos como los despreciaba. Aunque lo normal era la completa indiferencia. Indiferencia a ráfagas, claro... ¿Qué sentiría si se muriera Carlos Bozo? Imposible adivinarlo, puesto que seguía acordándose especialmente de Narciso Rubió y de Salvador... ¿Qué sentiría si se muriera su abuela, Beatriz? ¿Y por qué, bajos los efectos de los alucinógenos, la *z* de su nombre silbó como la locomotora de un tren? Se acordó de Merche... ¡La muy coqueta! Maldita Giselle... Por su culpa se sentía tan lejos del erotismo como de actuar en el «Buena Sombra». Aunque el médico le aseguró que el sábado podría estar ya en el escenario y «moverse» como si nada hubiera pasado.

El sábado... Era un plazo muy largo. Era raro que no se le ocurriera coger un libro, aunque no fuese de arquitectura. Sólo poner discos y la «tele».

De pronto, ¡el padre Saumells! El padre Saumells se había

enterado de que estaba malo, llevaba mucho tiempo sin hablar con él y se dijo: «¡Voy a visitarlo!»

—No queda más remedio que hacerlo así, puesto que tú no tienes tiempo de pasar por el Colegio... Antes ibas a verme incluso a San Adrián, pero ahora eres famoso y sólo se te puede pescar si estás enfermo...

Laureano se ocultó un poco más bajo la sábana. Estaba esperando a que el padre Saumells le ofreciera un caramelo de malvavisco y no transcurrió ni un minuto siquiera.

—Para la gripe no te hará ningún daño, hijo... Al contrario.

Laureano no supo lo que le ocurrió. Tuvo un pronto de soberbia, de reto. Una necesidad irrefrenable de contar la verdad.

—Es que no tengo la gripe, padre... Ésa fue la excusa para la familia. Tengo unas purgaciones de tamaño natural.

Sorpresa como las que se llevó en Ibiza. Pensó que el religioso pondría cara de susto, y no fue así.

—Claro, claro, es lógico. Con la vida que llevas y tu escasa experiencia...

—¿Escasa? —Laureano lo miró de hito en hito, con exageración.

—Me refiero a la vida en general, ¿comprendes? A todos los que triunfáis tan temprano os ocurren cosas de ese tipo. Yo las pillé también, durante la guerra, porque me nombraron teniente más o menos a tu edad...

—Ya... —Laureano estaba desconcertado.

—Pero ahora no es nada. Entonces la curación era mucho más difícil. De todos modos, mejor no abusar, ¿entiendes?

Fue un diálogo entrecortado, pues el padre Saumells se dio cuenta en seguida de que el muchacho rechazaría cualquier tipo de sermón. Atacando por el lado sentimental —el religioso se había fijado una meta— le puso al corriente de las últimas novedades del «cole», desde que a él lo nombraron director.

—Ahora aquello es una democracia, ya te lo puedes imaginar. Y se hacen unos *tests* exhaustivos para conocer las inclinaciones de los alumnos y saber si sirven o no para el estudio.

¡Si vieras al pequeño Miguel! Me ha dado recuerdos para ti... Está hecho un matemático. A lo mejor te adivinaba la cifra que ganas cada mes...

Esto último lo dijo no sin cierta sorna, que a Laureano no le pasó inadvertida.

—No necesito contable, padre... Los números están muy claros.

El padre Saumells continuaba teniendo una aureola especial y sólo gracias a ella el chico permitía que estuviera allí, a su lado, en plan amistoso pero inspeccionándolo.

—Pienso muchas veces en ti, Laureano... Y a menudo me pregunto si obraste bien o si cometiste un disparate. Yo al principio más bien te defendí, pero a medida que transcurre el tiempo no sé qué pensar.

Laureano se puso nervioso.

—Lo que no entiendo es por qué todo el mundo se empeña en opinar sobre lo que hago o hubiera podido hacer. ¿Por qué a los demás los dejan tranquilos?

—No deja de ser una distinción —contestó el padre Saumells—. Por lo demás, no olvides que tú estás en un escaparate. No mueves un dedo que no tenga resonancia, y hagas lo que hagas sale en los periódicos.

—Pero una cosa es mi vida profesional y otra mi vida particular. Esta última deberían respetármela. Y conseguiré que me la respeten, aunque sea a fuerza de mordiscos.

—Yo creo que tú tienes la culpa, por lo menos en gran parte —opinó el padre Saumells—. Se te ve crispado, compréndelo. Capaz de tomar las decisiones más imprevistas. ¡Has cambiado tanto! Y conste que no he venido a pedirte que cantes en las Congregaciones Marianas...

Laureano no pudo menos de sonreír. Aunque inmediatamente se puso serio.

—Las Congregaciones Marianas... Ya ni me acuerdo del «yo pecador»...

El religioso vio una puerta abierta.

—Ni de Dios tampoco, supongo... O muy rara vez.

—No tengo tiempo. ¡Tantos ensayos! Y siempre de un lado

para otro... Además, en el «cole» me contaron demasiadas mentiras.

—¡No lo dirás por mí. supongo!

—No, no, hablo en general. El padre Sureda, por ejemplo... ¿Sigue hablando del infierno?

El padre Saumells titubeó.

—Imagino que sí... —Luego agregó—: Yo sigo predicando el evangelio.

—Los evangelios son muy contradictorios. Hay pasajes que no he conseguido comprender nunca.

—A mí me ocurre eso con tu música —sonrió el religioso—. En términos generales, me gusta, pero a veces... A cada uno lo suyo.

Hubo un silencio. El religioso, como de costumbre, echó una mirada a su reloj y luego preguntó:

—¿Y por qué esa tirantez con tu familia, Laureano? ¿Puedo hablarte de eso o me tratarás a patadas, como a veces tratas a los fotógrafos?

Laureano cambió de postura en la cama.

—¿De quién cree usted que es la culpa, vamos a ver?

—Enteramente tuya, por supuesto.

—Ya lo suponía.

—Natural. Tus padres son tus padres y has olvidado eso tan elemental. Habrán cometido errores, pero pocos. Simplemente, presintieron desde el primer día que si te daban un micrófono te convertirías en un perdonavidas. Y eso es lo que ha sucedido.

El muchacho se dio cuenta de que el religioso había decidido desafiarlo y lo miró otra vez de hito en hito.

—Yo no perdono la vida de nadie.

—Eso es lo malo.

—No juegue a lo fácil, por favor. Quiero decir que soy el mismo de antes, pero que he de protegerme contra la popularidad y defender mi independencia.

—Si no fuera más que eso, no se te iría secando el corazón.

—¡Eso suena bien para ponerle música!

—Y si fueras el mismo de antes serías capaz de sonreír espontáneamente; ahora no puedes.

—Ha venido usted con banderillas, ¿eh?

—No tengo por qué ocultártelo. Que tú no seas feliz, pase. Pero que siembres la infelicidad alrededor, entre personas que yo quiero muy de veras, eso me parece excesivo.

Laureano adoptó aire fanfarrón.

—¿Y qué es lo que piensa hacer?

—Nada. Absolutamente nada... —Volvió a mirar el reloj—. Marcharme pronto, porque en el «cole» tengo que hacer. Simplemente, dejar que los días pasen... y leer cada mañana el periódico.

—Eso... es como una amenaza, ¿verdad?

—¡De ningún modo! En lo que a mí toca, el día que sea, en el momento que sea, me llamas y estoy a tu disposición. Yo te quiero como siempre, Laureano. Digamos que eso es más bien... una profecía.

—También usted ha cambiado. Antes no se las daba de profeta.

—Ni ahora tampoco. Pero tu caso es tan evidente que no se necesita ser ningún lince para anticiparse. Hastío, blenorragia, resentimientos... ¿Qué se puede esperar? —El religioso se levantó—. ¿Quieres otro caramelo?

—No, gracias. Ya me ha dado bastantes...

—Bien, pues queda con Dios... No te ofenderá que me despida de esa manera, ¿verdad? En mi caso la profesión y la vida privada se confunden...

—Sí, conozco el tema.

—Pues que te alivies... y hasta otro día. ¡Ah! Y te felicito porque, como cantar, cantas bien...

—Tal vez me esté tomando el pelo, pero resulta que es la verdad.

El padre Saumells se fue. En realidad el religioso se comportó de aquella manera porque creyó que era lo más conveniente para el chico. No tenía la menor esperanza de influir en él seguidamente; pero a veces una palabra se grababa en el cerebro y en un momento determinado...

Laureano se puso hecho un basilisco. Encendió un pitillo y quemó, como siempre, la sábana. «¡Habráse visto! El famoso padre Saumells... ¡Hizo la guerra, claro! Y hoy se ha acordado de eso...»

Entró Javier y le preguntó:

—Un curita... ¿Ha venido a confesarte?

Entró Juan Luis Orozco y le gastó la misma broma.

—Nada de eso —contestó indiferente Laureano—. Un antiguo amigo de la familia. Durante la guerra también pilló purgaciones...

—¿Eso te ha dicho?

—¡Oh, es un gran tipo! Pero hoy tenía un día malo.

—A lo mejor te ha cantado cuatro verdades —hizo el «batería».

—Orozco, no empieces...

—¿Yo? ¡Por mí...! Con tal que el sábado puedas orinar sin tanta jeremiada y podamos tocar en el «Buena Sombra»...

—Gracias por tu interés.

—No hay de qué.

El percance se superó y *Los Fanáticos* volvieron a estar en el candelero. Rogelio hacía lo imposible por acercarse a Laureano y tener una conversación con él. No sabía por qué, pero sentía la necesidad de una reconciliación. Pero Laureano se mostraba inflexible. Dieciséis muertos se interponían entre los dos. No había nada que hacer.

Carlos Bozo consiguió que, antes del Festival de Roma, el conjunto actuase en una velada en el *Olympia* de París, al lado de otras orquestas. Era el mes de septiembre. Tuvieron mucho éxito, la crítica los trató muy bien y el público los obligó a bisar la canción.

Fue un viaje rapidísimo, de ida y vuelta, de modo que Laureano apenas si vio nada de la capital de Francia. El tiempo justo de dar una vuelta en taxi, de comprar un libro para su madre —¡buen detalle!— y de saludar a Bernadette, que fue al *Olympia* a escucharlos.

—Buen recuerdo el de Ibiza... —le dijo Laureano, irónicamente.

Bernadette, que ignoraba lo de la enfermedad venérea, contestó:

—Ya lo imagino. Giselle te echó mucho de menos... —Luego añadió—: Marcos se quedó allí. Últimamente volvía a pintar mejor, pese a que Edward lo convenció para que se tomara de vez en cuando algún terrón de azúcar...

La prensa española había empezado la propaganda de la actuación de *Los Fanáticos* en Roma. Por desgracia, no sería retransmitido por Eurovisión. Y a finales de octubre, conforme a lo previsto, tuvo lugar el acontecimiento.

¡Santo Dios, qué fracaso! En sexto lugar... La canción, compuesta por Carlos Bozo, se titulaba «Siempre adiós» y no gustó a los jurados. El conjunto cantó como siempre, tal vez algo nervioso, pero la canción falló. Pasó inadvertida. La melodía era melindrosa —parecía napolitana— y ganó, con toda justicia, un conjunto griego, con algo de mucha mayor fuerza.

Regresaron cabizbajos, después de una tremenda discusión. Se jugaban mucho en el Festival y si hubieran conseguido ganarlo el paso era definitivo. Carlos Bozo se defendió con ahínco. A su entender fallaron ellos, sobre todo, Laureano, que cantó sin convicción.

—¡En los ensayos dijiste que la melodía te gustaba!

—Sí, pero los ensayos se hacen en casa. Allí me di cuenta en seguida de que era una birria... Además, yo la defendí como siempre. Simplemente, era mala y no gustó.

La prensa española dio la noticia con grandes titulares, no sin cierto regocijo por parte de algunos críticos. *Los Fanáticos* tenían enemigos y otros conjuntos —*Los Truhanes*, por ejemplo— gozaban de creciente predilección. Tal vez los desplantes de Laureano estuvieran influyendo en ello. «*Los Fanáticos* fracasan en Roma.» «Sexto lugar.» «Sólo Albania detrás de *Los Fanáticos*», etcétera.

Nadie los recibió en el aeropuerto. Jaime Amades no se atrevió a movilizar ni autocares, ni gorritas, ni banderolas. Sólo había algunos periodistas, pero Laureano, que a la ida dejó el descapotable rojo en el propio aeropuerto, echó a correr hacia el coche y consiguió escabullirse.

Y a partir de ese día cundió en el muchacho, de nuevo, el descorazonamiento. Y su válvula de escape fue precisamente el coche..., como en otros tiempos le ocurriera a Andrés Puig. Puesto que en el chalet de la calle de Modolell discutía siempre con Orozco, se ponía al volante y se lanzaba por esas carreteras al buen tuntún. Aurelio Subirachs se cruzó con él en la Diagonal y dijo: «¡Está loco! ¡Se matará!» El arquitecto estaba seguro de que era eso lo que pretendía y reconsideró el incidente aquel de los barbitúricos. Claudio Roig no era de la misma opinión. Por una vez contradijo a su jefe. «Laureano no se suicidará. No tiene temperamento para hacerlo. Está pasando una crisis, eso es todo.»

Julián y Margot se enteraron del frenesí con que Laureano conducía y se preguntaron si, tratándose de eso, no debían intervenir. Aurelio Subirachs les dijo que sí; el padre Saumells, como siempre, los desanimó.

—Creo que sería un error... Después de la visita que le hice, creo que lo único que cabe es desearle suerte...

—Pero ¡padre!

—Sí, que los hados le sean favorables, nada más.

CAPÍTULO XLIV

Aurelio Subirachs estaba en un error. En realidad, quien andaba pensando en suicidarse no era Laureano, sino Rogelio. ¡Qué situación la suya! Era cierto que le había pasado por las mientes acabar de una vez con aquella vida que se le había puesto tan cuesta arriba. Mejor dicho, que se le ponía cuesta arriba cada vez más. Desde el incendio del «007» alguien había trazado un signo negro sobre su redonda y calva cabeza.

Murió, a consecuencia, de una embolia, su madre. El más robusto roble del plantío de Llavaneras —ochenta y ocho años— se tronchó. Un día u otro tenía que llegar, pero Rogelio estaba hecho a la idea de que aquella mujer era inmortal. ¡Siempre con la misma facha! Siempre con la misma mirada... Siempre ofreciéndole un tazón de leche. De repente se murió. El entierro fue escueto, estrictamente familiar, y Rogelio tuvo que pedir autorización para desplazarse. Presidió la comitiva, escoltado por sus hermanos, quienes daban la impresión de haberse quedado sin aliento espiritual. Pedro acudió también al cementerio y mientras los albañiles tapiaban el nicho iba diciéndose para su capote que quería heredar el temperamento de su abuela, parecerse a ella. Siempre estuvo en su lugar. Incluso cerró los ojos en la estación en que debió cerrarlos: en otoño. Rosy estuvo también presente, del brazo de Carol, y se sintió desplazada. Sin posibilidad de diálogo con sus cuñados, ni con los árboles, ni con el humus antiguo y oloroso que emanaba de aquella tierra.

A Rogelio le pareció que le extirpaban algo visceral, algo de lo poco que todavía formaba auténticamente parte de su existencia.

De regreso a Barcelona, el abogado, Eusebio Comas, le comunicó que su proceso acababa de entrar en una fase acelerada y que, por las trazas, el juicio no tardaría mucho en celebrarse. Esta noticia, unida al hecho de que Alejo, aunque simulaba ser el mismo había cambiado por completo y luchaba entre bastidores por sacudirse las pulgas, situó abiertamente a Rogelio ante la alternativa que se le presentó unos meses antes: desentenderse de todo y marcharse al extranjero, o quedarse y pechar con lo que viniere.

¿Qué hacer? Era el momento de la gran decisión. De hecho, Rosy no lo animó mucho a marcharse, y tampoco Julián y Margot. París, Méjico... Una barca motora de Arenys de Mar llevándolo de noche —como en las películas— hacia la costa francesa... Y la soledad esperándolo al otro lado, dondequiera que fuese. ¡A los sesenta y pico de años! Si hubiese sido un roble vigoroso como su madre; pero tenía una idea fija que contribuía a inmovilizarlo: el corazón. Con mucha frecuencia notaba aquella opresión en la zona del pecho, hasta el punto que consultó con el doctor Beltrán, el cual dispuso que se le hiciera un electrocardiograma, que, esta vez, sí registró ciertas anomalías.

No le ocultaron que si no sabía sobreponerse a las emociones podía sufrir otra crisis en cualquier momento. La perspectiva, dadas las circunstancias, era terrible, pero lo era mucho más si decidía marcharse, con la inestabilidad y los sobresaltos que ello suponía. ¡Si se pasaba el día tomándose el pulso y aplicándose la mano al costado izquierdo! ¡Si al mirarse al espejo se daba cuenta de que la dolencia que lo aquejaba le había marcado señales inequívocas en el rostro! Y ello pese a haber tomado decisiones drásticas en cuestión de comer, de beber, de fumar cigarros habanos... Últimamente estaba hecho un asceta, merecedor de vivir en el *Kremlin*. Y descansaba mucho. Se pasaba sus buenos ratos sentado en su sillón preferido del *living* de la avenida Pearson, mientras Rosy, delante de él, leía el periódico y le echaba el humo a la cara...

El humo a la cara... Antes, Rogelio se levantaba hecho un espadachín y gritaba: «¡Abrir las ventanas, por favor! ¡Aire, aire!»; ahora no se movía, limitándose a suplicar: «Rosy, te lo ruego, que no me dejas dormir».

Resumiendo, descartó la idea de marcharse. Así se lo comunicó a Alejo, que fue quien se lo sugirió una mañana al salir del juzgado. Alejo acarició el puño del bastón y le dijo: «Pues ya sabes lo que esto significa: la cárcel. Yo te acompañaré una temporada, pero luego...»

Rosy se quedó meditabunda. De un tiempo a esta parte notaba que no tenía la cabeza clara, que se armaba un lío, que jamás estaba segura de lo que le convenía. Era lo contrario de Merche, que siempre sabía cuál era su propósito. Claro que, a decir verdad, ninguna decisión que pudiesen tomar solucionaba nada. En ciertos aspectos el destierro era preferible a la cárcel; en otros, lo contrario, con la única ventaja de que lo mismo aquél que ésta suponían para Rosy un respiro, una liberación, un separarse de Rogelio hasta nuevo aviso. El «adiós, muy buenas» lo pronunciaría ella. Pero todo resultaba humillante y Rosy andaba también malucha, aunque de puertas afuera se mantuviera fiel a su juramento de simular «aquí no ha pasado nada».

Julián se alegró de la decisión de Rogelio. Era su teoría: «en la cárcel pagas la deuda». ¡Ah, no cabía duda! Julián demostraba ser uno de los pocos amigos con que el constructor podía contar. Tal vez el mejor, o el más desinteresado, excepción hecha de Marilín, que sufría minuto a minuto los sinsabores de su jefe, que se sentía apegada a aquel hombre —eran muchos años de estar a su lado y de compartirlo todo con él—, y que a gusto se hubiera sacrificado personalmente para que Rogelio quedara libre de cualquier amenaza.

Cabe decir que también Ricardo Marín era merecedor de elogio y que hacía gala, como siempre, de un tacto exquisito. Igualmente podía contar con Aurelio Subirachs, aunque el léxico de éste, mordaz por naturaleza, a veces le producía alguna herida, lo mismo que mosén Rafael, que le hacía alguna visita pero sin poder olvidar que Rogelio pertenecía a las que él llamaba «personas-vientre». En cambio, además del conde de Vilalta, le había fallado Amades. Amades volaba muy alto. Tan alto volaba que Rogelio se enteró con estupor de que, junto con Carlos Bozo, estaba dispuesto a reconstruir el «007». Al principio no dio crédito al rumor; finalmente Amades hizo a la Agencia Cosmos la propuesta de compra, y Rogelio tuvo que rendirse a la evidencia. Y ocurrió que Ricardo Marín, que tenía la mayoría de las acciones, fue partidario de deshacerse de aquellos escombros que tan fatales consecuencias les habían traído y consintió en realizar la operación.

Margot no daba su brazo a torcer. Sentía piedad por Rogelio, y si bien no le negó, como se había prometido a sí misma, la entrada en casa, le resultaba imposible disimular sus sentimientos, lo que no le remordía en absoluto, por estimarlo enteramente justificado.

Pedro, al verlo tan abatido —el muchacho llevó corbata negra por espacio de un mes, por su abuela—, continuaba menudeando los almuerzos en la avenida Pearson, a veces en compañía de Susana. Pedro le notificó a su padre que ya había terminado su ensayo sobre los jóvenes y la Universidad y que probablemente se lo publicaría una editorial madrileña. Rogelio asintió complacido, aunque pensó: «A lo mejor lo leo en la cárcel». Susana miraba las bolsas que se le habían formado a su futuro suegro en las ojeras y sentía lástima de él. Pedro procuraba distraerlo, pero su éxito era escaso. Lo que lo sorprendía era que su padre últimamente le hiciese confesiones extraordinarias, como, por ejemplo, que cuando se dio cuenta de que quedaría calvo casi lloró. También le confesó que le hubiera gustado ser un gran cazador, participar en safaris en África y dondequiera que hubiese caza mayor y traerse sus buenas piezas y trofeos. «¡Si te contara! No he hecho casi nada de lo que hubiera querido hacer.» También le hubiera gustado ser campeón de billar, y tuvo que conformarse con jugar bien al póquer y al bridge. «Tu padre ha vivido casi siempre de recambios: ésa es la verdad.»

El mayor consuelo de Rogelio continuaba siendo su nieto, Antoñito, y desde luego, Carol, que volvía a estar muy cariñosa con él, con el único defecto de que de pronto le había dado por irse a bailar a las *boîtes*... Sebastián Oriol, su ejemplar marido, que desde que se casó había criado mucha tripa, tenía que acompañarla, pero los bailes modernos lo desconcertaban, no podía con ellos y la volatinera Carol se llevaba por esta causa sus buenos enojos. Era curioso que Sebastián sintiera por su suegro tanto apego. Le perdonaba incluso lo de los *meublés*. «Están legalizados, cumplen una misión y alguien ha de tenerlos, ¿no es así? Pues se acabó lo que se daba.»

Una de las preocupaciones adicionales de Rogelio eran los anónimos, que no paraba de recibir. Naturalmente, no podía ir con ellos a la policía. Suponía que se los mandaban siempre las mismas personas; acaso, los sobrinos de Juan Ferrer, aquellos dos hermanos comunistas, a los que él no pudo ayudar en cierta ocasión, por lo que Rosy le dijo: «Has cometido un error... Algún día te pasarán la correspondiente factura». El caso es que lo amenazaban por carta y por teléfono. Por teléfono salían voces apagadas o roncas, extrañas, como si le hablaran tapándose la boca con un pañuelo. «Si dentro de un par de meses no estás en la Modelo, te mandaremos al cementerio...» «El plazo está expirando, de modo que, espabílate...» ¿Qué hacer? En realidad, no hubiera debido darle importancia, pero se la daba. ¡Tenía miedo! Copado por todas partes, y todavía con miedo suplementario. Tanto, que se llevó al despacho —sin saber por qué, temía que en todo caso lo asaltarían en el despacho—, un viejo revólver que en tiempos le compró a Beatriz en la tienda de antigüedades. Por cierto que, para probar si funcionaba, al encontrarse en el patio de la avenida Pearson y ver al pobre *Dog* hecho un viejo y que sufría muchísimo, se le acercó y le disparó a quemarropa, dejándolo seco. Rosy se indignó. «Ése no es el sistema... ¡Mira que el insigne Rogelio disparando! Lo normal hubiera sido llevarlo al veterinario para que le pusiera una inyección.» Rogelio no hizo caso, subió a su Chevrolet y al llegar a la Constructora guardó el revólver en un cajón de la mesa de su despacho.

Y resultó que ese acto no fue un acto neutro. En cuanto hubo cerrado el cajón se puso, como ya era costumbre, a meditar. Mejor dicho, a repasar su vida, en busca de sus fallos. ¡Cuántos fallos, santo Dios! Ahora se daba cuenta. ¡Mira que decirle a Deogracias que en la vida era preciso apretar los tornillos...! Hubo un momento, cuando la inauguración de «Torre Ventura», en que hubiera podido decir «basta» y vivir tranquilo. Pero llevaba los negocios en la sangre y lo que no fuera eso y escalar, escalar y codearse con gente «de alcurnia» lo aburría. La única excusa que tenía es que siempre fue sincero. Cuando habló de «crear riqueza» habló seriamente y consideraba que era útil a la sociedad. Los intereses que pudiera lesionar se le antojaban nimios al lado de la onda expansiva de beneficios que hacía brotar con su gestión y que alcanzaba a tanta y tanta gente. Y tomar un solar yermo y levantar en él un enorme edificio ¡era una bendición! Todavía se acordaba de aquéllos del Turó Park, que fueron los primeros que encargó a Julián... Y los hoteles. Y tantas cosas. Claro que llegaba un momento en que era preciso detenerse —Margot se lo advirtió sin cesar— y ahí fue donde falló. Una fatalidad. Por eso recordaba con franca envidia a las personas que se habían comportado de distinto modo, que comparadas con él demostraron tener sabiduría. Especialmente se acordaba de don José María Boix... ¡Qué hombre! ¡Y pensar que se hartó de ridiculizarlo! Siempre en paz consigo mismo, aureolado de serenidad. También se acordaba del doctor Beltrán, querido por todo el mundo, que se paseaba arrancando saludos y sonrisas hasta de las piedras. Y del padre Saumells... ¿Entonces Pedro, su hijo? Pedro tal vez se pasara de rosca y acabara como aquellos *hippies* de que tanto se hablaba o como aquellos muchachos que ellos vieron en París en *La Fin du Monde*. En el *Kremlin* se habían recitado ya versos con voz de cazalla; lo que ignoraba era si se habían lanzado alaridos.

Bien pensado, los desahogos que de un tiempo a esta parte tenía con su hijo obedecían a un motivo muy concreto: a Rogelio le hubiera gustado poder amar, amar mucho... No sólo al peluquero Aresti, que quería colocarle un bisoñé, sino a todo el mundo Porque, sus atenciones con el personal de la Constructora fueron siempre pura estrategia: tenerlos contentos, con dentadura nueva y que la casa marchara por sí sola. Sobre todo, claro, le hubiera gustado amar a Rosy... aunque ésta le echase el humo a la cara. ¡Era tan hermoso amar! Él había experimentado esa sensación algunas veces: poco después del matrimonio; en alguna ocasión en que algún negocio le salió bien; alguna tarde al salir del fútbol, después de haber asistido a un buen partido con el triunfo del Barça... Ganas de abrazar y de regalar puros incluso a los desconocidos. También había amado, los fines de semana, a la gente de Arenys de Mar, desde los camareros del Café Español hasta los viejos jubilados que se reunían en el Ateneo y que ahora a lo mejor le volverían la espalda...

También hubiera debido amar la naturaleza. Pero siempre lo aburrió. ¿Qué hacer? «Si quiere usted aburrirse, podrá hacerlo junto a una piscina.» Incluso contemplar el agua verde de la piscina le pesaba a los pocos minutos. Y el mar... Si salió con la lancha de su propiedad fue para exhibir su gorra de patrón, la embarcación y para deslumbrar a los críos que lo acompañaban por las calas próximas, a los turistas y para ponerse, en lo posible, a la altura del deportista Ricardo Marín. Sí, se daba cuenta de que su gama de sentimientos fue pobre, de que la de una persona como Susana, e incluso como Claudio Roig, era infinitamente más vasta. ¿Cuántas horas había malgastado persiguiendo a las mujeres? ¿Y con comilonas? ¡Y cuántos eructos, y cuántos chistes verdes! Alejo le dijo en la cárcel: «Nadie te quita lo bailado». En la cárcel se decían muchas sandeces...

Fruto de ese estado de ánimo era la súbita necesidad que sintió de ser generoso. Pero no para presumir, como antaño, sino de verdad. Cuando leía en el periódico listas de personas necesitadas —las había que pedían un aparato ortopédico, una máquina de coser, ¡revistas viejas para leer!—, a gusto hubiera montado una organización, presidida por Marilín, para complacer todas aquellas peticiones. Ello dio lugar a una escena chusca. Como si se oliera lo que le estaba ocurriendo al constructor, mosén Castelló fue a visitarlo al despacho y a pedirle un donativo para la parroquia. Rogelio, que en otras circunstancias hubiera barrido de un soplo a aquel párroco con bronquitis y preconciliar, aquella tarde le dio un cheque que casi lo tumbó de espaldas. «Pero... ¡don Rogelio!» «Ande, llévese esto, que sé que lo repartirá como hay que hacerlo.» Mosén Castelló se santiguó. Y Rogelio, al verlo, se preguntó si no debería confesarse..., lo que no hacía desde que tuvo la angina de pecho. Pero se sentía fatigado y finalmente desistió.

Otra consecuencia de su estado de ánimo era que iba despidiéndose de las cosas, pero con lentitud... Montaba en su coche y, al revés que Laureano, en lugar de apretar el acelerador, daba vueltas sin prisa por las calles de Barcelona, mirando aquí y allá. En todas partes encontraba huellas o testimonios de su trabajo, de su trabajo como constructor. ¡El Banco Industrial Mediterráneo! Cuando se inauguró era el no va más; ahora, uno de tantos. Cines, garajes, bloques de viviendas baratas, con aquellos letreros que decían, ¡todavía!, *«Construcciones Ventura, S. A.» le regala un piso para toda la vida...* Subía al Tibidabo y a Montjuich y se preguntaba cuándo volvería a ver la ciudad desde la cumbre; aparcaba junto a la Catedral y se paseaba por el Barrio Gótico, porque era ya capaz de calibrar su belleza y grandiosidad; pasaba frente al Estadio, frente a la Clínica San Damián, etcétera; evitaba, en cambio, la Modelo y el «007». En una farmacia —¿por qué en una farmacia?— vio el monigote sonriente y gordinflón con la goma pinchada, hecho un trasto, deshinchado. «Éste, éste es el que ahora se parece a mí.»

No había nada que hacer. Salvo en momentos esporádicos, Rogelio no conseguía amar ni a las personas, ni a la naturaleza, ni se conmovía especialmente despidiéndose de las cosas. Sentía una tristeza tan honda que desembocaba en la indiferencia por todo lo que no fuera él mismo, su drama personal. Al pensar en lo que se le venía encima —cada minuto era un minuto menos—, le resultaba imposible concentrarse en algo más. De modo que iba asemejándose a un pelele y dándoles vueltas a las mismas ideas: el desprestigio, la cárcel, el corazón enfermo... Nada. No había remedio. En el fondo, su vida dejó de tener sentido y acabó envidiando no ya a las personas cuya sensatez le era conocida y probada, sino incluso a los obreros que pasaban por la calle, a cualquier modistilla, a los borrachos que dormitaban en cualquier banco público. ¡Y no digamos a la juventud! En las Ramblas se tropezó una vez con un par de carteristas de los muchos que conoció en la Modelo y lo saludaron tan ufanos y pletóricos, que no supo qué decirles y se quedó mirándolos con ganas de llorar.

Una mañana despertó y notó algo especial. Era noviembre. Miró afuera y el cielo estaba encapotado. Serafín, en el patio —¿dónde estaba *Dog*?—, regaba las plantas y el césped.

Rosy se había quedado en la cama —a las once iba la masajista— y se desayunó solo, como siempre. En la mesa, el periódico: dos aviones norteamericanos se habían estrellado cerca de la costa de Palomares, en Almería, llevando uno de ellos cuatro bombas atómicas. Tres de dichas bombas fueron encontradas rápidamente en tierra; la cuarta se había perdido en el mar y constituía un grave peligro.

Rogelio no leyó nada más y se quedó con la vista perdida, sosteniendo en alto la tostada con mermelada. Hiroshima, Nagasaki... La bomba atómica lo llevó a pensar en las posibilidades de destrucción. Por un momento sintió una ira incontenible, deseos de destruirlo todo, empezando por aquella mansión... y por Rosy, que últimamente dormía muchas horas boca abajo. Luego fue calmándose pero notó en el pecho más opresión que de ordinario y, en general, más fatiga y una tristeza más honda.

Se fue a la Constructora. Marilín le había preparado la carpeta de «asuntos urgentes» pero Rogelio dijo: «Ya la veré luego». Llegó Alejo, que quería hablar con él. Rogelio lo recibió con cierta frialdad y Alejo le espetó: «Ya estoy un poco harto, ¿sabes? Yo no tengo la culpa de lo que pasa». Y se fue.

Poco después lo llamó por teléfono Eusebio Comas, el abogado defensor, comunicándole que a no tardar se sabría cuándo tendría lugar la celebración del juicio. Rogelio colgó y pensó: «Pronto llegará el momento». Quería llamar a Rosy para informarla, pero pensó que estaría durmiendo aún; y se equivocó. Precisamente en aquel momento lo llamó ella para decirle que le apetecería almorzar en un restaurante y no en casa.

Rogelio asintió con la cabeza.

—De acuerdo. A las dos pasaré a recogerte. ¿Te parece bien? —A Rosy le sorprendió que Rogelio no opusiera ninguna excusa. Colgó, encendió un pitillo y se puso a reflexionar.

Entró Marilín con el vaso de bicarbonato y le recordó que había citado para las doce a Aurelio Subirachs y a Julián. Se trataba de analizar las posibilidades de continuidad de la Constructora mientras él estuviera «ausente». Habían hablado varias veces de ello y los arquitectos no veían otra solución que buscar una persona joven y competente que lo reemplazara, a la que forzosamente habría que dar amplios poderes y una participación en el negocio.

Rogelio le dijo a Marilín: «Llámalos y que vengan otro día. No me siento muy bien hoy...» Evocó las figuras de sus dos amigos y llegó a la conclusión de que en los últimos tiempos también habían envejecido mucho, especialmente Julián. Sin duda Laureano le había dado un fuerte zarpazo. Aurelio Subirachs se conservaba mejor, pero sus bigotes de foca eran blancos y los acariciaba con menos poder.

Marilín lo estaba observando con atención, mordiendo el bolígrafo.

—¿Por qué no se va a su casa? —le sugirió.

—Allá me sentiría peor. —Marcó una pausa—. No estoy para nadie, ¿sabes? —decidió, por fin—. Descansaré un ratito... —y fue a sentarse en uno de los sillones del tresillo, repantigándose en él.

Marilín desapareció discretamente... y Rogelio se quedó profundamente dormido. Durmió hasta la una, hora en que los empleados, al marcharse, hicieron mucho ruido.

Marilín volvió a entrar para despedirse y le dijo a su jefe:

—¿Quiere que lo acompañe?

—¡No, no, estoy bien aquí! —Rogelio parecía haberse recuperado un tanto con el sueño—. Voy a quedarme un poco más. —Miró a la muchacha y añadió—: Anda, vete, no te preocupes... Y ya sabes cuánto te agradezco el interés que demuestras por mí...

La secretaria se marchó, presa de cierta inquietud. Minutos después reinaba un gran silencio en las oficinas.

Rogelio se levantó y se fue a dar una vuelta por aquellos departamentos que tantas veces había recorrido con su autoridad y su buen humor. Estaban vacíos, con montones de papeles en las mesas, con máquinas de escribir, con los cristales separando los distintos despachos. En uno de ellos ¡había alguien! Se asustó. Pero no. Era el contable, Federico, el hijo de «doña» Aurora, de la Pensión Paraíso. Siempre tenía trabajo y se quedaba un poco más.

—¿Qué haces aquí?

—Ya termino, don Rogelio...

—Anda, vete, es la hora.

—De acuerdo.

Federico, que era muy miope, abrió un armario, se cambió las gafas, se puso la americana y se fue.

—Buenos días...

—Buenos días...

La absoluta soledad. Rogelio continuó recorriendo las oficinas y por fin regresó a su despacho. Entonces sonó el teléfono y de nuevo se sobresaltó Seguro que si descolgaba oiría una voz anónima: «Expira el plazo, espabílate...»

Aguardó a que el teléfono dejara de sonar. Permanecía de pie, mirando a la calle a través del ventanal. Coches, coches en caravana... ¿Adónde se dirigían? Todo el mundo tenía prisa, todo el mundo tenía algo que hacer.

También él tenía algo que hacer. Lo había decidido en el momento en que leyó que se había perdido una bomba atómica en el mar. Él era una bomba perdida en tierra, ajeno a cuanto lo rodeaba. «Me apetecería almorzar en el restaurante —le había dicho Rosy—. La casa se me cae encima.»

No sabía si llamar a su mujer o no. «¿Para qué?», se dijo. Tampoco sabía si escribir o no una nota. «¿A quién?» La cosa estaba clara. Pasado el primer momento de escalofrío, en el fondo su decisión no sorprendería a nadie.

No, no era cierto que en momentos así la vida entera desfilase ante los ojos, en la mente. Eso le había ocurrido en las semanas precedentes, pero no en aquel mediodía de cielo encapotado. La verdad era que no se acordaba de nada, que todo se la aparecía confuso, excepto que no tenía salida y que el único remedio era hacerlo y acabar de una vez.

Un moscardón revoloteaba por la cristalera. ¿Lo mataba con un periódico? ¿Para qué? Que viviera su vida, su vida espasmódica y runruneante, su vida de moscardón.

En el momento de dar la vuelta a la mesa para abrir el cajón se acordó de *Dog*, del disparo a quemarropa que lo dejó seco. Rosy se indignó. ¡Se indignaba tan a menudo! Le dijo: «En esos casos se llevan al veterinario para que les ponga una inyección».

¡Dios, qué cansancio! Y de pronto, qué lucidez... *«Construcciones Ventura, S. A.» le regala un piso para toda la vida...* ¡O un nicho, qué más daba! Sonríe, monigote, sonríe... Eres la mejor creación de Jaime Amades.

¿Dónde estaría Pedro? En algún restaurante de la calle de Tallers. ¿Dónde estaría Carol? Dándole papillas a Antoñito, al nieto, que era lo que Rogelio más amaba en el mundo.

—Conque... un sustituto, ¿eh? Joven y bien preparado...

Cogió el revólver que le había comprado a Beatriz, lo sopesó un par de segundos, volvió a dar la vuelta a la mesa para instalarse en el centro del despacho y una vez allí quitó el seguro, se apuntó al corazón —al corazón enfermo— y pensando vagamente «adiós, muy buenas» apretó el gatillo y disparó.

CAPÍTULO XLV

El proceso contra Rogelio se cerró, quedó cancelado, para toda la eternidad. El veredicto se lo dio él a sí mismo, con una rotundidad que ningún tribunal humano hubiera podido igualar. Rogelio fue su propio juez y rubricó la sentencia con un charco de sangre.

Los medios de difusión se apoderaron de la noticia y la divulgaron a los cuatro vientos. No todos los días se cobraba una pieza de ese tamaño. No se disimuló que se trataba de suicidio, pero el tono general fue de respeto. La muerte cubrió con un telón discreto lo que quedaba atrás, los «errores» de Rogelio, sobre los cuales precisamente los periódicos, desde el incendio del «007», se habían ensañado con extrema dureza.

Rogelio, por supuesto, se equivocó al pensar que su decisión, «pasado el primer momento de escalofrío no sorprendería a nadie». En realidad sorprendió a casi todo el mundo, especialmente a quienes ignoraban —y era la inmensa mayoría— que sufría una afección cardiaca. Por lo común se le tenía por un luchador que ni siquiera en las circunstancias en que se hallaba iba a declararse vencido. La persona que acaso menos se extrañó fue Alejo. Alejo, que fue de los primeros en enterarse, la última vez que habló largo con Rogelio, al oír de sus labios que desistía de marcharse al extranjero, de poner tierra de por medio, le miró a los ojos con profunda curiosidad y se dijo: «Está tan acorralado que es capaz de cometer una locura».

Rosy estaba deshecha, humillada, en un estado de desconcierto total. «Por fin habrá quedado liberada de aquel monstruo», comentó Merche. En verdad que ésta no anduvo del todo equivocada con su comentario, pero Rosy hubiera preferido, naturalmente, que el vehículo liberador no hubiera sido un revólver.

Se fue unos días a Arenys de Mar. Pero no a «Torre Ventura», que parecía otro cementerio, sino a casa de sus padres. Allá volvió a tomar contacto con su vida de antes, con la ponderación de su padre, con el eterno trajinar de su madre —«se acabaron para siempre las pirámides de caramelos»— y con el telescopio de la azotea. El doctor Vidal le preguntó a su hija si no había presentido, cuando la última luna llena, algún acontecimiento fuera de lo normal; ella dijo que sí, que vio el halo rojo, rojo y muy intenso, pero que no quiso mencionarlo para no provocar las chanzas de siempre o algún temblor que quizá luego no quedara justificado.

Lo que mayormente contribuyó a su desconcierto fue que tuvo que hacer frente, muy pronto, sin pérdida de tiempo, a problemas concretos que la muerte de Rogelio planteaba. Heredera universal, era la responsable de sus bienes y de la suerte de sus empleados. Sus asesores fueron Julián, Aurelio Subirachs y Ricardo Marín, y Rosy hizo todo cuanto los tres hombres le aconsejaron.

Carol quedó estupefacta y no hacía más que llorar y que mecer al bebé, a Antoñito. Sebastián, su marido, no encontró paliativos, no encontró el lado bueno; aunque reaccionó violentamente contra sus padres al oírles decir que «aquella mancha afectaría para siempre a toda la familia». Carol continuaba siendo una gatita y desde que se casó, hueca de responsabilidades propias, su cerebro se había dormido más aún frente a las cuestiones importantes. Ella servía para ser feliz, para escuchar música bailable y contonearse y para confesar que sí, que era una nulidad y que «no sabía siquiera freír un huevo». Pero Sebastián la adoraba. Mosén Rafael opinaba que había criaturas así, nacidas para «personas-vientre» y que lo serían toda la vida, a las que, por algún misterio inexplicable, nadie les pedía cuentas jamás. De todos modos, la muchacha le hizo prometer a Sebastián que cada mes irían a llevar flores a la sepultura de su padre. Sebastián asintió, pero estaba convencido de que no cumplirían la promesa más allá de dos o tres veces.

A Pedro, el hecho lo pilló totalmente desprevenido. Tantos libros y tanto filosofar, y no había caído en la cuenta de que «eso» podía suceder. Fue como si le golpearan en la nuca con un martillo. No se puso corbata negra, como por la abuela, pero ello no significaba que no le doliese el alma. ¡Cuántas cosas pensó! Entre otras, que su padre no había puesto jamás los pies en el *Kremlin*, que siempre fue para él sinónimo de dislocación. Luego, naturalmente, se preguntó qué parte de culpa podía corresponderle, y ahí se enfrentó con un muro. Imposible saberlo. No podía atribuirlo a su brusca separación de la familia, que arañó el amor propio de ésta y demostró la incompatibilidad existente, pero nada más. Tampoco a las interminables discusiones —sobre todo, en los aniversarios y días festivos—, en que quedaba patente que las palabras «libertad», «sinceridad», «guerra», «burguesía», etcétera, tenían para cada cual distinto significado. Por el contrario, se dijo que si se hubiera dedicado a los negocios en vez de estudiar la carrera, acaso hubiera podido influir benéficamente sobre su padre, ejercer de freno en su desmesurada ambición; pero especular sobre esto era perder el tiempo. Él no había nacido para las finanzas, como su padre no había nacido para soportar una derrota prolongada.

El padre Saumells luchó por vencer los escrúpulos del muchacho. «Deja de torturarte. Le faltó fuerza moral para resistir tanta adversidad.» Mosén Rafael fue del mismo parecer, repitiendo una vez más que las causas desencadenantes fueron el becerro de oro y el distanciamiento generacional existente, característico de la época, y cuya clave de arco no había que buscarla ni en los padres ni en los hijos, sino en los bandazos y bruscos cambios que daba el mundo. «Os separaban varias galaxias y era inútil procurar tender un puente. No eres culpable de nada, puedes dormir tranquilo.»

A Pedro le hacía daño, desde luego, comprobar que en el

fondo se sentía, como su madre, aliviado... Aunque también le sobraba el método del revólver. Su padre era una espada que flotaba sin cesar sobre su cabeza, y lo hubiera sido igualmente —o quizá todavía más— de continuar marchándole todo viento en popa. Precisamente si algo le remordía era que, la última vez que almorzó con él en la avenida Pearson, se dio cuenta de que el hombre se esforzaba titánicamente por cambiar, por romper su costra y lanzarse abiertamente a amar... Pedro lo advirtió por el modo como trataba al servicio. Se quedó pasmado y asistió a aquel espectáculo psicológico como a una experiencia fascinante. ¡«Don» Rogelio Ventura quería amar... y no podía! Su gran fracaso fue éste, peor que el del «007». De haber superado la prueba, a lo mejor se hubiera reconciliado consigo mismo y se hubiera salvado.

Como fuere, la catástrofe unió al muchacho más aún, si era posible, a Susana, que estuvo a su lado desde el primer instante. Se produjo entre ambos una ligera discusión, pues Susana entendió que Pedro tenía que dedicarse a hacer compañía a su madre, a Rosy, y Pedro se sentía incapaz; por fortuna, la decisión de la mujer de irse a Arenys de Mar zanjó la cuestión y a partir de ahí la pareja de novios se dedicó a compartir la amargura de los hechos, a amarse... y a hacer planes para el porvenir.

Les resultaba un tanto extraña esta palabra, «porvenir», por cuanto una tumba, símbolo de inmovilidad, se había plantado ante ellos. Pero no cabía más remedio. La semiorfandad los empujaba precisamente en esa dirección. Entonces oyeron cantos de sirena, procedentes de París; es decir, Pedro volvió a acordarse de los consejos que le dio Juan Ferrer en el Hotel Catalogne. Juan Ferrer le dijo que debía marcharse de España y buscarse un puesto fuera, por ejemplo, de lector o profesor en alguna universidad de los Estados Unidos. El consejo no cayó en saco roto y el muchacho habló del asunto con Susana. Y ésta casi palmoteó de satisfacción. «¡Por mí, encantada! Los Estados Unidos... Tú de lector o profesor, y yo haciendo prácticas en algún hospital. No creo que sea tan difícil conseguirlo. Podríamos escribir a «tío» Antonio, el hermano de mi abuela que huyó de Cuba y que vive en Los Ángeles, y es probable que él mismo nos lo arreglase o nos pusiese en contacto con alguien. ¡Oh, sí, sería maravilloso! Claro que, antes de marcharnos tendríamos que casarnos…»

—¿Casarnos? —Pedro simuló asustarse y Susana se acarició la cabellera rubia.

—¡Naturalmente! Mosén Rafael me pregunta siempre cuándo es la boda —Susana mudó de expresión—. Ahora, pasado un tiempo prudencial de espera, es la ocasión, creo… ¡Vamos, si es que continúas queriéndome!

Pareció que el asunto quedaba decidido, aunque no dejó de causarles cierta impresión que la muerte de Rogelio hubiese precipitado los acontecimientos y les hubiese abierto aquella puerta.

—De todos modos —concluyó Pedro—, mi madre es muy rica, pero yo no aceptaré un céntimo. Es condición *sine qua non.*

—¡Oh! Eso no tiene importancia.

La muerte de Rogelio ilustró a Pedro en otro aspecto, relacionado con los sentimientos del prójimo: los pésames que recibió. Recibió muchos y en seguida sabía a qué atenerse, si eran sinceros o no. Resultaba evidente que su padre contaba con pocas simpatías, o que las había perdido al caerse del caballo. Palabras rápidas, rutinarias, y se acabó. Con excepciones y matices, claro. Por ejemplo, recibió la visita de Marilín… Marilín no pronunció una sílaba; sólo lloró. Y tal vez gracias a ella en la tumba de Rogelio se renovaran periódicamente las flores. También fue sincero Claudio Roig. «¡Qué espanto, Pedro, qué espanto! Yo creo que ha sido lo del corazón…» Marcos regresó por fin de Ibiza justo por aquellas fechas y su sorpresa fue mayúscula. Tanto como la que se llevó Pedro al oír la versión de su amigo —Marcos preparaba otra exposición—, el cual le dijo: «Si tu padre hubiera conocido de cerca la vida de algunos *hippies* auténticos y hubiera tomado media docena de veces LSD no se habría suicidado». Pedro llegó a la conclusión de que Marcos se había habituado un poco a las drogas, y aquello no le gustó ni pizca; pero el momento no era para sermones, y tampoco serviría de nada prevenir a su padre, a Aurelio Subirachs. «También a los dos los separan varias galaxias.» Quizá pudiera tratar del asunto con su hermano, con mosén Rafael, aunque el vicario solía ponerse siempre de parte de la juventud, ocurriese lo que ocurriese.

¿Y Cuchy? Cuchy soltó el trapo, pese a que en su casa se encontraba entre dos fuegos: el desprecio de su madre, Merche, por Rogelio y el respeto de su padre, Ricardo Marín. Cuchy quería a Rogelio sin saber por qué, tal vez porque en «Torre Ventura» le dio siempre carta blanca para pisotear el césped, en tanto que en su torre de Caldetas tenía que caminar con sumo cuidado. Cuchy le dijo a Pedro:

—¡Para que veas! A veces a los viejos se los puede echar de menos. Cuando veía a tu padre en el Chevrolet, tan seguro, con tanto habano, me contagiaba su satisfacción. ¿Por qué lo habrá hecho? ¡Tenía que haberse largado! A lo mejor tú no estás enterado, pero yo oí hablar de ello... ¡O sobornar a los jueces! Con tanto dinerito... Y ahora ¿qué vas a hacer? Después de tantos años de haberle vuelto la espalda...

En el gremio de constructores casi se celebraron festejos. Aparte de que la competencia era mejor tenerla bajo tierra, Rogelio había aplastado sin compasión a más de uno. «¡Ya era hora! ¡Viva el monigote gordinflón!» Pedro recibió también una nota de Sergio, escrita en la cárcel, que decía escuetamente: «Lo siento»; luego se enteró de que la frase era incompleta. Lo que Sergio andaba diciendo en la Modelo era que lamentaba el suicidio porque le hubiera gustado compartir la encerrona con el «famoso financiero señor Ventura». «Aquí, entre rejas, todos iguales, hubiéramos podido comparar, delante de testigos, el capitalismo con el marxismo. ¡Hubiera sido el no va más!»

¿Y Jaime Amades, el padre del joven militante comunista? Jaime Amades se tomó la molestia de subir al *Kremlin*, desafiando aquella horrible y altísima escalera. Y la entrevista con Pedro fue un poco dura, porque Amades daba muestras de sentirse vivamente afectado y sudaba —le sudaban las manos, la frente y las axilas— y Pedro estaba convencido de que fingía; y no era así. Amades había traicionado últimamente a Rogelio, pero ante la muerte, y pese a los irónicos comentarios de Charito, se achantó. En fin de cuentas, ¡fueron muchos años de amistad íntima! Todo le vino a la memoria, puesto que fue el constructor quien lo sacó de la nada. Pero Pedro lo escuchó como quien oye llover —sabía que Amades y Carlos Bozo reabrían el «007»— y en cuanto pudo lo acompañó a la puerta.

—Tu madre fue más comprensiva que tú —le dijo el propietario de la Agencia Hércules.

—Mi madre es libre de hacer lo que le parezca.

Visita inesperada de pésame fue la de Montserrat, la ex institutriz. Pedro, al verla, no pudo olvidar que fue la primera mujer cuyos senos lo hicieron estremecer. La muchacha estuvo tajante. «Yo estaba convencida de que tu padre acabaría mal. Siempre lo estuve. Pero lo siento de veras.» Pedro le dijo: «Muchas gracias, Montserrat».

¿Y Laureano? También subió la escalera del *Kremlin*, disfrazado con su gorra, con sus gafas oscuras y con su bufanda, que le servían para cruzar las calles sin ser reconocido. Laureano se había afectado como nadie, quizá porque veía cierto paralelismo entre la vida que él llevaba y la que llevó Rogelio. En cuanto Pedro le abrió la puerta lo abrazó y no cesaba de darle palmadas. Pedro estaba mucho más sereno, de suerte que hubiérase dicho que el huérfano era Laureano.

—Chico, no sé qué decirte...

Susana estaba presente, y lo invitaron a entrar. Laureano, en cuanto veía a su hermana, se desconcertaba. Susana despedía un halo muy distinto al que se respiraba en el chalet de la calle de Modolell. La muchacha se le acercó y le dio un beso. En cuanto Laureano se quitó la gorra, la melena le cayó sobre los hombros como una cascada.

Pedro lo invitó a tomar un café y el muchacho aceptó. Y mientras Susana lo preparaba, Laureano se lanzó a hablar. «¡Me lo temía, me lo temía; lo del "007" fue demasiado gordo! ¡Hay pecados excesivos para un ser humano!» Él podía hablarles del asunto porque —era la primera vez que se lo confesaba a alguien—, también le había pasado por las mientes la idea del suicidio. Sí, últimamente llevaba una vida más bien delirante, incluso con una enfermedad venérea de por medio. Por un lado borracho de vanidad, por otro recibiendo en Roma el palo del siglo. Con mejor voz que nunca, pero soñando conque se quedaba mudo. Con otros conjuntos que les pisaban los talones y problemas engorrosos con Carlos Bozo y Jaime Amades. Cansado, muy cansado y a punto de secársele el corazón —sí, lo reconocía—, salvo en raras ocasiones, como la que estaba viviendo en aquellos momentos.

Susana le sirvió el café y Laureano se lo agradeció inclinando la cabeza.

—¡Ah, si sólo tomara café! Pero ahora me ha dado por el alcohol. Necesito estimulantes Todos nosotros necesitamos estimulantes; y luego lo contrario, relajantes y somníferos, ya lo sabéis, para poder descansar.

Pero lo del revólver no acababa de explicárselo. Sería por los dieciséis muertos, que debían de pesar como los de toda una ciudad. O tal vez estuviera escrito en su destino. Laureano les recordó que su padre, Julián, fatalista por naturaleza, decía siempre que al nacer todo el mundo llevaba marcado su destino, lo que seguramente aprendería de las gitanas del Albaicín. El padre de Pedro no iba a ser una excepción, y al ordenar clavetear unas puertas pronunció su sentencia de muerte.

De un tiempo a esta parte él, Laureano, también era fatalista. No había más que observar la dispersión, la extravagante y epiléptica dispersión de los que formaron la pandilla del *Kremlin*. Hijos de los mismos padres, unos eran ángeles y otros diablos, éstos aspiraban a la perfección, aquéllos a vegetar. Los había que se habían reintegrado a la sociedad de los mayores, como Carol, como Jorge Trabal, que también se había casado y había abierto una consulta sobre su única manía, que continuaba siendo la esterilidad; otros se habían marginado, como Marcos y como Sergio, y como él mismo; otros se columpiaban entre dos nadas, como Cuchy, malgastando sin ton ni son cualidades de primer orden. Narciso Rubió, Salvador y Andrés Puig se habían anticipado a todos, se habían instalado ya en el más allá, y si era cierto, como antaño les contaba el padre Sureda, que en el cielo sonaban violines, seguro que los dos primeros estarían tocando el violín. Por último, ellos dos, la pareja que tenía delante..., Pedro y Susana. «Sí, aspirando a la perfección. Pero a lo mejor de repente os cansáis de la lucha que esto supone, o de tanta felicidad, y sucumbís a cualquier tentación de tres al cuarto y caéis más bajo que yo. O bien os casáis y tenés un hijo y os sale subnormal. Entonces ¿qué hacer? Quererlo, claro, quererlo toda la vida..., pero llevando en el pecho una losa, la losa de los desgraciados.»

En resumen, todo el mundo estaba condenado a morir, pero todo el mundo —y los jóvenes más que nadie— estaba condenado a vivir... Y a veces era más difícil lo segundo que lo primero, como así lo entendió el padre de Pedro. «Yo, lo repito, también he estado a punto de entenderlo así, y creo que lo que me ha salvado no ha sido ni la familia, ni la religión, ni los millares de *fans*, ni la guitarra, ni la juventud, sino la cobardía. En los momentos de mayor abatimiento he sido un cobarde y ha bastado con que Javier Cabanes, con su cara de niña y sus tebeos, me dijera: "Anda, levántate", para obedecerlo sin rechistar.»

A Susana no le gustaba el terreno en que Laureano se había adentrado, porque denotaba que se iba deprimiendo progresivamente y que casi se complacía en ello.

—No digas tonterías, Laureano, por favor. Tú nunca has pensado en serio en lo que estás diciendo. Todos tenemos nuestras horas sombrías, pero luego cualquier cosa nos hace reír. La situación del padre de Pedro era muy distinta.

—Querida hermana, en la Facultad de Medicina te enseñaron muchas cosas, pero te faltan otras muchas por aprender. En mi profesión hay una serie de precedentes, de chicos y de chicas más jóvenes que yo que se han suicidado. Es una profesión apasionante, pero que te introduce una rata, una rata de muchos colores, en el pecho. Claro que depende, como siempre, de la sensibilidad. ¡Y lo malo es que hay por ahí cosas tantálicas! Mujeres, coches... ¿Por qué me habrá entrado esa manía de la velocidad? ¡Ah, qué bien me ha sentado este café! Susana, eres única, te lo digo yo, que hasta nuevo aviso soy el cantante de moda...

El diálogo continuó. Todo el rato, Pedro y Susana estuvieron pendientes del momento en que pudieran introducir en él la palabra «arquitectura». Resultaba tan evidente que Laureano iba dando tumbos para abajo que más que nunca sintieron la imperiosa necesidad, y la obligación, de procurar rescatarlo; pero no hubo ocasión. De pronto, la expresión de Laureano era la de un hombre feliz y aquello los coartaba.

—¿Permites, Laureano, que yo también te dé el pésame a ti?

La pregunta de Pedro pilló desprevenido al cantante de moda.

—No te entiendo. ¿De qué se trata?

—Nada nuevo, por supuesto. Lo que te he estado diciendo sin parar. Mientras no te vea sin melena y estudiando arquitectura, no creeré que no tienes tú también un revólver en la mano...

Rosy volvió a instalarse en la avenida Pearson. Liquidó la Constructora y, naturalmente, los *meublés*; en cambio, conservó las acciones de la Agencia Cosmos, con lo que se convirtió en socio del conde de Vilalta... y de Ricardo Marín. Ante semejante perspectiva, ella y el banquero no pudieron menos de recordar la temporada de frenesí amoroso que vivieron juntos y que Rosy ignoraba por qué, de repente, se consumió.

Julián y Margot iban a verla con frecuencia. La tesis de Margot, desde el primer momento, fue el vivo calco de la de Beatriz: a Rogelio le falló la religión. Un ser religioso no se suicida. En el momento de la tentación saca fuerzas de flaqueza, se acuerda de Dios y no lo hace.

También hablaba a menudo del distanciamiento y ruptura de padres e hijos; es decir, de las galaxias. Era una catástrofe. Para unos y para otros. «Rosy, si Rogelio y tu hijo hubiesen estado más unidos, no hubiera ocurrido eso.» Rosy se encogía de hombros. «¿Estás segura? Me gustaría conocer la opinión de vuestro Laureano...»

Margot no hablaba de la frialdad de la técnica ni de la de los números, porque Julián la hubiera fulminado con la mirada; pero sí hablaba de la paz de Can Abadal. Entonces Julián le recordaba el caso de aquella mujer campesina, vecina suya, que sin saber por qué una tarde caliente de agosto se suicidó tirándose al pozo.

Julián iba más allá. Según Aurelio Subirachs, que no paraba de lanzar flechas en su taller y de viajar por el extranjero —y de observar a su hijo Marcos, aunque no quisiera meterse con él—, el futuro avanzaba hacia la destrucción de la naturaleza entendida como fuente de sosiego —los que la entendieran así serían declarados peligrosos para la sociedad—, y hacia la destrucción del tradicional concepto de familia. De no torcerse las cosas, la generación de Pablito, de Yolanda, de Fernando Subirachs, se comportaría más o menos como la actual. Es decir, muchos jóvenes rebeldes serían reabsorbidos, porque los mayores eran muy astutos y conocían sus puntos flacos; pero la generación de Antoñito, el hijo de Carol —y los hijos que Pedro y Susana pudieran tener, en España o en los Estados Unidos...—, declararía que la familia era una célula egoísta, un clan despótico, que bloqueaba al individuo conminándolo a ser un desertor... o un Caín.

Margot negaba con la cabeza, rotundamente. Según ella, así como había melodías inmortales para el piano, el amor seguiría existiendo siempre. La gente se enamoraría, y al enamorarse desearía vivir conjuntamente hasta la muerte. Y entretanto, querría tener hijos; y esa constante biológica tan elemental sería más fuerte que las conquistas del año 2000 y que las previsiones de Aurelio Subirachs.

Rosy escuchaba: no quería opinar. Había decidido hablar poco, aun a costa de sentir más hondamente la soledad. Para ella el amor había dejado de existir hacía tiempo, hasta que nació Antoñito, al que adoraba, y a raíz de ello había vuelto a brotar. De modo que ¿cómo adivinar, cómo saber quién tenía razón? Sin embargo, se inclinaba por las teorías del padre de Marcos y creía firmemente que los Alejos de turno —Alejo Espriu había sido ya juzgado y volvía a estar en la cárcel, pero no tardaría en salir— abundarían cada vez más.

—Por favor, Rosy, ¿por qué esa costumbre de fumar echando el humo a la cara? Es molesto, ¿no te das cuenta?

—Claro que me doy cuenta, Margot... Pero soy incapaz de corregirme un defecto. —Marcó una pausa—. Ni siquiera consigo corregirme, como Rogelio, del defecto de existir...

Benidorm, Barcelona, Benidorm, 1967-1971.

Índice

Tercera parte

ENFRENTAMIENTO

Cuarta parte

RUPTURA

NOVELAS GALARDONADAS CON EL PREMIO EDITORIAL PLANETA

1952. EN LA NOCHE NO HAY CAMINOS. *Juan José Mira*
1953. UNA CASA CON GOTERAS. *Santiago Lorén*
1954. PEQUEÑO TEATRO. *Ana María Matute*
1955. TRES PISADAS DE HOMBRE. *Antonio Prieto*
1956. EL DESCONOCIDO. *Carmen Kurtz*
1957. LA PAZ EMPIEZA NUNCA. *Emilio Romero*
1958. PASOS SIN HUELLAS. *F. Bermúdez de Castro*
1959. LA NOCHE. *Andrés Bosch*
1960. EL ATENTADO. *Tomás Salvador*
1961. LA MUJER DE OTRO. *Torcuato Luca de Tena*
1962. SE ENCIENDE Y SE APAGA UNA LUZ. *Ángel Vázquez*
1963. EL CACIQUE. *Luis Romero*
1964. LAS HOGUERAS. *Concha Alós*
1965. EQUIPAJE DE AMOR PARA LA TIERRA. *Rodrigo Rubio*
1966. A TIENTAS Y A CIEGAS. *Marta Portal Nicolás*
1967. LAS ÚLTIMAS BANDERAS. *Ángel María de Lera*
1968. CON LA NOCHE A CUESTAS. *Manuel Ferrand*
1969. EN LA VIDA DE IGNACIO MOREL. *Ramón J. Sender*
1970. LA CRUZ INVERTIDA. *Marcos Aguinis*
1971. CONDENADOS A VIVIR. *José María Gironella*
1972. LA CÁRCEL. *Jesús Zárate*
1973. AZAÑA. *Carlos Rojas*
1974. ICARIA, ICARIA... *Xavier Benguerel*
1975. LA GANGRENA. *Mercedes Salisachs*
1976. EN EL DÍA DE HOY. *Jesús Torbado*
1977. AUTOBIOGRAFÍA DE FEDERICO SÁNCHEZ. *Jorge Semprún*
1978. LA MUCHACHA DE LAS BRAGAS DE ORO. *Juan Marsé*
1979. LOS MARES DEL SUR. *Manuel Vázquez Montalbán*
1980. VOLAVÉRUNT. *Antonio Larreta*
1981. Y DIOS EN LA ÚLTIMA PLAYA. *Cristóbal Zaragoza*
1982. JAQUE A LA DAMA. *Jesús Fernández Santos*
1983. LA GUERRA DEL GENERAL ESCOBAR. *José Luis Olaizola*
1984. CRÓNICA SENTIMENTAL EN ROJO. *Francisco González Ledesma.*
1985. YO, EL REY. *Juan Antonio Vallejo-Nágera*

